ଧୂସର ସୂର୍ଯ୍ୟାସ୍ତ

ଧୂସର ସୂର୍ଯ୍ୟାସ୍ତ

ରାମଚନ୍ଦ୍ର ବେହେରା

 BLACK EAGLE BOOKS

7464 Wisdom Lane
Dublin, OH 43016
E-mail: info@blackeaglebooks.org
Website: www.blackeaglebooks.org

First International Edition Published by
BLACK EAGLE BOOKS, 2019

Dhusara Surjyasta
by Ramchandra Behera

Cover: Atul Bal
Interior Design: Ezy's Publication

ISBN- 978-1-64560-038-1 (Paperback)

Printed in United States of America

ଆଁ ? କ'ଣ କହିଲୁ ? ଜଣେ ଲୋକର ବୟସ ଜାଣିବାକୁ ହେଲେ ତା' ସାର୍ଟିଫିକେଟ୍ ଦେଖିବାକୁ ହେବ ? ହାଃ....ହାଃ... ହାଃ... ଆରେ, ଆରେ, ଇଏ କ'ଣ ସବୁ କହୁଚି, ଶୁଣ! ହାଃ...ହାଃ...ହାଃ...

ଏହା ଅନ୍ୟ କୌଣସି ଲୋକର ହସ ନଥିଲା ଯେ କୁଣ୍ଠିତ, ଅନିଚ୍ଛୁକ, ଦ୍ୱିଧାଗ୍ରସ୍ତ ହୋଇ ଶୁଭନ୍ତା। ଏହା ଥିଲା ଖୋଦ୍ ଜେଜେଙ୍କର। ସେ ହସିବା ମାତ୍ରେ ବିଶାଳ ଦୋ'ତାଲା କୋଠା ଉନ୍ମାଦିତ ହୋଇପଡ଼େ। ବଗିଚାର କନ୍ଦ ଅସ୍ଥିର ହୋଇପଡ଼ନ୍ତି ସଂପୂର୍ଣ୍ଣ ଫୁଲ ହୋଇଯିବା ପାଇଁ। ଘାସ ଆହୁରି ସବୁଜ ହୋଇପଡ଼େ। ଡାଳରେ ବସିଥିବା ଚଢ଼େଇ ଆହୁରି ପାଖକୁ ଘୁଞ୍ଚିଆସନ୍ତି। ପ୍ରଜାପତିର ଡେଣା ବେଶୀ ସ୍ପନ୍ଦିତ ହୋଇପଡ଼େ। ବଗିଚାର ମାଳୀ କିଛି ବୁଝି ନଥିଲେ ମଧ୍ୟ ହସେ ଏବଂ ତା' ହାତର କୋଦାଳ କ୍ଷିପ୍ର ହୋଇପଡ଼େ, ଯେମିତି ରୋଷେଇଘରର ପୁଧାରୀ ଆହୁରି ତ୍ୱରାନ୍ୱିତ ହୋଇଯାଏ। ଘରର ସମସ୍ତେ ମୁଗ୍ଧ ହୋଇଯାଆନ୍ତି ତାଙ୍କର ଏହିଭଳି ଉଚ୍ଛ୍ୱାସିତ, ସଂପୂର୍ଣ୍ଣଭାବେ ମୁକ୍ତ ହସ ଶୁଣି। ଏ ହସ କେବଳ ଜେଜେ ହିଁ ହସିପାରନ୍ତି ଏବଂ ସୂଚେଇଦିଅନ୍ତି ଯେ, ଜୀବନ ଓ ବଞ୍ଚିରହିବା ଏକ ଅଫୁରନ୍ତ ଉଲ୍ଲସିତ ମହୋସ୍ବ।

ଏବେ ମଧ ଜେଜେ ଝାଲେଇଯାଆନ୍ତି ଓ ତାଙ୍କର ଗୋରା ମୁହଁ ଲାଲ୍‌ ହୋଇଯାଏ। ତାହା ହିଁ ହେଲା। ବର୍ଷା ଛାଡ଼ିଗଲା ପରେ ମଧ ପତ୍ରୁ ଟୋପା ଟୋପା ପାଣି ଝରିବା ଭଳି ଜେଜେଙ୍କର ହସ ଆଉ ଶଯାୟିତ ହେଉ ନଥିଲେ ମଧ ତାଙ୍କ ମୁହଁରେ ରହିଥିଲା ହସର ଶେଷ କିରଣ। ସେ ଚାହିଁଲେ ତାରିଆଡ଼୍‌କୁ ଏବଂ ରଘୁ ଉଦ୍ଦେଶ୍ୟରେ କହିଲେ - "କିରେ... ମୋ ଗାମୁଛା କାଇଁ?"

ତାହା ତାଙ୍କ ହାତକୁ ଆସିଯିବା ପରେ, ସେ ମୁହଁ ପୋଛିଲେ ଏବଂ ରଞ୍ଜନ ଆଡ଼େ ଚାହିଁଲେ। ତାଙ୍କର ହସ ସଂପ୍ରସାରିତ ହେଲା ପୁଣିଥରେ, କିନ୍ତୁ ଏହା ନୀରବ ଥିଲା ଏଥର। କହିଲେ - "ଓହୋ, ଆଜିକାଲିକା ପିଲାଙ୍କୁ ତୁମେ ଜମା ପାରିବ ନାଇଁ। ଦେଖ୍‌ନ, ଦେଖ। ଇଏ ଆମ ରଞ୍ଜନ। ଏକା ଦିନେ ଚାକିରିରେ ଜଏନ୍‌ କରିଥିବା, ତିନିମାସ ବ୍ୟବଧାନରେ ରିଟାୟାର କରିଥିବା ମୋ ସାଙ୍ଗ ଅବନୀର ବଡ଼ ପୁଅ ଇଏ। କିରେ, କେତେ ବର୍ଷ ଲଣ୍ଡନରେ ଥିଲୁ?"

– "ତିନିବର୍ଷ।" ରଞ୍ଜନ କହିଲେ ବିପୁଳ ଆନନ୍ଦର ସହିତ; କାରଣ ପିଲାଦିନୁ ମଉସା ବୋଲି ଡାକୁଥିବା ଜେଜେଙ୍କ କଥାବାର୍ତା, ହସ, ଚାଲିଚଳନ ସେ ଉପଭୋଗ କରନ୍ତି। ତାଙ୍କ ପାଖରୁ ଗଲାବେଲେ ସେ ସବୁବେଲେ ଅନୁଭବ କରନ୍ତି ଯେ, ସେ ପୁଣି ଯୁବକସୁଲଭ ଚଞ୍ଚଳତା ଫେରିପାଇଚନ୍ତି। ଜେଜେଙ୍କର ଉସ୍ସାହଦୀପ୍ତ ଆନନ୍ଦମୟ ଉଚ୍ଛ୍ୱାସ ସମସ୍ତଙ୍କୁ ପ୍ରଭାବିତ କରେ ଓ ଜୀବନକୁ ଗ୍ରହଣ କରିନେବା ପାଇଁ ଓ ଶ୍ରଦ୍ଧା କରିବାପାଇଁ ପ୍ରରୋଚନା ଦିଏ।

– "ତିନି ବର୍ଷ।" ଜେଜେ ପୁନରାବୃଭି କଲେ ଏବଂ ଯୋଗଦେଲେ – "ତିନି ବର୍ଷ ରହିଲୁ, ସେକ୍ସପିୟରଙ୍କ ଦେଶରେ। କହୁଚୁ କ'ଣ ନା ସାର୍ଟିଫିକେଟ୍‌ରେ ଜଣେ ଲୋକର ବୟସ ଲେଖା ହୋଇଥାଏ।" ସେ ହତାଶ ହେବାର ଛଳନା କଲେ ଏବଂ ତାଙ୍କ ଚାରିପାଖରେ ଠିଆ ହୋଇଥିବା ପରିବାରର ଅନ୍ୟମାନଙ୍କ ଆଡ଼ୁ ଦୃଷ୍ଟି ଫେରାଇଲେ।

ସହସା ଏକ ଉପାୟ ଦେଖାଦେଲା ତାଙ୍କ ଚେତନାରେ, ଆକାଶ-ପୃଷ୍ଠାରେ ବିଜୁଲିର ଝଲକ ଭଳି। କହିଲେ - "ଏ ପ୍ରଶ୍ନଟା ମୁଁ ଅନ୍ୟମାନଙ୍କୁ ପଚାରୁଚି। ଦେଖାଯାଉ କିଏ କି ପ୍ରକାରର ଉଭର ଦେଉଚି। କ'ଣ ? ରେଡ଼ି ?" ସେ ଚାଲେଞ୍ଜ କଲା ଭଳି ଚାହିଁଲେ ସମସ୍ତଙ୍କୁ।

ଗାଢ଼ ନାଲିରଙ୍ଗର ମସୃଣ କାର୍ପେଟ୍‌ ଆଚ୍ଛାଦିତ ପ୍ରକାଣ୍ଡ ଡ୍ରଇଂରୁମରେ ଥିଲେ ଏକମାତ୍ର ପୁଅ ଓ ରଞ୍ଜିନଙ୍କର ପିଲାଦିନର ସାଙ୍ଗ, ପ୍ରଣବ। ବୋହୂ ଶୋଭା। ଭାରତୀୟ ପ୍ରଶାସନିକ ସେବାପାଇଁ ମନୋନୀତ ହେବ ବୋଲି ଆଶା କରୁଥିବା ବଡ଼ ନାତି

ଝାମ୍ପୁ। ଫଟୋଗ୍ରାଫିରେ ଉଚ୍ଚଶିକ୍ଷା ଓ ତାଲିମ ପାଇବା ସକାଶେ ବିଦେଶ ଯିବାକୁ ବାହାରିଥିବା ଲୁନା। ପି.ଜି. କରୁଥିବା ଏକମାତ୍ର ନାତୁଣୀ ଲିଲି। ପାଖରେ ଥିଲା ପ୍ରାୟ ଅଠରବର୍ଷ- ବୟସ୍କ ରଘୁ, ଯେ'କି ଗତ ଦଶବର୍ଷ ହେଲା ସେଇ ଘରେ ରହିଆସୁଥିଲା। ଘର କହିଲେ ସେଇ ଘରକୁ ସେ ବୁଝୁଥିଲା। ଆତ୍ମୀୟସ୍ବଜନର ସଂଖ୍ୟା ତା' ପାଇଁ ସେଇ ଘରର ସଦସ୍ୟମାନେ।

ଜେଜେଙ୍କୁ ଜଣାପଡ଼ିଲା ଯେ, କେହି ହେଲେ ରେଡ଼ି ନାହାନ୍ତି ତାଙ୍କ ପ୍ରଶ୍ନର ଉତ୍ତର ଦେବାପାଇଁ। ତାଙ୍କ ପ୍ରଶ୍ନଟା ଥିଲା – ଜଣେ ଲୋକର ବୟସ କେତେ ବୋଲି ତୁମେ ଜାଣିବ କେମିତି ?

ସହରର ସବୁଠାରୁ ଖ୍ୟାତନାମା ଡାକ୍ତର ରଞ୍ଜନ ଇଂଜେକ୍‌ସନ୍‌ ଦେଇସାରିଥିଲେ ଜେଜେଙ୍କୁ। କେତେଦିନ ହେଲା ଜେଜେ ଅନୁଭବ କରୁଚନ୍ତି ଯେ, ତାଙ୍କ ଦୁଇଗୋଡ଼ ଝିମ୍‌ଝିମ୍‌ କରୁଚି ବେଲେବେଲେ। ପ୍ରାୟ ପଞ୍ଚସ୍ତରି ବର୍ଷ ବୟସ୍କ ଜେଜେଙ୍କୁ ସେ କହିଥିଲେ – "ଆପଣ ଏତେଗୁଡ଼ାଏ ବାଟ ଆଉ ମର୍ଣ୍ଣିଙ୍ ୱାକ୍‌ରେ ଯାଆନ୍ତୁ ନାଇଁ।"

– "କ'ଣ ହେଲା !" ରଞ୍ଜନଙ୍କର ପରାମର୍ଶକୁ ନାକଚ କରିବା ଭଙ୍ଗୀରେ ସେ ପଚାରିଥିଲେ ଓ ପରେ ପରେ କହିଥିଲେ – "ସକାଲେ ଘଣ୍ଟେ ଚାଲିବା କଥାଟା ତୁ ବାରଣ କରୁଚୁ? ଏଇଟା ଗୋଟେ ମାସ କିମ୍ବା ବର୍ଷର ଅଭ୍ୟାସ ନୁହେଁ, ରଞ୍ଜନ। ବୋଧହୁଏ ହାଇସ୍କୁଲରେ ପଢ଼ିବାବେଲର ପୁରୁଣା ଅଭ୍ୟାସ ଇଏ। ନିଃଶ୍ବାସ-ପ୍ରଶ୍ବାସ, ରକ୍ତ ସଞ୍ଚାଲନ ଭଲି ଏଇଟା ଜୀବନର ଗୋଟେ ଅଂଶବିଶେଷ ହୋଇଯାଇଚି। ଖାଲି ମୁଁ କ'ଣ ଏକା ? ତୋ' ବାପା ବି ଏମିତି କରୁଥିଲା। ଏକାସଙ୍ଗେ ପଢ଼ୁଥିଲୁ, ଚାକିରି କଲୁ, ଅବସର ନେଲୁ। ଏକାସଙ୍ଗେ ମର୍ଣ୍ଣିଙ୍ ୱାକ୍ କରୁଥିଲୁ।"

ଗୋଟେ ଦୀର୍ଘଶ୍ବାସ ପକାଇ ସେ ଚାରିଆଡ଼କୁ ଚାହିଁଲେ କାହାକୁ ଖୋଜିବାଭଲି ଏବଂ କହିଚାଲିଥିଲେ – "କେଡ଼େ ବୋକା ଥିଲା ତୋ' ବାପା! ରିଟାୟାର୍ କରିବାର ବର୍ଷକ ପରେ ଆଖି ବୁଜିଦେଲା। ମୁଁ ଜାଣିପାରୁ ନାଇଁ, ଏମିତି ଏତେ ଚଞ୍ଚଲ ମରିଗଲା କାହିଁକି। ହ୍ବାଟ୍ ନନ୍‌ସେନ୍! ପୁଣି ଆଇରନି ଦେଖ। ସାମାନ୍ୟ ଶର୍ଦ୍ଧି ହେଲା। ଟିକିଏ କାଶ ହେଲା। ଟେମ୍ପେରେଚର୍ ବଢ଼ିଲା ଅଙ୍ଚ। ମରିଗଲା। ଘରେ ଏଣେ ବିଲାତ-ଫେରନ୍ତା ଡାକ୍ତର ପୁଅ! କି ଆଇରନି !"

ଜେଜେ ଏତକ କହୁ କହୁ ଗମ୍ଭୀର ହୋଇଗଲେ। ଛଲଛଲ ହୋଇଗଲା ତାଙ୍କ ସ୍ବର। ଗୋଟେ ମୁହୂର୍ତ୍ତରେ ବଦଲିଗଲା ରୁମ୍‌ର ବାତାବରଣ। ଏହା ଆଉ ଗୋଟେ ବିଶେଷତ୍ବ ଜେଜେଙ୍କର। ହସୁଥିବେ, ପ୍ରଗଲ୍ଭ ହୋଇଯିବେ। ପୁଣି ସିରିଅସ୍ କଥା ଆଡ଼କୁ

ମୁହେଁାଇଯିବେ, ଥମ୍‌ଥମ୍‌ କରିଦେବେ ସମସ୍ତଙ୍କୁ। ସବୁଟି ଆବେଗ ତାଙ୍କର। ହସିବାରେ, ଗମ୍ଭୀର ହୋଇଯିବାରେ, କାନ୍ଦିବାରେ।

ସେ ସମ୍ଭବତଃ ସଚେତନ ହେଲେ ଯେ, ସମସ୍ତଙ୍କୁ ଯା' ଭିତରେ ସେ ଆବେଗ ଭିତରକୁ ଟାଣିନେଇଛନ୍ତି। କଥା ବଦଳାଇବାକୁ ପଡ଼ିଲା – "ଏତେ ବର୍ଷର ଅଭ୍ୟାସକୁ ମୁଁ ବନ୍ଦ କରିଦେଇ ପାରିବି ବୋଲି ତୁମେ କହୁଚ ?" ଶୋଭା କହିଲା – "ନାଇଁ, ନାଇଁ, ବନ୍ଦ କରିବା ପାଇଁ କେହି ଆପଣଙ୍କୁ କହୁ ନାହାନ୍ତି। ରଞ୍ଜନ କହୁଥିଲେ, ଏତେ ବାଟ ଯିବା ନିରାପଦ ନୁହେଁ। ଆମ କମ୍ପାଉଣ୍ଡ ଭିତରେ ବି ମର୍ଣ୍ଣିଙ୍ଗ ୱାକ୍‌ ହୋଇପାରିବ !"

– "ସିଓର୍‌ !" କହିଲେ ପ୍ରଣବ– "ଆମ କମ୍ପାଉଣ୍ଡଟା ବେଶ୍‌ ବଡ଼। ତା' ଭିତରେ ବୁଲାଚଲା କଲେ ଯଥେଷ୍ଟ ହେବ।"

ପୁଣି ଗୋଟେ ପ୍ରାଣଖୋଲା ହସ ଫେରିଆସିଲା ଜେଜେଙ୍କ ପାଖକୁ। ପଚାରିଲେ – "ବେଶୀ ବାଟ ଯିବା ନିରାପଦ ନୁହେଁ ? ଯ୍ୟା' ମାନେ କ'ଣରେ, ମା ?" ପ୍ରଶ୍ନଟା ଶୋଭାଙ୍କ ପ୍ରତି ଉଦ୍ଦିଷ୍ଟ ଥିଲା।

ବେଶ୍‌ ଅପ୍ରତିଭ ହୋଇପଡ଼ିଲେ ଶୋଭା। ଭାବିଲେ, ଜେଜେଙ୍କର କେଉଁ କୋମଳ, ସ୍ପର୍ଶକାତର ସ୍ଥାନରେ ସେ ସତେ ଯେମିତି ଆଘାତଟିଏ ଦେଇଚନ୍ତି। ସେ ଚାହିଁଲେ ପ୍ରଣବଙ୍କ ଆଡ଼େ, ତାଙ୍କୁ ଏଇ ପରିସ୍ଥିତିରୁ ରକ୍ଷା କରିବାର ଅନୁନୟ ଭଙ୍ଗୀ ନେଇ।

ପ୍ରଣବ କହିଲେ – "ବାପା, ଆପଣ ମନେପକାନ୍ତୁ, ଚାରିଦିନ ତଳେ କ'ଣ କହୁଥିଲେ।"

– "କିରେ, କେଉଁ କଥା ମନେ ପକାଇବି, କହନୁ ?" ଜେଜେ ପଚାରିଲେ ଏବଂ ଟିକିଏ ରହି କହିଲେ – "ଦିନ ତମାମ୍‌ ମୁଁ କେତେ କଥା କହୁଛି। ଚାରିଦିନ ତଳେ କହିଥିବା କେଉଁ କଥା ମନେ ପକାଇବି ?"

ପ୍ରଣବ ମନେପକାଇଦେଲେ – "ଚାରିଦିନ ତଳେ ଆପଣ ଡେରିରେ ଘରକୁ ଫେରିଥିଲେ।"

ଝାମ୍ପୁ ଯୋଗକଲା – "ହଁ, ଜେଜେ। ଏଥର ମୋର ସବୁ କଥା ମନେପଡ଼ିଲା। ଘରେ ଆମେ ବ୍ୟସ୍ତ ଯେ କାହିଁରେ କ'ଣ। ମୁଁ ଗାଡ଼ି ନେଇ ତୁମକୁ ଖୋଜିବା ପାଇଁ ବାହାରିପଡ଼ିଥିଲି। ଅବଶ୍ୟ ତୁମେ ସେତିକିବେଳେ ପହଞ୍ଚିଗଲ।"

ଜେଜେ ତା'ଆଡ଼େ ଚାହିଁ କିଛି କହିବାବେଳେ ଲିଲି କହିଲା ଗମ୍ଭୀର ହୋଇ– "ତୁମେ ଘରକୁ ଫେରିବାବେଳେ ତୁମ ଗୋଡ଼ ହଠାତ୍‌ ଝିମ୍‌ଝିମ୍‌ କରି ଉଠିଥିଲା। ତୁମେ କାହା ପିଣ୍ଡାରେ ବସିପଡ଼ିଥିଲ କିଛି ସମୟ ପାଇଁ।"

ଜେଜେ କହିଲେ – "ସେଇଟା ଥିଲା ହରିବନ୍ଧୁର ପିଣ୍ଡା। ତୁମେ ସବୁ ତା'
ନାଁଟା ଭୁଲିଯାଉଛ କିପରି? ହଁ, ବସିପଡ଼ିଥିଲି ତା' ପିଣ୍ଡାରେ। ଖାଲି ଗୋଡ଼ ନୁହେଁ,
ମୁଣ୍ଡ ବି ଟିକିଏ ଝିମ୍‌ଝିମ୍‌ କରିଉଠିଥିଲା। ତୁମକୁ ସବୁ କହିଥିଲି ନା, ହରିବନ୍ଧୁ ମୋତେ
ତା' ପିଣ୍ଡାରେ ପଡ଼ିଥିବା ଦଉଡ଼ିଆ ଖଟରେ ଶୁଆଇଦେଇଥିଲା। ସେ ଆଉ ତା' ସ୍ତ୍ରୀ
ଯେମିତି ମୋ ଗୋଡ଼ ଓ ମୁଣ୍ଡ ଚିପିଦେଇଥିଲେ, ତାହା ଦେଖିବା କଥା, ପିଲେ।
ସେମାନଙ୍କୁ ଏମିତି କାମଟେ ମିଳିଗଲା ବୋଲି ସେମାନେ ଯେମିତି ଧନ୍ୟ
ହୋଇଯାଇଥିଲେ। ଗୁଡ୍‌ ଗଡ୍‌! ଏମାନଙ୍କ ଭିତରେ ଏତେ ଆବେଗ ଥାଏ କେଉଁଠି?
ମୋ' ପାଇଁ ଏତକ କରିଦେବା ସକାଶେ ଏତେ ତତ୍ପର ସେମାନେ ହେଲେ ବା
କାହିଁକି?"

ଏ ପ୍ରଶ୍ନର ଉତ୍ତର ଦେଇଥିଲା ଲୁନା– "ତୁମେ ଖାଲି ଆମ ଜେଜେ ନୁହଁ; ଏ
ଅଞ୍ଚଳର ଜଣେ ଦେବଦୂତ! ଜେଜେ, ତୁମେ କେତେ ମହାନ୍, ତାହା ତୁମେ ଜାଣିବ
କିପରି, ଜେଜେ? ସେ ସବୁ ଜାଣିବାରେ ତୁମେ କେବେ ବିଶ୍ୱାସକର କି? ଏତେ
ନିଷ୍ପଟ ସଦିଚ୍ଛା, ଏତେ ଅନ୍ତରଙ୍ଗ ଘନିଷ୍ଠତା, ଏତେ ନିର୍ମଳ ଶ୍ରଦ୍ଧା କିଏ ଜୀବନସାରା
ବାଣ୍ଟିଚାଲିଛି? କିଏ ଜମା ଥକି ଯାଇନାହିଁ ଏତେ ବିପୁଳ ପରିମାଣରେ ନିଜକୁ
ଅନ୍ୟମାନଙ୍କ ପାଇଁ ଅର୍ପଣ କରିଦେବାରେ?"

ହସି ଉଡ଼େଇଦେଇଥିଲେ ଜେଜେ ଏ କଥାକୁ – "ଧେତ୍, ଅନ୍ୟଆଡ଼େ କଥାଟା
ଚାଣିନେଲୁ କାହିଁକି? ତୁମେ ସବୁ ମୋ ବିଷୟରେ ଏକଥା କହିବାବେଳେ ଏମିତି
ଅଭିଭୂତ କାହିଁକି ହୋଇପଡ଼ରେ, ପିଲେ? ଆଁ?"

– "କାହିଁକିନା, ଆମେ ବର୍ଣ୍ଣନା କରିପାରୁନା।" ଝାମ୍ପୁ କହିଥିଲା– "ଆମ
ଭାଷା ହାରିଯାଏ, ଜେଜେ। ତୁମକୁ ବର୍ଣ୍ଣନା କରିବାପାଇଁ ନୂଆ ଶବ୍ଦକୋଷଟେ ଦରକାର।
ଆହୁରି ଦରକାର ମହାକାବ୍ୟଟେ, ତୁମକୁ ଠିକ୍‌ ଭାବରେ ଉପସ୍ଥାପନ କରିବାପାଇଁ।
ବଞ୍ଚ ରହିବାର ଯଥାର୍ଥତା କାହାକୁ କୁହାଯାଏ, ତୁମେ ତା'ର ଗୋଟେ ଜୀବନ୍ତ ପ୍ରତୀକ,
ଜେଜେ।"

ବାସ୍ତବିକ ପ୍ରତିବାଦ କଲେ ଜେଜେ – "ଥାଉ, ଥାଉ ସେଟିକିରେ। ଏଗୁଡ଼ାକ
ମୋତେ ବେଶୀ ଖୁସି କରିପାରୁନି, ପିଲେ। ଆମେ କେଉଁକଥା ଆଲୋଚନା
କରୁଥିଲେ?"

ରଞ୍ଜନ ମନେପକାଇଦେଲେ – "ଆମେ କହୁଥିଲେ, ଆପଣ ବେଶୀ ବାଟ
ମର୍ଣ୍ଣିଙ୍‌ ଓ୍ୱାକ୍‌ରେ ଯିବା ଠିକ୍ ନୁହେଁ, ମଉସା। ବୟସ ହୋଇଗଲାଣି ତ!"

– "ବୟସ!" ଜେଜେ ସତେ ଯେପରି ପ୍ରଥମଥର ପାଇଁ ବିସ୍ମିତ ହେଲେ

ଜୀବନକାଳ ମଧ୍ୟରେ – "ମାନେ, ଏଜ୍ ! ରଞ୍ଜନ, ତୋ ପାଇଁ ମୋର ଗୋଟେ ପ୍ରଶ୍ନ। ଜଣେ ଲୋକର ବୟସ ଜାଣିବା କେମିତି ?"

– "ସିଂପ୍ଲ !" ଜବାବ୍ ଦେଇଥିଲେ ରଞ୍ଜନ– "ତା' ସାର୍ଟିଫିକେଟ୍ରୁ।"

ଏତକ କଥା ସୃଷ୍ଟିକରିଥିଲା ସେଇ ହସ। ଜେଜେଙ୍କର ହସ। ଏମିତି ହସ କେବଳ ସେ ହିଁ ହସିପାରନ୍ତି। ତା'ପରେ ସେ ଜାଣିବାକୁ ଚାହିଁଲେ, ଅନ୍ୟମାନେ ରେଡି କି ନା, ତାଙ୍କର ଏ ପ୍ରଶ୍ନର ଉତ୍ତର ଦେବାପାଇଁ। ସେ ହସ ହସ ମୁହଁରେ ସମସ୍ତଙ୍କ ମୁହଁ ପର୍ଯ୍ୟବେକ୍ଷଣ କଲେ ଏବଂ କହିଲେ – "ଯାହା ଜଣାପଡୁଚି, ଏତେ ସହଜ ପ୍ରଶ୍ନର ଉତ୍ତର କେହି ଦେଇପାରିବେ ନାଇଁ। ଲିଲି, ତୁ ଆମର ଚେଷ୍ଟା କର।"

– "ନାଇଁ ଜେଜେ।" ନିରୁସ୍ସାହିତ ହୋଇ କହିଲା ଲିଲି, ଜେଜେଙ୍କର ସବୁଠୁ ପ୍ରିୟ ମଣିଷ ଜଣକ।

– "କିରେ, ନାଇଁ କାହିଁକି ?" ସେ ଯେପରି ଲିଲିର ଏଇ ଅକ୍ଷମତା ଗ୍ରହଣ କରିବାକୁ ପ୍ରସ୍ତୁତ ନଥିଲେ।

– "କିଛି ଦିନ ତଳେ ତୁମେ ଜୀବନଟା କ'ଣ ବୋଲି ପଚାରିଥିଲ।" ଲିଲି କହିଲା – "ମୁଁ କହିଥିଲି, ଗୋଟେ କ୍ୟାଣ୍ଡଲ୍ ଏଇଟା। ଜଳେ ସଂକ୍ଷିପ୍ତ ସମୟ ପାଇଁ। ଏହା ଭରପୂର କୋଲାହଲ ଓ କ୍ରୋଧରେ। ଗୋଟେ ନିର୍ବୋଧ ଲୋକ କହିଥିବା ସଂହତିହୀନ କାହାଣୀ ହେଉଛି ଜୀବନ; ଯାହାର କୌଣସି ମହତ୍ତ୍ୱ ନାହିଁ। ଏଇଟା ଗୋଟେ ଚଳମାନ ଛାଇ।"

ବ୍ୟସ୍ତ ହୋଇପଡିଥିଲେ ଜେଜେ ପ୍ରତିବାଦରେ– "ଆରେ ଆରେ, ତାକୁ କୁହ ମାକ୍ବେଥ୍‌ର ଏଇକଥା ପୁଣି ଥରେ ସେ ଉଚ୍ଚାରଣ ନ କରିବାକୁ। ଆରେ ବାୟାଣୀ, ମୁଁ ପୁଣି ଥରେ କହୁଚି, ଜୀବନଟା ଜମା ସେୟା ନୁହେଁ। ଏଇଟା ତ ଗୋଟେ ରଙ୍ଗିନ୍, ସବୁଜ ମହୋସ୍ସବ। ଗୋଟେ ଗରୀୟାନ କାହାଣୀ। କୌଣସି ଦାର୍ଶନିକ, ସାହିତ୍ୟିକ ଏହାର ସଂଜ୍ଞା ନିରୂପଣ କରିପାରିନାହାନ୍ତି। ଖାଲି ଯାହା ଅଭିଭୂତ ହୋଇଚନ୍ତି ଏହାର ରହସ୍ୟ ଆଉ ଜଟିଳତାରେ। ଥାଉ ସେ କଥା।"

ସେ ଟିକିଏ ଧଇଁସଇଁ ହୋଇପଡିଲେ। ପୁଣି ଚାହିଁଲେ ସମସ୍ତଙ୍କୁ ଏବଂ କହି ଚାଲିଲେ – "ମୁଁ ପଚାରୁଚି ବୟସ କେଉଁଠି ଲେଖା ହେଇଥାଏ ? ନା, ସାର୍ଟିଫିକେଟରେ ନୁହେଁ। ଦର୍ପଣରେ ଲେଖା ହେଇଥାଏ କି ? କିରେ, ତୁମ ଭିତରୁ କେହି ସମର୍ଥନ କରିବ କି – ହଁ, ମଣିଷର ବୟସ ଲେଖା ହୋଇଥାଏ ଦର୍ପଣରେ ବୋଲି ? ଆହା, ଦର୍ପଣ ଦେଖୁ ଦେଖୁ କେତେ ବଡ଼ ପରିବର୍ତ୍ତନ ଆମେ ଲକ୍ଷ୍ୟ କରୁ। କେଶ ପାଚିଯାଉଚି,

ଉପୁଡିଯାଉଛି। ଦାନ୍ତ। ହଲିଲାଣି, ଝଡ଼ିଯାଉଛି। ଆଖ। ଆଉ ଦେଖିପାରୁନି କିଛି ଭଲକରି। ଏମିତିକି ଦର୍ପଣର ପ୍ରତିଛବି ମଧ ନୁହେଁ।"

ଅନ୍ୟମାନେ ନୀରବତା ପାଳନ କଲେ। ସେମାନେ ଜାଣିଥିଲେ, ଜେଜେଙ୍କର ବକ୍ତବ୍ୟ ସରିନାଁ। ଏଭଳି ପରିସ୍ଥିତିରେ ତାଙ୍କର କଥା ଶ୍ରୋତାମାନଙ୍କ ପାଇଁ ରୂପାନ୍ତରିତ ହୋଇଯାଏ ଗୁରୁତ୍ୱପୂର୍ଣ୍ଣ ଅଭିଜ୍ଞତାରେ। ସେମାନେ ତେଣୁ ଉତ୍କଣ୍ଠାର ସହିତ ଅପେକ୍ଷା କଲେ ତାଙ୍କ କଥାର କ୍ରମାନ୍ୱୟତା ଶୁଣିବା ପାଇଁ। କହିଲେ ସେ ଆଗଭଳି ହସି ହସି-

"ଦେଖୁଚ, ଦେଖ। ଏ ଚମଡ଼ା, ଏ ମାଂସପେଶୀ। ହାଡ଼ର ଏ ପୋଷାକ ଢିଲା ହୋଇଯାଉଚି, ଜଣେ ଜୋକରର ପୋଷାକ ଯେମିତି। ଅଥଚ ସେଠାରେ ବି ବୟସ ଲେଖାଯାଇ ନଥାଏ। ଏନି ୱେ, ତୁମ ଉତ୍କଣ୍ଠାକୁ ବେଶୀ ଦୀର୍ଘସ୍ଥାୟୀ କରୁନାଁ। ମୋ ଜାଣିବାରେ ବୟସ ଲେଖା ଯାଇଥାଏ ଏଠି। ହୃଦୟରେ। ପୁଣି ଏଠି। ମନରେ। ଯଦି ସେତକ ସବୁଜ ଅଛି, ତେବେ ତୁମେ ଯୁବକ, ୟଙ୍ଗ। ସେତକ ଧୂସର ହୋଇଗଲେ ତ ସରିଲା କଥା। ତୁମେ ତିରିଶ୍-ଚାଳିଶ୍ ବର୍ଷର ମଣିଷ ହୋଇଥିଲେ ବି ବୁଢ଼ା ହୋଇଗଲ। ତେଣୁ...କିରେ ଲୁନା, ଏଥର କହ।"

- "ଆମ ଜେଜେ ଜଣେ ୟଙ୍ଗମ୍ୟାନ୍।" ଆଗରୁ ଶିଖିଥିବା ଭଳି କହିଲା ଲୁନା। "ପଞ୍ଚସ୍ତରି ବର୍ଷ ବୟସ୍କ ଯୁବକଟିଏ ଆମ ଜେଜେ।"

ଏ କଥାକୁ ସମର୍ଥନ କଲେ ସ୍ୱୟଂ ଜେଜେ - "ସିଓର! ମୁଁ ଆଗଭଳି ଲନ୍ ଟେନିସ୍ କିମ୍ୱା ବ୍ୟାଡ଼ମିଣ୍ଟନ୍ ଖେଳି ନ ପାରିଲେ ବି ଖେଳିବାର ମାନସିକତା ମୋର ଅଛି। ପୁଣି , ହାୟ, ମୁଁ ଜଣେ ଲେଖକ ହୋଇଥାଆନ୍ତି କି! ନିଜକୁ ଜଣେ ପ୍ରେମିକ କରିଦିଅନ୍ତି, ସାଧୁଜନେ! ପ୍ରେମିକ! ତୁଳନାହୀନ ହୋଇ ରହନ୍ତା ସେ କାହାଣୀ। ହଁ, ମୁଁ ଚାହିଁଲେ ଲଭଲେଟର ଲେଖିପାରିବି। ସେ ଚିଠି ଭସାଇନିଅନ୍ତା, ପାଗଳ କରିଦିଅନ୍ତା ପ୍ରେମିକାକୁ। ସେ ପଢ଼ନ୍ତା ଚିଠିକୁ ବାରମ୍ବାର। ପ୍ରତ୍ୟେକ ବାକ୍ୟ ମୁଖସ୍ଥ ହେବା ପର୍ଯ୍ୟନ୍ତ। ତା' ଚେତନାରେ ସେ ଚିଠିର ଭାଷା ହିଁ ରହନ୍ତା ଏକମାତ୍ର ସର୍ବଶେଷ ଭାଷା ହୋଇ।"

ପୁଣି ଟିକିଏ ଦମ୍ ନେଇ ସେ କହିଲେ - "ମୁଁ ପୁଣି ମୂଳକଥା ପାଖକୁ ତୁମକୁ ଫେରାଇନେଉଚି। ବୟସ ଫୟସ କିଛି ନୁହେଁ। ମର୍ଷିଙ୍ଗ୍ ଠାକ୍ ଅବ୍ୟାହତ ରହିବ। ଯଦି କିଛି ଅସୁବିଧା ହେବ, ତେବେ ରଞ୍ଜନ ଆସିବ, ତା' ମଉସାକୁ ଇଞ୍ଜେକ୍ସନ୍ଟେ ଦେବାପାଇଁ। ମୋ ପରିବାରର ଲୋକେ ମୋ ପାଇଁ ଆତୁର, ଉଦ୍ୱିଗ୍ନ ହେଉଥିବେ। ପ୍ରସ୍ତାବ ଦେଉଥିବେ, କମ୍ପାଉଣ୍ଡ ଭିତରେ ବୁଲାଚଲା କରିବା ପାଇଁ। କି ଫାଣ୍ଟାଷ୍ଟିକ୍ ଆଇଡିଆ। ମୁଁ ନିଜକୁ ସୀମିତ ରଖିବି ଗୋଟେ ନିର୍ଧାରିତ ପାଚେରି ଘେର ଭିତରେ! କିରେ, ପିଲେ? ତୁମେ ମୋତେ ଏଇଭଳି ବୁଝିଚ?"

ସେମାନେ ସମସ୍ତେ ଜେଜେଙ୍କୁ ଠିକ୍‌ଭାବରେ ବୁଝିଥିଲେ। ସେ ପ୍ରକାଶିତ ହେବାରେ ବିଶ୍ୱାସ କରନ୍ତି। ସେ ହେଉଛନ୍ତି ବ୍ୟାପ୍ତିର ଅନ୍ୟ ନାମ। କେଉଁଠି ସ୍ଥିର, ସଙ୍କୁଚିତ ହେବା ତାଙ୍କ ଜୀବନର ପରିପନ୍ଥୀ। ଯେଉଁ ମଣିଷ ନିଜକୁ ଉତ୍ସର୍ଗ କରିବାରେ, ଅନ୍ୟ ସହିତ ସାମିଲ ହୋଇଯିବାରେ ବିଶ୍ୱାସ କରେ, ସେ ନିଶ୍ଚୟ ପାଟେରି କିମ୍ବା କାନ୍ତର ସୀମିତତା ପ୍ରତ୍ୟାଖ୍ୟାନ କରିବ।

ଜେଜେ! ତାଙ୍କ ଉପସ୍ଥିତି ହିଁ ଯଥେଷ୍ଟ। ଗୋଟେ ଶକ୍ତି, ଜୀବନ ପ୍ରତି ଗୋଟେ ପ୍ୟାସନ୍‌ ବିଚ୍ଛୁରିତ ହୁଏ ତାଙ୍କ ଉପସ୍ଥିତିରୁ। କେହି ଏତେ ଭଲ ପାଇ ନଥିବେ ବଞ୍ଚିରହିବାକୁ। ଜୀବନର ଝଡ଼, ଝଞ୍ଜା, ଯନ୍ତ୍ରଣା, ଲୁହକୁ କେହି ଏତେ ତୁଚ୍ଛ କରି ନଥିବେ। ଗୋଟେ ଉଦ୍ଦାମତା, ଗୋଟେ ନିର୍ମଳ ସୂର୍ଯ୍ୟକିରଣ ହେଉଛନ୍ତି ରିଟାୟାର କରିଥିବା ପ୍ରଫେସର– ଜେଜେ।

ଲୋକମାନେ ତାଙ୍କୁ ଭଗବାନ ବୋଲି କହନ୍ତି। ଫର୍ଚୁନେଟ୍‌। ତାଙ୍କୁ ତୁଳନା କରନ୍ତି ଅନ୍ୟମାନଙ୍କ ସହିତ। ପ୍ରମାଣ କରନ୍ତି ଯେ, ଅନ୍ୟମାନେ ଜେଜେଙ୍କଠା'ରୁ କମ୍‌ ପ୍ରତିଭାସଂପନ୍ନ ନଥିଲେ; କିନ୍ତୁ ହେଲା କ'ଣ? ଫିଜିକ୍‌ ପ୍ରଫେସର ଗୋରାଚାନ୍ଦଙ୍କ କଥା ଭାବି ଦେଖ। ଚାକିରିକାଳ ମଧ୍ୟରେ ଗଣ୍ଡାଗଣ୍ଡା ପିଏଚ୍‌.ଡି. ସୃଷ୍ଟି କରିଚନ୍ତି। ବିଭିନ୍ନ ଦେଶ ବୁଲିଚନ୍ତି, ସେମିନାରରେ ଅପ୍ରତିଦ୍ୱନ୍ଦ୍ୱୀ ହୋଇଚନ୍ତି। ଅଥଚ ଘରକୁ ପଶିବାମାତ୍ରେ ଶୁଣିବେ, ପୁଅ ଦି'ଜଣ କେଉଁଠି ଗୁଣ୍ଡାମି କରି ମାଡ଼ ଖାଇଲେଣି ତ କାହାକୁ ମାଡ଼ ଦେଲେଣି। କୌଣସିମତେ ଗ୍ରାଜୁଏଟ୍‌ ହୋଇପାରିଲେ ସିନା; କିନ୍ତୁ ଅପଦାର୍ଥ ଓ ଘୋଡ଼ାମୁହାଁ କହିଲେ କେବଳ ସେଇମାନଙ୍କୁ ବୁଝାଯାଉଥିଲା। ଏକମାତ୍ର ଝିଅ ଘର ଛାଡ଼ି ପଳେଇଲା ଗୋଟେ କଣ୍ଡାକ୍ଟର ସହିତ। ଚାକିରି ସରିବା ପୂର୍ବରୁ ମରିଗଲେ ସେ।

ଫିଲୋସଫି ପ୍ରଫେସର ଅତନୁ। ପିଲାମାନେ ଭଲ ପଢ଼ିଲେ। ବଡ଼ ଚାକିରି କରି ରହିଲେ ବଡ଼ ବଡ଼ ସହରରେ। ଅତନୁ ଏକାନ୍ତଭାବେ ନିଃସଙ୍ଗ ନିଜ ଘରେ। ଯାଇଥିଲେ ବଡ଼ ଆଶା ନେଇ ବଡ଼ପୁଅ ପାଖକୁ। ଗୋଟେ ମାସ ବି ରହିପାରିଲେ ନାହିଁ ସେଠାରେ କାହିଁକି କେଜାଣି! ତା' ପରେ ସାନପୁଅ। ସେଠାରେ ପନ୍ଦରଦିନ ରହି ଫେରିଆସିଲେ ଏବଂ ଘୋଷଣା କଲେ – ତୁମେ ଏକୁଟିଆ ଏ ପୃଥିବୀରେ। ଗୋଟେ ଏକତରଫା ସଂପର୍କ ନେଇ ଆମେ ବଞ୍ଚ ରହିତେ। ଆମେ ଆମ ସାଧ୍ୟମତେ କର୍ତ୍ତବ୍ୟ କରିବା ପିଲାମାନଙ୍କ ପାଇଁ। ସେମାନେ ବଡ଼ ହେଲେ ଆମକୁ ପଚାରେ କିଏ? କେଡ଼େ ହାରାମି ଏ ସଂପର୍କ! କେଡ଼େ ପ୍ରତାରଣାପୂର୍ଣ୍ଣ, ଛଳନାପୂର୍ଣ୍ଣ ଶଠିଆ। ଚୋପ, ମୁଁ କହୁଛି ଚୋପ! ସବୁ ତ୍ରାସ! କୌଣସି ମଣିଷକୁ ବିଶ୍ୱାସ କରନା। ଯଦି

ବଞ୍ଚିବାକୁ ଚାହଁ, ତେବେ ସାବାଡ଼ କର ଅନ୍ୟମାନଙ୍କୁ। ଦରକାର ପଡ଼ିଲେ ସେମାନଙ୍କର କାନ୍ଧ, ସେମାନଙ୍କର ମୂର୍ଦ୍ଧାର ଉପରେ ଆରୋହଣ କର। ଦୟା ଦେଖାଅନି କାହାକୁ। ସମସ୍ତଙ୍କୁ ଆୟତ୍ତ କର, ପରାଜିତ କର। ସମସ୍ତଙ୍କୁ ଅଧଃସ୍ତନ କର। ଆଧିପତ୍ୟ ବିସ୍ତାର କର ସମସ୍ତଙ୍କ ଉପରେ।

ସମସ୍ତେ କହିଲେ, ଅତନୁ ପାଗଳ ହୋଇଗଲେ। ଜେଜେ କେବେ କିପରି ସେସବୁ କଥା କହନ୍ତି ଆତଙ୍କିତ ହୋଇ, ଚରମ ସହାନୁଭୂତିର ସହିତ। ଆତଙ୍କିତ ହୁଅନ୍ତି ଏଇଥିପାଇଁ ଯେ, ଅତନୁ ଯେଉଁ କଥାସବୁ କହୁଥିଲେ, ତାହା ଏକ ପାଶବିକ ଏବଂ ବନ୍ୟ ଜୀବନଧାରା ଥିଲା। ନିତାନ୍ତ ବିପଜ୍ଜନକ କଥା ସେସବୁ। ସବୁ ମଣିଷ ସେମିତି ହୋଇଗଲେ, ଆଉ କ'ଣ ରହିବ ଏଠାରେ? ତାଙ୍କର ସହାନୁଭୂତିର କାରଣ ହେଉଚି, ଅତନୁଙ୍କର ଘୋଷଣା ଏବଂ ଆର୍ତ୍ତନାଦକୁ ବିଲକୁଲ୍ ମିଛ ବୋଲି କେହି ଉଡ଼େଇଦେଇ ପାରିବ ନାହିଁ। ଏମିତି ଘଟୁଥିଲା, ଘଟୁଚି ଏବଂ ଘଟୁଥିବ। ତେବେ ଅତନୁଙ୍କୁ ସେ ଦେଖନ୍ତି, ଜଣେ ଆହତ ମଣିଷ ଭାବରେ। ଛଟପଟ ହେଉଥିବା ସଭାଟିଏ ଭାବରେ। ଅତନୁ ଅନ୍ୟାୟର ଶିକାର ହୋଇଚନ୍ତି ବୋଲି ଏମିତି ଭୟାନକ କଥା କହିପାରୁଚନ୍ତି ସିନା!

ଅତନୁ ପାଗଳ ହୋଇଗଲେ ବୋଲି ଅନ୍ୟମାନେ ଯେତେ କହିଲେ ମଧ୍ୟ ଜେଜେ ତାହାକୁ ଗ୍ରହଣ କରୁ ନଥିଲେ। ତାଙ୍କ ମତରେ ଅତନୁଙ୍କର ଦୃଷ୍ଟିଭଙ୍ଗୀ ସଂକୁଚିତ ହୋଇଗଲା। ତାଙ୍କର ସ୍ନେହପ୍ରବଣ ମନ ଆଘାତ ପାଇବା ପରେ ସେଇ ଆଘାତ ହିଁ ହୋଇଗଲା ତାଙ୍କର ସମସ୍ତ ଅଭିଜ୍ଞତାର ସାରମର୍ମ। ସେ ଯଦି ନିଜଆଡ଼େ ଚାହଁ ହସିପାରିଥାଆନ୍ତେ, ପିଲାମାନଙ୍କର ତାଙ୍କ ପ୍ରତି ହତାଦରକୁ ଗୋଟେ ଜୋକ୍ ବୋଲି ଭାବିପାରିଥାଆନ୍ତେ, ତେବେ ପରିସ୍ଥିତିଟା ହୁଏତ ଏତେ ଶୋଚନୀୟ ହୋଇନଥାନ୍ତା। ମାତ୍ର, ହାୟ, ସମସ୍ତେ କ'ଣ ହସି ଉଡ଼େଇ ଦେଇପାରିବେ ନିଜ ପିଲାମାନଙ୍କର ନିର୍ମମତାକୁ? ଧୂଳି ଝାଡ଼ିଲାଭଳି ସମସ୍ତେ ଏହାକୁ ମନରୁ ଝାଡ଼ିପାରିବେ ନାଇଁ। ଗୋଟେ ଅବଜ୍ଞାସୂଚକ ଆସକ୍ତି ଭଳି ଏହା ମନକୁ ଆଚ୍ଛନ୍ନ କରିପକାଏ ଏବଂ ସବୁ ଜିନିଷକୁ ତିକ୍ତ, ଅର୍ଥହୀନ ଓ ଦୂଷିତ କରିପକାଏ। ତେଣୁ ଅତନୁ ଝୁଲିରହିଲେ ଘରର ଛାତରୁ। ଜେଜେ ଆଦୌ ବିସ୍ମିତ ହୋଇ ନଥିଲେ ଏ ଘଟଣା ଶୁଣି।

ଜେଜେଙ୍କୁ ଭାଗ୍ୟବାନ ବୋଲ ବର୍ଣ୍ଣନା କରିବାରେ ସମସ୍ତ ଯଥାର୍ଥତା ଥିଲା। ସେ ଯାହା ସବୁ କରିଚନ୍ତି, ସେସବୁ କେବଳ ଠିକ୍ ହୋଇନାଇଁ; ପରନ୍ତୁ ବିଶେଷଭାବେ ଉପକାରୀ ହୋଇପାରିଚି। ଉଦାହରଣ ସ୍ୱରୂପ, ସହରଠାରୁ ପ୍ରାୟ ଛ'କିଲୋମିଟର ଦୂରରେ

ସେ ଯେତେବେଳେ ଜମି କିଣିଲେ, ତାଙ୍କୁ ପଚରାଯାଇଥିଲା, ସେ ଅପନ୍ତରାଟା କିଣିଲ କାହିଁକି ? ଶସ୍ତା ପଡ଼ିଲା ବୋଲି ? କ'ଣ କରିବ ସେଠାରେ ?

ଜେଜେ ଆଦୌ ନିରୁସାହିତ ହୋଇ ନଥିଲେ ଏ ପ୍ରଶ୍ନରେ । କେହି କେବେ ଆଶା କରିନଥିଲେ ଯେ ସହରଟା ଏମିତି ସଂପ୍ରସାରିତ ହୋଇଯିବ ବର୍ଷ କେତେଟାରେ । ଅପନ୍ତରା ବୋଲି କୁହାଯାଉଥିବା ସେ ସ୍ଥାନ, ବର୍ତ୍ତମାନ ସହରର ପୋଶ୍ ଲୋକାଲିଟି । ସେଠାରେ କେବଳ ସକ୍ଷମ ମଣିଷମାନଙ୍କର ସୁଦୃଶ୍ୟ କୋଠାସବୁ ରହିଚି । ଆକର୍ଷଣୀୟ ଲନ୍, କମ୍ପାଉଣ୍ଡ ଘେରା ଧାଡ଼ି ଧାଡ଼ି ଘରସବୁ । ଜମି ଉପରେ କେମିତି ପ୍ରଚଣ୍ଡ ପ୍ରେସର ପଡ଼ୁଚି ଆଜିକାଲି, ଏଇଟା ତା'ର ଏକ ନମୁନା । ହୁଏତ ଜେଜେ ନୁହନ୍ତି; ବରଂ ପ୍ରଣବ ଯଥେଷ୍ଟ ଗର୍ବିତ ଯେ, ଏ ସମ୍ଭ୍ରାନ୍ତ ଇଲାକାରେ ସବୁଠାରୁ ବଡ଼ ଆୟତନ ବିଶିଷ୍ଟ ଜମିର ମାଲିକ ହେଉଚନ୍ତି ସେ ନିଜେ । ସେତେବେଳେ ଜେଜେଙ୍କର ନିର୍ବୋଧତା ବାସ୍ତବିକ ପରବର୍ତ୍ତୀ କାଳରେ ତାଙ୍କର ଦୂରଦୃଷ୍ଟି ଭାବରେ ପରିଗଣିତ ହୋଇଥିଲା ।

ସୁନନ୍ଦା ଭବନ ।

ସୁନନ୍ଦା ଏ ଘରେ ରହିନାଁ । ଜେଜେ ଅତୀତ କଥା କହନ୍ତି ଏବଂ ପ୍ରାୟ ଏଇ ବାକ୍ୟରୁ ହିଁ ଆରମ୍ଭ କରିଦିଅନ୍ତି । ସେ ବାରମ୍ବାର ଗୋଟିଏ କଥା କହୁଥିଲା ମୋତେ ଏ ଅପନ୍ତରାକୁ କିଣିଚ ଯେ, ଏଠାରେ ରହିବ କିଏ, କେମିତି ରହିବ ? କେବେ କିପରି ମୁର୍ଦ୍ଦାର ପୋଡ଼ାହୁଏ ଏଠାରେ । ଗାଈ, ମଇଁଷିମାନଙ୍କର କଙ୍କାଳ ପଡ଼ିରହେ ଏଣେତେଣେ । ମାଟିର ଚିହ୍ନ-ବର୍ଣ୍ଣ ନାଁ । ପଥୁରିଆ ବାଲିଜାଗା । ଶସ୍ତା ହେଲା ବୋଲି ଏତେଗୁଡ଼ାଏ ଟଙ୍କା । ଏମିତି ନଷ୍ଟ କରିବାରେ କିଛି ମାନେ ଅଛି ?

– "ତୋର ମା' କଥା ମନେ ଅଛି ପ୍ରଣବ ?" ଜେଜେ ପଚାରନ୍ତି ।

ଗୋଟେ ଅବଶୋଷର ନିଃଶ୍ୱାସ ବାହାରିଆସେ ପ୍ରଣବଙ୍କର ଛାତି ପଞ୍ଜରା ଦୋହଲାଇ । ସେ ଉଦାସ ହୋଇଯାଆନ୍ତି । ଝୁରିହୁଅନ୍ତି ଏକ ମୂଲ୍ୟବାନ ଅଭିଜ୍ଞତାକୁ । ତାହା ଆଉ ଆସିବ ନାଁ କେବେ । କହନ୍ତି– "ଭଲକରି ମନେ ନାଁ କିଛି । ସବୁ ଝାପ୍ସା ଜଣାପଡ଼େ ।"

ଜେଜେ କହନ୍ତି, ଯା' ମା' ଏମିତି ମଣିଷଟେ ଥିଲା । ଅପନ୍ତରା କିଣିଲି ବୋଲି ପ୍ରତିବାଦ କରେ; କିନ୍ତୁ ଅଭାବ ସମୟରେ ତା' ହାତର ସୁନା ଚୁଡ଼ି ଓ ବେକର ହାର ବଢ଼େଇଦିଏ ଅକୁଣ୍ଠିତ ହୋଇ । ମୋ ପାଇଁ ଏ ପୃଥିବୀ କିପରି ହୋଇଥାଆନ୍ତା, ଯଦି ସୁନନ୍ଦା ନ ଥାଆନ୍ତା ମୋ ପାଖରେ ? ନାଁ, ମୁଁ ବର୍ଣ୍ଣନା କରିପାରିବି ନାଁ; କାରଣ ମୋ ପାଖରେ ସୁନନ୍ଦା ନାଁ ବୋଲି ମୁଁ ଅନୁମାନ ବି କରିପାରେ ନାଁ । ଜଣେ ଲୋକ ପାଖରେ ମୁଁ ରଣୀ ହୋଇ ରହିଗଲି ସବୁଦିନ ପାଇଁ । ସୁନନ୍ଦା । ବର୍ଷାରେ ଟିକିଏ ଭିଜିଲେ,

ଡେରିରେ ଘରକୁ ଫେରିଲେ, ଠିକ୍ ସମୟରେ ଔଷଧ ଖାଇବାକୁ ମନେ ନ ପଡ଼ିଲେ... ସବୁ ସୁନ୍ଦାମୟ ହୋଇଯାଏ ।

ମରିଗଲା । ଏତେ ଚଞ୍ଚଳ ମରିଗଲା । ତା'ପାଇଁ କିଛି କରିବା ଆଗରୁ ସେ ପଳେଇଗଲା । ଟିକିଏ ବି ଚିନ୍ତା କଲା ନାହିଁ ପାଞ୍ଚବର୍ଷର ପ୍ରଣବ ଅବସ୍ଥା କ'ଣ ହେବ । ମୋ ଉପରେ ସେ ଯେଉଁ ରଣଭାର ଛାଡ଼ିଯାଇଚି, ତାହା କେଉଁଠି, କିପରି ପରିଶୋଧ କରାହେବ ।

ପ୍ରଣବ ପାଞ୍ଚବର୍ଷର ହୋଇଥାଏ, ତା' ମା' ମରିଗଲା । ଅପୁତ୍ରା ବୋଲି କହୁଥିବା ଏ ଅଞ୍ଚଳ ଉପରେ ଛୋଟ ବଡ଼ ପ୍ଲଟ୍‌ର ଚିହ୍ନ ଗଢ଼ିଉଠୁଥିଲା । କେଉଁଠି କିପରି ପାଚେରି । ନିଆଁଖୋଲା । କାହାର ପ୍ଲଟ୍ ଠିକ୍ କେଉଁଠି ସରିଚି । ସେଥିପାଇଁ ବଚସା, ମାଲି ମୋକଦମା । ମୁଁ ଏତେବଡ଼ ପ୍ଲଟ୍ ଚାରିପାଖରେ କୌଣସିମତେ ପାଚେରି ଠିଆ କରାଇବା ପରେ ଗୋଟେ ଜିନିଷ ଆବିଷ୍କାର କରିଥିଲି । ମୋ ପାଖରେ ଆଉ ପ୍ରାୟ ଟଙ୍କା ନାହିଁ । ସତେ ଯେପରି ବିଶାଳ ଗୁହାଳଟେ ତିଆରି ହୋଇଚି; ମାତ୍ର ଗାଈଟେ ପାଇଁ ସାମର୍ଥ୍ୟ ନାହିଁ । ଏଇ ଥିଲା ଅବସ୍ଥା ସେତେବେଳେ ।

ଜେଜେ ମର୍ଣିଙ୍ଗ ଠାକ୍‌ରୁ ଫେରିବାବେଳେ ନିଶ୍ଚୟ ଦେଖିବେ, ଝାମ୍ପୁ ଏବଂ ଲୁନା କୋଦାଳ ଧରି କେଉଁଠି ମାଟି ହାଣ୍ଡୁଚନ୍ତି । ଫ୍ଲାୱାରବେଡ୍ ତିଆରି କରିବେ । ଶାଗ ପତାଲି କିମ୍ବା ପରିବା ପାଇଁ ଛୋଟ ଛୋଟ କିଆରି କରିବେ । କେଉଁଠି ଗଛ ଲଗେଇବେ । ଏ ଦୁଇଜଣ ସମର୍ଥ ଯୁବକ ନିଜ ନିଜ କ୍ଷେତ୍ରରେ । ଝାମ୍ପୁର ବ୍ରିଲିଆଣ୍ଟ କ୍ୟାରିଅର୍ । ଖୁବ୍ ସ୍ମାର୍ଟ; ଅଥଚ ଅଭୁତଭାବେ ନମ୍ର । ଏବେ ବି ରାସ୍ତାରେ ହେଉ ବା ବଜାରରେ ହେଉ – ପୁରୁଣା ଶିକ୍ଷକ କିମ୍ବା ଗୁରୁଜନମାନଙ୍କୁ ଦେଖିଲେ ପାଦ ଛୁଇଁ ପ୍ରଣାମ କରିବ ।

ଲୁନା ଏତେ ଭଲ ଛାତ୍ର ନଥିଲେ ବି ଫଟୋଗ୍ରାଫି ପାଇଁ ତା'ର ଥିଲା ଅତୁଳନୀୟ ଦକ୍ଷତା । ତାଙ୍କ ସ୍କୁଲର ରୌପ୍ୟଜୟନ୍ତୀ ପାଳନ ଅବସରରେ, ତା' ଫଟୋଗ୍ରାଫ୍‌ମାନଙ୍କର ଗୋଟେ ପ୍ରଦର୍ଶନୀ ହୋଇଥିଲା । ସେତେବେଳେ ସେ ଥିଲା ମାତ୍ର ନବମଶ୍ରେଣୀର ଛାତ୍ର । ତାକୁ ଏକ ସ୍ୱତନ୍ତ୍ର ପୁରସ୍କାର ମିଳିବାବେଳେ ଜେଜେ ଛୋଟପିଲାଙ୍କ ଭଲି ପ୍ରଗଲ୍‌ଭ ହୋଇଯାଇଥିଲେ । ଏମିତି ତାଳି ମାରିଥିଲେ ଯେ, ତାଙ୍କ ପାପୁଲି ରକ୍ତିମ ଓ ବଥା ହୋଇଯାଇଥିଲା । ମୋ ସାନ ନାତି; ଶୁଣୁଚନ୍ତି, ଇଏ ମୋ ସାନ ନାତି – ପାଖ ଲୋକଙ୍କୁ କହିଥିଲେ ଆନନ୍ଦରେ ଗଦ୍‌ଗଦ୍ ହୋଇ । ଏତେ ସାନ ପିଲାଟେ; କିନ୍ତୁ ଦେଖ, ତା' କ୍ୟାମେରାର ଲେନ୍ସ କିପରି ଚିହ୍ନିପାରୁଚି ପ୍ରକୃତିର କବିତାକୁ । ସେଇ କବିତା କେଡେ ସୁନ୍ଦରଭାବେ ଅଟକିରହିଚି କାଗଜ ଉପରେ !

ଝାମ୍ପୁ ଓ ଲୁନା କୋଦାଳ ଧରି ମାଟି ହାଣିବାରେ କୌଣସି ବୈଚିତ୍ର୍ୟ ନ ଥିଲା;

ଯେମିତି ପ୍ରଣବ ଗୋଟେ ମଇଲା କପଡ଼ା ଧରି କାର୍ ସଫା କରିବା କିମ୍ବା ଜୋତାରେ ରଙ୍ଗଦେବା କିଛି ଅଭୁତପୂର୍ବ ଦୃଶ୍ୟ ନଥିଲା । ସେ ସବୁ ଥିଲା ସେ ଘରର ପରମ୍ପରା ।

- "ତୁମକୁ ପିଲେ ଅନେକ ବାର ଆଗରୁ କହିଚି ।" ଜେଜେ ରୋମନ୍ଥନ କରନ୍ତି ଅତୀତକୁ । "ସୁନନ୍ଦା ଓ ମୁଁ ରହୁଥିଲୁ ଗୋଟେ ଛୋଟ ଭଡ଼ାଘରେ । ସକାଳେ ଅଗଣା ଓଲେଇବା ଓ ଠାକୁରପୂଜା ପାଇଁ ଫୁଲ ସଂଗ୍ରହ କରିବା ଥିଲା ମୋ କାମ ।"

ଜେଜେ ଅଟକି ରହନ୍ତି । ଦେଖନ୍ତି ଅନ୍ୟମାନଙ୍କୁ ଏବଂ କହିଚାଲନ୍ତି- "ଏସବୁ କାମ ଆମେ ଭାଗ କରି ନେଇଥିଲୁ ବୋଲି ତୁମେ ଭାବୁଚ କି ?" ଯା'ପରେ ଘର ଉଚ୍ଛୁଳି ପଡ଼ୁଥିବା ଗୋଟେ ବିଶାଳ ହସ । ଟିକିଏ ସଂଯତ ହୋଇସାରି ଯୋଗ କରନ୍ତି- "ନା, ସେମିତି କିଛି ହୋଇନଥିଲା । ଆମେ ଦୁହେଁ କେବଳ ବୁଝିଥିଲୁ ପରସ୍ପରକୁ । ଅନ୍ତରଙ୍ଗ, ଘନିଷ୍ଠ ଭାବରେ । ଆମ ଭିତରେ ଗୋପନୀୟତା ବୋଲି କିଛି ନଥିଲା । ଆମେ ଦୁହିଁଙ୍କର ହାଡ଼, ମାଂସ, ଶିରା-ପ୍ରଶିରା, ରକ୍ତ ପ୍ରବାହ, ନିଃଶ୍ୱାସ-ପ୍ରଶ୍ୱାସ ସବୁ ଆମ ପାଖରେ ଥିଲା ଅନ୍ତରଙ୍ଗ ଭାବେ ପରିଚିତ ।"

ଟିକିଏ ଦମ୍ ନେଇ ସେ କହନ୍ତି- "ସୁନନ୍ଦା ସକାଳର କାମ କରୁଥିବ । ମୁଁ ଏଣେ କ୍ଲାସ ପାଇଁ ପଢ଼ାପଢ଼ି କରୁଥିବି । ତେବେ କେବେ କିପରି ଯଦି ତା' ଦେହ ଖରାପ ହୋଇଯାଉଥିଲା, ସବୁ କାମ କରୁଥିଲି ମୁଁ । ତା' ପାଇଁ ପଥ ତିଆରି । ମୋର ରୋଷେଇ । ନର୍ଦ୍ଦମା ସଫା । ବାସନ ମଜା । ତା' ଲୁଗାପଟା କଟା ।"

ଯା'ପରେ ସେ ଚାହାନ୍ତି ଶୋଭାକୁ ଏବଂ ପଚାରନ୍ତି- "କିରେ, ମା' । ତୋତେ ବୋହୂ କରିବି ବୋଲି ଯେଉଁ ଦିନ ଦେଖିବା ପାଇଁ ଯାଇଥିଲି, କ'ଣ ସବୁ ପଚାରିଥିଲି ତୋତେ ? ହଁ, କହ କହ । କ'ଣ ସବୁ ପଚାରିଥିଲି ?"

ଅପ୍ରତିଭ ନୁହେଁ; ଶୋଭା ମୁଗ୍ଧ ହୋଇପଡ଼ନ୍ତି ଏ ପ୍ରଶ୍ନର ଉତ୍ତର ଦେବାବେଳେ । ମୋତେ କ୍ଲାନ୍ତ କିମ୍ବା ବିରକ୍ତ ହୁଅନ୍ତି ନାହିଁ ବାରମ୍ବାର ଏ ପ୍ରଶ୍ନର ଉତ୍ତର ଦେଲେ ମଧ୍ୟ । କହନ୍ତି - "ଆପଣ ପଚାରିଥିଲେ, ମୋତେ ସଲିତା ତିଆରି ଆସିବ କି ନାହିଁ । ଘରେ କିଏ ସଞ୍ଜବତି ଦିଏ ।"

- "ତୁ କହିଥିଲୁ, ସଲିତା ତିଆରି ମାଲୁମ ଅଛି ତୋତେ ।" ଜେଜେ ଯା' ପରେ ନିଜକୁ ଅଭିନନ୍ଦନ ଜଣେଇବା ଭଙ୍ଗୀରେ କହନ୍ତି - "ମୁଁ, ପିଲେ, ବିଶ୍ୱାସ କଲି ନାହିଁ ତୁମର ଏଇ ମା' କଥା । ମୋ ସାମ୍ନାରେ ଗୋଟେ ସଲିତା ତିଆରିବା ପାଇଁ କହିଲି । ବଣେଇଦେଲା । କୌଣସି ପ୍ରକାର ଚେଷ୍ଟା ନାହିଁ । ଅନାୟାସରେ ବଣେଇଦେଲା ତୃଟିହୀନ ସଲିତାଟେ । ଆଚାର, ବଡ଼ି ତିଆରି କରିପାରେ । ପଚାରିଥିଲି, ତୋ ଲୁଗାପଟା କିଏ ସଫା କରେ ? କିରେ, କ'ଣ କହିଥିଲୁ ?

– "କହିଥିଲି, ମୁଁ ନିଜେ ସଫା କରେ।" ଏଥର ତଳକୁ ମୁହଁ ପୋତି ପ୍ରକାଶିତ ଆନନ୍ଦରେ ଶୋଭା ଘୋଷଣା କରନ୍ତି।

ଜେଜେ କଥାର ମୋଡ଼ ବଦଳାନ୍ତି। କହନ୍ତି – "ଦିନେ କମନ୍‌ରୁମ୍‌ରେ ଜଣେ ଅଧ୍ୟାପକ ମୋର ଦୁଇ ହାତ ଦେଖି ବିସ୍ମିତ ହୋଇଯାଇଥିଲେ। ନଖ ସନ୍ଧିରେ ତଥାପି ହଳଦୀ ଚିହ୍ନ ରହିଥିଲା। କୈଫିୟତ୍‌ ଦେଲି, ମସଲା ବାଟୁଥିଲି। ଏଇ ଦେଖ, ଶୁଙ୍ଘ ଏ ହାତକୁ। କ'ଣ ଅନୁମାନ କଲ ? ସେ କହିଲେ, ପିଆଜ କାଟିବାର ବାସ୍ନା। ତାଙ୍କୁ ଧନ୍ୟବାଦ ଦେଲି ତାଙ୍କର ସନ୍ତୋଷଜନକ ଉତ୍ତର ସକାଶେ। କହିଲି, ରୋଷେଇ କରୁଥିଲି। ହ୍ୱାଟ୍‌! ରୋଷେଇ କରୁଥିଲ, ତୁମେ ? ସେ ପଚାରିଥିଲେ ଏବଂ ତାଙ୍କୁ ଆହୁରି ଆଶ୍ଚର୍ଯ୍ୟ କରି କହିଥିଲି, ପତ୍ନୀର ଦେହ ଅବଶ୍ୟ ଭଲ ଅଛି। ସେ କିନ୍ତୁ ବଡ଼ି ପାରିବାରେ ବ୍ୟସ୍ତ ରହିଲା। ମୁଁ ରୋଷେଇ କଲି।"

ସୁନନ୍ଦା ମରିଗଲା, ପାଞ୍ଚବର୍ଷର ପ୍ରଣବକୁ ଛାଡ଼ିଦେଇ। ଅନ୍ୟ କିଛି ଅସୁବିଧା ନ ଥିଲା; କିନ୍ତୁ ଏତେ ସାନ ପିଲାର ଯତ୍ନନେବା କେତେ କଷ୍ଟ, ପୁଣି ଜଣେ ବାପ ପାଇଁ, ତାହା ତୁମେ ଅନୁମାନ କରିପାରିବ ନାହିଁ। ତା' ଆବଶ୍ୟକତାକୁ ଆଖି ଆଗରେ ରଖି ମୋର ରୁଟିନ୍‌ ପରିବର୍ତ୍ତିତ ହେଲା। ତାକୁ ସ୍କୁଲରେ ଛାଡ଼ିବି। ଯିବି କଲେଜ। ରିସେସ୍‌ବେଳେ ପୁଣି ସ୍କୁଲ। ଘରକୁ ଆଣିବି। ଖୁଆଇଦେବି। ପୁଣି ସ୍କୁଲ। ମୋର କଲେଜ। ଚାରିଟାବେଳେ ତାକୁ ଘରକୁ ଆଣିବି ଇତ୍ୟାଦି। ସେଇତକ ସମୟ ଥିଲା ମୋ ପାଇଁ ସବୁଠୁ କଷ୍ଟ।"

– "ତେବେ, ଏ କାମ କରିବାରେ ଆନନ୍ଦ ବି ଥିଲା।" ଜେଜେ ସ୍ୱୀକାର କରନ୍ତି। ଗମ୍ଭୀର ଓ ସ୍ୱପ୍ନାଚ୍ଛନ୍ନ ହୋଇଯାଇଆଛନ୍ତି। କହନ୍ତି– "ଆଉ କେହି ନ କହିଲେ ବି କିଛି ଯାଏ ଆସେ ନାହିଁ। ମାତ୍ର ତାହା ଥିଲା ମୋର ଗୋଟେ ତପସ୍ୟା। ହଁ, ତପସ୍ୟା ସେଇଟା। ସାଧନା ବୋଲି ଶବ୍ଦଟେ ତା' ପାଖରେ ତୁଚ୍ଛ ହୋଇଯାଉଛି।"

ପ୍ରଣବ ଦଶବର୍ଷ ବେଳକୁ ସାଇକେଲର ଅଧିକାରୀ ହୋଇ ସାରିଥିଲେ। ଜୋତା, ପୋଷାକ ନିଜେ ସଫା କରୁଥିଲେ। ବଜାରରୁ ସଉଦା ଆଣୁଥିଲେ ଏବଂ ଅଇଁଠାବାସନ ମାଜୁଥିଲେ ଦରକାର ପଡ଼ିଲେ।

– "ସତର୍କତା ଦରକାର ଏଥିପାଇଁ।" ଜେଜେ କହିଲେ – "ସେ ଯଦି ଥରେ ଭାବିଥାନ୍ତା ଯେ, ମୁଁ ତାକୁ କାମ କରାଉଛି, ତେବେ ସବୁ ଭୁଶୁଡ଼ି ପଡ଼ିଥାନ୍ତା। ସୃଷ୍ଟି ହୋଇଥାନ୍ତା ପ୍ରତିବାଦ, ମୋ ପ୍ରତି ଗୋଟେ ବିରୋଧ ଭାବ। ମୁଁ ଚାହୁଁଥିଲି ସେ ସଚେତନ ହେଉ ନିଜ ସଂପର୍କରେ, ନିଜ କର୍ତ୍ତବ୍ୟବୋଧ ସଂପର୍କରେ। ସେତକ ସେ କରିପାରିବା ପରେ ଆଉ ଦୁଃଖ କ'ଣ ?"

ସୁନନ୍ଦା ଭବନ। କେବଳ ସେଇ ସହର ନୁହେଁ, ହୁଏତ ଦେଶ ମଧ୍ୟରେ ଗୋଟେ ପ୍ରଖ୍ୟାତ ବାସଗୃହ। କାରଣ ପ୍ରଣବଙ୍କର କାରଖାନା ଗତ କିଛିବର୍ଷ ହେଲା ବୈଦେଶିକ ମୁଦ୍ରା ଅର୍ଜନ କରିବାରେ ସମର୍ଥ ହୋଇଛି। ଜର୍ମାନ ଜ୍ଞାନକୌଶଳ ଦ୍ୱାରା ରଦ୍ଧିମନ୍ତ ତାଙ୍କ କାରଖାନା ସଂପ୍ରସାରିତ ହେଉଛି ଆଶ୍ଚର୍ଯ୍ୟଜନକ ଭାବରେ। କଠୋର ପରିଶ୍ରମ, ଚରମ ସାଧୁତା ଓ ଶ୍ରମିକମାନଙ୍କ ପ୍ରତି ନିର୍ମଳ ଅନୁକମ୍ପା ସକାଶେ ତାଙ୍କ କାରଖାନାକୁ କେହି କେହି ଗୋଟେ ମନ୍ଦିର ବୋଲି ବର୍ଣ୍ଣନା କରନ୍ତି।

ଜେଜେ ତିନି ବଖରା ଘର ତିଆରି କରିପାରିଥିଲେ କିଣିଥିବା ଏତେ ବଡ଼ ପ୍ରକାଣ୍ଡ ଇଲାକାରେ। ତାହାହିଁ ଥିଲା ତାଙ୍କର ଚୂଡ଼ାନ୍ତ ପାର୍ଥିବ କ୍ଷମତା। ସେତେବେଳେ ଏଇ ସାମାନ୍ୟ କୋଠାଘର ଦେଖାଯାଉଥିଲା ନିତାନ୍ତ ହାସ୍ୟାସ୍ପଦ। ଏତେବଡ଼ ପାଚେରି ଘେର ଭିତରେ ଥାଇ ତାହା ନିଃସଙ୍ଗ ଓ ସୃଷ୍ଟିଛଡ଼ା ବି ଜଣାପଡୁଥିଲା। ସେ ଆହୁରି ବଡ଼ ଘରଟେ ଖୁବ୍ ସହଜରେ ତିଆରି କରିପାରିଥାନ୍ତେ। କେବଳ ଅଞ୍ଚ ଟିକିଏ ଜମି ବିକିଦେବା କଥା। ବହୁଦିନ ଧରି ଏମିତି ଅନେକ ପ୍ରସ୍ତାବ ବଳବଉର ରହିଥିଲା ତାଙ୍କ ମନରେ। ମାତ୍ର ପାଚେରି ଘେର ଭିତରେ ଥିବା ତାଙ୍କ ଜମି ଅତୁଟ ରହିଥିଲା।

କାଲିଭଲି ଲାଗୁଚି ଉଥାସ ଭଲି ଏ ଘର ତିଆରିହେବା ବେଳର ଘଟଣା। ଜେଜେ ବନେଇଥିବା ତିନି ବଖରା ଘର ରହିଚି ଗୋଟେ ନେମ୍‌ପ୍ଲେଟ୍ ଭଲି ଏବଂ ଏଇ ବିଶାଳ ଘରର ଅଂଶବିଶେଷ ହୋଇଯାଇଛି। ପ୍ରଣବ ସେଇ ତିନୋଟି ରୁମର ନିତାନ୍ତ ଦରକାର ହୋଇଥିବା ପରିବର୍ତ୍ତନ କରିଚନ୍ତି, ମାତ୍ର ତାହାର ପରିଚିତି ଲୋପ କରିନାହାନ୍ତି। ସେ ତିନୋଟି ବଖରା ନିଜର ସ୍ୱାତନ୍ତ୍ର୍ୟ ରକ୍ଷାକରିବା ସହିତ ଏ କୋଠାଘରର ମା' ହୋଇପାରିଚି ସତେ ଯେପିରି। ସୁନନ୍ଦା ଭବନ। ଏ ନାଁ ଦେଇଚନ୍ତି ପ୍ରଣବ ନିଜେ।

ସେ'ଦିନ ସକାଳ ଆଠଟାବେଳେ ଜେଜେ ଖବରକାଗଜ ଉପରେ ଦୃଷ୍ଟି ବୁଲାଉଥିଲେ। ପୋର୍ଟିକୋ କଡ଼ରେ ଜାମୁଗଛଟା କେତେବଡ଼ ହୋଇଗଲାଣି ଯ।' ଭିତରେ। ତିନି ବଖରା ଘର ବନେଇବାବେଳେ ଏ ଗଛ ଦୁଇ-ଚାରି ଫୁଟ ଡେଙ୍ଗା ହୋଇସାରିଥିଲା। କେହି ଲଗେଇ ନ ଥିଲେ ଯାକୁ। ମଞ୍ଜିଟିଏ ପଡ଼ିଯାଇଥିଲା କେମିତି କେଜାଣି ଏବଂ କାହାର ଯତ୍ନକୁ ଅପେକ୍ଷା ନ କରି ବଢୁଥିଲା ଭବିଷ୍ୟତର ସମ୍ଭାବ୍ୟ ଟାଙ୍ଗିଆ ଚୋଟ କିୟା ସେମିତି କିଛି ବିପଦକୁ ଖାତିର ନ କରି। ଜେଜେ ସବୁବେଳେ କହନ୍ତି, ଗଛଗୁଡ଼ିକ ତାଙ୍କୁ ସ୍ୱପ୍ନାଚ୍ଛନ୍ନ, ପ୍ରତିଶ୍ରୁତିପୂର୍ଣ୍ଣ ଜଣାପଡ଼େ ସବୁବେଳେ। ସେମାନଙ୍କର ବଢ଼ିବା ଭିତରେ ଥାଏ ଅନନ୍ୟ ନିର୍ଭୀକତା, ଗୋଟେ ଅଫୁରନ୍ତ ଶକ୍ତି। ସେ ଗଛ ରହିଲା ସେମିତି। କେଡ଼େ ସୁନ୍ଦର, ଧ୍ୱାମ୍ପୁରା ଗଛଟେ। ଏ ଘରର ସଂପ୍ରସାରଣ,

ଏ ପରିବାରର ଅଭିବୃଦ୍ଧି ସେ ଲକ୍ଷ୍ୟ କରୁଚି ନୀରବରେ। ଏ ସବୁର ସବୁଜ ହସ୍ତଲିପିଟିଏ ହୋଇଯାଇଚି ଯେପରି।

ସକାଳର ନିତ୍ୟକର୍ମ ଶେଷ ହେବା ପରେ ସେ ଆସିବେ ପୋର୍ଟିକୋ କଡ଼ର ସେଇ ଗଚ୍ଛପାଖକୁ। କେନ୍ ଚେୟାର ଓ ଟି-ପୟ ତାଙ୍କୁ ଅପେକ୍ଷା କରିଥିବ। ଟି-ପୟ ସତେ ଯେପରି ଦୁଇ ପାପୁଲିର ଆଞ୍ଜୁଳାରେ ଧରିଥିବ ସେ'ଦିନର ଖବରକାଗଜ ଆଜ୍ଞାବହ ଶ୍ରଦ୍ଧାରେ। ଜେଜେ ଚେୟାରରେ ବସି ଉଠାଇଆଣିବେ ସମ୍ବାଦପତ୍ର ଏବଂ ଆଖି ବୁଲାଇ ଆଶୁ ଆଶୁ ବିମର୍ଷ ହୋଇଯିବେ। ପୃଥିବୀ ଦୁଃଖୀ ହୋଇଯାଉଚି। ମଣିଷ ହାରିଯାଉଚି କିମ୍ବା ଗୋଟେ ଅନିବାର୍ଯ୍ୟ ପତନର ବାଟ ବାଛିନେଉଚି। ଏତକ ପରିବେଷଣ କରିବା ପାଇଁ ସତେ ଯେପରି ତିଷ୍ଠି ରହିଚି ସମ୍ବାଦପତ୍ରର ଏଇ କ୍ରମବର୍ଦ୍ଧମାନ ଶିକ୍ଷା। ତାଙ୍କ ଭଳି ଅନ୍ୟମାନଙ୍କର ଦିନ ଆରମ୍ଭ ହୁଏ ଖବରକାଗଜ ପଢ଼ାରୁ। ପୃଥିବୀ ଓ ମଣିଷର ଯନ୍ତ୍ରଣାର ଛବି ଦେଖାରୁ।

ସେ'ଦିନ ସେ ଖବରକାଗଜ ଦେଖୁଥିବାବେଳେ ତରତର ହୋଇ ବାହାରି ଆସିଲେ ପ୍ରଣବ ହାତରେ ବ୍ରିଫ୍‌କେଶ୍‌ଟା ଧରି ସବୁଦିନ ଭଳି। କାର୍ ଦରଜା ଖୋଲିବା ବେଳେ ଜେଜେ ପଚାରିଲେ – "କିରେ, ଡ୍ରାଇଭର ନାଇଁ କି?"

ଏ ପ୍ରଶ୍ନର ତାତ୍ପର୍ଯ୍ୟ ହେଉଚି, ଡ୍ରାଇଭର ହିଁ ଗାଡ଼ି ଚଲେଇବା କଥା। କାରଖାନା ସଂପର୍କରେ ତୁ ଖୁବ୍ ଚିନ୍ତାଶୀଳ ହେଉଚୁ। ଅନ୍ୟମନସ୍କ ହୋଇଯିବା କିଛି ବିଚିତ୍ର ନୁହେଁ। ତାହା ହିଁ ବିପଦର କାରଣ ହୋଇଯିବ; ତୋ' ପାଇଁ, ଅନ୍ୟମାନଙ୍କ ପାଇଁ।

ପ୍ରଣବ କାର୍ ଭିତରେ ବ୍ରିଫ୍‌କେଶ୍‌ଟା ରଖି କୈଫିୟତ୍ ଦେଲେ ଏଭଳି – "ଗତ କାଲି ରାତିରେ ମୁଁ ଆପଣଙ୍କୁ କହୁଥିଲି, କେତେଜଣ ଇଞ୍ଜିନିୟର ଆସିବେ କାରଖାନାକୁ। ସେମାନଙ୍କର ଫ୍ଲାଇଟ୍ ନ'ଟାରେ। ଡ୍ରାଇଭର ଅନ୍ୟ ଗାଡ଼ିଟା ନେଇଯିବ ଏୟାରପୋର୍ଟକୁ ଏଇଥିପାଇଁ। କାରଖାନାର ମ୍ୟାନେଜର ଓ ଅନ୍ୟମାନେ ବି ଯିବେ ସେମାନଙ୍କୁ ରିସିଭ୍ କରିବା ସକାଶେ। ମୁଁ ଆଗରୁ କାରଖାନାରେ ନ ପହଞ୍ଚିଲେ ଅସୁବିଧା।"

ଜେଜେ ଆଉ କିଛି କହିଲେ ନାଇଁ। ସାବଧାନତାର ସହିତ ଗାଡ଼ି ଚଲେଇବୁ। ଅନ୍ୟମନସ୍କ ହେବୁ ନାଇଁ। ଅସ୍ଥିର, ଅଧୈର୍ଯ୍ୟ ହେବୁ ନାଇଁ ଜମା। ଏମିତି କଥା ସେ କେବେ କହନ୍ତି ନାଇଁ। ପ୍ରଣବ ତାଙ୍କ ଆଡ଼ୁ ଆଖି ଫେରାଇ କାର୍ ପାଖକୁ ଗଲେ। କିଛି ସମୟ ପରେ ତାଙ୍କ ଗାଡ଼ିର ଶବ୍ଦ ହଜିଗଲା ଦୂରତା ଭିତରେ।

ପ୍ରବଣଙ୍କ ପାଇଁ ସାଇକେଲ କିଣିବା ପରେ ସେ କେବେହେଲେ ତାଙ୍କୁ କହିନାହାନ୍ତି – ବାବୁରେ, ସାବଧାନ ହୋଇ ସାଇକେଲ ଚଲେଇବୁ। ତରବର ହେବୁ

ନାଇଁ। ସତର୍କ କରିନାହାନ୍ତି – ପରୀକ୍ଷା ଆଉ କମ୍ ଦିନ ରହିଲା। ପଢ଼ାପଢ଼ି ପ୍ରତି ଆଉ ଟିକିଏ ଧ୍ୟାନ ଦେ। ବ୍ୟାଡ୍‍ମିଣ୍ଟନ୍ ଖେଳା, ପତ୍ରିକା ପଢ଼ା କମେଇଦେଲେ ଭଲ ହେବ। କିମ୍ବା– ସଉଦା ଆଣିବାବେଳେ ଦେଖିବୁ, ଦୋକାନୀ ସବୁ ଜିନିଷ ନିର୍ଧାରିତ ପରିମାଣର ଦେଇଚି ଏବଂ ଅବଶିଷ୍ଟ ପଇସା ଦେବାରେ ଭୁଲ୍ କରିନାଇଁ।

ତେବେ ଆଇ.ଆଇ.ଟି.ରେ ଭର୍ତ୍ତି ହେବା ବେଳେ ପ୍ରଣବଙ୍କର ଆତ୍ମବିଶ୍ୱାସ ଦୋହଲି ଯାଇଥିଲା। ଟ୍ରେନ୍ ରିଜର୍ଭେସନ୍ ପାଇଁ ଟଙ୍କା ଦେବାବେଳେ ପ୍ରଣବ ପଚାରିଥିଲେ – "ଦୁଇଟା ବର୍ଥ ରିଜର୍ଭେସନ୍ କରିବି ସିନା!"

ଜେଜେ ତାଙ୍କ ମୁହଁକୁ ରହିଁଲେ ଏବଂ ସ୍ମିତ ହସିଲେ। ତାଙ୍କର ହୃଦ୍‍ବୋଧ ହେଲା ଯେ, ପିଲାଟା ଏକୁଟିଆ ସେଠାକୁ ଯିବାପାଇଁ ପଛଘୁଞ୍ଚା ଦେଉଚି। ପରୋକ୍ଷ ଭାବରେ ତାଙ୍କୁ ଅନୁରୋଧ କରୁଚି ତା' ସହିତ ସେଠାକୁ ଯିବାପାଇଁ। ଜେଜେ ଉତ୍ତର ଦେଇଥିଲେ – ମୁଁ ସେ ସହର ଆଗରୁ ଦୁଇ-ତିନିଥର ଦେଖିଚି। ଗୋଟେ ସ୍ମାର୍ଟ୍ ପିଲା ପାଇଁ ଏସ୍କର୍ଟର ଦରକାର କ'ଣ?

ପ୍ରବଣ ବୁଝିପାରିଥିଲେ, ଜେଜେ ସମ୍ଭବତଃ ପରୀକ୍ଷାକରି ଦେଖୁଚନ୍ତି, ସେ କେତେ ସ୍ମାର୍ଟ ଏବଂ ଆଡ୍‍ମିଶନ୍ ଭଳି ଗୋଟେ ମାମୁଲି କାମ ସେ ଏକୁଟିଆ କରିପାରୁଚନ୍ତି କି ନାଇଁ। ଏଇଟା ପୁଅ ପ୍ରତି ଉଦାସୀନତା ନୁହେଁ; ପ୍ରଣବଙ୍କ ପ୍ରତି ସମ୍ପୂର୍ଣ୍ଣ ଭରସା ଓ ବିଶ୍ୱାସର ଏହା ଥିଲା ପରିପାଟୀ। ଜେଜେ ଏଇଭଳି ଭାବରେ ଗଢ଼ିଥିଲେ ପ୍ରଣବଙ୍କୁ। ତାଙ୍କର ଉଦ୍ଦେଶ୍ୟ ଥିଲା ଏକମାତ୍ର ଦୃଢ଼ ଦୁର୍ବଳ ବ୍ୟକ୍ତିତ୍ୱ ସଂପନ୍ନ, ଅନ୍ୟ ଉପରେ ନିର୍ଭରଶୀଳ ମଣିଷଟେ ନ ହେଉ। ପିଲାଦିନରୁ ସେ ଶିଖୁ ସଂଗ୍ରାମ କ'ଣ, ନିଜକୁ ଜାହିର କରିବାର ଆବଶ୍ୟକତା କ'ଣ।

ଅଥଚ ପ୍ରଣବ ସବୁବେଳେ ସଚେତନ ଥିଲେ ଯେ ତାଙ୍କର ଗତିବିଧ୍, କାର୍ଯ୍ୟକଲାପ ଉପରେ ଦୁଇଟି ସତର୍କ ସ୍ନେହପ୍ରବଣ ଆଖ୍ ନିବିଦ୍ଧ ରହିଚି। ଯେମିତି – ପ୍ରାଇମେରୀ ସ୍କୁଲରେ ତୋତେ ପଢ଼ାଉଥିଲେ କେଦାର ସାର। ତୁ ଜାଣିନୁ ପ୍ରଣବ, ତୋତେ ସେ କେତେ ଶ୍ରଦ୍ଧା କରନ୍ତି। ତୋ'ପାଇଁ କେତେ ଗର୍ବ କରନ୍ତି। ମୁଁ ଭାବୁଚି, ତାଙ୍କ ପାଦ ଧରି ପ୍ରଣାମ କରିଥିଲେ ସେ ଆହୁରି ଖୁସି ହୋଇଥାନ୍ତେ। କିମ୍ବା – ତୋର ରାଜଧାନୀ ଯିବା କଥା ତ! ଯଦି ନିତାନ୍ତ ଜରୁରୀ କାମ ନଥାୟ, ତେବେ ଆସନ୍ତାକାଲି ଫ୍ଲାଇଟ୍‍ରେ ଯିବୁ। ଆଜି ତପନର ଝିଅ ବାହାଘର। ଥରେ ଭାବି ଦେଖ, ତୋ କାରଖାନାରେ କାମ କରୁଥିବା ଏଇ ବୟସ୍କ କର୍ମଚାରୀର ଝିଅ ବାହାଘରରେ ତୋର ଉପସ୍ଥିତି କେତେ ଭଲ ଲାଗିବ ତାକୁ!

ଆଦର୍ଶ ପରିବାର। ସେ ସହରରେ ଏଇଭଳି ଖ୍ୟାତିଟେ ଥିଲା। ପରିବାରର

ଲୋକଙ୍କୁ କେହି କେବେ ଭୟ କରି ନାହାନ୍ତି । ସମ୍ମାନ ଦେଖାଇଚନ୍ତି, ଶ୍ରଦ୍ଧା କରିଛନ୍ତି । ସେମାନେ ସମସ୍ତେ ଅଛନ୍ତି ପାଖରେ । ସେମାନଙ୍କୁ ଛୁଇଁହେବ । ନିର୍ବିଘ୍ନରେ ଆଲିଙ୍ଗନ କରି ଭିତରକୁ ଟାଣିନେଇ ହେବ । ସେମାନେ ଊର୍ଦ୍ଧ୍ୱମୁଖୀ ହେଉଚନ୍ତି କେଡ଼େ ଦ୍ରୁତଗତିରେ; ଅଥଚ ମାଟି ସହିତ ସେମାନେ ସଂପର୍କିତ ହୋଇ ରହିଚନ୍ତି ଘନିଷ୍ଟ ଭାବରେ । ସେମାନେ ବିନା ଦ୍ୱିଧାରେ ବସିପାରିବେ ମାଟିପିଣ୍ଡା ଉପରେ । ପର ମୁହୂର୍ତ୍ତରେ ସେମାନେ ବସିପାରିବେ ଉଡ଼ାଜାହାଜରେ ।

ଜେଜେ କେଡ଼େ ସାବଧାନତାର ସହିତ ଗଢ଼ିଚନ୍ତି ଏମାନଙ୍କୁ । ପାଣି ଗିଲାସେ ଆଣିଦିଅ – ଚାକର-ପୁଣ୍ଛାରୀ ଏମିତି ଆଦେଶ ଶୁଣିନାହାନ୍ତି । ଜେଜେ ମୁଗ୍ଧ ହୁଅନ୍ତି ଯେତେବେଳେ ଝିମ୍ପୁ କିମ୍ଵା ଲିଲି ନିଜ କୋଠରିର ଅଳନ୍ଦୁ ସଫା କରନ୍ତି, ଅଯଥାରେ ଜଳୁଥିବା ଲାଇଟ୍ ଫ୍ୟାନ୍ର ସୁଇଚ୍ ଅଫ୍ କରନ୍ତି କିମ୍ଵା ପ୍ରଶସ୍ତ ଲନ୍ରେ ମାଳୀ ସହିତ କାମ କରନ୍ତି ।

ତାହା ହିଁ ଥିଲା ସେଇ ପରିବାରର ସଂସ୍କୃତି । ସମସ୍ତ ଯତ୍ନ ଓ ସତର୍କତାର ସହିତ ଜେଜେ ତାହା ଲାଳନପାଳନ କରିଥିଲେ । ତେବେ ଏଇ କିଛିବର୍ଷ ପୂର୍ବେ ତାଙ୍କର ସତେ ଯେମିତି ମୋହଭଙ୍ଗ ହୋଇଥିଲା । ଭାଗ୍ୟକୁ ଦୁର୍ଘଟଣାଟା ସେମିତି କିଛି ଗୁରୁତର ହୋଇ ନଥିଲା ବୋଲି ସିନା ! ପ୍ରଣବଙ୍କର କାର୍ ବାଡେଇ ହୋଇଗଲା ରାସ୍ତାକଡ଼ ଗଛ ସହିତ । ଗାଡ଼ିର ଗତି ଖୁବ୍ ମନ୍ଥର ଥିଲା ଅବଶ୍ୟ । କିଛି କ୍ଷତି ହୋଇନଥିଲା ପ୍ରବଣଙ୍କର ।

– "କୌଣସି ଗାଡ଼ିକୁ ଓଭରଟେକ୍ କରୁଥିଲୁ ?" ଜେଜେ ପଚାରିଥିଲେ ସ୍ୱାଭାବିକ ସ୍ୱରରେ । ବ୍ୟସ୍ତତା କିମ୍ଵା ନର୍ଭସ୍‌ନେସ୍ ନଥିଲା ତାଙ୍କ ମୁହଁରେ କିମ୍ଵା କଥାରେ ।

– "ନା ।" ପ୍ରଣବ ଜବାବ ଦେଇଥିଲେ । ସେ ପେଣ୍ଟ-କମିଜ୍ ଝାଡ଼ିଝୁଡ଼ି ହେଲେ; ଯଦିଓ ସେଠାରେ ଧୂଳି, ଏପରିକି କ୍ରିଜ୍‌ର ଚିହ୍ନବର୍ଣ୍ଣ ନଥିଲା । କେବଳ ତାଙ୍କର ଗହଳିଆ କେଶ ଇତସ୍ତତଃ ହୋଇପଡ଼ିଥିଲା ସାମାନ୍ୟ । ମୁହଁ ଝାଲେଇ ଯାଇଥିଲା ।

– "ଲିଲି, ତୋ ବାପାଙ୍କ ପାଇଁ ଥଣ୍ଡାପାଣି ଗ୍ଲାସେ ଆଣ ।" ଜେଜେ କହିଲେ ଏବଂ ଚାହିଁଲେ ଅପରିଚିତ ଭଦ୍ରଲୋକଙ୍କ ଆଡ଼େ । ସେ ତାଙ୍କ ଗାଡ଼ିରେ ପ୍ରଣବଙ୍କୁ ଆଣିଥିଲେ ଘରକୁ ।

– "ରାସ୍ତା ଟୋଟାଲି ଫାଙ୍କା ଥିଲା, ମଉସା ।" ସେ କହିଲେ । "ମୁଁ ପଛରେ ଆସୁଥିଲି । ଦେଖିଲି, ପ୍ରଣବବାବୁଙ୍କ ଗାଡ଼ି ରାସ୍ତା ଉପରୁ ଗଡ଼ିଯାଉଚି । ତା'ପରେ ଗଛ ଦେହରେ ଟିକେ ବାଡେଇ ହୋଇଗଲା । ଦାଟ୍ସ ଅଲ୍ ! ନଥିଙ୍ ଟୁ ଓରି ।"

ସେ ବାହାରିଗଲେ ଅନେକ କୃତଜ୍ଞତା ଓ ଆନ୍ତରିକତା ଗ୍ରହଣ କରି । ଜେଜେ

ଚାହିଁଲେ ପରିବାରର ଲୋକଙ୍କୁ। ଚିନ୍ତିତ, ଆତଙ୍କିତ ଦେଖାଯାଉଥିଲେ ସମସ୍ତେ। ଜେଜେ ହସିଲେ। କହିଲେ – "କିରେ, ଡରିଯାଇଚ ସମସ୍ତେ, ନାଇଁ ? ବସ, ବସ ସମସ୍ତେ। ମୁଁ ଅନେକ ଦିନ ହେଲା ଗୋଟେ ଜିନିଷ ଲକ୍ଷ୍ୟ କରୁଥିଲି। ଅସ୍ଥିର ହେଉଥିଲି ମଧ୍ୟ। ମୋ ଆଶଙ୍କା କେମିତି ସତରେ ପରିଣତ ହେଲା, ଦେଖ।"

ସେ ଦମ୍ ନେଲେ ଟିକିଏ। ପଚାରିଲେ – "ତୁ ଦିନରେ କେତେ ଘଣ୍ଟା ପରିଶ୍ରମ କରୁଚୁ ?"

ପ୍ରଣବ କିଛି କହିଲେ ନାଇଁ। ଅପ୍ରତିଭ ହେଲେ। ଚାରିଆଡ଼ୁ ଆଖି ଫେରାଇ ଚାହିଁଲେ ଜେଜେଙ୍କୁ। ଜେଜେ ନିଜ ପ୍ରଶ୍ନର ଉତ୍ତର ଦେଲେ – "ମୁଁ ଭାବୁଚି, ଅଠରଘଣ୍ଟାରୁ କମ୍ ନୁହେଁ। ଦିନେ ଦିନେ ରାତି ଦୁଇଟା ପର୍ଯ୍ୟନ୍ତ ତୋ ରୁମ୍ ଲାଇଟ୍ ଜଳୁଥାଏ।"

– "କିନ୍ତୁ, ମୋ କାମ....।" ପ୍ରଣବ ନିଜ କଥା ଶେଷ କରିପାରିଲେ ନାଇଁ।

ଜେଜେ କହିଲେ – "ଖୁବ୍ ସ୍ୱାଭାବିକ। କାରଖାନା ବଢ଼ୁଚି। ଓ୍ୱାର୍କଲୋଡ୍ ମଧ୍ୟ ବଢ଼ିବ। ଚିନ୍ତିତ ହେବା, ଯୋଜନା ପ୍ରସ୍ତୁତ କରିବା ଖୁବ୍ ନାଚୁରାଲ୍! ବର୍ତ୍ତମାନ କହ, ଜଣେ ଡ୍ରାଇଭରର ସାହାଯ୍ୟ ନେବା ଦରକାର ନା ନାଇଁ ? କିରେ, ଚୁପ୍ ରହିଲୁ କାହିଁକି ?"

ଏମିତି ପ୍ରଶ୍ନ ପଚାରି ପ୍ରଣବଙ୍କୁ ଦୋଷୀ ସାବ୍ୟସ୍ତ କରୁ ନଥିଲେ ଜେଜେ। ସେ ତାଙ୍କୁ ଶାସ୍ତି ଦେଉନଥିଲେ ଏହା ଜରିଆରେ, ପରିବାରର ସମସ୍ତଙ୍କ ଉପସ୍ଥିତିରେ। ଜେଜେ କେବଳ ଚିନ୍ତା ପ୍ରକାଶ କରୁଥିଲେ; ପ୍ରଣବଙ୍କର କ୍ରମବର୍ଦ୍ଧିଷ୍ଣୁ କାମର ପ୍ରେସର୍ ଉପଲବ୍ଧି କରୁଥିଲେ। ପ୍ରବଣ କିଛି କହିବା ପୂର୍ବରୁ ପାଣି ପିଇଲେ। କୈଫିୟତେ ଦେବାକୁ ପଡ଼ିବ। କହିଲେ – "ସେ କଥା ଠିକ୍ ଯେ, ତେବେ ମୁଁ ମ୍ୟାନେଜ୍ କରି ନେଉଥିଲି। ଠିକ୍ ଅଛି, ଡ୍ରାଇଭର ଜଣେ ରଖିବାକୁ ହେବ।"

ଏତକ ସେ କହିଲେ ପରମ ଆନନ୍ଦରେ। ସତେ ଯେପରି ତ୍ରାହି ପାଇଗଲେ ସେ। ସଂପୂର୍ଣ୍ଣ ରିଲାକ୍ସଡ୍ ଦେଖାଗଲେ ୟା'ପରେ। ଜେଜେଙ୍କ ଦୃଷ୍ଟିରୁ ପ୍ରଣବଙ୍କର ଏଇ ପରିବର୍ତ୍ତିତ ମୁହଁର ନକ୍ସା ବାଦ୍ ପଡ଼ିପାରିଲା ନାହିଁ। କେବଳ ସେଇଥିପାଇଁ ସେ ନିଜ ଭିତରେ ଯନ୍ତ୍ରଣାଟେ ଅନୁଭବ କଲେ। ତାହା ଅପ୍ରକାଶିତ ରଖିବାକୁ ଚେଷ୍ଟା କରି ସେ ସହଜ ସ୍ୱରରେ କହିଲେ ହସି ହସି – "ଆଜି ମୁଁ ଅନୁଭବ କରୁଚି ଏ ଘରେ ମସ୍ତବଡ଼ ତ୍ରୁଟିଟେ ରହିଛି। ହଁ, ଏହାକୁ ମସ୍ତବଡ଼ କହିବା ଛଡ଼ା ମୋର ଆଉ କିଛି ଉପାୟ ନାଇଁ।"

ତାଙ୍କର ହସ ପ୍ରସାରିତ ହେଲା। ସେ ଚାହିଁଲେ ସମସ୍ତଙ୍କୁ ଏବଂ ରହସ୍ୟମୟ

ଜଣାପଡ଼ିଲେ। ଅନ୍ୟମାନେ ମଧ ଚାହିଁଲେ ପରସ୍ପରକୁ। ମସ୍ତବଡ଼ ତ୍ରୁଟି ? ପୁଣି ଏ ପରିବାରରେ ? କ'ଣ ତାହା ହୋଇପାରେ ? ମୂଢ଼ ବନିଗଲେ ସମସ୍ତେ। କେହି କିଛି ଅନୁମାନ କରିପାରିଲେ ନାହିଁ। ସମସ୍ତଙ୍କ ଦୃଷ୍ଟି ଫେରିଆସିଲା ଜେଜେଙ୍କ ପାଖକୁ ଏଇ ଉଦ୍ଦେଶ୍ୟରେ ଯେ, ସେ ଯାହାକୁ ତ୍ରୁଟି ବୋଲି କହୁଛନ୍ତି, ତାହା ସେ ଚିହ୍ନେଇ ଦିଅନ୍ତୁ ସମସ୍ତଙ୍କୁ।

ପ୍ରଣବ ଠିଆ ହେଲେ। ଜେଜେ ପଚାରିଲେ – "ଅଫିସ୍ ଯିବୁ କି ?"

– "ମୋର କିଛି ହୋଇ ନାହିଁ, ବାପା।", ପ୍ରଣବ କହିଲେ ଦୃଢ଼ତା ଓ ଆତ୍ମବିଶ୍ୱାସର ସହିତ – "ସାମାନ୍ୟ ଶକ୍ ମଧ ହୋଇ ନାହିଁ। ମୁଁ ଟିକିଏ ଧୁଆଧୋଇ ହୋଇ ଆର ଗାଡ଼ିରେ ବାହାରିପଡ଼ିବି।"

– "ମୁଁ ଭାବୁଚି, ଲଞ୍ଚ ପରେ ତୁ ଗଲେ ଭଲ ହୁଅନ୍ତା।" ଜେଜେ ପ୍ରସ୍ତାବ ଦେଲେ – "ଅବିକା ଏଗାରଟା ବାଜିଗଲାଣି। ଆଉ ଟିକିଏ ସ୍ୱାଭାବିକ ହୋଇଯା। ଟେକ୍ ଇଟ୍ ଇଜି।"

କହିବା ବାହୁଲ୍ୟ, ପ୍ରଣବ ବସିପଡ଼ିଲେ ପୁଣିଥରେ। ତାଙ୍କ ମୁହଁରେ ପ୍ରତିବାଦ କିମ୍ବା ଅସନ୍ତୋଷ ଅଛି କି ? ଜେଜେ ତାଙ୍କ ଉପରେ କର୍ତ୍ତୃତ୍ୱ ଜାହିର କରୁଚନ୍ତି ବୋଲି ମନରେ ବିରୋଧଭାବ ସୃଷ୍ଟି ହୋଇଚି କି ? ଜେଜେ ଜାଣିପାରିଲେ ନାହିଁ କିଛି। ଏମାନେ ଏଇଭଳି ବଢ଼ିଛନ୍ତି। ତାଙ୍କ କଥାକୁ ଗ୍ରହଣ କରିନେବାବେଲେ ସେମାନେ ଦେଖାଯାଆନ୍ତି ସ୍ୱାଭାବିକ। ସତେ ଯେପରି ଜେଜେ ଯାହା କହିଚନ୍ତି, ତାହାହିଁ ବିଜ୍ଞତା ଓ ଏକାନ୍ତଭାବେ ଗ୍ରହଣଯୋଗ୍ୟ।

ଜେଜେ ଅନୁଭବ କଲେ, ସେ ପୁଣି ଭୁଲ୍ କରିଚନ୍ତି। ପ୍ରଣବ ଉପରେ ନିଜର ପ୍ରସ୍ତାବ ଲଦିଦେବା ଠିକ୍ ହେଲା ନାହିଁ। ସେ ଅନ୍ୟ ମନସ୍କ ହୋଇପଡ଼ିବାବେଲେ ଶୋଭା ମନେପକାଇଦେଲେ – "ବାପା, ଆପଣ ଗୋଟେ ତ୍ରୁଟି କଥା କହୁଥିଲେ।"

ଜେଜେ ସତେ ଯେପରି ଉସ୍ଖାହିତ ହୋଇପଡ଼ିଲେ – "ହଁ, ସେଇକଥା ପରା କହିବି। ସେଇଥିପାଇଁ ପ୍ରଣବକୁ ବସେଇଲି। କାଇଁ ? ତୁମେ ତ କେହି କହିପାରିଲ ନାହିଁ ତ୍ରୁଟିଟା କ'ଣ ହୋଇପାରେ ?"

ସେ ସଜାଡ଼ି ହୋଇ ବସିବାର ଦେଖି ଅନ୍ୟମାନଙ୍କର ହୃଦ୍‌ବୋଧ ହେଲା ଯେ, ତାଙ୍କର ବକ୍ତବ୍ୟ ସଂକ୍ଷିପ୍ତ ହେବ ନାହିଁ। ସେ କହିଲେ – "ମୋର ପ୍ରଥମ ପ୍ରଶ୍ନ ପ୍ରଣବକୁ। ବହୁଦିନ ହେଲା ତୋର ଡ୍ରାଇଭରଟେ ଦରକାର ଥିଲା। ତାହା ଥିଲା ତୋର ଆବଶ୍ୟକତା; ବିଲାସ ନୁହେଁ। ତେବେ ତୁ ଡ୍ରାଇଭର ନିଯୁକ୍ତ କରି ନଥିଲୁ କାହିଁକି ?"

ପ୍ରଣବ କହିପାରିଲେ ନାହିଁ କିଛି। ତେବେ ନିଜକୁ ପ୍ରସ୍ତୁତ କରି ଜବାବ ଦେଲେ

- “ଏଇ କିଛି ସମୟ ଆଗେ କହିଥିଲି ନା, ମ୍ୟାନେଜ୍ କରି ନେଉଥିଲି। ଦରକାର ନଥିଲା।”

    - “ଦରକାର ଥିଲାରେ, ବାବା। ହଁ, ଦରକାର ଥିଲା।” ସମସ୍ତେ ବିସ୍ମିତ ହେଲେ ଯେ ଜେଜେଙ୍କର ସ୍ୱର ଟିକିଏ ଉଦାସ ହୋଇପଡିଛି। କହିଲେ - “ମୁଁ ତୋତେ ପିଲାଦିନୁ ଆତ୍ମନିର୍ଭରଶୀଳ ହେବାକଥା ଶିଖେଇଛି। ନାଇଁ ନାଇଁ, ଶିଖେଇ ନାଇଁ। ସେମିତି ଗଢ଼ିଆଣିଛି ତୋତେ। ମୋର ଉଦ୍ଦେଶ୍ୟ ଥିଲା, ତୁ ଆତ୍ମବିଶ୍ୱାସୀ ହେବୁ। ତୋର ବ୍ୟକ୍ତିତ୍ୱର ବିକାଶ ଘଟିବ। ତୁ ଅଯଥା ସେଣ୍ଟିମେଣ୍ଟାଲ ହେବୁ ନାଇଁ। ନିଜେ ନିଷ୍ପତ୍ତି ନେବାର ଦୃଢ଼ତା ତୋ’ଠି ସୃଷ୍ଟି ହେବ। ତୋର ଲକ୍ଷ୍ୟ କ’ଣ, ତାହା ନିଜେ ନିର୍ଦ୍ଧାରଣ କରିବୁ। ସେଇଆଡକୁ ଅଗ୍ରସର ହେବୁ, ଜମା ପଛକୁ ନ ଚାହିଁ।”

    ଜେଜେ ପାଣ୍ଠୁର ହସ ହସିଲେ। ଦୁଇ ଆଖିରୁ ଲେଣ୍ଟିରା ସଫା କରିବା ଭଙ୍ଗୀ ପରେ କହିଲେ - “ମୁଁ କିନ୍ତୁ ଚାହିଁ ନଥିଲି, ତୁମେ ସବୁ ଏଇ ଆଦର୍ଶ ପାଳନ କରୁ କରୁ ଭାଙ୍ଗିପଡ଼ିବ ବୋଲି। ରହ, ରହ। ମୁଁ ଆଗ କହିସାରେ। ପ୍ରଣବ, ବାବୁରେ, ତୁ ବ୍ରେକିଙ୍ଗ ପଏଣ୍ଟ ପାଖରେ ପହଞ୍ଚ ସାରିଛୁ। ଭାଙ୍ଗିପଡିବା ପର୍ଯ୍ୟନ୍ତ କଥା ଗଲା। ତୁ ଆତ୍ମନିର୍ଭରଶୀଳ ହେବା ନାଁରେ ନିଜକୁ ରୀତିମତ ଅତ୍ୟାଚାର କରୁଛୁ। ବୋଧହୁଏ ଭାବୁଛୁ, ଡ୍ରାଇଭର ନିଯୁକ୍ତ କଲେ, ଟାଇପିଷ୍ଟେ କିୟା ପର୍ସନାଲ ଆସିଷ୍ଟାଣ୍ଟେ ନିଯୁକ୍ତ କଲେ କାଲେ ମୁଁ କ’ଣ ଭାବିବି। ମୁଁ ଯେଉଁ ମନ୍ତ ପିଲାଦିନୁ ଶିଖାଇଥିଲି, କାଲେ ତାହାର ଅବମାନନା ଘଟିବ। ଏୟା ନା ଆଉ କ’ଣ?”

    ସ୍ତମ୍ଭୀଭୂତ ହୋଇଯାଇଥିଲେ ପ୍ରଣବ, ଶୋଭା, ଅନ୍ୟମାନେ। ତେବେ ପ୍ରଣବ ଓ ଶୋଭା ଅନୁଭବ କରୁଥିଲେ, ବହୁକାଳ ଧରି ସେମାନଙ୍କ ଭିତରେ ଚାପିହୋଇ ରହିଥିବା ଗୋଟେ ସଭା ସତେଯେପରି ମୁକ୍ତ ହୋଇଯାଉଛି। ଭିତରେ ଆଉ କିଛି ଟେନ୍‌ସନ୍‌ ନାଇଁ। ସବୁ ସାବଲୀଳ, ନର୍ମାଲ୍।

    ମୁହଁ ପୋଛି ସେ ଯୋଗକଲେ - “ଭାରି ଅସହାୟ ଲାଗୁଛି ଆଜି। ଗୋଟେ ଅପରାଧ ଯେପରି ମୁଁ କରି ଚାଲିଥିଲି। କେହି ତା’ ବିରୋଧରେ ସ୍ୱର ଉତ୍ତୋଳନ କରୁ ନଥିଲେ। ମୋର ନୀତି ଓ ଆଦର୍ଶ, ମୋର ମୂଲ୍ୟବୋଧକୁ ତୁମେ ଠିକ୍‌ଭାବରେ ଗ୍ରହଣ କରି ନାହିଁ। ସେଥିପାଇଁ ସବୁ ଜଣାପଡୁଛି ମିଛ, ଫଲ୍ସ, ପ୍ରତାରଣାପୂର୍ଣ୍ଣ! ଭାବୁଥିଲି, ତୁମକୁ ମୁଁ ବଢ଼େଇଆସିଛି ସୃଜନଶୀଳତା ଭିତରେ। ତୁମକୁ କମନୀୟ, ସୁନ୍ଦର ଅଥଚ ଶକ୍ତିଶାଳୀ କରୁଛି ବୋଲି ମୋର ହୃଦ୍‌ବୋଧ ହୋଇଥିଲା। ମାତ୍ର ମୁଁ ଦେଖୁଛି, ସବୁ ଯେପରି ଧ୍ୱଂସାତ୍ମକ ଓ ବିପଜ୍ଜନକ ହୋଇପଡିଛି। ମୁଁ ଲକ୍ଷ୍ୟ କରୁଛି, ସବୁ କଦାକାର ଓ

ବିକୃତ ହୋଇଯାଉଚି, ପିଲେ। ତୁମେ ମୋର ଉଦ୍ଦେଶ୍ୟକୁ ଠିକ୍ ଭାବରେ ବୁଝିପାରି ନଥିବାରୁ ଏମିତି ଅବସ୍ଥାରେ ତୁମେ ଆସି ପହଞ୍ଚିଯାଇଚ।"

ଜେଜେଙ୍କୁ ଏତେ ବିମର୍ଷ ଓ ହତୋସାହ ହେବାର ଦେଖି ନ ଥିଲେ କେହି। ତାଙ୍କ ମୁହଁ, ତମାମ ଶରୀର ଉପରେ ଏମିତି ଦୁଃଖ ଓ ଅନୁତାପଟେ ରହିଥିଲା, ଯାହା ଆଉ କୌଣସି କଥାରେ ତରଳିବା ସମ୍ଭବ ନଥିଲା। ସେ ଚାହିଁଥିଲେ ଆଗକୁ, କିଛି କିନ୍ତୁ ଦେଖିପାରୁ ନଥିଲେ। ପାଖରେ ଠିଆ ହୋଇଥିଲେ ସମସ୍ତେ। କାହାର ଉପସ୍ଥିତି ସେ ଅନୁଭବ କରିପାରୁ ନଥିଲେ। ସମସ୍ତ ସାନ୍ତ୍ୱନା ଓ ଆଶ୍ୱାସନାର ଦିଗ୍‌ବଳୟ ବାହାରକୁ ଚାଲିଯାଇଥିଲେ ସେ।

ପ୍ରଣବଙ୍କୁ ନୀରବତା ଭାଙ୍ଗିବାକୁ ପଡ଼ିଲା - "ବାପା, ଏସବୁ ଆପଣ କ'ଣ ସତରେ କହୁଚନ୍ତି? ବିଶ୍ୱାସ କରନ୍ତୁ, ଆମେ କେହି ବୁଝିପାରୁନୁ। ଖାଲି ସ୍ତମ୍ଭୀଭୂତ ହେଉଚୁ ଯାହା।"

ଜେଜେ ଚାହିଁଲେ ତାଙ୍କ ମୁହଁକୁ। ଦୃଷ୍ଟି ଫେରାଇବା ପରେ କହିଲେ - "ମଣିଷର ଚେତନା କ'ଣ ଗୋଟେ ବ୍ଲାକ୍‌ବୋର୍ଡ?"

ସମସ୍ତଙ୍କ ମଗଜ ଥଣ୍ଡା ହୋଇଗଲା ଏଇ ପ୍ରଶ୍ନରେ। ଏହାର ତାପ୍ପର୍ଯ୍ୟ ବୁଝିପାରିଲେ ନାହିଁ କେହି। ଆଗରୁ ସେ କହୁଥିବା କଥା ସହିତ ଏହାର ସଂପର୍କ କ'ଣ ହୋଇପାରେ, ତାହା ସେମାନଙ୍କର ବ୍ଲାଙ୍କ୍ ମସ୍ତିଷ୍କ ସ୍ଥିର କରିପାରିଲା ନାହିଁ ଆଦୌ।

- "ଗୋଟେ ଡସ୍ତର ହିଁ ଯଥେଷ୍ଟ।" ଜେଜେ କହୁଥିଲେ - "ବ୍ଲାକ୍‌ବୋର୍ଡକୁ ନିର୍ବାକ୍‌ ଆକାଶଟେ କରିବା ପାଇଁ ଗୋଟେ ଡସ୍ତର ଯଥେଷ୍ଟ। ହେଲେ, ଜଣେ ମଣିଷର ଚେତନା, ଭାବଧାରା, ଦୃଷ୍ଟିଭଙ୍ଗୀ ଯେମିତି ଗଢ଼ିହୋଇଆସିଚି, ତାହାକୁ ପରିଷ୍କାର କରିହେବନି। କେମିତି ତା'ଠାରେ ଆରୋପିତ କରାଯିବ ନୂଆ ମୂଲ୍ୟବୋଧ, ବଞ୍ଚିରହିବାର ନୂଆ ମନ୍ତ୍ର; କେମିତି ତାକୁ ନୂଆ ବାଟଟେ ଦେଖାଇ ହେବ ଆଗକୁ ଯିବାପାଇଁ? ଆଁ? କେମିତି?"

କେହି ଏ ପ୍ରକାରର ଶାସ୍ତି ପାଇପାରି ନଥିଲେ ତାଙ୍କ ଠାରୁ। ଖୁବ୍ ଅସହ୍ୟ ହୋଇପଡୁଥିଲା ତାଙ୍କର ପ୍ରତ୍ୟେକ ଶାଣିତ ସୁଚିନ୍ତିତ ବାକ୍ୟ। ପ୍ରଥମ ଥର ପାଇଁ ପ୍ରଣବଙ୍କର ସ୍ୱର ପ୍ରତିବାଦପୂର୍ଣ୍ଣ ହୋଇପଡ଼ିଲା- "ଗୋଟେ ସାମାନ୍ୟ ଘଟଣାକୁ ନେଇ ଆପଣ ଏତେ ନିର୍ମମ ହୁଅନ୍ତୁ ନାହିଁ, ବାପା। ଆପଣ ଅଯଥାରେ ନିଜକୁ ଦୋଷୀ ସାବ୍ୟସ୍ତ କରୁଚନ୍ତି କାହିଁକି? ଯ୍ଯା'ଠୁ କେତେ ବଡ଼ ବଡ଼ ଦୁର୍ଘଟଣା ଘଟୁଚି। ଏଇଟା ତ ଦୁର୍ଘଟଣା ବି ନଥିଲା। ଆପଣ ଏଥିପାଇଁ ନିଜକୁ ଆଉ ଆମ ସମସ୍ତଙ୍କୁ ଅନେକ ଶାସ୍ତି ଦେଲେଣି। ଓଃ, ବଡ଼ ଯନ୍ତ୍ରଣା ହେଉଚି, ବାପା।"

ଯା'ପରେ ସମସ୍ତେ ପୁଣି ନିର୍ବୋଧ ହୋଇଗଲେ । ଶୁଭିଲା ଜେଜେଙ୍କର ଠୋ ଠୋ ହସ । ଆକାଶ ପରିଷ୍କାର ହୋଇଗଲା କୁହୁକ ବଳରେ । ଦେଖାଗଲା ରୂପାର ହସ ହସ ଜହ୍ନ । ଥମ୍ ଥମ୍ ନିରୁପାୟ ହୋଇଯାଇଥିବା ଢେଉମାନେ ପୁଣି ଉଲ୍ଲସିତ ଓ ମୁକ୍ତ ହୋଇଉଠିଲେ । ଡାଲରେ ବନ୍ଦୀ ହୋଇଥିବା ଚଢ଼େଇମାନେ ଉଡ଼ିଗଲେ ଆକାଶ ଭିତରକୁ । କଢ଼ ଅସ୍ଥିର ହୋଇପଡ଼ିଲା ଫୁଲ ହେବାପାଇଁ । ଜେଜେ ହସିଲେ ସ୍ୱଭାବସୁଲଭ ଢଙ୍ଗରେ । ଘରକୁ ଘୋଡେଇଥିବା ଏକ ଅଦୃଶ୍ୟ ନିଷ୍ଠୁର ବାଙ୍ଗ ନିମିଷକ ମଧ୍ୟରେ ହଜିଗଲା କେଉଁଆଡ଼େ ।

କହିଲେ – "ଏଇ ଜିନିଷଟି ମୁଁ ବହୁଦିନୁ ଚାହୁଁଥିଲି । ମୋର ସମସ୍ତ କଥାକୁ ତୁମେ ବିନା ପ୍ରତିରୋଧରେ ଗ୍ରହଣ କରିବ କାହିଁକି ? ଯୁକ୍ତିଯୁକ୍ତ ଭାବରେ ତାକୁ ବିରୋଧ କରିବା ଶିଖ । କେତୋଟି ଫର୍ମୁଲାକୁ ନେଇ ସାରା ଜୀବନର ସମସ୍ୟାର ସମାଧାନ କରାଯାଏନା; କେହି କେବେ ବଞ୍ଚିନାହାଁ ଏମିତି କେତେଟା ନୀତିକୁ ନେଇ । ମୋର ଗୋଟେ ଧାରଣା ରହିଚି । ତାହା ହେଲା, ପ୍ରତ୍ୟେକ ନୀତି, ପ୍ରତ୍ୟେକ ଫର୍ମୁଲା, ଏପରିକି ସାମାଜିକ ଚଳଣି ଏବଂ ପରମ୍ପରା ଜୀବନର ପରିପନ୍ଥୀ । ସେଗୁଡାକ ଗୋଟେ ଗୋଟେ ନିର୍ଜୀବ ଖୋପ । ତା' ଭିତରେ ଖଞ୍ଜି ଦେଇପାରିବ ଜୀବନଭଳି ଗୋଟେ ବିଶାଲ ରହସ୍ୟମୟ ଗତିଶୀଲ ସୁଅକୁ ?"

ତାଙ୍କ ସ୍ୱର ଟିକିଏ କମିଆସିଲା । କହିଲେ – "ଶୁଣ, ପ୍ରଣବ । ତୋତେ ମୁଁ ଯେମିତି ଚଢ଼େଇ ଆଣିଥିଲି, ତାହାକୁ ଗୋଟେ ଅଲଙ୍ଘନୀୟ ଖୋପ ବୋଲି ଭାବିବା ବନ୍ଦ କର । ମୋର ଉଦ୍ଦେଶ୍ୟ ଥିଲା ତୋ' ଜୀବନର ସ୍ରୋତକୁ ପ୍ରଗାଢ଼, ଚଳମାନ ଓ ନିର୍ଦ୍ଦିଷ୍ଟ କରିବା । ତା'ଠୁ ଅଧିକ କିମ୍ବା କମ୍ ନୁହେଁ ।"

ତା'ପରେ ଶୋଭା ଆଡ଼େ ମୁହଁ ବୁଲେଇ କହିଲେ ସେଇଭଳି ହସି ହସି – "ମା'ରେ, ବହୁଦିନ ହେଲା ମୁଁ ଲକ୍ଷ୍ୟ କରୁଚି, ତୁ ଛଟପଟ ହେଉଚୁ ।"

ଏଥିରେ ଅବାକ୍ ହୋଇଯିବା କଥା । ଦୁର୍ବୋଧ ହୋଇଗଲା ଜେଜେଙ୍କର ମନ୍ତବ୍ୟ । ଶୋଭା ପ୍ରଥମେ ଜାଣିପାରିଲେ ନାହିଁ, ଏଇ କଥାକୁ ସେ ଭୁଲ୍ ପ୍ରମାଣିତ କରିବେ କିପରି । ଚାହିଁଲେ ଚାରି ଆଡକୁ ନିର୍ବୋଧଙ୍କ ଭଳି, ସତେ ଯେପରି ଜେଜେଙ୍କର କଥା ଭ୍ରମାତ୍ମକ ବୋଲି ସୂତ୍ରଟେ କେଉଁଠି ଲେଖାହୋଇଚି । କହିଲେ – "ଛଟପଟ ହେଉଚି ମୁଁ ? ମୁଁ କାହିଁକି ସେପରି ହେବି, ବାପା ? ଏ ଘର ମୋର ତୀର୍ଥସ୍ଥାନ, ମୋର ସ୍ୱର୍ଗ । ସେଠାରେ କେହି କେବେ ଛଟପଟ ହୋଇପାରେ ?"

– "ତୁ ଫୁରୁସତ ପାଉନୁ, ଏ ଘରର ମଣିଷମାନଙ୍କର ଯତ୍ନ ନେବାପାଇଁ ।" ଜେଜେ କହିଲେ – "ବିଶେଷ କରି ପ୍ରଣବ ପାଇଁ ତୁ ଆହୁରି ବେଶୀ ମନୋଯୋଗୀ

ହେବା କଥା । ରୋଷେଇଘରେ ଏତେ ସମୟ କଟାଇଲେ ଏ ସବୁ ସମ୍ଭବ ନୁହେଁ ।"

ବେଶ୍‌ ଉଶ୍ୱାସ ଲାଗିଲା ଶୋଭାଙ୍କୁ ଏ କଥା ଶୁଣି । ଜେଜେ ସତେ ଯେପରି ତାଙ୍କୁ ଚମତ୍କାର ସାର୍ଟିଫିକେଟ୍‌ ଦେଉଚନ୍ତି ଖୁବ୍‌ ଉଦାର ହୋଇ । ସେ ଏତେ ମୁଗ୍ଧ ହେଲେ ଯେ, ବାସ୍ତବିକ ଅପ୍ରତିଭ ହୋଇପଡ଼ିଲେ । ତାଙ୍କର ଗୋରା ମୁହଁ ରକ୍ତିମ ହୋଇପଡ଼ିଲା । ଜେଜେ ଲକ୍ଷ୍ୟ କଲେ ଏଇ କଥା ଏବଂ ଯୋଗ କଲେ – "ରଘୁକୁ ମୁଁ ପଠାଇଥିଲି ରୋଷେଇ କାମରେ ତାଲିମ ନେବାପାଇଁ । ସେ କୋର୍ସ କମ୍ପ୍ଲିଟ୍‌ କରିଚି । ମୋର ଉଦ୍ଦେଶ୍ୟ ଥିଲା, ସେ ଏ କାମ ଏଠାରେ କରିବ ।"

ପୁଣି ଟିକିଏ ଦମ୍‌ ନେଇ ସେ କହିଲେ – "କିନ୍ତୁ ରଘୁ ଗୋଟେ ଟହଲିଆ, ତୋର ମାମୁଲି ହେଲ୍‌ପିଙ୍‌ ହ୍ୟାଣ୍ଡର ଭୂମିକା ନେଉଚି । ପରିବା କାଟିବା, ଗ୍ରାଇଣ୍ଡରେ ମସଲା ପେଷିବା ଇତ୍ୟାଦି ଫାଲ୍‌ତୁ କାମ କରିବା ପାଇଁ ସେ କ'ଣ ତାଲିମ ନେଇଚି ?"

ଶୋଭା କହିଲେ – "ଏଇ, ଦେଖୁ ନାହାନ୍ତି ! ସେ ଆଜି ରୋଷେଇ ଘରେ !"

– "କାହିଁକି ନା, ଆମେ ସମସ୍ତେ ଏଠି ଅଛନ୍ତି ବୋଲି ।" ଜେଜେ କହିଲେ, "ପ୍ରଣବର ଅସୁବିଧା ହେଲା ବୋଲି ତୁ ଏଠାରେ, ରଘୁ ରୋଷେଇ ଘରେ ।"

ଶୋଭା ଆଉ ପ୍ରତିରୋଧ କରିପାରିଲେ ନାହିଁ ଆବେଗର ତୋଡ଼କୁ । ଜେଜେଙ୍କର ମହାନ୍‌ ଉଦାରତା ପାଖରେ ଏମିତି ବାରମ୍ବାର ଛୋଟ ହୋଇଯିବାକୁ ପଡ଼େ । ଗୋଟେ ମହାନ୍‌ ଉଦାରତା ପାଖରେ ଏମିତି ବାରମ୍ବାର ଛୋଟ ହୋଇଯିବାକୁ ପଡ଼େ । ଗୋଟେ ମସୃଣ ପ୍ରତିରକ୍ଷା ଭିତରେ ଥିବାଭଳି ମନେହୁଏ । କହିଲେ – "ଆପଣଙ୍କ ପାଇଁ ଆଉ କେହି ରୋଷେଇ କରିଦେଉ, ତାହା ମୁଁ ଏ ଯାଏ ଚିନ୍ତା କରି ନାହିଁ, ବାପା । ଆପଣ ପୁଣି କେତେ ଚମତ୍କାର ଖାଆନ୍ତି । ଖାଇସାରି ଉଠିଗଲା ପରେ ବି ଜଣାପଡ଼େ, ଥାଲି, ଗିନା ଏଇ ଯେମିତି ଥୁଆ ହୋଇଛି ଟେବୁଲ୍‌ରେ । ପରଖା ଯାଇ ନାହିଁ ।"

ଜେଜେ ଅନେକ ସନ୍ତୋଷର ସହିତ ଚାହିଁଲେ ଶୋଭାଙ୍କୁ । ଦୀର୍ଘଶ୍ୱାସଟେ ତ୍ୟାଗକରି କହିଲେ – "ସୁନନ୍ଦା ମରିଯିବା ପରେ ମୁଁ ଭୋକିଲା ଥିଲି ସବୁଦିଗରୁ । ଗୋଟେ କଥା ଭାବି ଦେଖ । ଅଧ୍ୟାପନା କରିବି । ରୋଷେଇ କରିବି । ଘର-ଦ୍ୱାର, ବାସନ, ଲୁଗାପଟା ସଫା କରିବି । ପ୍ରଣବକୁ ରଖିଥିବି ଦୃଷ୍ଟିର ବଳୟ ମଧ୍ୟରେ ।" ସେ ଏତକ କହି ଚାହିଁଲେ ସମସ୍ତଙ୍କୁ କୃତକାର୍ଯ୍ୟ ହୋଇଥିବାର ଆନନ୍ଦ ନେଇ । ଆଉ କହିପାରିଲେ ନାହିଁ କିଛି ଦୀର୍ଘ ସମୟ ପର୍ଯ୍ୟନ୍ତ । ସେଇଭଳି ହସହସ ମୁହଁରେ ସମସ୍ତଙ୍କୁ ଦେଖୁଥାନ୍ତି । ସୂଚେଇ ଦେଉଥାଆନ୍ତି ଯେ, ଏତେ କଷ୍ଟ ଓ ବ୍ୟସ୍ତତା ଭିତରେ ଥିଲା ଗୋଟେ ମହକ । ପରିପୂର୍ଣ୍ଣତାର, ଉଲ୍ଲସିତ ହେବାର ।

ପୁଣି ସଚେତନ ହୋଇ ରହିଲେ – "ନାଇଁଲୋ, ମା। ମୁଁ ଏତେ ସ୍ୱାର୍ଥପର ହେବାକୁ ଚାହୁଁନି। ତୋ ହାତ ତିଆରି ରୋଷେଇ ମୋ ପାଇଁ ଅମୃତ ହୋଇଥିଲେ ବି ତୁ ରୋଷେଇ ଘରର ପରିସରଠାରୁ ଆହୁରି ଟିକିଏ ବ୍ୟାପ୍ତ ହୋଇଯା। କେବଳ ପେଟ ନୁହେଁ; ମନ ବି ଭୋକିଲା ରହେ। ପ୍ରଣବ ଉପରେ ଆଉ ଟିକେ ନିଘା ରଖ।"

ସେ ଉଠିପଡୁଥିଲେ। ମାତ୍ର ଲିଲିର ଉପସ୍ଥିତି ପ୍ରତି ଧ୍ୟାନ ଦେଇ ପଚାରିଲେ ଆଶ୍ଚର୍ଯ୍ୟ ହୋଇ – "କିରେ, ତୋର ଆଜି କଲେଜ ନାଇଁ ନା କ'ଣ?"

– "ଅଛି।" ସଂକ୍ଷିପ୍ତ ଉତ୍ତର ଦେଲା ସେ।

– "ତେବେ ଯାଇନୁ ଯେ?" ଜେଜେ ବ୍ୟସ୍ତ ହେଲେ ଟିକିଏ।

– "ଯାଉଥିଲି।" ଲିଲି ବୁଝେଇବାକୁ ଚେଷ୍ଟା କଲା – "ଯିବାବେଳେ ବାପାଙ୍କର ଏଇ ଅବସ୍ଥା।"

ସମର୍ଥନ କରିବା ଭଙ୍ଗୀରେ ଜେଜେ ମୁଣ୍ଡ ହଲାଇଲେ। କହିଲେ – "ଏଇଟା ଆବେଗପ୍ରବଣ ମଣିଷଟେ ହେବ। ମୋର ବେଳେବେଳେ ମନେହୁଏ, ସୁନନ୍ଦା ଯେମିତି ଲିଲି ହୋଇ ଜନ୍ମ ହୋଇଛି ଏ ଘରେ! କାହାର ଯଦି ମୁଣ୍ଡ ବିନ୍ଧିଲା, ପେଟ ଖରାପ ହେଲା, ତେବେ ଯା ଆଖିକୁ ନିଦ ଆସେ ନାଇଁ। ଗଛର ଡାଳଟେ ଭାଙ୍ଗିଲେ କି ଚାରାଟେ ମରିଗଲେ ଭାରି ବ୍ୟସ୍ତ ହୁଏ। କିରେ, ଏବେ ବି ସମୟ ଅଛି। କଲେଜ ଯା। ଆମେ ତୋ ବାପାର ଯତ୍ନ ନେଇପାରିବୁ।"

ଲିଲି ହସିଲା। ଯିବାବେଳେ କହିଲା – "ଯାଉଚି ଜେଜେ। ଏ ସବୁଥିରେ ମୁଁ ବ୍ୟସ୍ତ ହୁଏ କି ତୁମେ ବ୍ୟସ୍ତ ହୁଅ, ସେ କଥା ସମସ୍ତେ ଜାଣନ୍ତି।"

ଡ୍ରଇଂରୁମ୍ ଫାଙ୍କା ହୋଇଗଲା। ଝମ୍ପୁର ଦେଖା ନାଇଁ। ଲୁନା ବି କେତେବେଳୁ ପଳେଇଚି କେଉଁଆଡ଼େ। ଜେଜେ ଆସିଲେ ତାଙ୍କ ରୁମ୍‌କୁ। ପାଦ ନୁହେଁ, ମୁହୂର୍ତ ଗଣିଗଣି। ପାହୁଣ୍ଡର ଦୈର୍ଘ୍ୟ କମିଯାଉଚି। କିଛି ବାଟ ଚାଲିଲେ ଥକ୍କା ଲାଗେ। ମୁଣ୍ଡ ଝାଁ ଝାଁ କରେ। ଗୋଡ଼ ନିସ୍ତେଜ ହୋଇଯାଏ। ସଙ୍କୁଚିତ ହୋଇଯାଉଚି ଏତେବଡ଼ ପୃଥିବୀ ତାଙ୍କ ପାଇଁ। ଅଥଚ ମୁହୂର୍ତ ଦୀର୍ଘ ହୋଇଯାଉଚି। ସମୟ କୁଣ୍ଠିତ ହୋଇପଡୁଚି ଗତି କରିବାକୁ।

ଏହାକୁ କୁହାଯାଏ ପରିପୂର୍ଣ୍ଣ ସାର୍ଥକ ଜୀବନ। ସବୁ ଅଛି। ସବୁ ଜିନିଷର ସଂପ୍ରସାରଣ ଘଟୁଚି। ଏଇଭଳି ସନ୍ତୋଷ ଭିତରେ ହିଁ ଆଖି ବୁଜିଦେବା କଥା। ଯାହା ଚାହିଁଥିଲେ ସବୁ ମିଳିଚି। କେହି ଜଣେ ଖୋଲା ହାତରେ ଅଜାଡ଼ି ଦେଇଚି ତାଙ୍କର ଆଞ୍ଜୁଳା ଭିତରକୁ। ସବୁ ହୋଇପଡିଚି ତଥାସ୍ତୁମୟ। ଏତେ ଐଶ୍ୱର୍ଯ୍ୟ ଓ ଶାନ୍ତି ଅନୁଭବ

କରି ହୁଏନି; ସେ ଅଭିଭୂତ ହୋଇପଡ଼ନ୍ତି। ବେଳେବେଳେ ନିଃସଙ୍ଗ ମୁହୂର୍ତ୍ତରେ, ଛଳଛଳ ହୋଇଯାଏ ଆଖି।

ମୋର ଭୂମିକା କାହିଁ କେଉଁଦିନରୁ ସରିଗଲାଣି, ପିଲେ। ମୋର ଆଉ କିଛି କରିବାର ନାହିଁ। ଏ ଚକ ଗଡ଼ିଚାଲିବ ସ୍ୱଚ୍ଛନ୍ଦରେ। ପ୍ରଥମରୁ ମୋତେ ଯାହା ଏହାକୁ ଠେଲିବାକୁ ପଡ଼ିଥିଲା। ଭାରି ଅନିର୍ଦ୍ଦିଷ୍ଟ, ଆବଡ଼ା ଖାବଡ଼ା ରାସ୍ତା ଥିଲା ସେତେବେଳେ। ବେଳେବେଳେ ଧୂଳି-ଧୂସରିତ ହେବାକୁ ପଡୁଥିଲା। ଝାଳ ନିଗିଡ଼ିପଡୁଥିଲା ଦେହରୁ। ଅବସନ୍ନ ହୋଇପଡୁଥିଲି। ବ୍ୟାକୁଳ ଲାଗୁଥିଲା। ତେବେ ସେ ଚକ ଉପରୁ ମୋ ହାତ ଶିଥିଳ ହୋଇ ନଥିଲା କେବେ। ସେତେବେଳେ ଏଇ ତପସ୍ୟା ଚାଲିଥିଲା। ମୁଁ ଆଉ ବିଶେଷ କିଛି ଦେଖିପାରୁ ନଥିଲି। ଯେତେବେଳେ ଆଖି ଖୋଲିଲେ ସେତେବେଳେ ମୁଁ ପହଞ୍ଚ ସାରିଥିଲି ଏଇ ମନୋମୁଗ୍ଧକର ସବୁଜ ବାଷ୍ପାଭିଜା ଅଞ୍ଚଳ ଭିତରେ। ଏଇ ତଥାସ୍ତୁମୟ କୃତିତ୍ୱ ଭିତରେ।

ମୋ ପାଖରେ ଆଉ ସଂଘର୍ଷର ଖସଡ଼ା ନାହିଁ। କୌଣସି ଯୋଜନା ନାହିଁ। ମୁଁ ଯାହା କରୁଚି, ଯେଉଁଆଡ଼େ ଯାଉଚି, ତା' ଭିତରେ ମୋର ସାବଧାନୀ ହିସାବୀ ମନ ଆଉ ନାହିଁ। କ'ଣ କଲେ, କେଉଁଆଡ଼େ ଗଲେ ମୋ ପରିବାରର ଉପକାର ହେବ– ସେମିତି ସତର୍କତାର ଆଉ ପ୍ରୟୋଜନ ନାହିଁ ମୋ ପାଇଁ।

ଆଉ କ'ଣ ତେବେ ଦରକାର ? ପ୍ରଶ୍ନଟା ଗୋଟେ ଚାଲେଞ୍ଜ ହୋଇପଡ଼େ ତାଙ୍କ ସ୍ମୃତି ପ୍ରତି। ସ୍ମୃତେଇଦିଏ, ତାଙ୍କର ଆଉ କୌଣସି ଆବଶ୍ୟକତା ନାହିଁ ଏ ସଂସାରରେ। ଯଥେଷ୍ଟ ହେଲା; ହଁ, ଏହା ହିଁ ଯଥେଷ୍ଟର ସଂଜ୍ଞା। ଏଇଭଳି ସୁଖରେ ଅଭିଭୂତ ହୋଇ ଆଖି ବୁଜିଦେବାରେ ଅଛି ମୋକ୍ଷ। ମୁକ୍ତି। ଏହା ହେଉଚି ପରିପକ୍ବତା। ଆହା, ଟିକିଏ, ପବନ ଦରକାର। ସେ ଟିକିଏ ହଲିଯିବା ଦରକାର। ତା'ପରେ ବିନା କଷ୍ଟରେ, ଛଟପଟରେ ଖସିପଡ଼ିବା କଥା।

ପରିପକ୍ବତାରୁ ପଚିଯିବା। କେତେ ବାଟ ? କେତେ ସମୟ ଲାଗେ ଏଇ ଭୟଙ୍କର ଅବସ୍ଥାରେ ପହଞ୍ଚିଯିବା ପାଇଁ? ବ୍ଲାଙ୍କ୍ ହୋଇଯାଏ ଖବରକାଗଜ, ପତ୍ରିକାର ପୃଷ୍ଠା। ଟି.ଭି. ସ୍କ୍ରିନ୍‌ର ରଙ୍ଗିନ୍ ମହୋତ୍ସବ ପୋଛି ହୋଇଯାଏ। ଧୂପ-ବାସ୍ନା ଅପସରିଯାଏ। ଝରକାରୁ ଦେଖାଯାଉଥିବା ଗଛମାନେ କଙ୍କାଳ ହୋଇଯାଆନ୍ତି। ଘାସ ପରିଣତ ହୋଇଯାଏ ମରୁଭୂମିର ରୁକ୍ଷତାରେ। ପଚିଯାଏ ସବୁ। ପଚିଯାଏ।

ଏମିତି ଗୋଟେ ଆତଙ୍କ କାବୁରେ ଏଇଭଳି ଏକୁଟିଆ ଥିଲେ। କେତେ ତୀବ୍ରତା ଏଇ ଆଶଙ୍କାରେ। ଉଠିଆସେ ଗୋଟେ ଛୁରି ଭଳି। ପାଦରୁ ମୁଣ୍ଡ ପର୍ଯ୍ୟନ୍ତ। କୌଣସି ନିୟନ୍ତ୍ରଣ ମାନେ ନାହିଁ। ଝାଲେଇଯାଏ ଦେହ। ଚିପୁଡ଼ି ହୋଇଯାଆନ୍ତି ସେ

ବେଶ୍ କିଛି ସମୟ ଲାଗେ ହାତରେ ଧରିଥିବା ଲେଖାର ଅକ୍ଷର ପଢ଼ିବା ପାଇଁ। ଟି.ଭି.ର ପ୍ରୋଗ୍ରାମ୍ ବୁଝିବା ପାଇଁ। ନା, ମିଛ ନୁହେଁ। ସାମନାର ଗଛ, ଘାସ ସବୁଜ ଦିଶୁଚି। ସବୁଆଡ଼େ ବ୍ୟାପିଯାଇଚି ଜୀବନର ମହୋସ୍ବ।

ଅଥଚ ତା' ଭିତରେ ଏମିତି ହୁଏ କାହିଁକି? ଏତେ ପ୍ରାପ୍ତିକୁ ହରାଇବାର ଭୟ, ନା ଆଉ କିଛି? ବୁଝି ହୁଏନି। ତେବେ ପଟିଯିବାର ଭୟ ଯୋଗୁଁ ସେ ଖସି ପଳେଇବେ କିପରି ନିଜର ଏଇ ପରିପକ୍ବତାକୁ ନେଇ? ଜାଣି ଜାଣି ସେ କିପରି ଖସିପଡିବେ? ନା', ହୁଏତ ଆଉ କିଛି ଅଛି ବାକୀ। ଆହୁରି ଦେଖିବାକୁ ହେବ। ଅଙ୍ଗ ନିଭେଇବାକୁ ହେବ। ଜୀବନ ସରି ନାହିଁ। ହଁ, ସେ ପରିପକ୍ବ ବୋଲି ଭାବୁଥିବା ସ୍ତରଟା ହୁଏତ ପରିପକ୍ବତା ନୁହେଁ। କୌଣସି ଗୋଟେ ଆୟୁଷ କ'ଣ ସ୍ବୟଂସଂପୂର୍ଣ୍ଣ ହୋଇଚି ଏଠାରେ? କୌଣସି ଜୀବନର ଇତିହାସ ଚୂଡ଼ାନ୍ତ, ସମ୍ପୂର୍ଣ୍ଣ ହୋଇପାରେ? ଗୋଟେ ଅସମାପ୍ତ ବହି ହୋଇ ଏହା ସରିଯାଏ ସିନା!

ରୁଦ୍ଧିହୋଇଯାଏ ତମାମ୍ କୋଠରି। ଆଉ ବସିହୁଏ ନାହିଁ। ବାହାରି ଆସନ୍ତି। ଡ୍ରଇଂରୁମ୍। କେହି କୁଆଡ଼େ ନଥାନ୍ତି। ଦେଖାଯାଏ ପରିତ୍ୟକ୍ତ, କାନ୍ଦୁରା ପୋର୍ଟିକୋ। ବିଛେଇ ହୋଇଥିବା ଖରା। କେହି ନଥାନ୍ତି କୁଆଡେ। ଶୋଭା। ବିଶ୍ରାମ ନେଉଥିବେ ପ୍ରଣବ। ଅଫିସ୍ କିମ୍ବା କାରଖାନାରେ। ଝାମ୍ପୁ, ଲୁନା, ଲିଲି। ଦୀର୍ଘଶ୍ବାସର ଭାଷା ଏହା ପରେ।

କାରରୁ ଓହ୍ଲାଇବାବେଳେ ପ୍ରଣବ ଶୁଣିଲେ, ଜେଜେଙ୍କ ରୁମ୍‌ରୁ ଉଚ୍ଚ ସ୍ବରର ହସ ଶୁଭିଚି। ଟିକିଏ ଅଟକିଗଲେ। ଝାମ୍ପୁ ଓ ଲୁନା ସହିତ କ୍ୟାରମ୍ ଖେଲ ଚାଲିଚି। ସନ୍ଧ୍ୟା ସାତଟା। ସବୁବେଳେ ଏମିତି ହୁଏ। ତାଙ୍କ ହସ ଭାରି ସଂକ୍ରାମକ। ସେ କାହିଁକି ହସୁଚନ୍ତି, ତା'ର କାରଣ ଜାଣିବା ଦରକାର ନାହିଁ। ତାଙ୍କ ହସ ହିଁ ଯଥେଷ୍ଟ ଜଣେ ଲୋକକୁ ଆନନ୍ଦ ଦେବାପାଇଁ। ଗୋଟେ ଦିନର ଏତେ କ୍ଲାନ୍ତି ଯେମିତି ଅପସରି ଯାଉଚି ତାଙ୍କ ହସ ଶୁଣି। ଗ୍ରେଟ୍ ମ୍ୟାନ୍!

ପ୍ରଣବ ଚା' ପିଇବାବେଳେ ଶୋଭା ଉତ୍‌ଥାପନ କଲେ ଦିନସାରା ଭାବୁଥିବା କଥା – "ଏଇ, ଶୁଣୁଚ! କାଲି ପାଇଁ କିଛି ବ୍ୟବସ୍ଥା କରିବା?"

ଉପରକୁ ଉଠି ଆସୁଥିବା କପଟା ଅଟକି ରହିଲା ସ୍ଲେଟ୍ ଓ ୩୦ ମଝିରେ। ପ୍ରଣବ କିଛି ବୁଝି ନ ପାରି ଚାହିଁଲେ ପତ୍ନୀଙ୍କ ଆଡ଼େ। ପ୍ରାୟ ପଚିଶ୍ ବର୍ଷର ବୈବାହିକ ସଂପର୍କ। ସେତେବେଳର ନହକା, ସୁନାରଙ୍ଗର ଏଇ ନାରୀଙ୍କର ଦେହରେ ସ୍ବାଭାବିକ ପରିବର୍ତ୍ତନ। ସ୍ବାସ୍ଥ୍ୟର ଉନ୍ନତି ହୋଇଚି ଯେମିତି, ତ୍ରସ୍ତ ଓ ଚଞ୍ଚଳଭାବ ଗାମ୍ଭୀର୍ଯ୍ୟ ଓ ଆତ୍ମବିଶ୍ବାସରେ ପରିଣତ ହୋଇଚି ସେମିତି। ତାଙ୍କ ମୁହଁ କସ୍‌ମେଟିକ୍‌ର ଅପେକ୍ଷା

ରଖେ ନାହିଁ। ତାଠୁ ଦରକାର କରେ ନାଁ ଲିପ୍‌ଷ୍ଟିକ୍‌। ଏବେ ଅବଶ୍ୟ ଆଖିତଳ କଳା ଦିଶୁଚି। ବେକର ମାଂସପେଶୀ ବିଭାଜିତ ହୋଇଚି କେତେକ ଥାକରେ। କାନ ପାଖ କେଶ ପାଚିବା ଆରମ୍ଭ କରିଚି।

ପଚିଶ ବର୍ଷ ହେଲା ଶୋଭା ଦେଖୁ ଆସୁଚନ୍ତି ପରିବାରର ସଂପ୍ରସାରଣ। କେବେ ସେ ନିଜକୁ ବୋହୂ ବୋଲି ଭାବି ନାହାନ୍ତି ସେଠାରେ। ଜେଜେଙ୍କର ସେ ଜଣେ ଝିଅ। ଏକଥା ଜେଜେ ଥରେ ନୁହେଁ, ଅନେକବାର କହିଚନ୍ତି। ପ୍ରମାଣ କରିଚନ୍ତି କଥାରେ, କାମରେ।

– “କାଲି କ’ଣ କି ? କିଞ୍ଚିତ୍‌ ଉତ୍କଣ୍ଠା ଥିଲା ପ୍ରଣବଙ୍କ ସ୍ୱରରେ।

– “ବାପାଙ୍କର ଜନ୍ମଦିନ।” ଏତେ ଆହ୍ଲାଦିତ, ପ୍ରଗଲ୍ଭ ହୋଇ ଏଭଳି କଥା ଆଗରୁ କେହି କହି ନ ଥିବ।

ପ୍ରଣବ ହତାଶ ହୋଇ ମୁହଁ ବୁଲାଇଲେ। ଚା’ ପିଇଲେ। ମ୍ଲାନ ହସି କହିଲେ – “ଏଥିପାଇଁ କ’ଣ ବ୍ୟବସ୍ଥା କରଯାଇପାରେ ? ବାପା ବିଗିଡ଼ିବେ। ମନେପକାଥ, କିଛି ବର୍ଷ ତଳର କଥା। କାରଖାନର ମାଲ ବିଦେଶକୁ ରପ୍ତାନି ହେଲା। ଏତେ ଖୁସିରେ ତାଙ୍କ ଜନ୍ମଦିନ ସହିତ ଏଇ ଜିନିଷକୁ ସେଲିବ୍ରେଟ୍‌ କଲାବେଲେ ବାପା ରାଗିଲେ।”

ଶୋଭା ଚିନ୍ତିତ ଦେଖାଯାଉଥିଲେ ମଧ କିଛି ଗୋଟେ କରିବେ ବୋଲି ତାଙ୍କ ମୁହଁ ଚଞ୍ଚଳ ଓ ଉଜ୍ଜ୍ୱଳ ଜଣାପଡ଼ୁଥିଲା। କହିଲେ – “ବାପାଙ୍କ ରାଗିବା କିମ୍ବ ବିଗିଡ଼ିବା ଉପରେ ମୁଁ ଗୁରୁତ୍ୱ ଦିଏ ନାଁ। ତାଙ୍କୁ କ’ଣ ରାଗି ଆସେ ? କେବେ କିପରି ତାଙ୍କ ମନକୁ ନ ପାଇବା ଭଳି ଘଟଣା ଘଟେ। ସେ ଦେଖନ୍ତି, ହସନ୍ତି ଏବଂ କହନ୍ତି – ଆରେ ପାଗଳୀ, ଏମିତି କଲୁ କାହିଁକି ? ଏତେ ଚାଲାକ୍‌ ମଣିଷଟେ ତୁ। ଅନ୍ୟ ବାଗରେ କାମଟା ହୋଇ ପାରିଥାଆନ୍ତା।”

ଶୋଭାଙ୍କ କଥା ସରି ନଥିଲା। କହିଚାଲିଲେ – “ବାପାଙ୍କୁ ଉର ମାଡ଼େ, କାଲେ ସେ ମନ କଷ୍ଟ କରିବେ। ସେତକ ସହିହୁଏ ନାଁ। ମନକଷ୍ଟ କଲେ ସେ କାହାକୁ କିଛି କହନ୍ତି ନାଁ। ଗମ୍ଭୀର ହୋଇଯାଆନ୍ତି। ଚୁପ୍‌ଚାପ୍‌ ପଲେଇଯାଆନ୍ତି ନିଜ ରୁମ୍‌କୁ।”

“ଭାରି ସ୍ପର୍ଶକାତର, ଅଭିମାନୀ ଲୋକ ଜଣେ।” ପ୍ରଣବ ଯୋଗକଲେ।

– “ହଁ ପରା।” ଶୋଭା ସମର୍ଥନ କରିସାରି କହିଲେ – “ସେଥର ମନକଷ୍ଟ କଲେ। ଏତେ ସ୍ନେହରେ, ଆବେଗରେ ତୁମେ ଜନ୍ମଦିନ ପାଳନ ପାଇଁ ଆୟୋଜନ କରିବ; ଦେଖ୍‌ଲାବେଲକୁ ସେ ଆହତ ହେବେ।” ଶୋଭା ରୀତିମତ ନିରୁତ୍ସାହିତ ହୋଇପଡ଼ିଲେ।

– "ତେବେ ଜନ୍ମଦିନ ପାଳନପାଇଁ ପ୍ରସ୍ତାବ ଦେଉଚ କ'ଣ ପାଇଁ?" ପଚାରିଲେ ପ୍ରଣବ।

– "କାରଣ ଏଇ ଜନ୍ମଦିନର ବହୁତ ବିଶେଷତ୍ୱ ଅଛି।" ଶୋଭା ବୁଝେଇବାପାଇଁ ଚେଷ୍ଟା କଲେ। "ପ୍ରଥମ କଥା ହେଉଚି, ବାପାଙ୍କର ପଞ୍ଚସ୍ତରୀ ବର୍ଷ ପୂରିବ। ଦ୍ୱିତୀୟରେ ଝାମ୍ପୁ ପଳେଇଯାଇପାରେ ମସୋରୀ। ଲୁନା ବିଦେଶ ଯିବ ଫଟୋଗ୍ରାଫିରେ କୋର୍ସଟେ କରିବାପାଇଁ।"

ପ୍ରଣବ ଉଲ୍ଲାହିତ ନହୋଇ ରହିପାରିଲେ ନାହିଁ। କହିଲେ – "ଗୋ ଆହେଡ୍! ତୁମେ ଯାହା ଆୟୋଜନ କରିବା କଥା, କର। ବାପା ପାଟି କଲେ କିଏ ପଚାରେ? ଇଗ୍‌ନୋର କରାଯିବ। ତେବେ କ'ଣ ସବୁ କରିବ ବୋଲି ଭାବୁଚ?"

ଦୀର୍ଘଶ୍ୱାସ ତ୍ୟାଗକଲେ ଶୋଭା। ମନକୁ ନ ପାଇବାଭଳି ମୁଣ୍ଡ ହଲାଇ କହିଲେ – "ଜନ୍ମଦିନ, ପୁଣି ବାପାଙ୍କର ଜନ୍ମଦିନ କିଭଳି ପାଳନ କରାଯାଇପାରେ, ତାହା ଏ ସହର ଦେଖନ୍ତା। ମୁଁ କହୁଚି ସେ ଦିନଟା ଗୋଟେ ଇତିହାସ; ହଁ ଗୋଟେ କିମ୍ୱଦନ୍ତୀରେ ପରିଣତ ହୋଇଯାଆନ୍ତା। ଅନ୍ତତଃ ଗୋଟ ମାସପାଇଁ ଏ ସହର ଚର୍ଚ୍ଚା କରନ୍ତା ସେଇକଥା।" ଏଥର ତାଙ୍କ ସ୍ୱର ନଇଁଆସିଲା ଗୋଟେ କ୍ଷୋଭ ଓ ଅକ୍ଷମତାର ଓଜନରେ – "ସେମିତି ଜମା କରିହେବ ନାଇଁ, ବାପାଙ୍କର ଡରରେ। ତେଣୁ ଉସ୍ତବଟା ନିତାନ୍ତ ଘରୋଇ ଓ ନୀରବ ହେବ। ଆମେ ତାଙ୍କୁ କେବଳ ପୂଜା କରିବା।"

– "ବାସ୍? ଏତିକି?" ପ୍ରଣବ ହତାଶ ହୋଇପଡିଲେ।

– "କ'ଣ ତେବେ କରାଯିବ ତୁମେ କହନ୍ତୁ?" ଶୋଭାଙ୍କର ଏଇଟା ଥିଲା ଗୋଟେ ଚାଲେଞ୍ଜ ପ୍ରଣବଙ୍କ ପ୍ରତି।

– "ଶୁଣ ୟାଙ୍କ କଥା!" ପ୍ରଣବ ବିରକ୍ତ ହେଲେ ଟିକିଏ। "ମୁଁ ସେଥିପାଇଁ ତୁମକୁ ପଚାରୁଚି, କେମିତି କ'ଣ ସବୁ କରିବାକୁ ହେବ, ସେ କଥା ତୁମେ ସ୍ଥିର କର।"

ପ୍ରଣବ ବୋକା ବନିଗଲେ। ପତ୍ନୀଙ୍କ ଆଡ଼େ ଚାହିଁ ପ୍ରସ୍ତାବ ବାଢ଼ିଲେ – "ଗୋଟେ କାମ କର। ପିଲାମାନଙ୍କୁ ଡାକି ଆଲୋଚନା କରାଯାଉ। ସେଇ ଅନୁସାରେ ସବୁକଥା ଠିକ୍ ହେବ। ସାଢ଼େସାତଟା ହେବାକୁ ଯାଉଚି। ଜିନିଷପତ୍ର କିଣାକିଣି କରିବାକୁ ହେଲେ ହାତରେ ସମୟ ନାଇଁ।"

ଜେଜେଙ୍କର ଜନ୍ମଦିନ ପାଳିତ ହେବ! ସମସ୍ତେ ଯେମିତି ଆନନ୍ଦରେ ଆତ୍ମହରା ହୋଇଗଲେ। ଆପାତତଃ ପାଗଳ ହୋଇଗଲା ରଗ୍ଘୁ। ସେମାନଙ୍କୁ ଜବଦ୍ କରିବାକୁ

ପଡ଼ିଲା ବଡ଼ କଷ୍ଟରେ । ଜେଜେ ଏସବୁ କଥାର ଗନ୍ଧବାସ୍ନା ନ ଜାଣନ୍ତି ଯେମିତି । ଏଇଟା ଗୋଟେ ସରପ୍ରାଇଜ୍ ହେବା ଦରକାର ତାଙ୍କ ପାଇଁ ।

ଆଲୋଚନାଟି ସରିଲା ଗୋଟେ ଆଣ୍ଟି – କ୍ଲାଇମାକ୍ସରେ । ଜେଜେଙ୍କୁ କେବଳ ବନ୍ଦାପନା କରାଯିବ । ନୂଆ ଲୁଗାପଟା ତ ହେବ । ଲୁନା ସମୁଦାୟ କାର୍ଯ୍ୟକ୍ରମକୁ ସୁଟିଙ୍ଗ୍ କରିବ, ତା' ଭି.ସି.ଆର୍ରେ । ଜେଜେ ମର୍ଣ୍ଣିଙ୍ଗ୍ ୱାକ୍‌ରୁ ଫେରିବା ମାତ୍ରେ ଚାଲିବ ଏଇ ଧନ୍ଦା ।

– "ମୁଁ କହୁଥିଲି, ଗୋଟେ ବାର୍ଥଡେ କେକ୍ ବନେଇବା ।" ପ୍ରସ୍ତାବ ବାଢ଼ିଲା ରଘୁ । ଡ୍ରଇଂରୁମ୍‌ରେ ଗୁଡ଼ାଏ ରଙ୍ଗିନ୍ ବେଲୁନ୍ ସଜେଇବା କଥାଟା ବାତିଲ ହୋଇଯାଇଥିଲା ବୋଲି ଅନେକ ସମୟ ପର୍ଯ୍ୟନ୍ତ ସେ ବ୍ୟସ୍ତଥିଲା ରୁପ୍ ହୋଇ । ଆଉ କିନ୍ତୁ ସମ୍ଭାଳି ପାରି ନଥିଲା ।

ସମସ୍ତେ ପରସ୍ପରକୁ ଚାହିଁଲେ । ଲିଲି ସମର୍ଥନ କଲା ଏ ପ୍ରସ୍ତାବକୁ – "ସତରେ, ତୁମେ ସବୁ ଜିନିଷକୁ ନାପସନ୍ଦ କରି କାଟି ଉଡ଼େଇଦେଲ । ତେବେ ଜନ୍ମଦିନ ପାଳନ କରୁଚ କ'ଣ ପାଇଁ ?"

– "ତୋ ଜେଜେ ପାଟି କରିବେ ।" ଆଶଙ୍କା ପ୍ରକାଶ କଲେ ଶୋଭା ।

ଗୋଟେ ଫୁଟୁକିରେ ଏହାକୁ ଉଡ଼େଇଦେଇ ଲିଲି କହିଲା – "ଯଦି ପାଟି କରିବେ ବୋଲି ଡରୁଚ, ତେବେ ଏ ସବୁର ଆୟୋଜନ କରୁଚ କାହିଁକି ? ରଘୁ, କେକ୍ ନିଶ୍ଚୟ ହେବ । ରୋଷେଇ ତ ଚମତ୍କାର କରୁଚୁ । ଦେଖିବା, କେକ୍ କେମିତି ବନଉଚୁ ।"

– "କାଲିର ମେନୁ ତେବେ ହେବ କ'ଣ ?" ଲୁନା ପଚାରିଲା । ଘରେ ସବୁଠୁ ବେଶୀ ଖାଏ, ଭଲ ଖାଦ୍ୟ ପ୍ରତି ତା'ର ଅସମ୍ଭବ ଲୋଭଥାଏ ବୋଲି ଦୁର୍ନାମଟେ ତା'ର ଅଛି ।

ଝମ୍ପୁ ଚାହିଁଲା ପ୍ରଣବଙ୍କ ଆଡ଼େ । ଶୋଭା ଲିଲି ଆଡ଼େ । କେହି ଆଉ ହସ ସମ୍ବରଣ କରିପାରିଲେ ନାହିଁ । ଲୁନାର ସବୁକଥା ଉପରେ ମନ୍ତବ୍ୟ ବାଢ଼ୁଥିବା, ଝଗଡ଼ା କରୁଥିବା ଲିଲି କହିଲା ଗମ୍ଭୀରତାର ସହିତ – "ଅରୁଆ ଅନ୍ନ, ଡାଲମା, ଛେନା ତରକାରି, ଭଜା । ଯଦି ସମ୍ଭବ ହେବ, ତେବେ ଛେନାପାୟସ । ସମସ୍ତେ ବସିବା ଏକା ସାଙ୍ଗରେ । ତଳେ । କଦଳୀପତ୍ର ଅଣାଯିବ ।"

ସେ ବାସ୍ତବିକ ଏତକ କହିଥିଲା ଲୁନାକୁ ଚଡ଼େଇବା ଓ ଅସନ୍ତୁଷ୍ଟ କରିବାପାଇଁ । ଜମା ଆଶା କରି ନଥିଲା ଯେ ଏହା ଏତେ ଉଲ୍ଲାହର ସହିତ ଗୃହୀତ ହୋଇଯିବ । ଲିଲି ହତାଶ ହୋଇପଡ଼ି ଲୁନା ଆଡ଼େ ଚାହିଁବାବେଳେ ଦେଖିଲା, ସେ ପ୍ରବଳ ଆନନ୍ଦର ସହିତ ଏ ପ୍ରସ୍ତାବକୁ ସମର୍ଥନ କରୁଚି ଅନ୍ୟମାନଙ୍କ ସହିତ ।

- "ସେ ତ ଗଲା ଗୋଟେ ଝାମେଲା ।" ଝମ୍ପୁ କହିଲା - "ତେବେ ଲିଲି ଯେଉଁ ସମସ୍ତେ ବୋଲି କହିଲା, ତା'ର ମାନେ କ'ଣ ?"

ପ୍ରଣବ ବୁଝେଇଲେ - "ସମସ୍ତେ ମାନେ, ଡ୍ରାଇଭର, ମାଳୀ ଇତ୍ୟାଦି । କିରେ, ମା ? ତୋ ଉଦ୍ଦେଶ୍ୟ ଏଇଆ ନା ଆଉ କିଛି ?"

- "ଏକ୍‌ଜାକ୍‌ଲି !" ଲିଲି ମନ୍ତବ୍ୟ ବାଢ଼ିଲା । "ବାପାଙ୍କ ଭଳି ସମଝଦାର ଲୋକ ଜଣେ କେଉଁଠି ନାହିଁ ପରା !" ପ୍ରଣବଙ୍କ ସହିତ ଏ ପ୍ରକାର କଥା ବେକଲ ଲିଲି ହିଁ କହେ । ସେ ସତେ ଯେପରି କୃତକୃତ୍ୟ ହୋଇଗଲେ ଏମିତି ସାର୍ଟିଫିକେଟ୍ ପାଇ । ଲିଲି ସହିତ କରମର୍ଦ୍ଦନ କରି କହିଲେ - ଥାଙ୍କ୍‌ସ୍ !

ଝମ୍ପୁ, ଲୁନା ଓ ଲିଲି ଚଟାପଟ ଗାଡ଼ି ନେଇ ବାହାରିଗଲେ କେତେଟା ଦରକାରୀ ଜିନିଷ କିଣିବାପାଇଁ ।

ସମସ୍ତେ ଚାପା ଉଇେଜନ ନେଇ ଅପେକ୍ଷା କରିଥିଲେ ଜେଜେ କେତେବେଳେ ପ୍ରାତଃଭ୍ରମଣରେ ବାହାରିଯିବେ । ସେ ଯିବାମାତ୍ରେ ସମସ୍ତେ ଏକତ୍ରିତ ହେଲେ ଡ୍ରଇଂରୁମ୍‌ରେ । ବିଶେଷକିଛି କରିବାର ନଥିଲା । କାର୍ପେଟ୍‌ଟା ଉଠିବ । ଜେଜେଙ୍କ ରୁମ୍‌ରେ ଥିବା ତାଙ୍କର ପ୍ରିୟ ଚେୟାରଟା ଅଣାଯିବ । ଚଟାଣ ପୋଛାସରିବା ପରେ ଝୋଟି ପକାହେବ ।

- "ମୋଜେଇକ୍ ଟାଇଲ୍‌ର ଏଇ ଯେଉଁ ଚଟାଣ, ସେଥିରେ କ'ଣ ଝୋଟି ଦେଖାଯିବ ?" ଲିଲି ପଚାରିଲା ।

- "କିଛି ଯାଏ ଆସେ ନାହିଁ ।" ଶୋଭା ଆହୁରି କହିଲେ - "ତୁ ଝୋଟି ପକଉନୁ କାହିଁକି ?"

ପ୍ରଣବ ଗୋଟେ ଉତ୍କଣ୍ଠା ନେଇ ଲକ୍ଷ୍ୟ କରୁଥିଲେ ଏସବୁ । ତେବେ ନିଶ୍ଚିତ ହୋଇପାରୁନଥିଲେ ଗୋଟିଏ କଥା ଭାବି । ଏମିତି ଷ୍ଟାଇଲ୍‌ରେ କ'ଣ ଜନ୍ମଦିନ ପାଳନ କରାଯାଏ ? ସେଇ କଥା ପଚାରିଲେ ଶୋଭାକୁ ।

- "ତୁମେ ଯାଉନ !" ଅବଜ୍ଞାସୂଚକ ଦୃଢ଼ତା ସ୍ପଷ୍ଟ ଥିଲା ତାଙ୍କ କଥାରେ - "ତୁମେ କ'ଣ ଭାବୁଚ, ଆମେ ଶାସ୍ତ୍ର ପଢ଼ି, ପୁରୋହିତ ସହିତ ପରାମର୍ଶ କରି ଏସବୁ କରିବୁ ? ମୋଟେ ନୁହେଁ । ତାଙ୍କ ଜନ୍ମଦିନରେ ଆମେ ତାଙ୍କୁ ପୂଜା କରୁଚୁ । ସେ ଆମ ଠାକୁର । ବାସ୍ !" ଏତକ କହି ସେ ବାହାରିଗଲେ, ଫୁଲମାଳ ତିଆରି ହେଉଚି କି ନାଇଁ ଦେଖ୍‌ବାପାଇଁ ।

ପ୍ରଣବ ବାସ୍ତବିକ ସାମିଲ୍ ହୋଇପାରୁ ନଥିଲେ ସମ୍ପୂର୍ଣ୍ଣ ଭାବରେ । ବେଶ୍ ଅଖାଡ଼ୁଆ ଲାଗୁଥିଲା ତାଙ୍କୁ । ମୋଜେଇକ୍ ଉପରେ ଝୋଟି ! ତେଣେ ବାର୍ଥଡେ କେକ୍

ସହିତ ଅରୁଆନ୍ନ ଓ ଡାଲମା । ଫାଣ୍ଟାଷ୍ଟିକ୍ କମ୍ୟିନେସନ୍ । ଜଣାପଡ଼ୁଥିଲା ଗୋଟେ କମେଡି ଭଳି । ୟା' ସଙ୍ଗେ ସମସ୍ତେ ପରମ ଆଗ୍ରହରେ ଲାଗିପଡ଼ିଥିଲେ ବିଭିନ୍ନ କାମରେ । ସେମାନଙ୍କର ଆବେଗ ଦେଖିବା କଥା । ଜେଜେଙ୍କ ପ୍ରତି ସେମାନଙ୍କର ଶ୍ରଦ୍ଧାର ଏହା ଆଉ ଏକ ସ୍ୱଚ୍ଛ ଉଦାହରଣ । କରନ୍ତୁ, ଯାହା କରିବେ ଏମାନେ । ବାସ୍ତବିକ ଆୟୋଜନ ଚାଲିଥିଲା ଗୋଟେ ପୂଜା ପାଇଁ । ମୋତେ କ୍ଷତି ନାହିଁ ଜେଜେଙ୍କୁ ଠାକୁର ଭଳି ପୂଜା କରିବାରେ ।

ତେବେ ରଘୁ ଓ ହରି ଯେମିତି ଯୁକ୍ତିତର୍କ ଆରମ୍ଭ କରିଦେଲେ, ତାହା ସମସ୍ତଙ୍କର ଦୃଷ୍ଟି ଆକର୍ଷଣ କଲା । ପୋର୍ଟିକୋ ପାଖରେ ଦୁଇଟି ପୂର୍ଣ୍ଣକୁମ୍ଭ ଥୁଆଯାଇଛି । ଜେଜେ ସେଠାରେ ପହଞ୍ଚିବା ମାତ୍ରେ ଲମ୍ୟ ହୋଇ ତାଙ୍କ ଗୋଡ଼ତଳେ ପଡ଼ିବ କିଏ ? ରଘୁ ଓ ହରି ପାଟି କରୁଚନ୍ତି ସେ କାମଟି ସେମାନେ କରିବେ ବୋଲି ।

ହରିର ଯୁକ୍ତି ହେଉଛି, ରଘୁଠାରୁ ସେ ବୟସରେ ବଡ଼ । ଜେଜେଙ୍କ ପାଦତଳେ ସେ ପଡ଼ିବା ମୁହୂର୍ତ୍ତରୁ ହିଁ ଜନ୍ମଦିନ ପାଳନ ଆରମ୍ଭ ହେବ । ଲୁନା ସୁଟିଙ୍ଗ୍ କରିବ ସେଇ ଦୃଶ୍ୟର ।

ରଘୁର ମୁଣ୍ଡ ଖରାପ ଏତକ କଥା ଶୁଣି । ବୟସରେ ବଡ଼ ? ଏଥିରେ ବୟସ ଗୋଟେ କ'ଣ । ସେ ରହିଲାଣି ସେ ଘରେ ଦଶ ବର୍ଷ ହେବ । ତାକୁ ଯେତେବେଲେ ଆଠବର୍ଷ ହୋଇଥିଲା ।

ଜେଜେ ଟ୍ରେନ୍‌ରୁ ଓହ୍ଲାଇଥାନ୍ତି । ତାଙ୍କୁ ରିସିଭ୍ କରିବା ପାଇଁ ଗାଡ଼ି ନେଇ ଅପେକ୍ଷା କରିଥିଲେ ପ୍ରଣବ, ଝାମ୍ପୁ, ଲୁନା ଓ ଲିଲି । ଜେଜେଙ୍କର ସୁଟ୍‌କେସ୍ ଧରିସାରିଥିଲେ ପ୍ରଣବ । ଝାମ୍ପୁ ଧରିଥିଲା ପାଣି ବ୍ୟାଗ୍ । ଲୁନା ଓ ଲିଲି ମଧ୍ୟରେ ଗୋଟେ ସଂଘର୍ଷ ଆରମ୍ଭ ହୋଇଯାଇଥିଲା । ପତ୍ରିକା ଓ ଖବରକାଗଜ ଧରିଚି ଲୁନା । ଲିପି ପାଇଁ କିଛି କାମ ନାହିଁ । ସେ ଚାହୁଁଚି, କିଛି ଗୋଟେ ତାକୁ ଦିଆଯାଉ ।

ଜେଜେ ସମସ୍ୟାର ସମାଧାନ କଲେ ଏଇଭଳି - "ତୁ ମା', ମୋ ପାଖକୁ ଆ । ଆମେ ଦୁହେଁ ହାତ ଧରାଧରି ହୋଇ ଚାଲିବା ।" ଅନ୍ୟ ସମୟରେ ଏଇଟା ଗୋଟେ ବଡ଼ ପ୍ରଲୋଭନ ହୋଇଥାଆନ୍ତା । ସେତେବେଲେ ମଧ୍ୟ ଏଇ ତିନିଜଣଙ୍କ ମଧ୍ୟରେ ପ୍ରତିଯୋଗିତା ଚାଲୁଥିଲା, ତିକ୍ତତା ସୃଷ୍ଟି ହେଉଥିଲା, ଜେଜେଙ୍କର ଦୁଇହାତ ଧରିବା ପାଇଁ । ଲିଲି କିନ୍ତୁ କାନ୍ଦ କାନ୍ଦ ହୋଇସାରିଥିଲା । ଜେଜେଙ୍କର ହାତ ଧରି ସେ ଆକୁଲ ନିବେଦନ କଲା - "ଜେଜେ, ଲୁନା ଭାଇଙ୍କୁ କୁହ, ମୋତେ ଖବରକାଗଜଟା ଦେବେ ଧରିବା ପାଇଁ ।"

ଜେଜେ କହିଲେ - "ମୁଁ ଜାଣେ, ମୋ ପାଇଁ କିଛି ଗୋଟେ କାମ ନ

କଳାୟାଏ ଇଏ ଅସନ୍ତୁଷ୍ଟ ରହିବ। ଲୁନା, ସୁନାଟା ପରା। ଦେ, ଖବରକାଗଜଟା ଦେ ଯାକୁ।"

ହଠାତ୍ ଗୋଟେ କଥା ମନେପଡିବା ଭଳି ପଚାରିଲେ – "କିରେ, ତୁମ ମା' ଆସିଲା ନାହିଁ କାହିଁକି ?"

ତିନିଜଣ ଏକ ସଙ୍ଗେ କାରଣଟା କହିବା ଆରମ୍ଭ କଲେ। ସାରମର୍ମ ହେଲା, ମା'କୁ ଜ୍ୱର ହୋଇଛି ସକାଳୁ। ଯା'ପରେ ଜେଜେଙ୍କର ପ୍ରଶ୍ନ – କେତେ ଟେମ୍ପରେଚର ଅଛି ? ଔଷଧ ଦିଆଯାଉଛି ନା ନାହିଁ ଠିକ୍ ସମୟରେ ? କି ପ୍ରକାରର ପଥ୍ୟ ଦିଆଯିବ ବୋଲି ଡାକ୍ତର କହିଛନ୍ତି ?

ସେମାନେ ପ୍ଲାଟ୍‌ଫର୍ମ ଟପି କାର୍ ପାଖରେ ପହଞ୍ଚ ଯାଇଥିଲେ। ଭିତରେ ବସିବା ପୂର୍ବରୁ ଜେଜେଙ୍କର ଦୁଇଗୋଡ ଜାବୁଡ଼ି ଧରିଲା ଆଠବର୍ଷର ପିଲାଟେ। ପିନ୍ଧିଥିଲା ଛିଣ୍ଡାପେଣ୍ଟ, ମଇଳା ଗଞ୍ଜି। ଅନ୍ଧାରେ ଗୁଡ଼ା ହୋଇଥିଲା ଗାମୁଛା।

ରାତି ଏଗାରଟାବେଳର ଷ୍ଟେସନ୍ ସତେ ଯେପରି ଜଡ଼ସଡ଼ ହୋଇଗଲା ପିଲାଟିର ବିହ୍ୱଳିତ କାନ୍ଦଣାରେ। ବହୁଦିନର ବିଚ୍ଛେଦ ପରେ, ଅନେକ ଦୁଃଖ ଓ ଯନ୍ତ୍ରଣା ପରେ ସେ ଯେପରି ଫେରିପାଇଛି ତା'ର ଆତ୍ମୀୟସ୍ୱଜନମାନଙ୍କୁ। ବହୁତ ଚେଷ୍ଟା ପରେ ସେ ନିଜର ଯେଉଁ କାହାଣୀ ଉପସ୍ଥାପନା କଲା, ତାହାର ସାରାଂଶ ହେଉଛି – ଦଳେ ଲୋକ ପଶିଲେ ତାଙ୍କ ଘରେ। ତା' ମା'କୁ ଟେକିନେଲେ ବାହାରକୁ। ରାତି କେତେ ହୋଇଥିଲା କେଜାଣି ?

– ତା ବାପା ?

– ଦୁଇଦିନ ହେଲା ତା'ର ଦେଖା ନଥିଲା। ମଦ ପିଏ। ଦିନେ ଦିନେ ଘରକୁ ଆସେ ନାହିଁ। ଆସିଲେ ମା'କୁ ବାଡ଼ାଏ।

– ସେ ନିଜେ କ'ଣ କରେ ?

– ଗାଈ ଚରାଏ। ଘରେ ବାସନ ମାଜେ। ବାହାର ସଫା କରେ।

– ମା'ର ତା'ପରେ କ'ଣ ହେଲା ?

– ଘରକୁ ଫେରିଲା। ସାଙ୍ଗ ହୋଇ ଶୋଇଲୁ। ସକାଳେ ଉଠି ଦେଖିଲାବେଳକୁ ମା'ର ଦେହ ଝୁଲୁଛି ଚାଳରୁ।

ଜେଜେ ଦେଖିଲେ ପିଲାଟିକୁ ଭଲକରି ସହାନୁଭୂତିର ସହିତ। ପଚାରିଥିଲେ – "ତୋ' ନାଁ କ'ଣ ?"

– "ରଘୁ।"

ଜେଜେ ଚାହିଁଲେ ପ୍ରଣବଙ୍କ ଆଡ଼େ, ତା' ପ୍ରତିକ୍ରିୟା ଜାଣିବା ପାଇଁ। ସେ ପ୍ରସ୍ତାବ ବାଢ଼ିଲେ – "ପିଲାଟାକୁ ଘରକୁ ନେଇଯିବା, ବାପା।"

ଜେଜେ ଏମିତି ଚାହିଁଲେ ପ୍ରଣବଙ୍କ ଆଡ଼େ ସତେ ଯେପରି ସେ ବାପା ହେବା ଏବଂ ପ୍ରଣବ ତାଙ୍କୁ ପୁଅ ହେବା ସାର୍ଥକ ହୋଇଯାଇଛି। ତାଙ୍କର ପ୍ରତ୍ୟେକ ଲୋମ ଟାଙ୍କୁରିଉଠିଲା ଏକ ବିଚିତ୍ର ଶିହରଣରେ। ଜଣାଗଲା ତାଙ୍କ ଶିରା-ପ୍ରଶିରାରେ ରକ୍ତ ନୁହେଁ; ସାତ ସମୁଦ୍ରର ଢେଉ ହିଁ ପ୍ରବାହିତ ହେଉଚି। ବେଶ୍ କିଛି ସମୟ ପରେ ସେ ଚାହିଁଲେ ପିଲାମାନଙ୍କୁ। ପ୍ରଥମେ ଲିଲି – ଜେଜେ, ରଘୁକୁ ନେଇଯିବା ଆମ ସାଙ୍ଗରେ। ତା'ପରେ ଲୁନା – ପ୍ଲିଜ୍, ଜେଜେ! ଏବଂ ଝାମ୍ପୁ-ରଘୁକୁ ଏ ଷ୍ଟେସନ୍ରେ ଛାଡ଼ି ଆମେ କିପରି ପଲେଇ ଯାଇପାରିବା ?

କାର୍ ଚାଲିଥିଲାବେଲେ ଜେଜେ ମନ୍ତବ୍ୟ ପ୍ରକାଶ କଲେ – "ଏଭଳି ଦୃଶ୍ୟ କେବଳ ହିନ୍ଦୀ ଫିଲ୍ମ୍‌ରେ ସମ୍ଭବ ବୋଲି ମୁଁ ଭାବୁଥିଲି।"

ଏହାର କିଛିଦିନ ପରେ ଜେଜେ ପଚାରିଥିଲେ – "ଷ୍ଟେସନ୍ରେ ତୁ ଚାରି-ପାଞ୍ଚ ଘଣ୍ଟା ରହିଯାଇଥିଲୁ। ଆଉ କୌଣସି ଲୋକକୁ କହିଥିଲୁ ତୋତେ ତାଙ୍କ ଘରକୁ ନେଇଯିବା ପାଇଁ ?"

– "ନା।" ରଘୁ ଉତ୍ତର ଦେଇଥିଲା। "ମୋତେ ଡର ମାଡୁଥିଲା।"

– "ଆମ ପାଖକୁ ଆସିଗଲୁ କିପରି ?" ଜେଜେ କୌତୂହଲୀ ହୋଇପଡ଼ିଥିଲେ।

– "ଜେଜେ।" ରଘୁ ଚାହିଁଲା ତାଙ୍କ ମୁହଁକୁ। ପ୍ରଶ୍ନର ଜବାବ କେମିତି ଦେବ ବୋଲି ଚିନ୍ତା କଲା। କହିଲା – "ଜେଜେ! ଆପଣଙ୍କ ମୁହଁକୁ ଦେଖିଲି। ମୋତେ ଡରମାଡ଼ିଲା ନାହିଁ ଜମା। ଆପଣଙ୍କ ପାଖକୁ ଆସିଲି। ଗୋଡ଼ ଧରିଲି।"

ରଘୁପାଇଁ ସ୍ଲେଟ୍, ବହି ଯେ ନ ଆସିଥିଲା, ତା'ନୁହେଁ। କିନ୍ତୁ ସ୍କୁଲରୁ ଖସି ପଲେଇଆସେ ଘରକୁ। ଅଥଚ ତାକୁ କୌଣସି କାମ ବରାଦ କରିବା ଦରକାର ନାହିଁ। ତା' ସାମ୍‌ନାରେ ଯେଉଁ କାମ ଥାଏ, ତାହା କରେ। ମାଟି ହାଣିବାଠୁ ଆରମ୍ଭ କରି ସୋଫା ପରିଷ୍କାର କରିବା, ରୋଷେଇଘର ଧୋଇବା। ଏବେ ତାକୁ ପ୍ରାୟ ସବୁ କାମ ମାଲୁମ୍। ଇଲେକଟ୍ରିକ୍ ଓୟାରିଙ୍ଗ ହେଉ ବା ଭି.ସି.ପି.ର ଗଲତି କ'ଣ ଜାଣିବା ହେଉ। ଭଲ ରୋଷେଇ କରିବାପାଇଁ ତାଲିମ୍ ନେବା ପରେ ଆହୁରି ଉପାଦେୟ ହୋଇପଡ଼ିଚି ସେ ପରିବାରରେ।

ଜେଜେଙ୍କ ପାଇଁ କିଏ କେତେ ବେଶି କାମ କରିପାରୁଚି ଏବଂ ତାଙ୍କ ପ୍ରତି ଆବେଗ ଓ ଶ୍ରଦ୍ଧା ଦେଖାଇପାରୁଚି, ଏମିତି ପ୍ରତିଯୋଗିତାତେ ରହିଆସିଚି ସେ ଘରେ। ଏ ପ୍ରତିଯୋଗିତା କେତେବେଲେ ନୀରବ ଥାଏ; କେତେବେଲେ ପୁଣି ପ୍ରକାଶିତ ହୋଇଯାଏ। ଶୋଭା ସମାଧାନ କରିଦେଲେ ଏ କଥାର – "ଜେଜେ ଘରେ ପହଞ୍ଚିବାମାତ୍ରେ ତୁମେ ଦୁହେଁ ଯାକ ଲମ୍ୟ ହୋଇ ପଡ଼ିବ ତାଙ୍କ ପାଦ ପାଖରେ। ଏଥର ହେଲା ?"

ବଂଶଧାରା ଲୋକ ଅପେକ୍ଷା କରି ରହିଚନ୍ତି । ଜେଜେଙ୍କର ଏ ପର୍ଯ୍ୟନ୍ତ ଦେଖାନାହିଁ । ଦିନେ ଦିନେ ଫେରିବାରେ ତାଙ୍କର ଡେରିହୁଏ । ସମସ୍ତେ ଉଦ୍‌ବିଗ୍ନତା ଓ ଆଶଙ୍କାରେ ଛଟପଟ ହୁଅନ୍ତି । ସହରର ଉପକଣ୍ଠରେ ଏଇ ଯେଉଁ ସମ୍ଭ୍ରାନ୍ତ ଘରସବୁ ରହିଚି, ପ୍ରାୟ ତାକୁ ଲାଗିକରି ଗାଁଟିଏ । ସହରର ସମ୍ପ୍ରସାରଣ ହେବା ଯୋଗୁଁ ତାହାର ସ୍ଥିତି ଟଳମଳ ହେଲାଣି ଅନେକ ଦିନୁ । ଲକ୍ଷ୍ୟ କରିବାର କଥା ଯେ, ସହର ଓ ଗାଁ ମଧ୍ୟରେ ଥିବା ବିଭାଜନକାରୀ ରେଖାଟିଏ ଅସ୍ପଷ୍ଟ ହୋଇଯାଉଚି ଆସ୍ତେ ଆସ୍ତେ । ସହରର ପାଟି ଭିତରକୁ ଅନିବାର୍ଯ୍ୟ ଢଙ୍ଗରେ ଗାଁ ପଶିଯାଉଚି ।

ଏଇ ଗାଁ ପ୍ରତି ତାଙ୍କର ଗୋଟିଏ ମମତା ଥିଲା । ସେ ଚାକିରି କରୁଥିବାବେଳେ ହରିବନ୍ଧୁର ବାପା ଗଣେଶ୍ୱର ଥିଲା । କଲେଜର ପିଅନ । ଜେଜେ ଏକୁଟିଆ ଧଧିହେଉଥିଲେ ସୁନନ୍ଦାକୁ ହରେଇବା ପରେ । ଗଣେଶ୍ୱର ଅଯାଚିତଭାବେ କେତେବେଳେ କେମିତି ସାହାଯ୍ୟ କରୁଥିଲା ତାଙ୍କୁ । ଘରୁ ସମ୍ବଳ ବାହାରି ପ୍ରଥମେ ପହଞ୍ଚୁଥିଲା ଜେଜେଙ୍କ ଭଡ଼ାଘରେ । କୌଣସି ଆପତ୍ତି ଶୁଣୁ ନଥିଲା । ମସଲା ବାଟିବା, ଡେକ୍‌ଚି ଧୋଇବା ଇତ୍ୟାଦି କାମରେ ସାହାଯ୍ୟ କରୁଥିଲା । ସୁବିଧା ହେଲେ ପ୍ରଣବଙ୍କୁ ସାଇକେଲରେ ନେଇଯାଉଥିଲା ସ୍କୁଲକୁ ।

ପ୍ରଥମ ଥର ତାକୁ କିଛି ଟଙ୍କା ଦେବାବେଳେ ସେ ଭାରି ଯନ୍ତ୍ରଣା ପାଇଥିଲା ଗୋଟେ ଅପମାନର । ଜେଜେଙ୍କର ଦୁଇହାତ ଧରିପକାଇଥିଲା । ତାଙ୍କ ମୁହଁକୁ ଚାହିଁ କିଛି କହିବାକୁ ଚେଷ୍ଟା କରିଥିଲା ସିନା; କିନ୍ତୁ ତା’ର ବକ୍ତବ୍ୟ ତରଳିଯାଇ ପରିଣତ ହୋଇଥିଲା ଲୁହରେ । ତା’ ହୃଦୟର କମ୍ପନ ବ୍ୟାପିଯାଇଥିଲା ତା’ର ଓଠ ପର୍ଯ୍ୟନ୍ତ । ବହୁ କଷ୍ଟରେ କହିଥିଲା – ମୋତେ ଆପଣ ଏଇଆ ବୁଝିଲେ ? ପିଲାଟା ପ୍ରତି ମୋ ସ୍ନେହ, ଆପଣଙ୍କ ପ୍ରତି ମୋ ଶ୍ରଦ୍ଧାକୁ ଆଉ କେବେ ବି ଛୋଟ କରିବେ ନାହିଁ, ସାର । ଜମା ସହିହେବ ନାହିଁ । କଲେଜରେ ଆହୁରି ଅନେକ ଲୋକ ଅସୁବିଧାରେ ପଡ଼ିଛନ୍ତି । ତାଙ୍କ ପାଖକୁ ଯିବାପାଇଁ କ’ଣ ମନ ହୁଏ ? ଆପଣଙ୍କ ମୁହଁରେ, ବ୍ୟବହାରରେ ଏମିତି କିଛି ଅଛି, ଯାହା ମୋତେ ଟାଣିଆଣିଲା ଆପଣଙ୍କ ପାଖକୁ । ଏଥିପାଇଁ ମୁଁ ଟଙ୍କା ନେବି ?

ଜେଜେ ବେଳେବେଳେ କହନ୍ତି– ଗଣେଶ୍ୱର ମରିଗଲାଣି କେବେଠୁଁ । ତା’ ରଣ ପରିଶୋଧ କରିବାପାଇଁ ମୋତେ ସୁଯୋଗ ଦେଲାନାହିଁ । ଜଗବନ୍ଧୁର ପିଣ୍ଢା ଉପରେ ବସିଲେ ମୋତେ ଲାଗେ, ତାହାର ପ୍ରତ୍ୟେକ ଧୂଳିକଣା ଭିତରେ ଗଣେଶ୍ୱରର ଦରଦୀ ମନ ରହିଯାଇଚି ।

ଜେଜେ ସେଇ ଗାଁ ବାଟେ ହିଁ ଆସନ୍ତି । ପାଞ୍ଚ ଛ’ ବର୍ଷର ପିଲାଙ୍କ କେବଳ

ନାମ ଯେ ସେ ମନେ ରଖିଥାଆନ୍ତି, ତା' ନୁହେଁ; ସେମାନଙ୍କ ବାପା କିଏ ତାହା ମଧ୍ୟ ଲେଖାହୋଇ ରହିଥାଏ ତାଙ୍କ ସ୍ମୃତିର ପୃଷ୍ଠାରେ। କେଉଁ ଘରର ଲୋକ ପଡ଼ିଚି ଡାକ୍ତରଖାନାରେ, କାହାର ଝିଅ ଶାଶୁଘରକୁ ଯିବ, କେଉଁ ପିଲା ଭଲ ପଢୁଚି ଏବଂ ସାହାଯ୍ୟ ଦରକାର କରୁଚି। ସବୁ ଜଣା ତାଙ୍କୁ। ଦାନ୍ତ ଘଷୁଥିବା ଲୋକ, ବାହାର ଓଲଉଥିବା ବୋହୂ, କୂଅରୁ ପାଣି କାଢୁଥିବା ଝିଅ ଜେଜେଙ୍କୁ ଦେଖିବାମାତ୍ରେ ଅଟକିଯାଏ ସମସ୍ତଙ୍କର ହାତ। ସେମାନଙ୍କ ଅଜାଣତରେ ସେମାନଙ୍କ ଓଠକୁ ଆସିଯାଏ ସ୍ମିତହାସ, ତୃପ୍ତି ଓ ଆନନ୍ଦର।

ଏଇଭଳି ନିଜର ଅସରନ୍ତି ହୃଦୟ ବାଣ୍ଟିଥାନ୍ତି ଜେଜେ। କେଉଁଠି କିଛି ଗୁରୁତ୍ୱପୂର୍ଣ୍ଣ ଘଟଣା ଘଟିଥିଲେ ଡେରି ହୋଇଯାଏ ଘରକୁ ଫେରିବାରେ।

– "ତାଙ୍କର ଆଜି ଜନ୍ମଦିନ ବୋଲି କେହି ତାଙ୍କୁ କହିଦେଇଚି କି ?" ଚିନ୍ତିତ ହୋଇ ପଚାରିଲେ ପ୍ରଣବ।

ସମସ୍ତେ ଚାହିଁଲେ ପରସ୍ପରକୁ। ସ୍ମରେଇଦେଲେ ଯେ, ଏତେ ଗୋପନରେ ସେମାନେ ବହୁ ଜିନିଷ ଆୟୋଜନ କରିଚନ୍ତି। ଜେଜେ ତାହାର ଟେର୍ ପାଇବେ କିପରି ?

– "ଏତେ ଲୋକଙ୍କର ନାଁ ସବୁ ମନେରଖନ୍ତି କିପରି ?" ଝାମ୍ପୁ ବିସ୍ମୟ ପ୍ରକାଶ କଲା ଏବଂ ଯୋଗ କଲା – "ଦେଖିଲାବେଳକୁ ନିଜ ଜନ୍ମଦିନ ତାରିଖ ତାଙ୍କର କେବେ ବି ମନେ ରହେ ନାହିଁ।"

ଶୋଭା କହିଲେ – "ତାଙ୍କର ଜନ୍ମଦିନ ଆମେ ପାଳନ କରୁଚୁ ବୋଲି ଜାଣିଥିଲେ, ସେ ଆପତ୍ତି କରିଥାନ୍ତେ। ଆମେ କାହିଁକି ବା ତାଙ୍କୁ ଜନ୍ମଦିନ କଥା କହିବୁ ?"

ଲିଲି ହଠାତ୍ ଗୋଟେ କଥା ପ୍ରତି ସଚେତନ କଲା ଲୁନାକୁ– "ତୁମେ ତ ସମୁଦାୟ ପ୍ରୋଗ୍ରାମଟା ସୁଟିଙ୍ଗ୍ କରିବ କ୍ୟାମେରା ପଛରେ ରହି। ତେବେ ଫିଲ୍ମ ଭିତରେ ତ ତୁମକୁ ଦେଖିହେବ ନାହିଁ !"

ନିର୍ବୋଧ ବନିଗଲା ଲୁନା। କେବଳ ତାହାର ନୁହେଁ; ସମସ୍ତଙ୍କର ଆଗ୍ରହ କମିଗଲା। ଅସହାୟ ଆଖିରେ ସେ ଚାହିଁଲା ପ୍ରଥମେ ଲିଲିକୁ। ତା'ପରେ ଅନ୍ୟମାନଙ୍କୁ। ଏ ପରିସ୍ଥିତିର କି ପ୍ରକାର ସମାଧାନ ହୋଇପାରେ, ତାହାର ସୂତ୍ର ଜଣା ନଥିଲା କାହାକୁ।

ଆଉ ଅଳ୍ପଦିନ ପରେ ସେ ବିଦେଶ ପଳେଇଯିବ। ଏତେ ଆଗ୍ରହର ସହିତ ପାଳନ କରାଯାଉଥିବା ପ୍ରିୟ ମଣିଷର ଜନ୍ମଦିନ ଉତ୍ସବ ଫିଲ୍ମରେ ସେ ରହିପାରିବ

ନାହିଁ ! ଗୋଟେ ପୋଷ୍ଟବକ୍ସ ଭଳି ନିର୍ବିକାର ଭୂମିକାଟେ ରହିବ ତା'ର ! ତା' ଭିତରେ ଚିଠି ପଡ଼ିବ; ଯିବ ଅନ୍ୟମାନଙ୍କ ହାତକୁ ସୁଖ-ଦୁଃଖ, ହସ-କାନ୍ଦର କାହାଣୀ ନେଇ।

ସହସା ମୁହଁ ତା'ର ଉଜ୍ଜ୍ୱଳ ହୋଇପଡ଼ିଲା – "କାହିଁକି, ରଘୁ ଅଛି। ସେ ସୁଟିଙ୍ଗ୍ କରିପାରିବ।"

– "କିନ୍ତୁ ମୁଁ ପୋର୍ଟିକୋ ପାଖରୁ....। ରଘୁର ନୈରାଶ୍ୟ-ଜର୍ଜରିତ ସ୍ୱର ଶୁଭିଲା। କ୍ୟାମେରା ପଛରେ ରହିବା କଥାଟା ପ୍ରଲୁବ୍ଧ କଲା ନାହିଁ ତାକୁ।

ତେବେ ଠିକ୍ ହେଲା ଯେ, ପାଳି କରି ରଘୁ ଓ ଲୁନା ସୁଟିଙ୍ଗ୍ କରିବେ ପ୍ରୋଗ୍ରାମଟା। ଏ ଦୁଇଜଣ ମୋତେ ସନ୍ତୁଷ୍ଟ ନ ଥିଲେ ଏଥିରେ; କିନ୍ତୁ ଆଉ ଉପାୟ ନଥିଲା ଅନ୍ୟ ବ୍ୟବସ୍ଥା କରିବାପାଇଁ।

– "ଜେଜେ ଆସିଗଲେ।" ଅଶନିଃଶ୍ୱାସୀ ହୋଇ ରଘୁ ଧାଇଁ ଆସିଲା ଭିତରକୁ ଏବଂ ପୁଣି ସେଇଭଳି ଅଣାୟତ ଅବସ୍ଥାରେ ବାହାରିଗଲା ପୋର୍ଟିକୋ ଆଡ଼କୁ। ଏତେ ଯୁଗ ଧରି ଜହ୍ନମାମୁଁ, ଶରଦଶଶୀକୁ ଆତୁରତାର ସହିତ ଡକାଯାଉଥିଲା; କିନ୍ତୁ ବର୍ତ୍ତମାନ, ଏଇ ମୁହୂର୍ତ୍ତରେ ତାହା ଯେପରି କାହ୍ନୁର କୋଳକୁ ଖସିପଡ଼ିଲା। ଏଇଭଳି ଅସାଧାରଣ ପ୍ରାପ୍ତିର ଆନନ୍ଦରେ ସମୁଦାୟ ଘର ଆନ୍ଦୋଳିତ ହୋଇପଡ଼ିଲା। ସମସ୍ତେ ଅସମ୍ଭାଳ ହୋଇପଡ଼ିଲେ।

ପୋର୍ଟିକୋ ପାଖରୁ ଶୁଭିଲା ତାଙ୍କ ସ୍ୱର– ଆରେ, ଆରେ, ତୁମେ ଦି'ଟା ଏମିତି.... ଆଁ ? ମୋ ଜନ୍ମଦିନ ଆସିଯାଇଛି ନା କ'ଣ ? କିରେ, ମୋ ଗୋଡ଼ ଦୁଇଟା... ଏଠି ପୁଣି ପୂର୍ଣ୍ଣକୁମ୍ଭ !

ସେ ଭିତରକୁ ଆସିବାମାତ୍ରେ ଆଗରୁ ଏତେଥର ଘୋଷିଥିବା ସବୁକଥା ଯେମିତି ଭାସିଗଲା ନାହିଁ ନ ଥିବା ଆବେଗରେ। ଲିଲି ଜେଜେ ବୋଲି ଦୁଇ ହାତ ବଢ଼ାଇଲା ସମଗ୍ର ବ୍ରହ୍ମାଣ୍ଡକୁ ଆଲିଙ୍ଗନ କରିବା ଲୋଭ ନେଇ। ସେ ବାସ୍ତବିକ କିଛି କହିପାରିଲା ନାହିଁ। ହସିବା ମୁହଁ ତା'ର ଧସକି ପଡ଼ିଲା। ଝରିଗଲା ତା' ଆଖିର ଲୁହ। ତାଙ୍କ ପାଦ ପାଖରେ ଲୋଟିପଡ଼ିଲେ ସମସ୍ତେ। ତାଙ୍କର ଶିରାଳ ହାତ କମ୍ପିଉଠିଲା ଏକ ବିଚିତ୍ର ଅନୁଭବର ପବନରେ। ସମସ୍ତଙ୍କୁ ଦୁଇହାତର ପରିସର ଭିତରେ ରଖିବାକୁ ଚେଷ୍ଟା କଲାବେଲେ ଅନୁଭବ କଲେ, ଶହେଟା ଜୀବନ ଦରକାର ଏ ଅନୁଭବକୁ ବର୍ଣ୍ଣନା କରିବାପାଇଁ।

– "ଆରେ ପିଲେ, ମୋତେ ପାଗଳ କରିଦେବାପାଇଁ ଏ ଷଡ଼ଯନ୍ତ୍ରଟା କଲ କାହିଁକି ?" ବହୁ ସମୟ ପରେ ଶୁଭିଲା ତାଙ୍କର ବାଷ୍ପାକୁଳ ସ୍ଖଦିତ ସ୍ୱର।

– "ଥାଉ, ଏମିତି ହୁଅ ନାଇଁ ମୋ ପାଖରେ।" ସେ କହୁ ନଥିଲେ; କହିବାକୁ

ଚେଷ୍ଟା କରୁଥିଲେ। "ତୁମେ ସମସ୍ତେ ମୋର ରକ୍ତପ୍ରବାହ। ମୋର ଆତ୍ମା। ମୋର ସ୍ଥିତି କହିଲେ ମୁଁ ତୁମକୁ ହିଁ ବୁଝେ। ମୋ ସାଧନା, ମୋର ତପସ୍ୟାର ତୁମେ ହେଉଚ ପ୍ରାପ୍ତି। ଏ ସବୁ ଜାଣିବା ପରେ ବି ଏଇ ଆୟୋଜନ କାହିଁକି? ଶୋଭା ଗଲା କୁଆଡ଼େ?"

– "ଏଇ, ଆପଣଙ୍କ ପାଖରେ ଅଛି, ବାପା।" ସେ ଜେଜେଙ୍କ ସାମ୍ନାକୁ ଆସିଗଲେ।

– "ତୁ ଏତେ ପାଖରେ ଅଛୁ ଅଥଚ ମୁଁ କେମିତି ଅନ୍ଧାଲି ହେଉଚି।" ଜେଜେ କହିଲେ।

– "ଅସଲ କଥା ହେଉଚି, ତୁମ ଆଖି ଦିଶୁଚି ଦୁଇଟି ଦ୍ୱୀପ ଭଳି। ଚାରିପାଖରେ ଲୁହର ସମୁଦ୍ର।" ଲୁନା ମନ୍ତବ୍ୟ ବାଢ଼ିଲା।

ଜେଜେ ସତକୁସତ ଆଖି ପୋଛି କହିଲେ – "ମା'ରେ, ଏସବୁ ଆୟୋଜନ ତୁ କରିଚୁ ସିନା!"

– "ଏଇଟା କି ଆୟୋଜନ, ବାପା?" ଶୋଭା ଉତ୍ତର ଦେଲେ– "ଆପଣ ମନକଷ୍ଟ କରିବେ ବୋଲି। ନ ହେଲେ ଜନ୍ମଦିନ ପାଳନର ଗୋଟେ ଦୃଷ୍ଟାନ୍ତ ସୃଷ୍ଟି କରିଦିଅନ୍ତି। କିରେ, ତୁମେସବୁ କହୁନ? ଏମିତି ପାଳନ କରିବାରେ ତୁମେ କ'ଣ ସନ୍ତୁଷ୍ଟ?"

ନାଇଁ ନାଇଁ, ଜମା ନୁହେଁ – ସ୍ୱତଃସ୍ଫୂର୍ତ ଭାବରେ ଶୁଭିଲା ସମସ୍ତଙ୍କର ସ୍ୱର। ଜେଜେ ଆଉ କିଛି କହିବାକୁ ଯାଉଥିଲେ; କିନ୍ତୁ ଭିତରକୁ ପ୍ରବେଶ କଲେ ରଞ୍ଜନ। ଜେଜେଙ୍କ ହାତକୁ ଦୁଇଟି ସତେଜ ଗୋଲାପଫୁଲ ବଢ଼େଇ ଦେଇ ସେ ତାଙ୍କ ପାଦ ଛୁଇଁଲେ। କହିଲେ– ମଉସା, ମେନି ମେନି ରିଟର୍ଣ୍ସ ଅଫ୍ ଦି ଡେ।

ରଞ୍ଜନଙ୍କର ଉପସ୍ଥିତି ସାବଳୀଳ କଲା ଜେଜେଙ୍କୁ। ସେ ଆବେଗପ୍ରବଣ ହୋଇଯାଇଥିଲେ। ଏଥର ପ୍ରାୟ ସ୍ୱାଭାବିକ ହୋଇଗଲେ। କହିଲେ – "ତୁ ନ ଆସିଥିଲେ ଏଇଟା ମୋର ଜନ୍ମଦିନ ବୋଲି ହୃଦ୍‌ବୋଧ ହୋଇନଥାନ୍ତା।"

ସମସ୍ତେ ପ୍ରାୟ ସ୍ତମ୍ଭୀଭୂତ ହୋଇଯାଇଥିଲେ। ଜେଜେ ଲକ୍ଷ୍ୟକଲେ ଏଇ କଥା ଏବଂ କହିଲେ – "ପ୍ରତ୍ୟେକ ବର୍ଷ ତୁ ଏଇ ଦିନରେ ଗୋଲାପଫୁଲଟେ ମୋତେ ଉପହାର ଦେଉ। ଆରେ ହଁ, ଏଥର ଦୁଇଟି କାହିଁକି?"

– "ନାଇଁ, ସେମିତି କିଛି ଖାସ୍ କାରଣ ନାହିଁ।" ରଞ୍ଜନ ଉତ୍ତର ଦେଲେ। "ମୋ ନର୍ସିଂହୋମ୍ ପରିସରରେ ଏଥର ପ୍ରଚୁର ଗୋଲାପଫୁଲ, ମଉସା। ପଚିଶଟି ଭେରାଇଟିର ଗୋଲାପ। ଅଧିକ ପାଇଁ ସ୍ଥାନ ନାଇଁ।" ସେ ଯୋଗ କଲେ କିଞ୍ଚିତ୍ ବିମର୍ଷ ହୋଇ।

– "ହଁ, ମୁଁ କହୁଥିଲି, ତୋତୁ ଗୋଲାପଫୁଲଟେ ପାଇଲେ ଯଥେଷ୍ଟ ହୁଏ।" ଜେଜେ କହିଲେ – "ଏଥର କିନ୍ତୁ ଦେଖ। ସେଠାରେ ଫୁଲମାଲ। ତା' ପାଖକୁ... କିରେ, ତା' ପାଖରେ ସେଇଟା କ'ଣ?"

– "ଶଙ୍ଖ, ଜେଜେ।" ଭି.ଡି.ଓ କ୍ୟାମେରଟା ରଘୁ ହାତକୁ ବଢ଼ାଇଦେଇ ଲୁନା କହିଲା।

– "ଶଙ୍ଖ, ଅଗରବତି, ଚନ୍ଦନପେଡି, ଚଟାଣରେ ଝୋଟି!" ସେ ହସିଲେ ଉଚ୍ଚ ସ୍ୱରରେ। କହିଲେ – "ଏମିତି ପ୍ୟାଟର୍ଣ୍ଟର ଜନ୍ମଦିନ ପାଳନ କେବେ କେଉଁଠି ହୋଇଥିଲା?"

– "ଏଇଟା ବିଧିବଦ୍ଧ ଗୋଟେ ପୂଜା, ମଉସା।" ମନ୍ତବ୍ୟ ବାଢ଼ିଲେ ରଞ୍ଜନ।

– "ମୋତେ ଏମାନେ ଗୋଟେ ଠାକୁର ବୋଲି ଭାବୁଚନ୍ତି।" କଥାଟା ମନକୁ ପାଉ ନଥିଲା ଜେଜେଙ୍କର। ସେ ମୁଣ୍ଡ ହଲାଇଲେ।

– "ଭାଉଜ, ତେବେ ଆରମ୍ଭ କରୁନ କାହିଁକି?" ଘଟଣାଟା ଦେଖିବାପାଇଁ ବାସ୍ତବିକ ଆଗ୍ରହ ପ୍ରକାଶ କରୁଥିଲେ ରଞ୍ଜନ।

– "ବାପା ଗାଧୋଇସାରିଲେ ସେସବୁ ହବ। ତୁମେ ଟିକିଏ ରହିଯାଅ।" ଶୋଭା ଅନୁରୋଧ କଲେ ରଞ୍ଜନଙ୍କୁ।

– "ସରି, ଭାଉଜ। ରିଅଲି ସରି।" ଗୋଟେ ସଂକ୍ଷିପ୍ତ ଦୀର୍ଘଶ୍ୱାସ ପରେ ରଞ୍ଜନ ପୁଣି କହିଲେ – "ତେଣେ ଅପରେସନ୍ ଟେବୁଲ ମୋତେ ଅପେକ୍ଷା କରୁଥବ।"

– "ମଉସା, ଲଙ୍ଖପାଇଁ ଆସିପାରିବେ?" ଲିଲି ଅନୁରୋଧ କଲା – "ଅରୁଆନ୍ନ, ଡାଲମା। କଦଳୀପତ୍ରରେ ବଢ଼ାଯିବ।"

ଖାଲି ରଞ୍ଜନ ନୁହନ୍ତି; ଜେଜେ ମଧ ଅଭିଭୂତ ହୋଇ ପଡ଼ୁଥିଲେ ଏଇ ଆନ୍ତରିକ ଆୟୋଜନ ଶୁଣି। ତେବେ ରଞ୍ଜନ ଆଉ ବେଶୀ ସମୟ ରହିପାରିଲେ ନାହିଁ। ସେ ଯିବା ପରେ ପ୍ରଣବ ସଚେତନ କରିଦେଲେ– "ବାପାଙ୍କର ଗାଧୋଇବା ସମୟ ଗଡ଼ିଯାଉଚି।"

– "ଆସ, ଜେଜେ।" ଲିଲି ତାଙ୍କର ହାତ ଟାଣିଲା – "ସୁନାପିଲା ପରି ଗାଧୋଇବ। ବେଶୀଗୁଡ଼ାଏ ଆପଉ ନ କରି ନୂଆଲୁଗା ପିନ୍ଧିବ।"

– "ତା' ପରେ?" ଜେଜେ ଆଗେଇଯାଉଥିଲେ ଲିଲି ସହିତ।

– "ତା'ପରେ ଦ୍ୱିତୀୟ ପର୍ଯ୍ୟାୟ।"

– "କ'ଣ ହେବ ସେଥରେ?"

– "ତୁମେ ବସିବ ଚୌକିରେ।"

- “ଠାକୁର ଭଲି ?”

- “ଠାକୁର ଭଲି କ’ଣ ?” ଲିଲି ପ୍ରତିବାଦ କଲା - “ତୁମେ ତ ସତରେ ଠାକୁର ।”

- “ହଉ କହିଯା, ଯାହା କହିବାର ଅଛି ।” ଜେଜେ ସତେ ଯେପରି ସଂପୂର୍ଣ୍ଣଭାବେ ଆମ୍ଭସମର୍ପଣ କରିସାରିଥିଲେ - “ଆଜି ତୁମକୁ କିଛି କହିହେବ ନାହିଁ । ହଁ, ତା’ପରେ କ’ଣ ହେବରେ, ବାୟାଣୀ ?”

ଜେଜେ ଘଡ଼ି ଦେଖିଲେ । ଦିନ ଦୁଇଟା । ଦୁଇ ଘଣ୍ଟା ପରେ ଫ୍ଲାଇଟ୍ । ଲୁନା ପଳେଇଯିବ ବିଦେଶ । ଖୁବ୍ ଭଲ ଛାତ୍ର ନଥିଲେ ମଧ୍ୟ ପିଲାଦିନୁ କ୍ୟାମେରାକୁ ଭଲ ପାଇଚି ସେ । କେଉଁ ଆଙ୍ଗଲରୁ ସାଧାରଣ ଜିନିଷଟିଏ ଦେଖିବାକୁ ହେବ ଏବଂ ଫଟୋରେ ଅସାଧାରଣ ଭଲି ଜଣାପଡ଼ିବ । ଚେତନାକୁ ଜାଗ୍ରତ କରିଦେବ । ସମଗ୍ର ଦେହ ଉପରେ ସୃଷ୍ଟି କରିବ ସ୍ପନ୍ଦନ । ମନ କହିବ, ଆହା, ଏତେ ସୁନ୍ଦର, ତୁଳନାହୀନ ଜିନିଷ ବିଧାତା ସୃଷ୍ଟି କରିଛି ! ଏହାକୁ ମୁଁ ଦେଖିଚି ଅନେକବାର, ଅନ୍ୟମନସ୍କ ଦୃଷ୍ଟିରେ । ଅଥଚ ମୋ ଆଖିକୁ ତାହା ନିଜ ପାଖରେ ଆବଦ୍ଧ କରି ନଥିଲା । ଲୁନାର ଏଇ ଫଟୋ କେଡ଼େ ଭାଷାମୟ ହୋଇପଡ଼ିଛି ଦେଖ ! ଓଠକୁ ଦେଖିବା ମାତ୍ରେ ଜାଣିବା ସମ୍ଭବ, ତାହାର ଅପ୍ରକାଶିତ ଭାଷା । ଆଖି- ଏତେ ଦୁଃଖ କିମ୍ଭ ହସକୁ ପ୍ରକାଶ କରିପାରେ କିପରି ? ଭାଙ୍ଗିଯାଇଥିବା କାନ୍ଥକୁ ଆଉଜି ଶଗଡ଼ର ଭଙ୍ଗା ଚକ । କାନ୍ଥ ଲିପୁଥିବା ସ୍ତ୍ରୀଲୋକ । ନଈର ଡଙ୍ଗା । ଝିଅକୁ ଶାଶୁଘର ପଠାଉଥିବା ବେଳର ମା । ସ୍ତନ୍ୟପାନ କରୁଥିବା ଶିଶୁ । ବର୍ଷାରେ କାଖତଳେ ଛତା ଜାକି ଦୌଡୁଥିବା ମଣିଷ । ଲଣ୍ଠନ ଧରି ବସରୁ ଓହ୍ଲାଉଥିବା ବୁଢ଼ୀଲୋକ ।

ଜେଜେ ବସିଥିଲେ କେନ୍ଦ୍ରେୟାର୍‌ରେ । ଝରକା ପାଖରେ । ଲୁନାର ଅଗଣିତ ଫଟୋ ମଧ୍ୟରୁ କେତୋଟି ମନେ ପକାଉଥିଲେ । ତା’ ଯିବା ସଂପର୍କରେ ବେଶ୍ ବ୍ୟସ୍ତତା ଥିଲା ଘରେ । ସମସ୍ତଙ୍କ ମୁହଁ ମେଘୁଆ ଦେଖାଯାଉଥିବ । ଏଇ ଯେପରି ବର୍ଷିଯିବ ସାମାନ୍ୟ କଥାରେ । ଲିଲି ଆଉ କାହାକୁ ଚିଡେଇବ କେଜାଣି ? ପିଲାଟା ନିତାନ୍ତ ଖାଦ୍ୟପ୍ରିୟ ବୋଲି ଶୋଭା ତା’ ପ୍ରତି ସଚେତନ ଥାନ୍ତି ଡାଇନିଙ୍ଗ୍ ଟେବୁଲରେ । ପେଟୁ, ନିଷ୍କର୍ମା, ଲେଥାର୍ଜିକ୍ ହୋଇଯିବ ବୋଲି କୃତ୍ରିମ ପ୍ରତିବାଦ କରୁଥିବ ଲିଲି । ତା’ କଥାକୁ ବେଖାତିର କରି ଶୋଭା ପରଷୁଥିବେ । ପ୍ରଣବ ଉପଭୋଗ କରୁଥିବେ ଏଇ ପୁରୁଣା ଦୃଶ୍ୟ । ମଝିରେ ମଝିରେ ଝାମ୍ପୁର ମନ୍ତବ୍ୟ । କେତେବେଳେ ଲିଲି ସପକ୍ଷରେ ତ କେତେବେଳେ ଲୁନାକୁ ସମର୍ଥନ କରି ।

ଡାଇନିଙ୍ଗ୍ ଟେବୁଲ୍ ଆଉ ପୂର୍ବର ଡାଇନିଙ୍ଗ୍ ଟେବୁଲ ହୋଇ ରହିବ ନାହିଁ ।

ସମସ୍ତେ ଗୋଟେ ଶୂନ୍ୟତା ଅନୁଭବ କରିବେ। ଖାଇବାରେ ଆଉ ମଜା ରହିବ ନାହିଁ। ଜେଜେ ଚାରିଆଡ଼କୁ ଚାହିଁ ଆଖ ପୋଛିଲେ। ଏମିତି ହୋଇଥିଲା, ପ୍ରଣବ ଯେତେବେଳେ ଉଚ୍ଚଶିକ୍ଷା ପାଇଁ ଯାଇଥିଲେ ବାହାରକୁ, ସେତେବେଳେ ବଡ଼ କଷ୍ଟରେ ଉଦ୍‌ବିଗ୍ନତା ଓ ଅସ୍ଥିରତା ଚାପିରଖିବାକୁ ପଡ଼ିଥିଲା। ପ୍ରଣବ ସାମ୍ନାରେ ସେ ନିଜର ଯେଉଁ ଇମେଜ୍‌ ଉପସ୍ଥାପନ କରୁଥିଲେ, ତାହା ହେଲା – ସେ ଆଦୌ ଚିନ୍ତିତ, ବିବ୍ରତ ନୁହନ୍ତି। ପ୍ରଣବ ଉପରେ ତାଙ୍କର ପୂର୍ଣ୍ଣ ଭରସା ଅଛି। ସେ ଯାହା କରିବ, ଠିକ୍‌ ହିଁ କରିବ।

ଏବେ ସେ ବଦଳିଯାଇଚନ୍ତି କି ? ନାଇଁ ବୋଧହୁଏ। ଲୁନା ସାମ୍ନାରେ ସେ କେବେ ବି ସେଣ୍ଟିମେଣ୍ଟାଲ୍‌ ହୋଇ ନାହାନ୍ତି। ମୋ ବାପରେ, ତୁ ଗଲା ପରେ ସବୁ ଅନ୍ଧାର ଦିଶିବରେ, ମୁଁ କେମିତି ଚଳିବରେ, ସପ୍ତାହରେ ଥରେ ଚିଠି ଦେଉଥିବୁରେ। ରବିଶ୍‌! ସେ ଏମିତି କେବେ ବି କହିପାରିବେ ନାହିଁ। ତେବେ ବୟସ ବଢ଼ିବା ସଂଗେ ସଂଗେ ସମସ୍ତଙ୍କ ପ୍ରତି କେମିତି ଗୋଟେ ମାୟା ଆସିଯାଉଚି। ସବୁ ଜିନିଷ ପ୍ରତି ଗୋଟେ ଦୃଢ଼ ଆସକ୍ତି। ଏଇକ୍ଷଣି ଟିକିଏ କାନ୍ଦିବା ସ୍ୱରରେ ଯଦି ଲୁନା କହିଦିଅନ୍ତା – ଯାଉଚି ଜେଜେ; ତେବେ ସେ କ'ଣ ସମ୍ଭାଳିପାରନ୍ତେ ? ନିୟନ୍ତ୍ରଣ କରିପାରନ୍ତେ ନିଜ କୋହକୁ ? ପ୍ରତ୍ୟେକ ବୁଢ଼ାଲୋକ ଏମିତି କାନ୍ଦୁରା, ସେଣ୍ଟିମେଣ୍ଟାଲ୍‌ ହୋଇଯିବା କଥା ସେ ଜାଣନ୍ତି। ପଜେସିଭ୍‌ ହୋଇଯାଆନ୍ତି। ସମସ୍ତେ, ସବୁଜିନିଷ ଥାଉ ପାଖରେ, ଅତୁଟ ହୋଇ। କାହାର କିଛି କ୍ଷତି ନ ହେଉ। ଆୟୁଷ ସରିଆସିବାବେଳେ ଇଏ କି ବିଚିତ୍ର ମମତା, ଅଯୌକ୍ତିକ ମୋହ !

ଜେଜେ ଭାବିଲେ, ନା ଆଉ ଏମିତି ରୂପଚାପ୍‌ ବସିହେବନି। ଅନୁଭବ କଲେ ନିଜକୁ। ଟେମ୍ପରେଚର ଆଉ ନାହିଁ। ଖାଲି ଦୁର୍ବଳତା ଯାହା। ଚାରିଦିନର ଅସୁସ୍ଥତା ପରେ ଆଜି ଟିକିଏ ଭଲ ଲାଗୁଚି। ଚାଲିବା ପାଇଁ ସମର୍ଥ ହୋଇଚନ୍ତି। ତେବେ ମୁଣ୍ଡ ଝାଁ ଝାଁ କରୁଚି। ଧଇଁସଇଁ ଲାଗୁଚି।

ପିଲାଟା ପଲେଇଯିବ। ବିଦେଶରୁ ଫେରିବା ପରେ ସେ କ'ଣ କରିବ, ସେ ସଂକ୍ରାନ୍ତୀୟ ଜାତକ ଲେଖାଯାଇ ନାଇଁ ଏ ଯାଏଁ। ଶୋଭା କହୁଚନ୍ତି – ଧାମ୍ପୁର ଆଉ କେଇଟା ଦିନ ? ସେ ହାକିମ ହୋଇ କେଉଁଠି ନାଇଁ କେଉଁଠି ଚାକିରି କରିବ। ଲିଲି କଥା ଛାଡ଼। ବାହା ହୋଇ ପଲେଇବ। ଏବେ ଏ ଘରର କୁଣିଆ ସେ। ଲୁନା ଯଦି ଅନ୍ୟ କେଉଁଆଡ଼େ ଯାଏ ତେବେ ଏ ଘରବାଡ଼ିରେ କ'ଣ ତାଲା ଝୁଲିବ ? ଫଟୋଗ୍ରାଫିରେ ସେ ତାଲିମ୍‌ ନେଉ; କିନ୍ତୁ ଘରେ ରହିବ। ବାପାଙ୍କୁ ସାହାଯ୍ୟ କରିବ।

ଲୁନା ଅସହାୟ ହୋଇ ଜେଜେ ଓ ପ୍ରଣବଙ୍କୁ ଚାହେଁ। ଜେଜେ କହିଥିଲେ,

ତା'ର ପ୍ରତିଭାର ବିକାଶ ପାଇଁ ଏଠାରେ ସ୍କୋପ୍ କାଇଁ? ସେ ବିଦେଶରୁ ଫେରୁ। ଯେଉଁଠି ମନ ହେବ, ରହିବ। ପ୍ରଣବ ଏକମତ ହୋଇଚନ୍ତି ଏ କଥାରେ। ତାଙ୍କ ମତରେ କାରଖାନା, କିମ୍ବା ଘର ପାଇଁ ଶୋଭା ଏବେଠୁ ବ୍ୟସ୍ତ ହେବା ଦରକାର କ'ଣ? ଲୁନା କିଛି ଗୋଟେ କରୁ।

ଜେଜେ ବସିଲେ ଡ୍ରଇଂରୁମ୍‌ରେ। ସବୁ ଫାଙ୍କା। କେହି କୁଆଡ଼େ ଥିବା ଭଳି ଜଣାପଡୁ ନାଇଁ। ଆଉ କିଛି ସମୟ ପରେ ଏ ଘରର ସାନପୁଅ ବିଦେଶ ଯିବ ବୋଲି କୌଣସି ସୂଚନା ମିଳୁନାଇଁ। ଖାଁ ଖାଁ ଡାକୁଚି ସବୁଆଡ଼େ। କେହି ତାଙ୍କ ପ୍ରତି ସଚେତନ ଥିବାର ଇଙ୍ଗିତ ନାହିଁ।

ଦୂରକୁ ଶୁଭୁଚି ଲିଲିର ସ୍ୱର- କ'ଣ, ଶୁଭୁଚି ନା ନାହିଁ? ତୁମ ସୁଟ୍‌କେସ୍‌ରେ ଜଗନ୍ନାଥଙ୍କ ଫଟୋ ଆଉ ଛୋଟ ଗୀତାଟେ ରଖିଦେଇଛି।

ଜେଜେ କହିଲେ – ଲୁନା, ଲୁନାରେ! ମୁହୂର୍ତ୍ତକ ମଧ୍ୟରେ ଲୁନା ପହଞ୍ଚିଗଲା ଜେଜେଙ୍କ ସାମ୍ନାରେ ଆନନ୍ଦ ମିଶା ଆଶ୍ଚର୍ଯ୍ୟ ନେଇ।

– "ଜେଜେ, ତୁମେ ଶୋଇନ?"

– "ତୁ ବିଦେଶ ଯିବୁ ଆଉ ଘଣ୍ଟାକ ପରେ। ମୋତେ ନିଦ କେମିତି ହେବରେ, ବାବା?" ପଚାରିଲେ ସେ। ପରେ କହିଲେ – "ତୁ ଦେଖ, ମୁଁ ବିଲ୍‌କୁଲ୍ ସୁସ୍ଥ। ଜ୍ୱର ନାଇଁ ଜମା। ତୋ ବାପା-ମା'ଙ୍କୁ କହ, ମୁଁ ବି ଟିକିଏ ଏୟାରପୋର୍ଟ ଯାଆନ୍ତି!"

ଲୁନା ନାକଚ କଲା ଏଇ ଅନୁରୋଧ – "ନା, ମୋତେ ତୁମେ ଯାଇ ପାରିବନି। ଜ୍ୱର ଯଦି ପୁଣି ଫେରେ...।"

ଜେଜେ ମ୍ଲାନ ହସିଲେ – "ତୁ ବିଦେଶ ଯାଉରୁ; ଦେଖାଲାବେଲକୁ ମୋ ଦେହ ଖରାପ। ହଁ ପରା; ଦେହ ଉପରେ କାହାର ବି ହାତଗୋଡ଼ ନାହିଁ।"

ତାଙ୍କୁ ଉତ୍ସାହିତ କରିବା ପାଇଁ ଲୁନା କହିଲା – "ମୁଁ ଫେରିବା ଦିନ ଏୟାରପୋର୍ଟରେ ତୁମକୁ ଆଗ ଦେଖିବି। ତା'ପରେ ଯାଇ ଯେଉଁ କଥା।"

– "ସେତକ ହେଲେ ଭାରି ଭଲ ହୁଅନ୍ତା, ଲୁନା।" ଟିକିଏ ଦମ୍ ନେଇ ସେ ଯୋଗକଲେ – "କହିଲି ନା, ଦେହ ଉପରେ କାହାର ବା ଭରସା ଅଛି? ତୁ ଫେରିବା ବେଲେ ମୁଁ ଥିବି କି ନଥିବି କେଜାଣି?"

ଲୁନା ଗମ୍ଭୀର ହୋଇଗଲା। ତାକୁ ନିଷ୍ଠୁର ଶାସ୍ତି ଦିଆଯାଇଚି ଭଳି ଦେଖାଗଲା ତା' ମୁହଁ। କହିଲା, "ଜେଜେ! ମୁଁ ପାସ୍‌ପୋର୍ଟ, ଭିସା ଚିରିଦେବି ପୁରୁଣା ଖବରକେରଜ ଭଳି। କ'ଣ ମିଳିବ ଏ ଫଟୋଗ୍ରାଫିରୁ? ତୁମେ ଅଛ ବୋଲି ମୋ କ୍ୟାମେରାର ଲେନ୍ସ ଏତେ ସକ୍ରିୟ ହୋଇପଡ଼େ ସିନା! ଖାଲି ତୁମେ ଅଛ ବୋଲି। ଏ ଘରଦ୍ୱାରା,

କାରଖାନା, ଭାଇର ଚାକିରି ! ତୁମକୁ ବାଦ୍ ଦେଲେ ଏ ସବୁର ମାନେ କ'ଣ ମୋ ପାଇଁ ?"

ଜେଜେ ହାଲୁକା କରିବାପାଇଁ ଚେଷ୍ଟା କଲେ ଛଳଛଳ ହୋଇଯାଉଥିବା ପରିସ୍ଥିତିକୁ । କହିଲେ ହସି ହସି – "କିରେ, ତୁ ଏସବୁ କହୁଚୁ କାହିଁକି ?"

– "ତୁମେ କାହିଁକି କହିଲ, ମୁଁ ଫେରିବାବେଲେ ତୁମେ ନଥିବ ବୋଲି ?"

କୈଫିୟତଟେ ଚାହୁଁଥିଲା ଲୁନା – "ତୁମେ ଟିକିଏ କାଶିଲେ, ତୁମକୁ ଜ୍ୱର ହେଲେ, ତୁମ ଗୋଡ଼ ଝିମ୍ ଝିମ୍ କଲେ ବଂଶସାରା ଲୋକ କେମିତି ଛଟପଟ ହୁଅନ୍ତି, ସେ କଥା ତୁମକୁ ଜଣା ନାଇଁ ? ଏ ପରିବାରର ସୁଖ, ତୁମ ମନ ଆଉ ଦେହର ସୁସ୍ଥତା ଉପରେ ନିର୍ଭର କରେ, ଜେଜେ ।"

– "ମୁଁ ଜାଣେ ।" ଜେଜେଙ୍କ ସ୍ୱରରେ ଯଥେଷ୍ଟ ଆତ୍ମସନ୍ତୋଷ ଥିଲା । "ତେବେ ମୁଁ କହୁଥିଲି କ'ଣ କି, ମୁଁ ବି ଯାଇଥାନ୍ତି ଏୟାରପୋର୍ଟ । ହାତ ହଲେଇ ମୁଁ ବି ତୋତେ ବିଦାୟ ଜଣାଇଥାନ୍ତି । ଦେଖୁନୁ, ଦେଖ, ଏ ହାତକୁ । କିପରି କମ୍ପିଉଠୁଛି, ଦେଖ । ଅଥୟ ହେଉଚି, ତୋ ଉପରେ ଶୁଭେଚ୍ଛା ଅଜାଡ଼ି ଦେବାପାଇଁ ।"

ସେ ବୋଧହୁଏ ଆଉ କିଛି କହିଥାନ୍ତେ । ଭିତରୁ ବାହାରି ଆସିଲେ ଶୋଭା, ଝୁମ୍ପୁ ଓ ଲିଲି । ରଘୁ ଧରିଥାଏ ଦୁଇଟି ସୁଟ୍‌କେସ୍ । ସମସ୍ତେ ଭୁଲିଗଲେ ଯେ ଅଳ୍ପ ସମୟ ପରେ ଲୁନା ବାହାରିଯିବ । ଜେଜେ ସୋଫା ଉପରେ ବସିଛନ୍ତି ଓ ଆପାତତଃ ସୁସ୍ଥ ଦେଖାଯାଉଚନ୍ତି । ଏଇ କଥା ସମସ୍ତଙ୍କର ଦୃଷ୍ଟି ଆକର୍ଷଣ କଲା ।

– "ହାଏ, ୟଙ୍ଗମ୍ୟାନ୍ !" ଝୁମ୍ପୁ ଆନନ୍ଦ ପ୍ରକାଶ କଲା ଏଇ ବାଗରେ । "ଏଇଟା ତୁମର ଶୋଇବା ସମୟ ନୁହେଁ କି ? ଦେଖ, ନାତି ଯିବ ବୋଲି ଜେଜେଙ୍କୁ ନିଦ ନାଇଁ । ଜ୍ୱର ବି ଛାଡ଼ିଯାଇଚି ।"

ଲିଲି ପାପୁଲି ବୁଲାଇ ଆଣିଲା ଜେଜେଙ୍କ କପାଳ, ବେକ ଉପରୁ । ଛୋଟ ପିଲାଙ୍କ ଭଲି ପ୍ରାୟ ନାଚି ଉଠିଲା – "ଜେଜେ, ଜମା ଟେମ୍ପେରେଚର ନାହିଁ ପ୍ରକୃତରେ । କେବଳ ଦେହ ଝାଳେଇଚି ଯାହା ।"

– "ଭଲ ଲକ୍ଷଣ ଏଇଟା ।" ଟିପ୍ପଣୀକଲେ ଶୋଭା – "ଆଉ ବୋଧହୁଏ ଡରିବାର କିଛି ନାଇଁ । ବାବା, ଦିନେ-ଦୁଇଦିନ ନୁହଁ । ଚାରିଦିନ ବନ୍ଦୀ କରି ରଖିଲା ବିଛଣାରେ । ବାପା, ଭଲ ଲାଗୁଚି ନା ?"

– "ହଁରେ, ମା ।" ଜେଜେ କହିଲେ – "ତେବେ ତୁ ଯେଉଁ କଟକଣା ଲଦି ଦେଉଚୁ, ସେସବୁ ଉଠେଇନେ । ଏ ଔଷଧ, ପଥ୍ୟ ! ମନ ବିଗିଡ଼ିଗଲାଣି ଏକବାର ।

ଲୁଟ୍‌-ଚୋରାରେ ବି କରିହେଉ ନାହିଁ କିଛି। ଗୁଢ଼ାଏ ଗୁପ୍ତଚର ରହିଚନ୍ତି ଚାରିପାଖରେ। ଏଇଟା ଗୋଟେ ପ୍ରକାରର ହାଉସ୍‌ ଆରେଷ୍ଟ!"

ଭଲ ଲାଗିଲା ସମସ୍ତଙ୍କୁ ଏ କଥା। ଘର ଭିତରକୁ ପୁଣି ଫେରି ଆସୁଚି ମନମତାଣିଆର ଜୀବନ, ଉଚ୍ଚସ୍ୱରର ହସ। ଶୋଭା କିଛି କହିବାକୁ ଯାଉଥିଲେ। ମାତ୍ର ପ୍ରଣବ ପହଞ୍ଚିଗଲେ। ଦୁଇ-ତିନି ମିନିଟ୍‌ ମଧ୍ୟରେ କାର୍‌ ଦୁଇଟା ପଲେଇଗଲା। ଅଳ୍ପ ସମୟ ମଧ୍ୟରେ ରଘୁ ଓ ହରି ଫେରିଆସିଲେ। ଜେଜେ ବସିରହିଲେ ସେଇଭଳି ଗୋଟେ ବ୍ଲାଙ୍କ୍‌ ମସ୍ତିଷ୍କ ନେଇ। କିଛି ଭାବୁ ନଥିଲେ। କେବଳ ଅନୁଭବ କରୁଥିଲେ ଯେ, ଗୋଟେ କରୁଣ ମୂର୍ଚ୍ଛନା ସଞ୍ଚରିଯାଉଚି ତାଙ୍କର ପ୍ରତ୍ୟେକ ରକ୍ତକଣିକାରେ, ହାଡ଼-ମଜ୍ଜାରେ।

ଏହାର ଦୁଇ ଘଣ୍ଟା ପରେ ପତନ ଘଟିଲା କମନୀୟ ପୃଥିବୀର। ଏକ ମାରାତ୍ମକ ବିସ୍ଫୋରଣର ଉଦ୍ଦେଶ୍ୟ ଥିଲା ଚୂଡ଼ାନ୍ତ ସଂହାର ସୃଷ୍ଟି ପାଇଁ। ସବୁ ଯେମିତି ଧସକି ପଡ଼ିଲା ଅଭୂତପୂର୍ବ କମ୍ପନରେ। ଝଡ଼ର ସଂଜ୍ଞା ସୃଷ୍ଟି ହେଲା ସେଇ ଘଟଣା ଯୋଗୁଁ। ତାହା ସୂଚେଇଦେଲା ଯେ, ନିରାପଦ, ପ୍ରତିରକ୍ଷାପୂର୍ଣ୍ଣ ଓ ତ୍ରୁଟିହୀନ ଜଣାପଡୁଥିବା ସମସ୍ତ ଜିନିଷର ଅନ୍ତରାଲରେ ଭିଡ଼ିମୋଡ଼ି ହେଉଥାଏ ଧ୍ୱଂସାତ୍ମକ ଶକ୍ତିଟିଏ। ଏହାର ପରିପ୍ରକାଶ ବିକଲାଙ୍ଗ ଓ କୁସ୍ଥିତ କରିପକାଏ ସୁନନ୍ଦ ଭବନମାନଙ୍କୁ ଓ ସନ୍ତୁଷ୍ଟ ମଣିଷମାନଙ୍କୁ।

ଶୋଭା ଏକୁଟିଆ ଫେରିଥିଲେ ଘରକୁ ଏୟାରପୋର୍ଟରୁ। ପ୍ରଣବ ତାଙ୍କ କାରରେ ପଲେଇଗଲେ କାରଖାନାକୁ। ଲିଲି ରହିଗଲା। କଲେଜରେ କ'ଣ ଗୋଟେ ସେମିନାରରେ ଯୋଗଦେବ ବୋଲି। କେଉଁ ସାଙ୍ଗ ପାଖରେ କାମ ଅଛି ବୋଲି ଝାମ୍ପୁ ମଧ୍ୟ ବାଟରେ ଓହ୍ଲେଇ ଯାଇଥିଲା।

କାର୍‌ ଦରଜା ଖୋଲି ତଳକୁ ପାଦ ପକାଇବା ପୂର୍ବରୁ ଶୋଭାଙ୍କୁ ସ୍ୱାଗତ କରିଥିଲା ଏଇ ଭୟାବହ ଘୋଷଣା – "ଜେଜେ ଟ୍‌ଏଲେଟ୍‌ରେ ପଡ଼ିଗଲେ। ଚେତା ନାହିଁ।"

କାର୍‌ ଓ ପୃଥିବୀ ମଝିରେ ଝୁଲି ରହିଲା ଶୋଭାଙ୍କର ଗୋଡ଼ କିଛି ସମୟ ପାଇଁ। କଥାଟା ଠିକ୍‌ ଭାବରେ ବୁଝିପାରି ନଥିଲେ ମଧ୍ୟ ତାଙ୍କୁ ଜଣାଗଲା ଯେପରି ଶେଷହୀନ ବୋମାମାଡ଼ ସଂଘଟିତ ହେଉଚି ତାଙ୍କର ଦୁଇକାନ ପାଖରେ। ସେ ଅଥର୍ବ, ଅନ୍ଧ, ନିରୁପାୟ ପିଲାଟିଏ ହୋଇପଡୁଚି।

– "କ'ଣ କହିଲୁ?" ଘୋଷଣାଟି ଶୁଣିପାରି ନଥିଲେ ବୋଲି ସେ ପ୍ରଶ୍ନ ପଚାରି ନଥିଲେ। ତାଙ୍କର ଉଦ୍ଦେଶ୍ୟ ଥିଲା, ରଘୁ ଓ ହରି ସେଇ ଘୋଷଣାର ସଂଶୋଧନ କରନ୍ତୁ। ସେମାନେ ଭୁଲରେ ସେଇ କଥା କହି ପକାଇଚନ୍ତି ବୋଲି ଅପରାଧୀ ହୁଅନ୍ତୁ।

କ୍ଷମା ମାଗନ୍ତୁ । ଏଭଳି ମିଛ ଘୋଷଣା କରି ଶୋଭାଙ୍କ ମନରେ କି ପ୍ରକାର ପ୍ରତିକ୍ରିୟା ସୃଷ୍ଟି ହେଇଛି ଜାଣିବା ସେମାନଙ୍କର ମତଲବ ଥିଲା । ଏହା ଜରିଆରେ ଜେଜେଙ୍କ ପ୍ରତି ଶୋଭାଙ୍କର ଅତୁଳନୀୟ ମମତା ମାପିବା ପାଇଁ ଇଚ୍ଛା ଥିଲା ବୋଲି ପ୍ରକାଶ କରନ୍ତୁ ।

ଏମିତି ଜୋକ୍ ଘଟେ ନାଇଁ ସବୁବେଳେ । ନା, ବାଘ ବାସ୍ତବିକ ଆସି ନାହିଁ ବୋଲି ଆଶ୍ୱସ୍ତିରେ ଶୁଣାଯାଏ ନାହିଁ ପ୍ରତ୍ୟେକ ପରିସ୍ଥିତିରେ । ରଘୁର ଆତଙ୍କିତ ମୁହଁରୁ ଶୁଭିଲା – "ଜେଜେ ଟ୍ୟଲେଟ୍ ଗଲେ । ମୁଁ ଅପେକ୍ଷା କରୁଥିଲି ବାହାରେ । ତା' ପରେ ସେ ପଡ଼ିଯିବାର ଶବ୍ଦ । ଭିତରକୁ ଯାଇ ଦେଖିଲି, ତାଙ୍କର ହୋସ୍ ନାଇଁ ।"

ଏତକ କହିବା ପାଇଁ ତା' ସ୍ୱର ତାକୁ ଅନୁମତି ଦେଇଥିଲା । ପରେ ପରେ ଘନୀଭୂତ କୋହ ଓ ଲୁହରେ ଅଭିଭୂତ ହୋଇପଡ଼ିଲା ସେ । ମୁହଁ ଉପରେ ଥିବା ତା'ର ଦୁଇ ପାପୁଲି ଦେଖାଯାଉଥିଲା ବନ୍ୟା-ସୁଅରେ ଭାସି ଯାଉଥିବା ଗୋଟେ ଚାଳଘର ଭଳି ।

– "ରଞ୍ଜନ କିମ୍ୱା ଆଉ କେଉଁ ଡାକ୍ତରଙ୍କୁ ଖବର ଦେଇଚ ?" ଶୋଭା ସଚେତନ ହେଉଥିଲେ କର୍ତ୍ତବ୍ୟ ସଂପର୍କରେ ।

– "ଆମେ ତାଙ୍କୁ ବିଛଣାରେ ଶୁଆଇ ଦେବାବେଳେ ଆପଣ ପହଞ୍ଚିଗଲେ ।" ହରି ଜବାବ ଦେଲା । "କାହାକୁ ଖବର ଦେବାକୁ ଫୁରୁସତ ପାଇନୁ ।"

କେହି କେବେ ଦେଖି ନଥିଲେ ଶୋଭାଙ୍କର କ୍ରୋଧ-ଜର୍ଜରିତ ମୁହଁ, ଯା ପୂର୍ବରୁ ଲୁନାର କ୍ୟାମେରା ଲେନ୍‍ସ ମଧ ସାହସ କରିପାରି ନଥାନ୍ତା ଏମିତି ଏକ ମୁହଁର ସାମ୍‍ନାସାମ୍‍ନି ହେବାପାଇଁ । ରଘୁ ଓ ହରି ମୁହଁ ବୁଲାଇ ନେବାବେଳେ ଶୁଭିଲା ତାଙ୍କ ସ୍ୱର– "ଶୁଣ, କେହି କୁଆଡ଼େ ଯାଇପରିବ ନାଇଁ । ବାପାଙ୍କର ଯଦି କିଛି ଭଲମନ୍ଦ ହୋଇଯାଏ, ତେବେ ଗୁଳି କରିଦେବି ତୁମ ଦୁହିଁଙ୍କୁ । ଆଇ ଉଇଲ୍ ସୁଟ୍ ୟୁ !" ତାଙ୍କର ଏଇ ଚେତାବନୀଟା ରୂପାନ୍ତରିତ ହୋଇଗଲା ଗୋଟେ ଚିକ୍କାରରେ ।

କିନ୍ତୁ ଚାଲାକ ଓ ଆତ୍ମବିଶ୍ୱାସୀ ମଣିଷର ମଗଜକୁ ସାବାଡ଼ କରିଦେଇପାରେ ଖଟରେ ହଲ୍‍ଚଲ୍ ନ ହୋଇ ଆଖିବୁଜି ପଡ଼ିଥିବା ଦେହଟେ । ସମସ୍ତ ଉପାୟର ବାଟକୁ ଅନ୍ଧାର କରିଦେଇପାରେ । ବୁଦ୍ଧିବୃଦ୍ଧି ଫେଣ୍ଟ ହୋଇଯାଏ । ଶୋଭା ମୋଟେ ପ୍ରସ୍ତୁତ ନ ଥିଲେ ତାଙ୍କ ଅକ୍ତିଆର ବାହାରେ ରହିଥିବା ଏ ସଙ୍କଟର ମୁକାବିଲା କରିବା ପାଇଁ । ତାଙ୍କୁ ଜଣାପଡ଼ିଲା, ତାଙ୍କର ଗୋଡ଼-ହାତ ତରଳିଯାଉଚି । ମୁଣ୍ଡ ଭିତରେ ରହିଚି ଭୟଙ୍କର ଧ୍ୱନିଟେ । ଆଖି ସାମନାରେ ରଙ୍ଗିନ୍ ବିସ୍ଫୋରଣ ସମସ୍ତ ଘଡ଼ଘଡ଼ି ଓ ଭୂମିକମ୍ପର ସ୍ୱରଠାରୁ ଆହୁରି ଭୟାନକ ହୋଇ ପଡ଼ିଥିଲା ।

ପ୍ରଥମେ ରଞ୍ଜନ ।

ତା' ପରେ ପ୍ରଣବ – "ଏଇ, ଶୁଣୁଚ ?" ସେ ଆଉ କହିପାରୁ ନଥିଲେ କିଛି ସ୍ୱଚ୍ଛଭାବରେ । ଗୋଟେ ନିଃସଙ୍ଗ, ନିଃସହାୟ ଅଶ୍ରୁଳ ସ୍ୱରଟେ ଶୁଭୁଥିଲା କେବଳ– "ଧାଇଁ ଆସ । ଆସ, ଦେଖ, ଏଣେ କ'ଣ ହେଇଗଲାଣି । ବାପାଙ୍କର ଚେତା ନାହିଁ । କିଛି ବୁଝିବାଟ ଦେଖାଯାଉନାହିଁ ମୋତେ ।"

ସେ ଘର ଶୁଣି ନଥିଲା ସେମିତି ଆତୁର, ଅସମ୍ଭାଳ କାନ୍ଦଣା । ତାହା ସତେ ଯେପରି ରଘୁ ଓ ହରିର କାନ୍ଦଣାକୁ ଜବଦ୍ କରିଦେଲା । ସେମାନେ ପ୍ରାୟ ଧାଇଁଆସିଲେ ପାଖକୁ, ପୁଣି ଗୋଟେ ଘଟଣାର ଆଶଙ୍କା କରି । ଦେଖିଲେ, ରିସିଭରଟା ହାତରେ ଧରି ଶୋଭା ସତେ ଯେପରି ଅସ୍ତ ହୋଇ ଯାଉଚନ୍ତି ସୋଫାର କୋମଳ କୋଳ ଭିତରେ ।

ରାତି ଦଶଟା । ଟପିସାରିଥିଲା ସେତେବେଲେ । ପ୍ରଣବ, ଝମ୍ପୁ ଓ ଲିଲିର ଦେଖାନାହିଁ । କେତେବେଲେ ସେମାନେ ନର୍ସିଙ୍ଗହୋମ୍‌ରୁ ଫେରିବେ କେଜାଣି ? ଏଠାରେ ଏକୁଟିଆ ଏତେ ଆଶଙ୍କା, ଅନିଶ୍ଚିତତା ଓ ଭୟକୁ ସାଙ୍ଗରେ ଧରି ମୁହୂର୍ତ୍ତେ କଟେଇବା ଅସମ୍ଭବ ହୋଇପଡୁଚି । ଶୋଭା ଜାଣିପାରୁନଥିଲେ କ'ଣ ସେ କରିବେ । ସେମାନଙ୍କ ପାଖକୁ ଫୋନ୍ କରିବା ପାଇଁ ସାହସ ହେଉନାହିଁ । ତିନି ଘଣ୍ଟା ପୂର୍ବେ ଫୋନ୍‌ରେ ପ୍ରଣବ ବିଗିଡ଼ିଥିଲେ ତାଙ୍କୁ । ଧୈର୍ଯ୍ୟହୀନ ହୋଇ ବାରମ୍ବାର ଫୋନ୍ କରିବା କଥାକୁ ସେ ପସନ୍ଦ କରିନଥିଲେ ।

ଜେଜେଙ୍କ ସହିତ ସେ ମଧ୍ୟ ଯାଇଥିଲେ ସେଠାକୁ । କିନ୍ତୁ ସେ ସେଠାରେ ପ୍ରାୟ ଗୋଟେ ଫିଲ୍ମର ସିନ୍ ସୃଷ୍ଟି କରି ପକାଇଲେ । ଅତ୍ୟଧିକ ଅସ୍ଥିର ହୋଇ ସେ କନ୍ଦାକଟା କଲେ । ବିଗିଡ଼ିଗଲେ ପ୍ରଣବ । ତାଙ୍କୁ ଘରେ ଛାଡ଼ିଦେବା ପାଇଁ ନିର୍ଦ୍ଦେଶ ଦେଲେ ଡ୍ରାଇଭରକୁ । ସେତେବେଲୁ ସେ ବସିଚନ୍ତି ଏକୁଟିଆ । ଖବର ପାଇବା ମାତ୍ରେ ଝମ୍ପୁ ଓ ଲିଲି ପଲେଇ ଯାଇଚନ୍ତି ଅତର୍କ୍ତ ହୋଇ ନର୍ସିଙ୍ଗହୋମ୍‌କୁ ।

କିଛି ଗୋଟେ ହୋଇଗଲା କି, ହେବାକୁ ଯାଉଚି କି ? ଯେତେ ଯାହା ଆଶ୍ୱାସନା ମନକୁ ଆସିଲେ ମଧ୍ୟ ଏମିତି ଆଶଙ୍କା ଆସ୍ଥାନ ଜମେଇ ରହିଚି । ସହରର ସବୁଠାରୁ ଦକ୍ଷ ଡାକ୍ତରମାନେ ଲାଗି ପଡିଚନ୍ତି । ତା'ପରେ ପୁଣି ଆଉ କ'ଣ କରାଯାଇପାରେ ? ସେ କଥା ଠିକ୍ ଯେ; କିନ୍ତୁ ଏତେ ଡେରି ହେବାର କାରଣ କ'ଣ ? ଜଣେ ମଣିଷର ସଂଜ୍ଞା ଫେରିବାକୁ ଏତେ ଡେରି ହୁଏ ? କେହି ନାହାନ୍ତି ପାଖରେ । ସେ ଚାହାନ୍ତି କେହି ଜଣେ ପାଖକୁ ଆସନ୍ତା । ହସି ହସି କହନ୍ତା, ଜେଜେ ଭଲ ହୋଇଗଲେଣି । ନର୍ସିଂହୋମ୍‌ରେ ଗପୁଚନ୍ତି । ହସଉଚନ୍ତି ସମସ୍ତଙ୍କୁ ।

ପ୍ରାୟ ଏଗାରଟାବେଲେ ବହୁ ପ୍ରତୀକ୍ଷିତ ଶବ୍ଦ । ଡ୍ରାଇଭ୍‌ଓ୍ଵେରେ ଶୁଭୁଚି କାର

ଶଢ । ଗୋଟିଏ ସମୟରେ ବାହାର କାର ଏବଂ ଭିତରୁ ଶୋଭା ଅଟକିଲେ ପୋର୍ଟିକୋ ତଳେ । ପ୍ରଣବ ଓ ଝାମ୍ପୁ ଶୋଭା ଉଦ୍ବେଗର ସହିତ ଅପେକ୍ଷା କଲେ । ନା, କାର୍ର ଦରଜା ବନ୍ଦ ହେଉଚି । ଜେଜେ ଫେରିନାହାନ୍ତି । ଲିଲି ବି ଆସିନାଇଁ ।

– "କ'ଣ ହେଲା ?" ସେ ଦୁଇଜଣଙ୍କୁ ଅନୁସରଣ କରୁଥିବାବେଲେ ଶୋଭାଙ୍କର ଉତ୍କଣ୍ଠିତ ସ୍ୱର । ତାଙ୍କୁ ଜଣା ନଥିଲା ଯେ, ଅନ୍ତତଃ ତାଙ୍କ ପାଇଁ ସେଇ ସମୟରେ ଏଇ ପ୍ରଶ୍ନର କୌଣସି ଉତ୍ତର ନଥିଲା ।

– "କିରେ ଝାମ୍ପୁ, ମୁଁ କ'ଣ ପଚାରୁଚି ପରା !" ଶୋଭା ସଚେତନ କରିବାକୁ ଚେଷ୍ଟା କରୁଥିଲେ ସୋଫାରେ ଗମ୍ଭୀର ହୋଇ ବସି ଜୋତା ଲେସ୍ ଖୋଲୁଥିବା ଯୁବକ ଜଣକୁ । ଶୋଭା ଜାଣିଥିଲେ, ଯା'ପରେ ତାଙ୍କ ହୃତ୍ପିଣ୍ଡକୁ ଆଉ କେହି ଅଟକାଇ ପାରିବେ ନାଇଁ । ମାଂସପେଶୀ କିମ୍ବା ପଞ୍ଜରା ହାଡ଼ । ତାହାର କମ୍ପନ କେବଳ ଗୋଟିଏ ଅମୃତମୟ ବାକ୍ୟରେ ଶାନ୍ତ ହୋଇଯାଆନ୍ତା – ଜେଜେ ଭଲ ଅଛନ୍ତି ।

ଗୋଟେ ବିପର୍ଯ୍ୟୟରୁ ଖସିଯିବା ପାଇଁ ଚେଷ୍ଟା କରୁଚନ୍ତି ପ୍ରଣବ । ଦେଖାଯାଉଥିଲେ ଅବସନ୍ନ ଓ ଚିନ୍ତିତ । ସେ ଚାହିଁଲେ ପତ୍ନୀଙ୍କ ଆଡ଼େ । ଗତ ପ୍ରାୟ ପଚିଶ ବର୍ଷ ସାଂସାରିକ ଜୀବନ ମଧ୍ୟରେ ଶୋଭାଙ୍କର ଦୁର୍ବଲ ଦିଗ କଥା ସେ ଜାଣି ନଥିଲେ । ପ୍ରତିକୂଲ ପରିସ୍ଥିତିର ମୁକାବିଲା କରିବାପାଇଁ ଶୋଭାଙ୍କ ଠାରେ କୌଣସି ଉପାଦାନ ନାଇଁ । ସେ ସହଜେ ଭାଙ୍ଗିଯାଇ ପାରନ୍ତି । ଜୀବନଟା ଯଦି ଏକ ମସୃଣ ରଙ୍ଗିନ୍ କାହାଣୀ ହୋଇଥିବ, ତେବେ ଶୋଭା ଜଣେ ଅଦ୍ୱିତୀୟ ଗୃହିଣୀ; କିନ୍ତୁ କେଉଁଠି କିଛି ଅସୁବିଧା ଦେଖାଦେଲେ ତାଙ୍କ ଠାରୁ ନିର୍ବୋଧ, ସର୍ବହରା, ନିରୁପାୟ ମଣିଷଟେ ଆଉ କେହି ନାହାନ୍ତି । ଏଇ ଧାରଣା ସୃଷ୍ଟି କରୁଥିଲେ ଶୋଭା ।

ହଁ; ପ୍ରଣବ ନିଜେ ମଧ୍ୟ ଦୋହଲି ଯାଉଚନ୍ତି । ପିଲାଦିନୁ ଆମ୍ବିଶ୍ୱାସୀ ଓ ଆମ୍ନିର୍ଭରଶୀଳ ହେବାପାଇଁ ସମସ୍ତ ତାଲିମ୍ ଅକାମୀ ହୋଇଯାଉଚି ଅବଶ୍ୟ । ତେବେ ସେ ନିଜକୁ ପ୍ରସ୍ତୁତ କରୁଚନ୍ତି, ଶକ୍ତି ସଂଗ୍ରହ କରୁଚନ୍ତି ସମ୍ମୁଖୀନ ହେବା ପାଇଁ ପରିସ୍ଥିତିର । ଏ ବିଚଳିତଭାବ ସାମୟିକ । ସମ୍ଭବତଃ ଏହା ଜେଜେଙ୍କ ପ୍ରତି ଅସୀମ ସହାନୁଭୂତିରୁ ଉଭବ । ଏଇଭଲି ନିଜକୁ ଆଶ୍ୱାସନା ଦେଉଥିଲେ ପ୍ରଣବ ।

– "ଧୈର୍ଯ୍ୟ ଧର ।" ପ୍ରଣବ ନିଜେ ମଧ୍ୟ ବିସ୍ମିତ ହେଲେ ଯେ, ତାଙ୍କ ସ୍ୱର ସ୍ୱାଭାବିକ ଓ ଅବିଚଳିତ ଶୁଭୁଚି । ପୁଣି କହିଲେ – "କନ୍ଦାକଟା କଲେ, ମୁଣ୍ଡ ବାଡ଼େଇଲେ କିଛି ହୁଏ ନାଇଁ । ତାହା ଯଦି ହେଉଥାଆନ୍ତା, ତେବେ ଜଣେ ରୋଗୀର ଡାକ୍ତର ଦରକାର ହୁଅନ୍ତା ନାଇଁ । କେତେ ଜଣ କାନ୍ଦିଲାବାଲା, ମୁଣ୍ଡ ବାଡେଇବା ମଣିଷ ଦରକାର ହୁଅନ୍ତା ।"

ଟିକିଏ ଦମ୍ ନେଇ କହିଲେ – "ସ୍ୱାଭାବିକ ହୁଅ। ସାମ୍ନା-ସାମ୍ନି ହୁଅ ଭୟଙ୍କର ପରିସ୍ଥିତିର। ମୋତେ ଏ ବେକାର କାନ୍ଦଣା ଜମା ଭଲ ଲାଗୁ ନାହିଁ।"

ସେ ଯିବାପାଇଁ ଉଠୁଥିଲେ। ଶୋଭା ଧରିପକାଇଲେ ତାଙ୍କ ହାତ। ଦାବି କଲେ – "ତୁମକୁ କହିବାକୁ ପଡିବ, ବାପାଙ୍କର କ'ଣ ହୋଇଛି। ଏମିତି ଖସି ପଳେଇଯାଉଚ କ'ଣ?"

ପ୍ରଣବ ଲକ୍ଷ୍ୟ କଲେ ପତ୍ନୀଙ୍କ ମୁହଁକୁ। କହିଲେ – "ଡାକ୍ତର ସନ୍ଦେହ କରୁଚନ୍ତି, ବାପାଙ୍କର ପାରାଲିସିସ୍ ହୋଇଯାଇଛି। ଅଣ୍ଟାରୁ ଦୁଇଗୋଡ଼। ପରେ ସବୁକଥା ଠିକ୍ ଭାବରେ ଜଣାପଡିବ।"

ପ୍ରଣବଙ୍କୁ ଧରିଥିବା ଶୋଭାଙ୍କ ହାତ କୋହଲ ହୋଇଗଲା। ଘୋଷଣାଟା ସମ୍ଭବତଃ ମସ୍ତବଡ଼ ଧକ୍କା ଥିଲା ତାଙ୍କ ମଗଜ ଉପରେ। ପ୍ରଥମେ ସେ ବୁଝିପାରିଲେ ନାହିଁ। ଅବିଶ୍ୱାସକଲେ। ଜେଜେଙ୍କ ଭଳି ଲୋକ ଜଣେ ପାରାଲିସିସ୍‌ରେ ଆକ୍ରାନ୍ତ ହୋଇପାରେ କିପରି? ଯେଉଁ ଲୋକ ସ୍ୱର୍ଗାରୋହଣ କରିବା କଥା, ଯାହାର ଜୀବନ ହିଁ ଏକ ସିଦ୍ଧି, ସେ ଘାଣ୍ଟିଚକଟି ହୋଇପାରେ? ନରକ ଯନ୍ତ୍ରଣା ପାଇପାରେ, ପଙ୍ଗୁ ହୋଇଯାଇପାରେ?

ଶୋଭା ସଚେତନ ନଥିଲେ କେତେବେଳେ ପ୍ରଣବ ସେଠାରୁ ପଳେଇଯାଇ ସାରିଲେଣି। ସେ ଆଶାୟୀ ହୋଇ ଚାହିଁଲେ ଝମ୍ପୁ ଆଡ଼େ। ପଚାରିଲେ, "ଝମ୍ପୁରେ, ବାପା କହିଥିବା କଥା କ'ଣ ସତ?"

ଶୋଭା ବାସ୍ତବିକ ସତ କଥାଟି ଅଗ୍ରାହ୍ୟ କରୁଥିଲେ। ପଛଘୁଞ୍ଚା ଦେଉଥିଲେ ସେହି ଭୟାବହତାରୁ। ପ୍ରକାରାନ୍ତରେ ସେ ଝମ୍ପୁକୁ ପ୍ରବର୍ତ୍ତାଉଥିଲେ ଯେ, ଅନ୍ତତଃ ତାଙ୍କୁ ସନ୍ତୁଷ୍ଟ କରିବାପାଇଁ ସେ କହିବା ଉଚିତ– କିଛି ହୋଇ ନାହିଁ ଜେଜେଙ୍କର। ବାପା ସେମିତି କହିଲେ ଖାଲି ତୋତେ ପରୀକ୍ଷା କରିବା ସକାଶେ। ତୋ ଧୈର୍ଯ୍ୟ କେତେ, ତୋର ସହିବା ଶକ୍ତିର ପରିସର କେତେ, ତାହା ଜାଣିବା ପାଇଁ ସେ ଏମିତି ଜୋକ୍‌ଟେ କଲେ। ଚିନ୍ତା କରିବାର କାରଣ ନାହିଁ। ଜେଜେ ଫେରିବେ। ବାହାରିଯିବେ ଦୀର୍ଘ ପ୍ରାତଃଭ୍ରମଣରେ।

ଏମିତି କଥା ଶୁଣାଗଲା ନାହିଁ ଝମ୍ପୁ ପାଖରୁ, "ସେଇ କଥା କହୁଚନ୍ତି ଡାକ୍ତରମାନେ। ତେବେ ଡାକ୍ତରଙ୍କ କଥା ଭୁଲ୍ ବି ହୋଇପାରେ।"

ଶୋଭା ଆଉ କୌଣସି ପ୍ରଶ୍ନ ପାଇଲେ ନାହିଁ। ଜେଜେଙ୍କ ପାଇଁ ଯେଉଁ ଉଦ୍‌ବିଗ୍ନତା, ଅନିଶ୍ଚିତତା ଥିଲା, ତାହା ଦୂରେଇଯାଉଥିଲା କ୍ରମଶଃ। ସେ ଠିଆ ହୋଇଥିଲେ ନିଧାର୍ଯ୍ୟ ସତ ପାଖରେ। ପାରାଲିସିସ୍। ଆଉ କୌଣସି କଥା ଭଲ କରି

ଦେଖାଯାଉ ନଥିଲା ତାଙ୍କୁ। ଆହା, ଜେଜେ ! ଶୋଭାଙ୍କର ତମାମ୍ ଶରୀର ସଙ୍କୁଚିତ ହୋଇଗଲା ଗୋଟେ ଥଣ୍ଡା ଶୀତ୍କାରରେ। ଲୁହ ଦୁଇଟୋପା ନିର୍ବନ୍ଧରେ ଝରିଆସିଲା ତାଙ୍କ ଗାଲ ଉପରଦେଇ।

ବହୁବର୍ଷର ନୀରବତା ଭାଙ୍ଗିଲେ ସେ – "ରଞ୍ଜନ କ'ଣ ସବୁ କହୁଥିଲେ ? ଜେଜେ ଭଲ ହୋଇଯିବେ ନା ? ପାରାଲିସିସ୍ କ'ଣ ଭଲ ହୋଇପାରିବ ନାଇଁ ?"

– "ତୁ ପାଗଳ ହୋଇଗଲୁ ନା କ'ଣ ?" ଝମ୍ପୁ ସ୍ୱରରେ ଥିଲା କିଞ୍ଚିତ୍ ବିରକ୍ତି। ଶୋଭା ତା' ଆଡକୁ ଚାହିଁବା ବେଳେ ସେ କହିଲା – "ଝାଲ। ରାତି ବହୁତ ହୋଇଗଲାଣି।"

ଗୋଟେ ଜରୁରୀ କଥା ମନେ ପଡିବା ଭଳି ଶୋଭା ପଚାରିଲେ– "ଲିଲି ତୁମ ସାଙ୍ଗରେ ଆସିଲା ନାଇଁ କାହିଁକି ?"

– "ମନା କଲା।" ଉତ୍ତରଦେଲା ଝମ୍ପୁ। "ଶୁଣିଲା ନାଇଁ କାହା କଥା। ଜେଜେଙ୍କ ପାଖରେ ସେ ରହିବ। ରଞ୍ଜନ ମଉସା ମଧ ତାକୁ ବେଶୀ ବାଧ କଲେ ନାଇଁ ଘରକୁ ଫେରିବା ପାଇଁ।" ଝମ୍ପୁ ଭିତରକୁ ଯିବାବେଳେ ମନ୍ତବ୍ୟ ବାଢ଼ିଲା – "ତୁମେ ମା' ଝିଅ ଦୁଇଜଣ ଅଭୁତ ପ୍ରକୃତରେ ! ତୁ ନର୍ଭସ୍ ହୋଇ ଭାଙ୍ଗିପଡିବୁ। ଏଇ ଆଚରଣ ସକାଶେ ମଣିଷକୁ ଅପଦସ୍ତ କରିବୁ ନର୍ସିଙ୍ଗହୋମ୍‌ରେ ଏତେ ଲୋକଙ୍କ ସାମ୍‌ନାରେ। ଲିଲି କିନ୍ତୁ ରହିଯିବ ସଙ୍କଟ ପାଖରେ !"

କିନ୍ତୁ ତାହା ହିଁ ଶୁଣିବାକୁ ଥିଲା। ପରିବାରର ଲୋକଙ୍କୁ ସନ୍ତୁଷ୍ଟ କରିବାପାଇଁ ଡାକ୍ତରମାନେ ସେମାନଙ୍କର ନିରୂପିତ ସିଦ୍ଧାନ୍ତ ବଦଲାଇବେ କାହିଁକି ? ଜେଜେ ଏଥର ଶଯ୍ୟାଶାୟୀ ହୋଇ ପଡ଼ିରହିବେ।

ସମସ୍ତଙ୍କୁ ଲକ୍ଷ୍ୟକରି ସାରିବା ପରେ ପ୍ରଣବଙ୍କ ଦୃଷ୍ଟି ଅଟକିଗଲା ଶୋଭାଙ୍କ ଉପରେ। ସେ ଆଶ୍ୱସ୍ତ ହେଲେ ଯେ, ତାଙ୍କ ପତ୍ନୀ ଆଉ ଜଡ଼ସଡ଼ ନିରୁପାୟ ମଣିଷଟିଏ ହୋଇ ରହିନାହାନ୍ତି। ସେ ମଧ ଇତି ମଧରେ ସଂଗ୍ରହ କରି ସାରିଚନ୍ତି ଯଥେଷ୍ଟ ମାନସିକ ଶକ୍ତି ଅପରିହାର୍ଯ୍ୟ ପରିସ୍ଥିତିକୁ ଗ୍ରହଣ କରିନେବା ପାଇଁ।

ସେ ନୀରବତା ଭାଙ୍ଗିଲେ – "ବାପାଙ୍କୁ ତେବେ ନର୍ସଂହୋମ୍‌ରେ ପକାଇରଖିବା କାହିଁକି ?" ଏ କଥା ସତ ଯେ, ତାଙ୍କ ସ୍ୱର ତଥାପି ବାଷ୍ପାକୁଳ ଥିଲା।

– "କ'ଣ କରିବା ତେବେ ?" ପ୍ରଣବ ପଚାରିଲେ। ଏ ସଂପର୍କରେ ଶୋଭାଙ୍କର ମନୋଭାବ ଜାଣିବା ଥିଲା ତାଙ୍କର ଉଦ୍ଦେଶ୍ୟ।

– "କ'ଣ କରିବା, ମାନେ ?" ଶୋଭା ବିସ୍ମିତ ହୋଇ ପଚାରିଲେ – "ଘରକୁ ନେଇଆସିବା। ତାଙ୍କର ଏ ଘରକୁ !"

ପ୍ରଣବଙ୍କୁ ଯଥେଷ୍ଟ ଉଶ୍ୱାସ ଲାଗିଲା ଏ କଥା ଶୁଣି । ସେ ପୁଣି ଚାହିଁଲେ ସମସ୍ତଙ୍କୁ ଏବଂ ଚେତାବନୀ ଶୁଣେଇଲେ – "ଗୋଟେ ଆବେଗରେ ଭାସିଯାଅ ନାଇଁ । ବାସ୍ତବବାଦୀ ହୁଅ । ଜଣେ ପାରାଲିସିସ୍‌ ରୋଗୀର ଯତ୍ନନେବା ଏତେ ସହଜ ନୁହେଁ, ଶୋଭା ।"

– "କ'ଣ କହିବାକୁ ଚାହଁ ତୁମେ ?" ଶୋଭା ଚାଲେଞ୍ଜ କଲେ ପ୍ରଣବଙ୍କୁ ବିଚଳିତ ନହୋଇ– "ବାପାଙ୍କୁ ତେବେ ଛାଡ଼ିଦେବ ନର୍ସିଂହୋମ୍‌ରେ ?" ଶୋଇପାରିବ ତୁମେ ସବୁ ଏ ଘରେ ? ତୁମ ପାଟି ଭିତରକୁ ଯାଇପାରିବ ପରଷା ଯାଇଥିବା ଖାଦ୍ୟ ?" ଶୋଭାଙ୍କ ସ୍ୱର କେବଳ ଅଶ୍ଳୀଳ ନ ଥିଲା; ଉତ୍ତେଜିତ ହୋଇପଡ଼ିଲା ମଧ୍ୟ ।

ଆହୁରି ଭଲ ଲାଗିଲା ପ୍ରଣବଙ୍କୁ ଏକଥା ଶୁଣି । ଏ କଥା ସତ ଯେ, ଜେଜେଙ୍କୁ ଆଣିବାକୁ ପଡ଼ିବ ନର୍ସିଂହୋମ୍‌ରୁ । ଅନ୍ୟ ବାଟ କିଛି ନାଇଁ । ତେବେ ଘରଲୋକଙ୍କର ମାନସିକ ଦୃଢ଼ତା ଜାଣିବାପାଇଁ ଏ କଥା କହିଥିଲେ ସେ ।

ଯା'ପରେ ଝାମ୍ପୁ, ରଘୁ, ହରି ଇତ୍ୟାଦିଙ୍କ କଥା ଫେଣ୍ଟିହୋଇଗଲା । ପ୍ରଣବଙ୍କର ଦୃଷ୍ଟି ଉଠିଯାଇଥାଏ ଗୋଟିଏ ଉସ୍ଚାହୀ ମୁହଁରୁ ଆଉ ଗୋଟିଏକୁ ।

– "ଜେଜେ ହେଉଚନ୍ତି, ଜେଜେ ।" ଘୋଷଣା କଲା ଝାମ୍ପୁ । "ସେ ଆମ ଜେଜେ । ଆମେ ତାଙ୍କୁ ଜଣେ ପାରାଲିସିସ୍‌ ପେସେଣ୍ଟ ବୋଲି ଗ୍ରହଣ କରିବୁ ନାଇଁ । ସେ ରହିବେ ଆମ ସହିତ । ଏଇଠି । ନର୍ସିଙ୍ହୋମ୍‌ର ନିଃସଙ୍ଗତା ଭିତରେ କିମ୍ୱା କିଣାଯାଉଥିବା ସେବା ଭିତରେ ନୁହେଁ ।" ସେ ଉଠି ଠିଆ ହେଲା । ପୁଣି କହିଲା – "ମୁଁ ବାହାରିଲି ।"

– "କିରେ, ବସ୍‌ । ଯାଉଚୁ କୁଆଡ଼େ ?" ପଚାରିଲେ ପ୍ରଣବ ।

– "ନର୍ସିଂହୋମ୍‌କୁ ।" ବୀରତ୍ୱର ସହିତ ପ୍ରକାଶ କଲା ଝାମ୍ପୁ– "ଏଇ ଦୁଇ ହାତରେ ତାଙ୍କୁ ଉଠାଇଆଣିବି । ତାଙ୍କ ଦୁଇଗୋଡ଼ କାମ କରିବ ନାଇଁତ ! କିଛି ଯାଏ ଆସେ ନାଇଁ । ମୋର ଏଇ ଦୁଇ ହାତ ଜେଜେଙ୍କର ହେବ ଗତିଶୀଳତା । ପାରାଲିସିସ୍‌ ବୋଲି ଗୋଟେ ଶୈତାନକୁ ମୁଁ ଉଚିତ୍‌ ଶିକ୍ଷାଟେ ଦେବାକୁ ଚାହେଁ । ସେ ଜାଣିବ ଭଲକରି, ଜେଜେଙ୍କୁ ସେ ପଙ୍ଗୁ କରିପାରି ନାଇଁ । ଜେଜେଙ୍କର ଗୋଡ଼ ସକ୍ରିୟ ଅଛି । ସେଇ ଗୋଡ଼ର ନାମ ହେଉଚି ଝାମ୍ପୁ ।"

ସମସ୍ତେ ସ୍ତବ୍ଧ ହୋଇ ଯାଇଥିଲେ ଏଇ ଆବେଗ-ଭରପୂର ନାଟକୀୟତାରେ । ଅନେକ ସମୟ ପର୍ଯ୍ୟନ୍ତ କେହି କହିପାରିଲେ ନାଇଁ କିଛି । ରଘୁ ଗାମୁଛାରେ ଲୁହ ପୋଛି କହିଲା କାନ୍ଦିବା ସ୍ୱରରେ – "ମୁଁ ଥାଉ ଥାଉ ଜେଜେଙ୍କର ଯତ୍ନ ନେବା କଥାଟା ଗୋଟେ ସମସ୍ୟା ବୋଲି ଆପଣ ଭାବୁଚନ୍ତି କିପରି ? ମୋ ଉପରେ ତେବେ

ଭରସା ନାଇଁ କାହାରି ? ଥରେ ଜେଜେଙ୍କୁ ଆଣନ୍ତୁ ଏଠାକୁ । ତା'ପରେ ଦେଖନ୍ତୁ, ମୁଁ ତାଙ୍କ ପାଇଁ କ'ଣ କରିପାରେ ।"

ଲିଲି ବସିରହିଥିଲା ଆଗଭଳି ରୂପଚାପ । ମୁଣ୍ଡ ଟେକି ସେ କେବଳ ଦୀର୍ଘଶ୍ୱାସଟେ ତ୍ୟାଗ କଲା । କହିଲା – "ଜେଜେ ଆମ ପାଖକୁ ଆସିବେ ।"

ଜେଜେଙ୍କୁ ଫେରିପାଇବା ସକାଶେ ପରିବାରର ଲୋକଙ୍କ ସମେତ ଅନେକ ପରିଚିତ ଅନ୍ତରଙ୍ଗ ଲୋକଙ୍କର ଗହଳି ସୃଷ୍ଟି ହୋଇସାରିଥିଲା । କାରରୁ ଓହ୍ଲାଇ ହୁଇଲ୍ ଚେୟାର୍‌ରେ ତାଙ୍କୁ ବସାଇବାବେଲେ କୌଣସି ଲୋକ ଲୁଚେଇପାରି ନଥିଲା ଆଖ୍ତର ଲୁହ । ଜଣାଗଲା, ଗୋଟେ ଜୀବନ୍ତ ମୁର୍ଦ୍ଦାରକୁ ହିଁ ଅଣାଯାଉଚି ସେ ଘରକୁ ଅନନ୍ୟ ମମତା ଓ ସ୍ନେହର ସହିତ ।

ରୀତିମତ ପ୍ରତିଯୋଗିତା ଆରମ୍ଭ ହୋଇଯାଇଥିଲା, ହୁଇଲ୍ ଚେୟାର୍‌ଟିକୁ କିଏ ଡ଼ଙ୍ଗା ଭଳି ବାହିନେବ ଚଟାଣର ସୁଅ ଉପରେ । ଜେଜେ ଜାଣିପାରିଲେ, ଗହଳି ଅନୁସରଣ କରୁଚି ତାଙ୍କୁ । କହିଲେ – "ଆରେ, ଟିକିଏ ରହ । ମୁଁ ବସିବି ଏ ଡ଼୍ରଇଂ ରୁମ୍‌ରେ ।"

ସେ ଆଘ୍ରାଣ କରୁଥିଲେ ଗୋଟେ ପରିଚିତ, ଆତ୍ମୀୟ ମହକକୁ । କହିଲେ – "ଦେଖୁନ, ଦେଖ । ଏ ଘରର ବାସ୍ନା ହିଁ ଯଥେଷ୍ଟ । ଔଷଧ କୁହାଯାଏ କାହାକୁ ? ଏଇ ବାସ୍ନା ପରା ! ମୋତେ ଭଲ ଲାଗିଲାଣି, ପିଲେ । ତୁମ ମୁହଁକୁ ଦେଖିଲେ ଜଣାପଡ଼ୁଚି, ସତେ ଯେମିତି କିଛି ଗୋଟେ ସାଂଘାତିକ ଘଟିଯାଇଚି । କାଇଁ ? ସେମିତି କ'ଣ ସତରେ କିଛି ହୋଇଚି ? ଆରେ, ଥରେ ତୁମମାନଙ୍କର ମୁହଁକୁ ଚାହିଁଦେଲେ ମୋ ଦେହରେ ସଞ୍ଜୀବନୀ ମଖେଇ ହୋଇଯାଉଚି । ଆପଣାଛାଏଁ ! ହଁ, ସଞ୍ଜୀବନୀ । ଆଉ ତେବେ ଦୁଃଖ କ'ଣ ? ତୁମେ ସମସ୍ତେ ଏମିତି ଦେଖାଯାଉଚ କାହିଁକି ? ଯାହା ଘଟୁଚି, ଗ୍ରହଣ କରିନିଅ । ଜମା ପ୍ରତିବାଦ କରନାଇଁ । ଏମିତି କାହିଁକି ହେଲା ବୋଲି ବ୍ୟସ୍ତ ହୁଅ ନାଇଁ । ସମୁଦାୟ ଜୀବନକୁ ବଞ୍ଚିବା କଥା । ଭାଙ୍ଗିପଡ଼ିଲେ ତ ହାରିଗଲା । ପରାଜିତ ହୋଇଗଲା ଜୀବନ ।"

ସେ ଚାହିଁଲେ ଅର୍ଦ୍ଧବୃତ୍ତ ହୋଇ ଠିଆ ହୋଇଥିବା ମଣିଷମାନଙ୍କୁ । ଲକ୍ଷ୍ୟ କଲେ ସେମାନଙ୍କର ସହାନୁଭୁତିଶୀଳ ମୁହଁମାନଙ୍କୁ । ଜାଣିପାରିଲେ ଯେ, ତାଙ୍କ କଥା ତରଲାଇପାରୁ ନାଇଁ ସେମାନଙ୍କର ଶୋକକୁ । ସେ ଶୋକ ଏତେ ସ୍ପଷ୍ଟ ଓ ସୁଦୃଢ଼ ଯେ, ତାହାକୁ ସତେ ଯେପରି ଧରିହେବ ହାତପାପୁଲିରେ । ଜେଜେ ଏଇଠି ରୂପ ହୋଇଯାଇଥିଲେ ଭଲ ହୋଇଥାଆନ୍ତା ।

ସେ ଚୁପ୍ ନହୋଇ ମସ୍ତବଡ ଭୁଲଟେ କରିପକାଇଲେ । କହି ଚାଲିଲେ

ସମବେତ ଲୋକଙ୍କୁ ମୁଗ୍ଧ କରିବା ପାଇଁ ନିଜ ଖେଳୁଆଡ଼ ମନୋଭାବ ଦ୍ୱାରା – "ମୁଁ କହିରଖୁଛି ମୋର କିଛି ହୋଇ ନାହିଁ। ମୋ ଭିତରେ ଶୂନ୍ୟସ୍ଥାନଟେ ସୃଷ୍ଟି କରିପାରିବ ନାହିଁ କୌଣସି ଶକ୍ତି। ମୋ ଚାରିପାଖରେ ତୁମେ ସମସ୍ତେ ଅଛ। ସେ ପରିପୂର୍ଣ୍ଣତାର ଆୟତନ ବହୁତ ବଡ଼। ତାହା ସମସ୍ତ ଶୂନ୍ୟତାକୁ ଅସ୍ୱୀକାର କରିବ, ତୁଚ୍ଛ କରିଦେବ। ଉପହାସ କରିବ ମୋର ଏଇ ପାରାଲିସିସ୍‌କୁ। ଏ ପାରାଲିସିସ୍‌ ନିଜକୁ ପ୍ରତ୍ୟାହାର କରିନେବ ମୋଠୁ। ତୁମେ ଦେଖ୍‌ବ, ମୁଁ କାଲିଠୁ ବାହାରିଯିବି ପ୍ରାତଃଭ୍ରମଣରେ। ତା'ପରଦିନ ବ୍ୟାଡ୍‌ମିଣ୍ଟନ ଖେଳିବି। ତା'ପରଦିନ ମୁଁ ବସିଥିବି ସାଇକେଲ୍‌ରେ। ତା' ପରଦିନ....।"

ଜେଜେ ଆଉ କହିପାରିଲେ ନାହିଁ କିଛି। ତାଙ୍କ ମୁହଁ ଚିପୁଡ଼ି ହୋଇଗଲା। ସେ ଅପ୍ରତିଭ ଦେଖାଗଲେ। ମୁହଁ ତଳକୁ ପୋତିବା ବେଳେ ତାଙ୍କ ସାମ୍‌ନାରେ ରଘୁ ବସିପଡ଼ିଲା ଏବଂ କହିଲା – "ଜେଜେ....।" ସେ ବାସ୍ତବିକ ନିଜକୁ ସଂଯତ କରିବା ପାଇଁ ଚେଷ୍ଟା ମଧ କଲା ନାହିଁ – "ଜେଜେ, ମୋତେ ଥରେ କୁହନ୍ତୁ, କ'ଣ କଲେ ଆପଣ ଭଲ ହୋଇଯିବେ। ଆପଣଙ୍କ ପାଖକୁ ନେଇଆସିବି ଏଇ ଚଉଦ ବ୍ରହ୍ମାଣ୍ଡ। ଜଣେ ଡାକ୍ତର ଯୋଗାଡ଼ କର। ମୋର ଏଇ ଦୁଇଗୋଡ଼ ଯୋଡ଼ିଦେଉ ଆପଣଙ୍କ ଦେହରେ। ଏ ଦୁଇଗୋଡ଼ ଆପଣଙ୍କର ଜେଜେ; ଏ ଗୋଡ଼, ଏ କଲିଜା...।"

ପରିବେଶଟା ନିତାନ୍ତ କରୁଣ ହୋଇଗଲା। ପ୍ରତିବାଦ କରିଉଠିଲେ ପ୍ରଣବ– "ଚୋପ୍‌! ବେଶୀଗୁଡ଼ାଏ ବକ୍‌ ବକ୍‌ ହ'ନା। ଉଠ୍‌। ତୁ ଆଗ ଉଠିଲୁ! ଗୋଟେ ତାମ୍‌ସା ଲଗେଇଛି ଗୋଡ଼ ପାଖରେ ବସି।"

ସମର୍ଥନ କଲେ ଜେଜେ ଏଇ କଥାକୁ – "ତାକୁ ତାଗିଦ୍‌ କର, ଏମିତି କଥା ଯେମିତି ସେ ଆଉ କେବେ ମୋ ପାଖରେ ନ କହେ। ବଦ୍‌ମାସ୍‌ କେଉଁଠିକାର! ଏଇ ଗୋଟିଏ କଥାରେ ତୁ ମୋତେ ଦୁର୍ବଳ କରିଦେବୁ ବୋଲି ଭାବୁଚୁ, ନାହିଁ? ଉଠ୍‌ ମୋ ସାମ୍‌ନାରୁ। ତୋ ମୁହଁ ଆଉ ଦେଖାଇବୁ ନାହିଁ, କୁଲାଙ୍ଗାର!"

ଭିଡ଼ ଭାଙ୍ଗିଗଲା ଆସ୍ତେ ଆସ୍ତେ। ପ୍ରଣବ ସମସ୍ତଙ୍କୁ ଧନ୍ୟବାଦ ଜଣେଇଲେ ସେମାନଙ୍କର ସଦିଚ୍ଛା ପାଇଁ। କହିଲେ ଯେ, ବାପାଙ୍କର ଏବେ ବିଶ୍ରାମ ଦରକାର।

ଜେଜେ କୋଠରିକୁ ଦେଖ୍‌ଲେ ପ୍ରଥମଥର ପାଇଁ ଦେଖିବା ଭଳି। ଗୋଟେ ସନ୍ତୋଷ ଓ ତୃପ୍ତି ସଞ୍ଚରିଯାଉଥିଲା ତାଙ୍କ ହାଡୁଆ ମୁହଁ ଉପରେ। ଏଇଭଳି କୋଠରିକୁ ଦେଖିବା ଭିତରେ ତାଙ୍କର କୋଟରଗତ ଆଖି ସତେ ଯେପରି ଫେରିପାଇବ ହରାଇଥିବା ଶକ୍ତି ଓ ସତେଜତା। ଧଳା ହୋଇଯାଇଥିବା ପତଳା କେଶ ଆଉ ଦେଖାଯିବ ନାହିଁ ଗୋଟେ ଭଗ୍ନାବଶେଷ ଭଳି। ଲୋଚାକୋଚା ମାଂସପେଶୀର ବରଫ ତଳୁ ଉଠିଆସିବ

ଉଷ୍ମତା । ନିସାଢ଼ ହୋଇଯାଇଥିବା ଗୋଡ଼ ଭିତରୁ ବାହାରି ଆସିବ ଶୋଇଥିବା ଧର୍ମପଦ, ଅଦ୍ୱିତୀୟ ନିହାଣ ହାତରେ ଧରି ।

ଝଲସି ଉଠିଲା ଜେଜେଙ୍କର ମୁହଁ ଗୋଟେ ଆଶାରେ । ସେ ଚାହିଁଲେ ପରିବାରର ସଦସ୍ୟମାନଙ୍କୁ କୃତଜ୍ଞତାର ଯୋଡ଼ହସ୍ତରେ । ଲିଲି କହିଲା – "ଏଇ ଦେଖ, ଜେଜେ । କେବେ ବି ବ୍ୟବହାର କରୁ ନଥିଲ ଏଇ ରିମୋଟ୍ କଣ୍ଟ୍ରୋଲ୍ । ତୁମ ତକିଆ ପାଖରେ ଅଛି । ହାତ ବଢ଼େଇଲେ ଧରିପାରିବ ଏଇ ସିଡିମାନଙ୍କୁ । ପୁରୁଣା ହିନ୍ଦୀ ଫିଲ୍ମ୍‌ଗୀତ ହେଉ ବା ଭଜନ ହେଉ । ଯାହା ମନ ହେବ ଶୁଣିବ ।" ସେ ଟିକିଏ ରହି ଚାହିଁଲା ପ୍ରଣବଙ୍କ ଆଡ଼େ । ପ୍ରସ୍ତାବ ବାଢ଼ିଲା – "ବାପା, କଲିଙ୍ଗ୍ ବେଲ୍‌ର ସୁଇଚ୍‌ଟା ଏଇଠି ଖଞ୍ଜିବା । ଦେଖ, ଜେଜେଙ୍କର ହାତ ସହଜରେ ସେଠାକୁ ପାଇଯିବ ।"

– "କଲିଙ୍ଗ୍ ବେଲ୍ କ'ଣ ହେବରେ, ମା ?" ଜେଜେ ଜାଣିପାରୁ ନଥିଲେ ତାହାର ଆବଶ୍ୟକତା – "ତୁମେ ତ ସମସ୍ତେ ପାଖରେ ଅଛ ।"

– "ସେ କଥା ଠିକ୍ ।" କହିଲେ ଶୋଭା – "ତଥାପି ସେଇଟା ପାଖରେ ଥାଉ ।"

ରଘୁ ମନକୁ ମନ ଘୋଷଣା କଲା – "ଆମେ ଥାଉ ଥାଉ ପୁଣି କଲିଙ୍ଗ୍‌ବେଲ୍ ! ଜେଜେଙ୍କୁ ଛାଡ଼ି ଯିବ କିଏ ଯେ, ସୁଇଚ୍ ଟିପିବା ତାଙ୍କର ଦରକାର ହେବ ?"

ସାଧାରଣ ପରିବାରର ଜନ୍ମ ନେଇଥିଲେ ଜେଜେ । ପିଲାଦିନୁ ତାଙ୍କର ହୃଦ୍‌ବୋଧ ହୋଇଥିଲା ଯେ, କଠୋର ପରିଶ୍ରମ ଓ ସାଧୁତା ହିଁ ହେବ ତାଙ୍କ ଅଗ୍ରଗତିର ଅବଲମ୍ବନ । ଏହା ସହିତ ଅବଶ୍ୟ ଭାଗ୍ୟ ବୋଲି ଅଦୃଶ୍ୟ ଶକ୍ତିର ସହଯୋଗ ଦରକାର । ତେବେ ଏ ଭାଗ୍ୟ କେତେବେଳେ ବନ୍ଧୁଭାବାପନ୍ନ ହୋଇ, ପୁଣି କେତେବେଳେ ପରିହାସମୟ ହୋଇ ଆସିବ, ତାହା କଳନା କରାଯାଇପାରିବ ନାହିଁ । ବୋଧହୁଏ ଏଥିପାଇଁ ସୂର୍ଯ୍ୟୋଦୟ ପରେ ବିଛଣା ଛାଡ଼ିବା ଭଳି ବିଳାସ ଜଣା ନଥିଲା ତାଙ୍କୁ । ତାଙ୍କର ଏଇ ଅଭ୍ୟାସକୁ ଅନୁକରଣ କରିଥିଲେ ପ୍ରଣବ । ଜେଜେ ପ୍ରାତଃଭ୍ରମଣରେ ବାହାରି ଯାଉଥିଲେ; ପ୍ରଣବ କିନ୍ତୁ ଘରେ ଖୁବ୍ କମ୍‌ରେ ଅଧଘଣ୍ଟାଏ ଏକ୍‌ରସାଇଜ୍ କରୁଥିଲେ । ଏ ଯାଏ ଏଇ ଅଭ୍ୟାସଟି ଅବ୍ୟାହତ ଥିବାରୁ ବୟସ ତାଙ୍କ ଚେହେରା ଉପରେ ବିଶେଷ ପ୍ରଭାବ ପକାଇପାରି ନାହିଁ ।

ସୂର୍ଯ୍ୟୋଦୟ ପୂର୍ବରୁ ଜେଜେ ପ୍ରାତଃଭ୍ରମଣରେ । ପ୍ରଣବ କୌଣସି ଯୋଗାସନରେ । ଶୋଭା କିମ୍ବା ଲିଲି ଠାକୁରଙ୍କ ଫୁଲ ସଂଗ୍ରହ ପାଇଁ ବଗିଚାରେ । ଝାମ୍ପୁର ଟେବୁଲ୍‌ଲ୍ୟାମ୍ପ ଜଳିବ । ଯଥେଷ୍ଟ ଆଲୁଅ ଆସିଗଲେ ସେ ପ୍ରତିକା କିମ୍ବା ବହି

ଧରି ଚାଲିବ ଲ୍ୟାନ୍କୁ ନିଜେ ଗାର୍ଡିନ ଚେୟାର୍ଟେ ଧରି। ଜେଜେଙ୍କର ଅସୁବିଧା ପରେ ଏଇ ପରମ୍ପରାର ସାମାନ୍ୟ ବ୍ୟତିକ୍ରମ ଘଟିବା ସ୍ୱାଭାବିକ। ତେବେ ତାଙ୍କର ବିଛଣା ଛାଡ଼ିବା ସମୟରେ ପରିବର୍ତନ ଘଟିଲା ନାହିଁ। ସକାଳର ନିତ୍ୟକର୍ମ ଶେଷ କରିବାରେ ହରି ସାହାଯ୍ୟ କରିବ। ତା'ପରେ ହୁଇଲ୍‌ଚେୟାର୍ ପହଞ୍ଚିବ ପୋର୍ଟିକୋ ସାମ୍‌ନା ଲ୍ୟାନ୍‌ରେ।

– "ହାଲୋ, ଜେଜେ!" ଚେୟାର ଧରି ଝାମ୍ପୁ ପହଞ୍ଚିଯାଏ ତାଙ୍କ ପାଖରେ। "ପତ୍ରିକା ପଢ଼ିବ ?" ସେ ପଚାରେ, ପାଖରେ ବସିସାରିବା ପରେ।

ଅଳ୍ପ ସମୟ ବ୍ୟବଧାନ ଭିତରେ ପ୍ରଣବ, ଲିଲି ଓ ଶୋଭା। ରଘୁ ଚା' ସରଞ୍ଜାମ ଧରି ହାଜର ହୋଇଯାଏ। ପ୍ରଣବ କାରଖାନା ସଂକ୍ରାନ୍ତୀୟ ଆଲୋଚନା କରନ୍ତି। ସମସ୍ୟା ସମାଧାନର ବାଟ ନିର୍ଦ୍ଧାରିତ ହୁଏ। ରୋଷେଇ ସଂପର୍କରେ ରଘୁକୁ ଆବଶ୍ୟକୀୟ ନିର୍ଦ୍ଦେଶ ଦିଅନ୍ତି ଶୋଭା। ଘର, ବନ୍ଧୁବାନ୍ଧବ, ପାଗ, ବଜାର ଦର, ରାଜନୀତି, ଟି.ଭି. ଇତ୍ୟାଦି କଥା ଆଲୋଚନା କରାଯାଏ ସ୍ୱାଭାବିକ ଭାବରେ।

ତା' ଭିତରେ ପହଞ୍ଚିଯାଏ ଶ୍ରୀଧର। ଜେଜେଙ୍କୁ ସେ ଅନେକ ବର୍ଷ ହେଲା ଖୌର କରିଆସୁଚି। ତା'ପୁଅ ବଜାରରେ ସେଲୁନ୍ କରିଥିଲେ ମଧ ଛୋଟ ଟିଣ ସୁଟ୍‌କେଶ୍ ସାଇକେଲ୍ କେରିଅର୍‌ରେ ଧରି ସେ ଘର ଘର ବୁଲି ଏ କାମ କରେ।

– "କିରେ ଶ୍ରୀଧର, ତୁମ ସାଇ ସହଦେବର ଖବର କ'ଣ ?" ଜେଜେଙ୍କ ଛାତି ଘୋଡେଇ ସାରିଥାଏ ସଫା ଧଳା ଚଦର। ଫୋମ୍ ଆବୃତ କରିଥାଏ ତାଙ୍କର ଗାଲ। ଶ୍ରୀଧର ଫାଲେ ବ୍ଲେଡ୍ ଲୋଡ୍ କରୁଥାଏ ଖୁରରେ।

ସହଦେବର ଝିଅ, ତା'ଠୁ କମ୍ ପଢ଼ିଥିବା ଗୋଟେ ଟୋକା ସହିତ ପଳେଇଯାଇଥିଲା। କ୍ଷୋଭ ନିଆଁରେ ଆହତ ହୋଇଥିଲା ନରହରିର ସ୍ତ୍ରୀ। ପୋଲିସ୍ ବାନ୍ଧିନେଇଥିଲା କାଶୀନାଥକୁ ସାନଭାଇକୁ ଟାଙ୍ଗିଆରେ ହାଣିବାପାଇଁ ଉଦ୍ୟମ କରୁଥିବାରୁ।

କିଛି ସମୟ ପରେ ଆଲୋଚକମାନେ ଦୁଇ ଦଳରେ ବିଭକ୍ତ ହୋଇଯାଆନ୍ତି। ଗୋଟିଏ ଦଳରେ ଜେଜେ ଓ ଶ୍ରୀଧର। ଅନ୍ୟଟିରେ ଘରର ଅନ୍ୟମାନେ। ଶ୍ରୀଧର ବିଦାୟ ନେଇ ଗଲାବେଳେ ଲିଲି ଉଠିଯାଇଥିବ ପଢ଼ାପଢ଼ି କରିବାପାଇଁ। ପ୍ରଣବ ଜରୁରୀ କାଗଜପତ୍ର ଦେଖିବାପାଇଁ ଉଠିଯିବେ।

ହକର ଦେଇଥିବା ସଦ୍ୟ ଖବରକାଗଜ ଉପରେ ଆଖି ପକାଉଥିବ ଝାମ୍ପୁ ଏବଂ ବେଳେବେଳେ ଜେଜେଙ୍କ ପ୍ରଶ୍ନର ଉତ୍ତର ଦେବାକୁ ଭୁଲିଯାଉଥିବ। କିଛି ସମୟ ପରେ ଜେଜେ ଆବିଷ୍କାର କରିବେ ଯେ, ଖରା ଟାଣ ହୋଇଯାଉଚି। ଘରକୁ ଫେରିବାକୁ

ହେବ । ସେ ଆଖ୍ୟ ବୁଲାଇବେ ହରିକୁ ପାଇବାପାଇଁ । ହରି ସେତେବେଳେ ହୁଏତ କୌଣସି ପ୍ଲାଣ୍ଟରେ ପାଣି ଦେଉଥିବ; କିମ୍ବା ଲନ୍‌ର ଘାସ ଟ୍ରିମିଙ୍‌ କରୁଥିବ ।

– "ହରି ।" ଏତକ ଯଥେଷ୍ଟ । ସେ ଧାଇଁଆସିବ ସବୁ ଜିନିଷ ଫୋପାଡିଦେଇ ।

– "ଘରକୁ ଯିବା, ଜେଜେ ?" ତାଙ୍କ ଉତ୍ତରକୁ ଅପେକ୍ଷା ନ କରି ହୁଇଲ୍‌ଚେୟାର୍‌ର ଦିଗ ପରିବର୍ତ୍ତନ କରୁଥିବ ହରି ।

ଦିନ ଦଶଟାବେଳେ କାରଖାନାକୁ ଯିବା ଆଗରୁ ପ୍ରଣବ ଅଟକିଯିବେ ତାଙ୍କ ରୁମ୍‌ରେ । କହିବେ – ମୁଁ ଯାଉଛି ବାପା । ପରେ ପରେ ତାଙ୍କର ସତର୍କ ଦୃଷ୍ଟି ବୁଲିଆସିବ ଚାରିଆଡୁ । ଲୋଟାକୋଟା ହୋଇଯାଇଥିବା ବେଡ୍‌ସିଟ୍‌କୁ ସଜାଡିଦେବେ । ବଙ୍କା ହୋଇ ରହିଥିବା ତକିଆକୁ ରଖିବେ ସିଧାକରି । ନିର୍ଦ୍ଦେଶ ଦେବେ – "ହରି, ଏଇ ଦେଖ, ଚଟାଣ ଭଲ କରି ସଫା ହୋଇ ନାହିଁ । ନ ହେଲେ ପିମ୍ପୁଡି ଆସନ୍ତେ କିପରି ? ଦେଖିଲୁ, ବିଛଣାରେ ବି ପିମ୍ପୁଡି ରହିଚନ୍ତି କି ?"

ପରେ ପରେ ଲିଲି । ମାଇ ସୁଇଟ୍ ଜେଜେ, ସେ କହିବ ଅନେକ ଉସ୍ମାହ ଓ ଆନନ୍ଦର ସହିତ । ସତେ ଯେପରି ଏଇ ଆତ୍ମୀୟ ଲୋକଟିକୁ ସେ ଦେଖୁଚି ଅନେକ ଦିନ ପରେ ।

ଜେଜେ ପ୍ରଭାବିତ ହୋଇଯାଆନ୍ତି ଲିଲିର ଏଇ ପ୍ରାଣୋଚ୍ଛାସରେ । ଜବାବ ଦିଅନ୍ତି – ହାଏ ! କଲେଜରୁ ଫେରିବୁ କେତେବେଳେ ?

ଲିଲିର ଉତ୍ତର, ଷ୍ଟଡି ସେଣ୍ଟରେ କଟିବ କେତୋଟି ଘଣ୍ଟା । ଲାଇବ୍ରେରୀରୁ ଅଣାଯାଇଥିବା କେତୋଟି ବହିର କିଛି ଅଂଶର ଜେରକ୍ସ କପି ହେବ । ଚାରିଟା ପିରିଅଡ ଅଛି ।

– କ୍ୟାରି ଅନ୍ । ସେ ସତେ ଯେପରି ଅନୁମତି ଦିଅନ୍ତି ଲିଲିକୁ ।

ସେ'ଦିନ ମଧାହ୍ନ –ଭୋଜନ ବେଳକୁ ଜେଜେ ଅସ୍ୱସ୍ତି ଅନୁଭବ କରୁଥିଲେ । ଆଶଙ୍କା କଲେ ଯେ, ଦେହ ହୁଏତ ବିଗିଡ଼ିଯାଇପାରେ । ରାତି ଆଠଟା ବେଳକୁ ହରିର ସାହାଯ୍ୟ ନେବା ପୂର୍ବରୁ ହିଁ ବିଛଣା ଓ ଚଟାଣ ଖରାପ ହେଲା ପ୍ରବଳ ବାନ୍ତି ଯୋଗୁଁ । ହରି ଧାଇଁ ଆସୁଥିଲା ରୁମ୍ ଭିତରକୁ; କିନ୍ତୁ ତମାମ୍ କୋଠରିର ପରିପାଟୀ ଦେଖି କ୍ରୋଧ ଓ ଘୃଣାରେ ସେ କହି ପକାଇଲା ମନକୁ ମନ– ଶାଳା, ବଦ୍‌ମାସ୍ ବୁଢ଼ା ! ଗୁଡ଼ାଏ କାମ ବଢ଼େଇଦେଲା ।

ସେ ଗଲା ନାହିଁ ଭିତରକୁ । ଗୁଡ଼ାଏ ବାନ୍ତି ପରେ ଜେଜେ ଧଇଁସଇଁ ହୋଇପଡିଲେ । ଅପରିଷ୍କାର ବିଛଣା ଓ ପୋଷାକରୁ ନିଜକୁ ମୁକ୍ତ କରିବା ପାଇଁ ଚାହୁଁଥିଲେ ସେ ।

ହରି – ତାଙ୍କ ଡାକ ଆପାତତଃ ପୋତି ହୋଇପଡୁଥିଲା ଶେଷହୀନ ଅବସନ୍ନ, ଦୁର୍ବଳ ଦେହ ଭିତରେ। ସେ ଅପେକ୍ଷା କରି ପଡ଼ିରହିଲେ କିଛିସମୟ। ତାଙ୍କ ମୁଣ୍ଡ ସତେ ଯେପରି ରହିଯାଇଥିଲା ଗୋଟେ ପ୍ରଚଣ୍ଡ ଘୂର୍ଣ୍ଣିବାତ୍ୟା ଭିତରେ। ସେ ଆଉ କିଛି ଅନୁଭବ କରିପାରୁ ନଥିଲେ।

ହରି ବ୍ୟସ୍ତତାର ସହିତ ବର୍ଣ୍ଣନା କଲା ପରିସ୍ଥିତିକୁ। ଶୋଭା ଶୁଣିଲେ ସବୁ କଥା। କଳ୍ପନା କରିନେଲେ ରୁମ୍‍ର ଅବସ୍ଥା କ'ଣ ହୋଇଥିବ। ଗୋଟେ ବିକାର ସଞ୍ଚରିଗଲା ତାଙ୍କ ଚେତନାରେ। ସେ ସତେଯେପରି ଦେଖିପାରିଲେ ରୁମ୍‍ର କଦାକାର ଅବସ୍ଥା। ଅଜାଣତରେ ମୁହଁ ତାଙ୍କର ବିକୃତ ହୋଇଗଲା। ତାଙ୍କ ପାଦ ଆଗକୁ ବଢ଼ିଲା ନାଇଁ। ସେ ପ୍ରସ୍ତାବ ଦେଲେ – ଆରେ, ମୋତେ ଏସବୁ କହି ଲାଭ କ'ଣ? ମୁଁ ଟେଲିଫୋନ୍ କରୁଚି। ଡାକ୍ତର ଆସିଲେ ଔଷଧ ବ୍ୟବସ୍ଥା ହେବ।

– "ମା, ସେ ଘର ଆଉ ବିଛଣା ପରିଷ୍କାର ନ ହେଲେ ଚଳିବ କେମିତି?" ହରି ସ୍ୱରରେ ଥିବା କିଞ୍ଚିତ୍ ବିରକ୍ତିର ଆଭାସ ପାଇପାରିଲେ ଶୋଭା।

– "ଆରେ, ସେକଥା ମନାକଲା କିଏ? ଯା, ପରିଷ୍କାର କରିଦେବୁ।" ଶୋଭା ପ୍ରବର୍ତ୍ତାଇଲେ ହରିକୁ।

– "ସାହାଯ୍ୟ ନ କଲେ ଏକୁଟିଆ ମୁଁ ପାରିବି ନାଇଁ।" ଅକ୍ଷମତା ସହିତ କ୍ଷୋଭ ମିଶିଥିଲା ତା'ର ଏଇ ସ୍ୱୀକାରୋକ୍ତିରେ।

– "ହଁ, ହଁ, ସାହାଯ୍ୟ ନ ହେଲେ କିପରି ହେବ?" ଶୋଭା ବାହାରିଆସିଲେ ତାଙ୍କ ରୁମ୍‍ରୁ। ରୋଷେଇ ଘରେ ରଘୁ ବ୍ୟସ୍ତ ଥିଲା। ଶୋଭା ତାକୁ ଆଦେଶ ଦେଇପାରିଲେ ନାଇଁ ଜେଜେଙ୍କ ରୁମ୍ ସଫା କରିବାପାଇଁ। ରଘୁ ଯେଉଁ ହାତରେ ଅପରିଷ୍କାର ଜିନିଷ ସଫା କରିବ, ସେଇ ହାତରେ ସେ ରୋଷେଇ କରିବ କିପରି? ସାବୁନ୍ କିମ୍ୱା ଡେଟଲ୍‍ରେ କେଉଁ ହାତ ପରିଷ୍କାର ଓ ନିର୍ମଳ ହୋଇପାରେ?

ଶୋଭା ମୁହଁ ବୁଲାଇଲେ ବ୍ୟସ୍ତତାର ସହିତ। ଏ କାମ ପାଇଁ ସହସା ଲୋକଟେ ପାଇପାରିଲେ ନାଇଁ ସେ।

– "ହରି, ଆସ।" ଲିଲି ତା' ରୁମ୍‍ରୁ ବାହାରିଆସିଥିଲା। ପୁଣି କହିଲା – "ଆସ, ଚଞ୍ଚଳ।" ଆଉ ଅପେକ୍ଷା ନ କରି ସେ ଆଗେଇଲା ଜେଜେଙ୍କ ରୁମ୍ ଆଡ଼େ।

କେବଳ ବେଡ୍‍ସିଟ୍ କିମ୍ୱା ତକିଆଖୋଲ ନୁହେଁ; ସମୁଦାୟ ବିଛଣାକୁ ପ୍ରତ୍ୟାହାର କରିନେବାକୁ ପଡ଼ିଲା। ଅପରିଷ୍କାର ଥିଲା ଜେଜେଙ୍କ ଦେହ ଓ ଚଟାଣ।

"ତୁମେ ପାଣି ଆଣ। ଦିଅ ଝାଡୁଟା ମୋତେ।" ଲିଲି ସଫା କଲା ଘର। ଫିନାଇଲ ମିଶା ପାଣିରେ ପୋଛିଲା ଚଟାଣ। ସବୁ କାମ ଶେଷ କରି ଆସିଲା ଜେଜେଙ୍କ

ପାଖକୁ। କପାଳରେ ପାପୁଲି ରଖିଲା – "ଚିନ୍ତା କରିବାର କିଛି ନାଇଁ, ଜେଜେ। ରଞ୍ଜନ ମଉସା କିଛି ସମୟ ପରେ ପହଞ୍ଚିଯିବେ। କୁହତ, କିପରି ଲାଗୁଚି ?"

– "ଭାରି ମୁଣ୍ଡ ବୁଲଉଥିଲାରେ ମା।" ଜେଜେ ଅଣନିଃଶ୍ୱାସୀ ହେବାଭଳି କହିଲେ। "ଏବେ ଟିକେ ହାଲୁକା ଲାଗୁଚି ଯେ, ହେଲେ ଦୁର୍ବଳ ହୋଇପଡ଼ିଚି ଲାଗୁଚି ?"

– "ତୁମ ଭଳି ଲୋକ ଜଣେ ଦୁର୍ବଳ ହେବ କିପରି ?" ଲିଲି କହିଲା ଏବଂ ଅନୁଭବ କଲା, କେତେ ପ୍ରତାରଣାପୂର୍ଣ୍ଣ ତା'ର ଏଇ ଆଶ୍ୱାସନ !

ବ୍ଲିଚିଙ୍ଗ୍ ପାଉଡର ଓ ଫିନାଇଲ୍‌ର ଗନ୍ଧ। ଏହାର ପବନ ବ୍ୟାପ୍ତ ହୋଇ ରହିଚି ସେଇ କୋଠରିରେ। ଏହାର କେନ୍ଦ୍ରରେ ପଡ଼ି ରହିଚି ଅର୍ଥବ ମଣିଷ ଜଣେ। ନାହିଁ ନଥିବା ଲୋଭ ଓ ଆଶାରେ ପାଟି ଆଁ କରି ଦେଉଚି ଔଷଧର ଆହ୍ୱାନରେ। ଗୋଟେ ଗ୍ରହ ଭଳି ଚାରିପାଖରେ ଘୂରିବୁଲୁଚି ହରି। କୋଠରି ଭିତରେ ଆସ୍ଥାନ ଜମେଇଥିବା ଏ ଗନ୍ଧ ବ୍ୟତୀତ ସଂସାରରେ ଆଉ କୌଣସି ଗନ୍ଧ ଥାଇପାରେ ? ଖଟରେ ଧକ ଧକ ହେଉଥିବା ମଣିଷ ଜଣକୁ ଛାଡ଼ିଦେଲେ ଆଉ କେହି ଲୋକ ଅଛନ୍ତି କି ଏ ପୃଥିବୀରେ ?

ହରିର ବେଳେବେଳେ କିଛି ମନେପଡେ ନାଇଁ। ସେ ଯେମିତି ଗୋଟେ ସାମଗ୍ରୀ ହୋଇଯାଇଚି ଔଷଧ ଭଳି ଏବଂ ଏଇ ଅବଶ୍ୟମ୍ଭାବୀ ଗନ୍ଧ ଭଳି। ହରି କ୍ରମଶଃ ନିଃସଙ୍ଗ ଓ ବ୍ୟାକୁଳ ହୋଇପଡୁଥିଲା। ଘରର ସମସ୍ତେ ସଚେତନ ହେଉଥିଲେ ଯେ, ଏ ସଂକ୍ଷବଦ୍ଧ ଗନ୍ଧର ଆକାର ବଢୁଚି। ଏହା ବ୍ୟାପୁଥିଲା ଆସ୍ତେ ଆସ୍ତେ ସମସ୍ତଙ୍କୁ ନିଜ କେନ୍ଦ୍ରରେ ରଖିବାପାଇଁ। ଭିତରେ ଡ୍ରଇଂରୁମ୍। ବାହାରେ ଜାମୁଗଛ ମୂଳ। ସେଠାରେ ଠିଆହେଲେ ବି ଜଣେ ଜାଣିପାରିବ, ଏଇ ଗନ୍ଧ ତାକୁ ଗ୍ରାସ କରିବାପାଇଁ ଆଗେଇ ଆସୁଚି।

ଦୁଇଦିନ ପରେ ଜେଜେ ପ୍ରସ୍ତାବ ବାଢ଼ିଲେ – "ଘର ଭିତରେ ରହି ରହି ଆଉ ଭଲ ଲାଗୁନି, ହରି। ମୋତେ ଟିକେ ଲନ୍ ଉପରକୁ ନେଇ ଯା। କିଛି ନିର୍ମଳ ପବନ ଭାରି ଦରକାର।"

ଜେଜେ ହୁଇଲ୍-ଚେୟାର ଉପରେ ବସିରହିଥିଲେ ଏବଂ ଅପେକ୍ଷା କରୁଥିଲେ। ଧୀପୁର ଦେଖା ନାଇଁ। ରୁମ୍ ଭିତରେ ବସି କ'ଣ କରୁଚି କେଜାଣି। ପ୍ରଣବ, ଶୋଭା। କୁଆଡ଼େ ହଜିଯାଆନ୍ତି ଏମାନେ ?

– "କିରେ, ଏମାନେ ଏଠାକୁ ଆଉ ଆସୁନାହାନ୍ତି କି ?" ସମସ୍ତ ଚେଷ୍ଟା ସତ୍ତ୍ୱେ ଜେଜେ ଏଇ ପ୍ରଶ୍ନଟି ଚାପି ରଖିପାରିଲେ ନାଇଁ ନିଜ ଭିତରେ। ପ୍ରାୟ ତାଙ୍କ ଅଜାଣତରେ ତାହା ପ୍ରକାଶିତ ହୋଇଗଲା।

- "ଆପଣଙ୍କ ଦେହ ଖରାପ ହେଲା।" ପରିସ୍ଥିତିଟା ବୁଝେଇଲା ହରି -
"ତା' ସହିତ ସେମାନଙ୍କର ଏଠାକୁ ଆସିବା ମଧ୍ୟ ବନ୍ଦ ହେଲା।"

ଜେଜେ ଆଉ କିଛି କହିଲେ ନାଇଁ। ହାତ ବୁଲେଇ ଆଣିଲେ କଟାଯାଇ ନ
ଥିବା ଦାଢ଼ି ଉପରେ। ଭରସା ନଥିବା ସ୍ୱରରେ କହିଲେ- "ଶ୍ରୀଧର ଆସିବ କି ନାଇଁ
କେଜାଣି ?"

- "ଆସିପାରେ।" ସାମାନ୍ୟ ପ୍ରତ୍ୟୟ ସୃଷ୍ଟି ହେଲା ହରି କଥାରୁ- "ସେ
ଦୁଇଦିନ ଏଠାରୁ ଫେରିଚି। ଆପଣଙ୍କ ଦେହ ଖରାପ ଥିବାରୁ।"

ପୋର୍ଟିକୋ ପାଖରୁ ଶୁଭିଲା ଲିଲିର ସ୍ୱର - "ଜେଜେ, ତୁମେ ଏଇଠି ?
ଭେରି ଗୁଡ଼୍! ଆଜି ଭଲ ଲାଗୁଚି ନା ?"

- "କିରେ, ଚା' ଆଣିନୁ ?" ଜେଜେ ଟିକିଏ ହତାଶ ହୋଇପଡ଼ିଲେ।

- "ଚା' ନୁହେଁ। ଏଇ, ଔଷଧ ନିଅ।"

ଜେଜେ ପାଟି ଆଁ କଲେ। ପାଣି ପିଇଲେ। ଦୀର୍ଘଶ୍ୱାସ ତ୍ୟାଗ କଲେ। ବସିରହି
ଅପେକ୍ଷା କଲେ। ଅନ୍ୟମାନେ ଆସିବେ। ସେ ଏଠାରେ ଅଛନ୍ତି ବୋଲି ଜାଣିବା
ମାତ୍ରେ ସବୁ କାମ ଫୋପାଡ଼ିଦେଇ ଧାଇଁଆସିବେ ତାଙ୍କ ପାଖକୁ। ଆଶ୍ୱସ୍ତ ହେବେ ଯେ
ସେ ଯଥେଷ୍ଟ ସୁସ୍ଥ ଅନୁଭବ କରୁଚନ୍ତି। ନା, ହେଲା ନାଇଁ ସେମିତି।

ହରି ଅନ୍ୟମନସ୍କ ଭାବରେ ହାତରେ ଧରିଥିଲା ଗୋଟେ ବ୍ୟାଗ୍। ଓଲଟପାଲଟ
କରୁଥିଲା। ସହସା ସଚେତନ ହେଲା ବ୍ୟାଗ୍ ପ୍ରତି ସେଇ ମୁହୂର୍ତ୍ତରେ। ହଁ, ଠିକ୍ ସେଇ
ମୁହୂର୍ତ୍ତରେ ସେ ଅନୁଭବ କଲା ଗୋଟେ ଉଦ୍‌ବେଗ। ତା' ହୃତ୍‌ସ୍ପନ୍ଦନ ଏମିତି
ବଢ଼ିଯାଇଥିଲା ଯେ, ସମଗ୍ର ଶରୀର ପରିଣତ ହୋଇଯାଇଥିଲା ଗୋଟେ ବ୍ୟାକୁଳ,
ଅସ୍ଥିର ହୃତ୍‌ପିଣ୍ଡରେ। ସେ ସତର୍କତାର ସହିତ ଚାହିଁଲା ଚାରିଆଡ଼େ। ଶୁଭ୍‌ଯାଉଥିଲା
ତନ୍ତ୍ରୀ। ଦେହ ଭିତରେ ସୃଷ୍ଟି ହୋଇଗଲା ଏକ କରୁଣ ମୂର୍ଚ୍ଛନା। କେହି ନାହାନ୍ତି କୁଆଡ଼େ।
ଉଦୁଉଦିଆ ଦ୍ୱିପ୍ରହର। ସେଇ ନୀରବତା ଓ ଶୂନ୍ୟତା ଭିତରେ ଗୋଟେ ସର୍ବହରା ଟଡ଼େଇ
ଯେମିତି ଗୁମୁରି ଉଠୁଚି।

ସେଇଭଳି ମନେହେଲା ହରିକୁ। ସେ ବ୍ୟାଗ୍ ଧରିଚି କାହିଁକି ବୋଲି ମର୍ମତ୍ତୁଦ
ପ୍ରଶ୍ନଟା ପଚାରିପାରିଲା ନାଇଁ ନିଜକୁ। ଅପରାଧୀ ହୋଇଗଲା ସେଇ ପ୍ରଶ୍ନର ପ୍ରତିଧ୍ୱନି
ଶୁଣି। ଗୋଟେ ଅସମ୍ବାଲ ଯନ୍ତ୍ରଣା ଉଠିଆସୁଥିଲା ଗୋଡ଼ରୁ ମୁଣ୍ଡ ପର୍ଯ୍ୟନ୍ତ। ଥରେ ନୁହେଁ;
ବାରମ୍ବାର ହାଡ଼-ମାଂସ ଏଇ ଯେପରି ଖଣ୍ଡ ଖଣ୍ଡ ହୋଇଯିବ। ପ୍ରଥମେ ତାକୁ
ଜଣାପଡ଼ିଲା, ଅସହ୍ୟ ଯନ୍ତ୍ରଣା ଓ ଭୟରେ ସେ ହୁଏତ ଚିତ୍କାର କରିପକାଇବ।
କହିପକାଇବ ଅନ୍ୟମାନଙ୍କ ଆଗରେ ସେ କରିବାକୁ ଯାଉଥିବା କାମ।

ନା, ସେ ଏମିତି କରିବ କାହିଁକି ? ବ୍ୟାଗଟା ଶେଲ୍‌ଫରେ ରଖି ସେ ଖାଲି ଇତସ୍ତତଃ ହେଲା । ଗଲା ବାହାରକୁ । ବୁଲିଲା କକ୍ଷଚ୍ୟୁତ ଦିଗଭ୍ରଷ୍ଟ ମଣିଷଟେ ଭଳି । ଫେରିଲା ଭିତରକୁ । ଅଭିଭୂତ ହୋଇଗଲା ଫିନାଇଲ୍‌, ବ୍ଲିଚିଙ୍‌ ପାଉଡର ଗନ୍ଧରେ । ପରମୁହୂର୍ତ୍ତରେ ଦୁଇଟି ଘଟଣା ଘଟିଲା ଏକ ସଙ୍ଗେ । ତା' ଆଖିରୁ ଲୁହ ଝରିଆସିଲା । ଦ୍ୱିତୀୟତଃ ବ୍ୟାଗ୍‌ ଭିତରେ ସେ ଭର୍ତ୍ତିକଲା ତା'ର ଅନିବାର୍ଯ୍ୟ ଜିନିଷ । ସେ ଠିଆ ହେଲା ସ୍ତବ୍ଧ ରାତିର ଝାଞ୍ଜି ଅନ୍ଧକାର ଭିତରେ । ଏଥର ଲୁହ ଝରୁଚି ପ୍ରଗଳ୍ଭ ଭାବରେ । ବୃଥା ହୋଇଯାଉଚି ତୃଷ୍ଣା । ଆଉ ସହି ହେଉ ନାହିଁ ଯନ୍ତ୍ରଣା । ତେବେ ଯା' ସଙ୍ଗେ ସେ ଲମ୍ବ ହୋଇ ପଡିଲା ଚଟାଣରେ । ତା' ଭିତରେ ପ୍ରତିଧ୍ୱନିତ ହେଲା ଗୋଟେ ବିଷାଦ-ଜର୍ଜରିତ ନିରୁପାୟ ସ୍ୱର – ମୁଁ ଯାଉଚି ଜେଜେ । ଆଉ ପାରିବି ନାହିଁ । ମୋତେ କ୍ଷମା କରିଦେବ ।

ପରଦିନ ସକାଳେ ଧସକିଗଲା ସେ ଘରର ନୀରବତା – ହରି, କୁଆଡେ଼ ଗଲୁରେ, ହରି ।

ଏ ଆତୁର ସ୍ୱର କ୍ଷଣକ ମଧ୍ୟରେ ପରିବର୍ତ୍ତିତ ହୋଇଗଲା ଲୁହର ଢେଉରେ । ବ୍ୟାପିଗଲା ଘରର ପ୍ରତ୍ୟେକ କୋଠରି ଭିତରକୁ । କିନ୍ତୁ ଖାଲି ହାତ ନେଇ ଏ ଢେଉ ଫେରିଆସୁଥିଲା ନିଜ ପାଖକୁ । ଗୋଟେ ନିସ୍ତବ୍ଧ ନିର୍ବିକାର ବାଲିର ପରିସର ଭଳି ସେ ଘରର ଜବାବ ନଥିଲା ଏ ଆହ୍ୱାନ ପ୍ରତି ।

ପ୍ରଣବଙ୍କର ଯୋଗାସନ ଟଳମଳ ହୋଇଗଲା ଏ କାକୁବ୍ୟ ସ୍ୱରରେ । ବିପର୍ଯ୍ୟୟର ସମ୍ମୁଖୀନ ହୋଇଥିବା ସୃଷ୍ଟିକୁ ପରିତ୍ରାଣ କରିବା ସକାଶେ ସେ କିନ୍ତୁ ତତ୍ପର ନଥିଲେ । କିନ୍ତୁ ନିଜକୁ ବୁଝାଇଲେ – ବ୍ୟସ୍ତ ହେବାରେ କ'ଣ ଅଛି ? ଆହ୍ୱାନଟା ତାଙ୍କ ପ୍ରତି ନୁହେଁ; ହରି ପ୍ରତି । ଏଇଠି କେଉଁଠି ଥିବ । ଆସିଯିବ ।

ଫୁଲ ତୋଳୁଥିବା ହାତ ସ୍ତବ୍ଧ ହୋଇଗଲା । ସତେଯେପରି ପ୍ରଥମଥର ପାଇଁ ଶୁଭିଯାଉଥିଲା ଏ ସ୍ୱର । ଏଇ ଯେପରି ଶୁଖାଇଦେବ ହାଡ଼ ଭିତରର ରସ । ଶୋଭା କିନ୍ତୁ ବୁଝେଇଲେ ନିଜକୁ – ଫୁଲ ସଂଗ୍ରହ ନ କଲେ ଠାକୁରଙ୍କ ପୂଜା ସମ୍ଭବ ହେବ କିପରି ? ଠାକୁରଙ୍କୁ ପୂଜା ନ କଲେ ତାଙ୍କର ଆଶୀର୍ବାଦ କିପରି ଝରିଆସିବ ଅଥର୍ବ ଗୋଡ଼ ଭିତରକୁ ସଞ୍ଜୀବନୀ ହୋଇ ? ହରି କୁଆଡେ଼, କ'ଣ କରୁଚି କେଜାଣି ?

– ୦୪, ମାଇ ଗଡ଼ ! ଝାପ୍ସ ଆଖିକୁ ଦେଖାଯାଉ ନଥିଲା ଖବରକାଗଜର କୌଣସି ଅକ୍ଷର । କୁଆଡେ଼ ଗଲୁରେ ହରି – ଏହା ବ୍ୟତୀତ ସେ ସମୟରେ ଆଉ କୌଣସି ଭାଷା ନଥିଲା, ସ୍ୱର ନଥିଲା । ତଥାପି ତନ୍ଦ୍ରା ଛାଡ଼ି ନଥିବା ପୃଥିବୀକୁ ଜାଗ୍ରତ କରିବା ଓ ପାରାଲିସିସ୍‌ ପ୍ରତି ମନୋଯୋଗୀ ହେବା ପାଇଁ ତାହା ଥିଲା ଗୋଟେ ଆକୁଳ ନିବେଦନ ।

ଝାମ୍ପୁ ବିରକ୍ତ ହେଲା ମନେ ମନେ – କ'ଣ କରୁଚି, ବୁଢ଼ି ହରି ? ସେ ଚଞ୍ଚଳ ଯାଆନ୍ତା ଏଇ ନିବେଦନ ପାଖକୁ ଏବଂ ପୃଥ୍ବୀ ପୁଣି ସ୍ୱାଭାବିକ ହୋଇଯାଆନ୍ତା !

ଲିଲି ତରତର ହେଉଥିଲା କାମ ଶେଷ କରିବାପାଇଁ । ତା'ର ଆଉ ସନ୍ଦେହ ନ ଥିଲା ଯେ, କେଉଁଠି କିଛି ଗୋଟେ ଅଭାବ, ତ୍ରୁଟି ରହିଯାଇଚି । ମୁହଁ ଧୋଇବାବେଲେ ସେ ଅନ୍ୟକୁ ଶୁଣେଇବା ପାଇଁ କହୁଥିଲା – ଟିକିଏ ରୁହ, ଜେଜେ । ମୁହୂର୍ତ୍ତେ ଧୈର୍ଯ୍ୟ ଧର । ଏଇ ଯାଉଚି ।

ଲିଲି ତରତର ହୋଇ ଆଗେଇ ଗଲାବେଲେ ରଘୁ ଗ୍ୟାସ୍ ଚୁଲି ଲିଭେଇ ସାରିଥିଲା । ରୋଷେଇ ପାଇଁ ପ୍ରସ୍ତୁତି ରହିଗଲା ଅସମାପ୍ତ ହୋଇ । ମୋ ଜେଜେ ଏମିତି ଡାକୁଚନ୍ତି କାହିଁକି ? ହରି କେଉଁଠି ହଜିଗଲା ନା କ'ଣ ? ମନକୁମନ କହି ରଘୁ ବାହାରି ଆସିଲା ରୋଷେଇଘରୁ ।

ଗୋଟିଏ ଘଣ୍ଟା ପରେ ଜେଜେଙ୍କର ନିତ୍ୟକର୍ମ ଶେଷ । ହୁଇଲ୍‌-ଚେୟାର୍ ଉପରେ ସେ । ଲିଲି ଟଏଲେଟ୍ ସଫା କରୁଥିଲା । ବିଛଣା ସଜାଡ଼ିବା ପରେ ରଘୁ ଫିନାଇଲ ମିଶା ପାଣିରେ ପୋଛୁଥିଲା ଚଟାଣ । ଟାଉଠେଲରେ ମୁହଁ-ହାତ ପୋଛିବା ଅବସ୍ଥାରେ ଲିଲି ପହଞ୍ଚିଗଲା ଜେଜେଙ୍କ ପାଖରେ ହସହସ ମୁହଁ ନେଇ – "ଜେଜେ, ବାଃ ଆଜି ସିଓଲ୍ ତୁମେ ବେଟର୍ ଦେଖାଯାଉଚ । ମିଛ କହିଲି ?"

– "ନା ।" ଜେଜେ ବି ହସିଲେ ଏବଂ ଯୋଗ କଲେ – "ବେଟର ଦେଖାଯାଉଥିବି ନିଶ୍ଚୟ ।"

– "ଦେଖାଯାଉଥିବ କ'ଣ ? ଦେଖାଯାଉଚ ପରା ! ରଘୁକୁ ପଚାର ।" ଲିଲି କହିଲା ।

– "ଆହା, ତୋ କଥାକୁ ମୁଁ ମିଛ ଭାବିବି କାହିଁକି ? ମୋ ପାଖରେ ଦର୍ପଣ ଥିଲେ ସିନା କହନ୍ତି ଯେ, ହଁ ମୁଁ ସିଓଲ୍ ବେଟର୍ ଦେଖାଯାଉଚି !" ଜେଜେ ଆମୋଦିତ ହୋଇ କହିଲେ ।

– "ଜେଜେ, ଏଇ ଦେଖ ।" ରଘୁ ଧରି ରଖ୍ଲା ଗୋଟେ ଦର୍ପଣ ତାଙ୍କ ସାମ୍ନାରେ ।

ଲିଲି ପୁଣି କହିଲା – "କ'ଣ, ସନ୍ଦେହ ହେଉଚି କି ? ତୁମେ ଆଗଭଲି ଅଛ ଜେଜେ ! ଆଗଭଲି । ଅବଶ୍ୟ ଟିକେ ଉଦାସ ଦେଖାଯାଉଚ, କାହିଁକି କେଜାଣି !" ଜେଜେ କିଛି ମନ୍ତବ୍ୟ ବାଢ଼ିବା ପୂର୍ବରୁ ସେ ପ୍ରସ୍ତାବ ଦେଲା – "ଚାଲ, ଲନ୍ ଆଡ଼ୁ ମୁଁ ତୁମକୁ ବୁଲେଇ ଆଣେ ।"

ଏତିକିବେଲେ ଝାମ୍ପୁ ପହଞ୍ଚିଗଲା ଏବଂ ରଘୁକୁ କହିଲା – "ଓ, ତୁ ଆସି

ଏଠ! ଆମେ ତେଣେ ଚା' ପାଇଁ ଅପେକ୍ଷା କରୁଚୁ।" ସେ ଟିକିଏ ଅପେକ୍ଷା କଲା ରଘୁ ସେଠାରୁ ଯିବା ପର୍ଯ୍ୟନ୍ତ। ତା'ପରେ କହିଲା - "ଗୁଡ଼୍ ମର୍ଣ୍ଣିଙ୍ଗ୍ ଜେଜେ! କିଛି ଦିନର ଦାଢ଼ି କଟାଯାଇନି ବୋଲି ମୁହଁଟା ପାଣ୍ଡୁର ଦେଖାଯାଉଚି; ନ ହେଲେ ବେଶ୍ ସତେଜ ଦେଖାଯାଉତ।"

- "ବୋଧହୁଏ!" ଜେଜେ ହସିବାକୁ ଚେଷ୍ଟା କଲେ। ବାଧ୍ୟ ହୋଇ ଏତକ କହିଲେ ଝମ୍ପୁ କାଲେ ଖରାପ ଭାବିବ ବୋଲି। ମାତ୍ର ତା' ସ୍ୱରରେ ଏମିତି କିଛି ଥିଲା, ଯାହା ପ୍ରଥମଥର ପାଇଁ ଜେଜେଙ୍କୁ ନିରୁତ୍ସାହିତ କଲା।

ଝମ୍ପୁ ପଳେଇଯିବା ପରେ ସେ ଲିଲି ଆଡ଼େ ଦୃଷ୍ଟି ଫେରାଇଲେ। ଟି.ଭି., ବହି-ପତ୍ରିକା ଇତ୍ୟାଦି ଉପରେ ଥିବା ଧୂଳି ଝାଡ଼ିବାରେ ସେ ବ୍ୟସ୍ତ ଥିଲା। ସେ ଅଟକାଇ ପାରିଲେ ନାହିଁ ସେଇ ଦାରୁଣ ପ୍ରଶ୍ନକୁ - "ହରି ତେବେ କାହାକୁ କିଛି ନ କହି ପଳେଇଲା। ନୁହେଁ?"

ଅନେକ ସମୟ ହେଲା ମନ ମଧ୍ୟରେ ଗଢ଼ିଥିବା ଉତ୍ତର ଦେଲା ଲିଲି - "କିଏ ତୁମକୁ କହିଲା? କାଲି ରାତିରେ ତା' ଘରୁ ଖବର ଆସିଥିଲା ପରା! ତା' ମା'ର ଦେହ ଖରାପ। ସେ ଯିବାବେଳେ ତୁମେ ଶୋଇଥିଲ। ତୁମକୁ ଉଠେଇବା ପାଇଁ ଆମେ ବାରଣ କଲୁ ତାକୁ।"

ଜେଜେ ଦୀର୍ଘଶ୍ୱାସ ତ୍ୟାଗ କଲେ। ବିଚାରୀ ଲିଲି! ତାଙ୍କ ମନରେ କଷ୍ଟ ନ ଦେବାପାଇଁ କି ବ୍ୟାକୁଳ ପ୍ରଚେଷ୍ଟା! ଲିଲି ସତ କଥାଟା କହିଥିଲେ ବୋଧହୁଏ ସେ ଏତେ ଆହତ ହୋଇନଥାନ୍ତେ!

ଲିଲି ତାଙ୍କ ଆଡ଼େ ଚାହିଁଲା ଆଗଭଳି ହସି ହସି। କହିଲା - "ରେଡ଼ି, ଜେଜେ! ଚାଲ, ଲନ୍ ଆଡ଼ୁ ଘେରାଏ ବୁଲି ଆସିବ।"

ଜେଜେଙ୍କର କାହା ପ୍ରତି ଅଭିମାନ ବଢ଼ିଯାଇଥିଲା, ତାହା ସେ ନିଜେ ଜାଣନ୍ତି ନାହିଁ। କହିଲେ - "ନାଇଁରେ ମା! ଆଜି ଥାଉ। ସତରେ ମୋର ଇଚ୍ଛା ନାହିଁ। ତୁ ଯା, ପଢ଼ାପଢ଼ି କର।"

ରୁମ୍ ନିର୍ଜନ ହୋଇଗଲେ ଅସମ୍ବାଲ ଅବସ୍ଥା। ଘାଁ ଘାଁ ଶବ୍ଦ ପରିଣତ ହୋଇଯାଏ ତୁମୁଲ ଘଡ଼ଘଡ଼ିରେ। ତାଙ୍କ ଦେହ ଆଉ ଧରି ରଖିପାରେ ନାହିଁ ହାହାକାରକୁ। କିଛି ଗୋଟେ ଆର୍ତ୍ତନାଦ କରିଉଠେ ତାଙ୍କ ଭିତରେ। ଏ ସ୍ୱର ସମସ୍ତ ନୀରବତାକୁ ଗ୍ରାସ କରେ। ତା'ପରେ ଆଉ କ'ଣ? ଭିତର, ବାହାର - ସବୁଆଡ଼ ଆଚ୍ଛନ୍ନ ହୋଇଯାଏ ଏଇ ହାହାକାର ଓ ଆର୍ତ୍ତନାଦରେ।

ଏଥିପାଇଁ ନିଜ କଥାର ସଂଶୋଧନ କରିବାକୁ ପଡ଼େ। ବୟସ ବୋଲି ଜିନିଷଟା

ସାର୍ଟିଫିକେଟ୍‌ରେ ଲେଖାଯାଇ ନଥାଏ ବୋଲି ରଞ୍ଜନ ଆଗରେ ତାଙ୍କର ବାହାସ୍ତୋଟ କେମିତି ନିର୍ମମ ଶୁଭେ। ଏହା ଲେଖା ହୋଇ ନଥାଏ ଦର୍ପଣରେ। ହଁ, ସେ ଏ ସବୁ କହିଥିଲେ। ଦୈହିକ ପରିବର୍ତ୍ତନ ବୟସବୃଦ୍ଧିର ପ୍ରମାଣ ନୁହେଁ। ଜଣେ ବୁଢ଼ା ହୋଇଯାଏ, ଯଦି ତା' ଅନ୍ତର୍ନିହିତ ଅଞ୍ଚଳତା ଧୂସର ହୋଇଯାଏ। ସବୁଜିମା ହରାଏ। ସେ ସବୁଜିମା ଚାଲିଗଲାଣି। ସେ ବୁଢ଼ା ହୋଇଗଲେ। ଧୂସର ହୋଇଗଲା ତାଙ୍କ ଭିତରର ସତ୍ତା। ଦର୍ପଣ ଭିତରର ତାଙ୍କ ପ୍ରତିଫଳନ ଏହାର ଅକାଟ୍ୟ ପ୍ରମାଣ।

– "ହରି।" ପ୍ରଥମେ ବାହାରିଗଲା ଏଇ ଅଭ୍ୟାସଗତ ଡାକ। ଜେଜେ ସଚେତନ ହୋଇପଡ଼ିଲେ ପରମୁହୂର୍ତ୍ତରେ। ଡାକିଲେ – "ଆରେ, କିଏ ଅଛ କିରେ, କେଉଁଠି ?"

ପ୍ରଣବଙ୍କର ପାଦ ସ୍ଥିର ହୋଇଗଲା ପୋର୍ଟିକୋ ପାଖରେ। ବୋଧହୁଏ ପାଞ୍ଚ-ଛ ଦିନ ହୋଇଗଲା ଜେଜେଙ୍କୁ ଦେଖାକରି ଅଫିସ ଯିବା କଥାଟା ଭୁଲିଯାଇଚନ୍ତି ସେ। ତେବେ ସେ ନିଜକୁ ଆଶ୍ୱାସନା ଦେଲେ ଯେ, ଜେଜେଙ୍କ ଦେହ ଖରାପ ଥିଲା। ଦେଖା କରନ୍ତେ କିପରି ? କିନ୍ତୁ କୈଫିୟତଟା କେତେ ଦୁର୍ବଳ ଜଣାପଡ଼ୁଚି ! ଏଇତ, ବାପାଙ୍କ ଆତୁର ଡାକ ଶୁଭୁଚି। କ'ଣ ହେଲା, କାହିଁକି ଡାକୁଚନ୍ତି ବୋଲି ଜାଣିବା ସକାଶେ କୌଣସି ତତ୍ପରତା ନାଇଁ ପ୍ରଣବଠାରେ। ତାଙ୍କ ଭିତରେ କେହି ଜଣେ ଅଟ୍ଟହାସ୍ୟ କରୁଚି କି ? ପରିହାସମୟ ଅଟ୍ଟହାସ୍ୟ ! ପ୍ରଣବ ଆପାତତଃ ବୁଲିପଡ଼ୁଥିଲେ, ଜେଜେଙ୍କ ରୁମ୍ ଆଡ଼େ ଯିବାପାଇଁ। କିନ୍ତୁ ସେ ନିଷ୍ପତ୍ତି ବଦଲାଇଲେ। ଆଜି ବୋର୍ଡ ଅଫ୍ ଡାଇରେକ୍ଟର୍ସ ମିଟିଙ୍ଗ୍। ବହୁତ କାମ, ଅନେକ ପ୍ରସ୍ତୁତି। କାର୍ ଦରଜା ଖୋଲି ନିର୍ଦ୍ଦେଶ ଦେଲେ ଡ୍ରାଇଭରକୁ – "ଚାଲ।" କାହିଁକି କେଜାଣି ଯୋଗକଲେ – "ଚଞ୍ଚଳ।"

ରଘୁର ହାତ ଅଟକିଗଲା। ସେ ଠିକ୍ ଶୁଣିଚି ତ ? ଚାହିଁଲା ଚାରିଆଡ଼କୁ। ମଧାହ୍ନ-ଭୋଜନ ପ୍ରସ୍ତୁତି ପାଇଁ ଜିନିଷପତ୍ର ପଡ଼ିରହିଚି ଏଣେତେଣେ। ଚୁଲିର ନୀଳ ଶିଖା ଆହ୍ୱାନ କରୁଚି ଡେକ୍‌ଚି କିମ୍ଵ। କଡ଼େଇକୁ। ସେ କିଛି ଗୋଟେ କରିବା ଆଗରୁ ପୁଣି ଶୁଭିଲା – "ଆରେ, କିଏ ଅଛ କିରେ, ପାଖରେ ?"

ଚୁଲି ଲିଭାଇଦେଲା ରଘୁ। ଶୋଭାଙ୍କ କୋଠରି। ଷ୍ଟିଲ୍ ଆଲମାରି ଖୋଲି ସେ କିଛି ଜିନିଷପତ୍ର ସଜଡ଼ାସଜଡ଼ି କରୁଥିଲେ। ରଘୁ ତାଙ୍କ ଦୃଷ୍ଟି ଆକର୍ଷଣ କଲା।

– "କିରେ, କ'ଣ ହେଲା ?" ପଚାରିଲେ ସତେ ଯେପରି ଏ ପ୍ରଶ୍ନର ଉତ୍ତର ପାଇବାପାଇଁ ସେ ବ୍ୟଗ୍ର ନୁହନ୍ତି।

"ଜେଜେ ଡାକୁଚନ୍ତି, ମୁଁ ଟିକିଏ ଦେଖିଆସନ୍ତି।" ରଘୁ କହିଲା ଏବଂ ତାଙ୍କ ଅନୁମତି ପାଇଁ ଅପେକ୍ଷା କଲା।

- "ଓ ।" ଶୋଭା କହିଲା - "ସେ ଡାକୁଚନ୍ତି ? କାଇଁ, ମୁଁ ତ କିଛି ଶୁଣିପାରିଲି ନାଇଁ !"

ସେ ମୁହଁ ଟେକି ଚାହିଁଲେ ରଘୁକୁ । କ'ଣ ଭାବି କହିଲେ - "ତୁ ତା'ହେଲେ ଦେଖୁଆ । ଏଣେ ରୋଷେଇକାମ କେତେ ବାଟ ଗଲା ?"

- "ମୁଁ ସବୁ ସଜାଡ଼ି ଆରମ୍ଭ କରୁଥିଲି ।" ରଘୁ କହିବାମାତ୍ରେ ପୁଣି ଭାସିଆସିଲା ସେଇ ଅନିବାର୍ଯ୍ୟ ସ୍ୱର - "କିରେ, କେହି ନାହାଁନ୍ତି କି ପାଖରେ ?"

ରଘୁ ଆଉ କୌଣସି କଥା ପାଇଁ ଅପେକ୍ଷା କଲା ନାଇଁ । ଅଜାଣତରେ ଶୋଭାଙ୍କର ଦୁଇ ହାତ ମୁଠା ହୋଇଗଲା । ଚାପିହୋଇଗଲା ଦୁଇଧାଡ଼ି ଦାନ୍ତ । ବ୍ଳଡ଼ି, ୟୁସ୍‌ଲେସ୍‌ ଓଲ୍ଡ ଫେଲୋ ! କେହି କହିପକାଇଲା ତାଙ୍କ ଭିତରେ । କାଲେ କିଏ ଏ ଶୁଣିପାରିଲା ବୋଲି ସେ ଚାହିଁଲେ ଚାରିଆଡକୁ ।

କିଛି ସମୟ ପରେ ଶୋଭା ରୋଷେଇଘରେ ପହଞ୍ଚି ତାଙ୍କୁ ଆହ୍ୱାନ କରୁଥିବା କାମ ଦେଖିଲେ । ମୁଣ୍ଡ ବିଗିଡ଼ିଗଲା ତାଙ୍କର ଗୋଟେ କ୍ରୋଧରେ । ରୋଷେଇ ଆରମ୍ଭ ହୋଇ ନାଇଁ । ଅବଶ୍ୟ ପରିବା ଇତ୍ୟାଦି କଟାଯାଇଚି । ପ୍ରସ୍ତୁତ ହୋଇ ରହିଚି ମସଲା । ଗୋଟେ ଝୁଙ୍କ୍‌ରେ ଶୋଭା ଶାଡ଼ି ଗୁଡ଼ାଇଲେ ଅଣ୍ଟା ଚାରିପାଖରେ । ରୁଲି ଜାଲେଇ ଡେକ୍‌ଚି ବସାଇବା ପରେ ତାଙ୍କୁ ଜଣାପଡ଼ିଲା, କେହି ଜଣେ ତାଙ୍କ ପ୍ରତି ଅବିଚାର କରୁଚି, ଅଯଥାରେ ଅତ୍ୟାଚାର କରୁଚି । ଗତକାଲି ପ୍ରଣବ ଘରକୁ ଆସି ନ ଥିଲେ ଲଞ୍ଚ ପାଇଁ । ଫେରିବାବେଳକୁ ରାତି ଏଗାରଟା ପାଖାପାଖି । ଆଜି ମଧ ଦିନବେଲା ଖାଇବାପାଇଁ ଆସିପାରିବେ ନାଇଁ ବୋଲି କହିଯାଇଚନ୍ତି । ବୋର୍ଡ଼ ଅଫ୍ ଡାଇରେକ୍ଟର୍ସ ମିଟିଙ୍ଗ୍ ସତରେ ଅଛି କି ନାଇଁ କେଜାଣି ? ଝମ୍ପୁ ସକାଳୁ ପଲେଇ ଯାଉଚି । ଗତ କିଛିଦିନ ହେଲା ଲଞ୍ଚ ପରେ ଘଣ୍ଟେ-ଦି'ଘଣ୍ଟା ରହି ପୁଣି ପଲେଇ ଯାଉଚି ସେ ଫେରୁଚି ରାତି ଦଶଟା ଆଡ଼କୁ । ସେ ଜାଣନ୍ତି, ଝମ୍ପୁ ବେଶୀ ସମୟ କଟଉଚି ସାନୁ ସହିତ ।

ଗୋଟେ ଉତ୍ତେଜନା ଓ କ୍ରୋଧରେ ଶୋଭା କାମ କରୁଥିଲେ । ସେ ଯେପରି ଶାସ୍ତି ଦେଉଥିଲେ ନିଜକୁ ଏଇ ବାଗରେ । ଆଶା କରୁଥିଲେ କେହି ଜଣେ ତାଙ୍କୁ କହନ୍ତା ଯେ ନିଜକୁ ଏମିତି ଅତ୍ୟାଚାର କରିବା ମୋଟେ ଉଚିତ୍ ନୁହେଁ । ତାଙ୍କୁ ସମବେଦନା ଜଣାନ୍ତା ଏବଂ ସେ ପ୍ରକାଶ କରନ୍ତେ ଯେ, ଜୀବନରେ ବହୁତ ଦୁଃଖ ତାଙ୍କର । ଭାରି ଅଶାନ୍ତିରେ କଟୁଚି ତାଙ୍କର ସମୟ । ନା, ସେମିତି କେହି ଆସୁ ନଥିଲେ ତାଙ୍କ ପାଖକୁ । ସେଥିପାଇଁ ତାଙ୍କର କ୍ରୋଧ ବଢ଼ୁଥିଲା । ତାହା ପ୍ରକାଶ ପାଉଥିଲା ରୋଷେଇ ସରଞ୍ଜାମ ଉପରେ ପ୍ରତିଶୋଧ ନେବାରେ, ଅଯଥାରେ ଜିନିଷପତ୍ର କଟାଡ଼ିବାରେ ।

- "ଓ !! ତୁ ? ମୁଁ ଏଣେ ଭାବୁଥିଲି, ରୋଷେଇଘରେ ରଘୁ ଏତେ ଶଢ

କରୁଛି କାହିଁକି। ଏମିତି ତ ସେ କରେ ନାହିଁ?" ଦରଜା ପାଖରେ ଠିଆ ହୋଇ କହୁଥିଲା ଝାମ୍ପୁ। ତା' ମୁହଁରେ ସମବେଦନା ଅଛି କି? ଶୋଭା କ୍ଷଣକ ପାଇଁ ତା' ଉପରୁ ଦୃଷ୍ଟି ବୁଲାଇ ଆଣିଲେ। ନା। ସମବେଦନା ବଦଳରେ ଅଛି ଆମୋଦିତ ହେବାର ଆଭାସ। ଝିମ୍ ଝିମ୍ କରିଉଠିଲା ଶୋଭାଙ୍କର ମୁଣ୍ଡ। ହିତାହିତ ଜ୍ଞାନ ଭୁଲିବା କେତେ ସହଜ !

ତେବେ କୌଣସିମତେ ସଂଯତ କଲେ ନିଜକୁ ଏବଂ କହିଲେ ବିରକ୍ତିର ସହିତ – "ସେମିତି ଲୋକଟେ ଖୋଜିଆଣ। ସେ ରୋଷେଇ କରିବ, କିନ୍ତୁ ଜମା ଶିଢ ଶୁଭିବ ନାହିଁ।"

ଝାମ୍ପୁ ସ୍ତମ୍ଭୀଭୂତ ହୋଇଗଲା ଶୋଭାଙ୍କଠାରୁ ଏ କଥା ଶୁଣି। ଗୋଟେ ବିସ୍ଫୋରକ ପରିସ୍ଥିତି ଭିତରେ ସେ ଅଛି; ନହେଲେ ଏମିତି କଥା ମା' କହନ୍ତା ନାହିଁ। ସେ ପାଦ ଫେରାଇଲା। ବସିଲା ନିଜ ରୁମ୍‌ରେ। ପୁଣି ଖାମ୍ ଭିତରୁ ଚିଠି ବାହାରକରି ପଢ଼ିଲା। ଭାରତୀୟ ପ୍ରଶାସନିକ ସେବାରେ ଯୋଗଦେବାପାଇଁ ସେ ମନୋନୀତ ହୋଇଛି। ନିମ୍ନ ସ୍ୱରରେ କହିଲା – ଡ୍ୟାମ୍ ଏଭ୍ରିବଡ଼ି ! କିଏ ପଚାରେ, କେୟାର୍ କରେ କାହାକୁ ! ଟ୍ରେନିଙ୍ଗ୍ ପାଇଁ ପଳେଇଗଲେ କାମ ଶେଷ ! ଏ ଘର ଗୋଟେ ନରକ ହୋଇଗଲାଣି। ଆକ୍ଷରିକ ଭାବରେ, ପ୍ରତୀକାତ୍ମକ ଭାବରେ ନୁହଁ !

ସେ ଧୁଆଧୋଇ ହେଲା। ତା' ଭିତରେ କିଛି ଗୋଟେ ଛଟପଟ ହେଉଥିଲା ଅବଶ୍ୟ; କିନ୍ତୁ ସେ ନିଶ୍ଚିତ ଥିଲା ଯେ, ଏଠାରୁ ପଳେଇବା ମାତ୍ରେ ସେ ମୁକ୍ତ ଓ ସତେଜ ପବନ ଭିତରକୁ ପ୍ରବେଶ କରିବ। ଏ ବ୍ଲିଚିଙ୍ଗ୍ ପାଉଡରର ଗନ୍ଧ, ଏ ଆର୍ତ୍ତନାଦ, ଘରେ ଏ‍ଇ ଯେଉଁ ଟେନ୍‌ସନ ! ସେ ମୁଣ୍ଡ ହଲାଇଲା ଖୁବ୍ ଜୋର୍‌ରେ, ଏସବୁକୁ ପ୍ରତ୍ୟାଖ୍ୟାନ କରିବା ଭଙ୍ଗୀରେ। ତକିଆ ଉପରେ ଥିବା ଦୁଇ ପାପୁଲିରେ ମୁଣ୍ଡ ରଖି ସେ ବୁଲୁଥିବା ପଙ୍ଖା ଆଡ଼େ ଚାହିଁ ରହିଲା ଏବଂ ନିଜ ଭବିଷ୍ୟତ ପାଇଁ ଗୋଟେ ରଙ୍ଗିନ ଖସଡ଼ା ତିଆରି କଲା।

ଶୋଭା କୌଣସିମତେ କାମ କରୁଥିଲେ ଏବଂ ବାରମ୍ବାର ଚାହୁଁଥିଲେ ଦରଜା ଆଡ଼କୁ। ରଘୁ ଫେରି ଆସିଲା କି ! କେତେ ସମୟ ପରେ ଅବ୍ୟାହତି ମିଳିବ ତାଙ୍କୁ ଏଥରୁ ? ସେ ଅବଶ୍ୟ ବୁଝିପାରୁ ନଥିଲେ ଏତେ କ୍ରୋଧ ସଞ୍ଚରି ଯାଉଟି କାହିଁକି ତାଙ୍କ ଭିତରେ। ରୋଷେଇ କରିବା ତାଙ୍କର ଗୋଟେ ସଉକ ଥିଲା। ଭଲ ରାନ୍ଧିପାରନ୍ତି ବୋଲି କେବଳ ଘରଲୋକ ନୁହନ୍ତି; ପରିଚିତ ସମସ୍ତ ଲୋକ ଜାଣନ୍ତି। କାରଖାନା ସଂକ୍ରାନ୍ତରେ କେଉଁଠୁ ବିଶିଷ୍ଟ ଟେକ୍‌ନିସିଆନ୍, ଉଚ୍ଚପଦସ୍ଥ କର୍ମଚାରୀ ଆସିଲେ ଅନେକ ସମୟରେ ରୋଷେଇ କରିବାପାଇଁ ସେ ଆଗଭର ହୋଇପଡ଼ନ୍ତି। ସହରର ଖ୍ୟାତିସଂପନ୍ନ ସ୍ୱାର

ହୋଟେଲ ବୋଲି ଯାହାକୁ କୁହାଯାଏ, ସେଥିରେ ପରିବେଷଣ କରାଯାଉଥିବା ଚାଇନିଜ୍ ଏବଂ କଣ୍ଟିନେଣ୍ଟାଲ୍ କୁଇଜିନ୍ ଖାଇଚନ୍ତି ସେ । ସର୍ବସ୍ୱାଣ୍ଡାର୍ଡ, ହରିବଲ୍ ଇତ୍ୟାଦି ମନ୍ତବ୍ୟ ପ୍ରକାଶ କରିଚନ୍ତି । ବିଶେଷତଃ ବାର୍ ଥିବା ହୋଟେଲର ଡିସ୍ ପ୍ରାୟ ଭଲ ନଥାଏ ବୋଲି ତାଙ୍କର ଧାରଣା । କାରଣ କଷ୍ଟମରମାନେ ଡ୍ରିଙ୍କ୍ କରିସାରିବା ପରେ ପରଷା ଯାଇଥିବା ଖାଦ୍ୟର ସ୍ଟାଣ୍ଡାର୍ଡ ଭଲ କି ନୁହେଁ, ତାହା ବିଚାର କରିବା ଅବସ୍ଥାରେ ପ୍ରାୟ ନ ଥାନ୍ତି । ଆଜିକାଲି କେଉଁ ହୋଟେଲରେ ବା ବାର୍ ସଂଲଗ୍ନ ନୁହେଁ ?

ତାଙ୍କ ପ୍ରସ୍ତୁତ ଖାଦ୍ୟ ଖାଇ ସନ୍ତୁଷ୍ଟ ହୋଇଥିବା ଅତିଥିମାନଙ୍କର ମୁହଁ ଥିଲା ତାଙ୍କ ପରିଶ୍ରମର ଯଥାର୍ଥତା । ସେମାନଙ୍କର ତୃପ୍ତି ଦେଖିବାପାଇଁ ରୋଷେଇ କରୁଥିଲେ ସେ । ତାହା ଥିଲା ତାଙ୍କ ପରିଶ୍ରମ ଓ ଝାଳର ଶ୍ରେଷ୍ଠ ପୁରସ୍କାର । ମାତ୍ର ଗତ କିଛିବର୍ଷ ହେଲା ଜଣେ ପୂଜାରୀ ଓ ପରେ ରଘୁ ଆପାତତଃ ରୋଷେଇ ଦାୟିତ୍ୱ ନେବା ହେତୁ ଏ ସବୁ କାମ କରିବାପାଇଁ ଆଳସ୍ୟ ଆସିଯାଇଥିଲା ତାଙ୍କ ଭିତରକୁ । କେବେ କିପରି ସେ ରଘୁକୁ ଆବଶ୍ୟକ ନିର୍ଦ୍ଦେଶ ଦେଉଥିଲେ ଅବଶ୍ୟ । ତେବେ ତାଙ୍କର ହୃଦ୍‌ବୋଧ ହୋଇଥିଲା ଯେ, ରଘୁ ଖୁବ୍ ଧୁରନ୍ଧର ଓ ଚାଲାକ ଥିଲା । ରୋଷେଇ ସଂକ୍ରାନ୍ତରେ ତାଲିମ୍ ପାଇବା ପରେ, ତା' ପ୍ରସ୍ତୁତ ଖାଦ୍ୟ କେବେହେଲେ ନ୍ୟୁନ ହେଉ ନଥିଲା । ଏଥିଯୋଗୁଁ ଶୋଭା ନିଶ୍ଚିନ୍ତ ହୋଇଯାଇଥିଲେ ।

ମାତ୍ର ଆଜି ସେ ଚାହୁଁ ନଥିଲେ ଯେ, ରୋଷେଇ କରିବା ତାଙ୍କ ପାଇଁ ବାଧ୍ୟତାମୂଳକ ହେଉ । ବାସ୍ତବିକ୍ କୌଣସି କାମ ତାଙ୍କ ପାଇଁ ବାଧ୍ୟତାମୂଳକ ହୋଇ ନାହିଁ ସେ ଘରେ । ସେ ଯାହା କରନ୍ତି, ନିଜକୁ ଓ ଅନ୍ୟମାନଙ୍କୁ ଆନନ୍ଦ ଦେବାପାଇଁ କରନ୍ତି । ତାହା ତାଙ୍କର ଉଦାରତା ବୋଲି ସେ ଭାବିଆସିଥିଲେ ଆଜିପର୍ଯ୍ୟନ୍ତ । ସେଥିପାଇଁ ରଘୁ ଜେଜେଙ୍କ ପାଖରେ ରହିଥିବା କଥାଟା ମୋଟେ ଗ୍ରହଣଯୋଗ୍ୟ ହୋଇପାରୁ ନଥିଲା ତାଙ୍କ ପାଇଁ । ସେ ଠିକ୍ କରିସାରିଥିଲେ - ଦଉଟି ତାକୁ ଆଜି ଥଣ୍ଡା କରି ।

କାମ ପ୍ରାୟ ଶେଷ ହେବାବେଲକୁ ଶୋଭା ଚାହିଁଲେ ଦରଜା ଆଢ଼େ । ରଘୁ ଉତୁରିଆସିଲା ଚାପି ହୋଇ ରହିଥିବା ନୀରବ କ୍ରୋଧ । ରଘୁକୁ କିଛି କହିବାର ସୁଯୋଗ ନଦେଇ ସେ ପାଟି କଲେ- "କାମ ସରି ଯାଇଥିବ ବୋଲି ଭାବି ଚାଲି ଆସିଲୁ ନୁହେଁ ? ଯାଉନ୍ତୁ, ଯା । ସେଇଠି ବସିଥିବୁ ।"

ରଘୁର ହସ ହସ ମୁହଁ ରକ୍ତଶୂନ୍ୟ ହୋଇଗଲା । ଚଢ଼ଉଟା କେବଳ ଅପ୍ରତ୍ୟାଶିତ ନଥିଲା; ଖୁବ୍ ହୃଦୟହୀନ ଥିଲା । ସେ ଘରେ ରହିବା ଭିତରେ ଏମିତି କଥା ଶୁଣିବା ଥିଲା ପ୍ରଥମ ରଘୁ ପାଇଁ । ସେ ନିରୀକ୍ଷଣ କଲା ଶୋଭାଙ୍କ ମୁହଁକୁ । କୌଣସି କୈଫିୟତ୍ ଦେବାକୁ ସାହସ କଲା ନାହିଁ । ସେଇଭଳି ଠିଆ ହୋଇଥିବା ଅବସ୍ଥାରେ ଗୋଟେ

ଯନ୍ତ୍ରଣା ଅନୁଭବ କଲା ସେ । ଶୋଭାଙ୍କର ଏଇ ଆକ୍ରମଣ ହୁଏତ ତା' ପ୍ରତି ନଥିଲା । ଏହାର ଲକ୍ଷ୍ୟ ଥିଲେ ଜେଜେ । ଗୋଟେ ଛଟପଟ ଅନୁଭବ କୌଣସିମତେ ସମ୍ଭାଳିନେଲା ରଘୁ । ତଥାପି ସେ ଅପରାଧୀ ଭଳି ଠିଆ ହୋଇଥିଲା । ପ୍ରସ୍ତୁତ ଥିଲା ଅବଶିଷ୍ଟ କାମ ଶେଷ କରିବା ପାଇଁ । ଶୋଭାଙ୍କର ଏ ବାବଦରେ ଆଦେଶ ତା' କ୍ଷତ ଉପରେ ସ୍ନେହପ୍ରବଣ ଉପଶମଟେ ହୋଇପାରିଥାନ୍ତା । ତାହା ରଘୁର ଅପରାଧ ପାଇଁ ହୋଇଥାନ୍ତା ସର୍ତ୍ତହୀନ କ୍ଷମା ।

ରଘୁ ଠିଆ ହୋଇଥିଲା ସେଇଭଳି । ସେ ଚାହୁଁଥିଲା, ଶୋଭା ତାକୁ ଶାସ୍ତି ଦେଇ ନିଜକୁ ଉଶ୍ୱାସ ଓ କ୍ରୋଧମୁକ୍ତ କରନ୍ତୁ । ସେ ଏଥର ଅଣ୍ଡ଼ା ଚାରିପାଖର ଶାଢ଼ି ଖୋଲିଲେ । ଆସ୍ତେ ବୁଲାଇ ଆଣିଲେ ଝାଲୁଆ ବେକ ଓ ମୁହଁ ଉପରେ । କହିଲେ ପ୍ରାୟ ଶାନ୍ତ ସ୍ୱରରେ – "ଆଉ କ'ଣ ସବୁ କରିବାକୁ ହେବ, ଦେଖ୍ ।"

ରଘୁ ଭିତରେ ସଞ୍ଚରିଗଲା ଗୋଟେ ଜୀବନର ସମୁଦ୍ର । ତା' ପୂର୍ବରୁ ଶୋଭାଙ୍କ ପ୍ରତି ସେ ଏତେ କୃତଜ୍ଞ ହୋଇନଥିଲା । ଭିତରକୁ ପାଦ ବଢ଼ାଇବା ବେଳେ ଶୋଭାଙ୍କର ଆହୁରି ନରମ ସ୍ୱର– "କ'ଣ ହୋଇଥିଲା କିରେ, ଜେଜେଙ୍କର ?"

– "ମୁଣ୍ଡବିନ୍ଧା ଯୋଗୁ ସେ ଛଟପଟ ହେଉଥିଲେ ।" ରଘୁ ଜବାବ ଦେଲା ଭୟମିଶ୍ରିତ ସ୍ୱରରେ – "ମୁଣ୍ଡ ଚିପିଦେବା ପାଇଁ କହିଲେ । ଏବେ ଟିକେ ଶୋଇପଡିଚନ୍ତି ।"

ଶୋଭା ଆଶ୍ୱସ୍ତ ହେଲେ ନାଇଁ ଏ କଥା ଶୁଣି; ବରଂ ପରାମର୍ଶ ଦେଲେ – "ମୁଣ୍ଡ ବିନ୍ଧିଲେ ଗୋଟେ ଟାବ୍ଲେଟ୍ ଯଥେଷ୍ଟ । ତୁ ଦେଖୁନୁ, ଏ ସବୁ ରୋଷେଇ କାମ ମୁଁ କ'ଣ ପାରୁଚି ? ତୁ ତେଣେ ରହିଗଲେ ଏଣେ ସବୁ ଅଚଳ ।"

ରଘୁ କିଛି କହିଲା ନାଇଁ । ଶୋଭା ସେଠାରୁ ଯିବା ପରେ ସେ ଚାରିଆଡ଼ୁ ଆଖି ବୁଲାଇଆଣିଲା । ବିଶେଷ କିଛି କାମ ବାକି ନଥିଲା ତା'ପାଇଁ ରୋଷେଇ ଘରେ ।

ବହୁଦିନ ପରେ ସେ' ଦିନର ମଧାହ୍ନ-ଭୋଜନ ବେଳେ ଏତେ ଉଶ୍ୱାହ ଓ ଉତ୍ତେଜନା ସୃଷ୍ଟି ହୋଇଥିଲା । ଶୋଭା ଆଦୌ ଦୁଃଖିତ ହେଲେ ନାଇଁ ଯେ, ତାଙ୍କ ପ୍ରସ୍ତୁତ ଖାଦ୍ୟ ପ୍ରାୟ କେହି ଉପଭୋଗ କରିପାରୁ ନାହାନ୍ତି ଆନନ୍ଦ ଓ ସନ୍ତୋଷ ଯୋଗୁଁ । ଲିଲି ହାତରେ ଥିବା ଖାଦ୍ୟ ପହଞ୍ଚିପାରିଲା ନାଇଁ ପାଟି ପାଖରେ । ସେ ପ୍ରାୟ ବିହ୍ୱଳ ହୋଇଯାଇଥିଲା । କୌଣସି ଭାଷା ନଥିଲା ତା'ର ଆମ୍ଭହରା ଅବସ୍ଥାକୁ ବର୍ଣ୍ଣନା କରିବାପାଇଁ । ସେ ଠିଆ ହୋଇପଡିଲା ଡାଇନିଙ୍ ଚେୟାର ଛାଡ଼ି । ଅଁଠାହାତ ବଢ଼ାଇଲା ଝାମୁ ଆଡ଼େ ଏବଂ ପ୍ରାୟ ପାଟି କରି ଉଠିଲା – "କଂଗ୍ରାଚୁଲେସନ୍ ଭାଇ । ୟଃ, ତୁମେ ଏତେବଡ ଖବରଟେ ଏ ପର୍ଯ୍ୟନ୍ତ ନିଜ ପାଖରେ କିପରି ରଖିପାରିଲ କେଜାଣି ?

ଆମେ ସତରେ କେତେ ଖୁସି...ମା', କିଛି ଗୋଟେ ବ୍ୟବସ୍ଥା କର। ଏ ଦିନଟା ସେଲିବ୍ରେଟ୍ କରାଯିବ। କ'ଣ କରାଯାଇପାରେ, କହିଲୁ? ଚଞ୍ଚଳ କହ, ମୁଁ ସବୁ ଆରେଞ୍ଜ କରିଦେବି। ଆରେ, ମିଠା କାଇଁ?"

ଦୀର୍ଘ ସମୟ ହେଲା ଥମ୍‌ଥମ୍ ଅବସ୍ଥାରେ ଥିବା ଶୋଭାଙ୍କର ମୁହଁ ଉପରେ ଉଭାଁଆସିଲା ଉଜ୍ଜ୍ୱଳ ସୂର୍ଯ୍ୟ। ତାଙ୍କର ଭୃକୁଞ୍ଚିତ ହୋଇଗଲା। କମ୍ପିଉଠିଲା ଓଠ ଆନନ୍ଦ ଓ ପ୍ରାପ୍ତିର ପ୍ରଗଲ୍ଭତାରେ। ଅଭିଯୋଗ କଲେ – "ଆରେ, ତୁ ଏତେ ସମୟ ହେଲା ଆସିଲୁଣି। ମୋତେ ଶୁଭ ଖବରଟା ନଦେଇ ବସି ରହିଲୁ କେମିତି?"

ସେ ଅସମ୍ଭାଳ ହୋଇପଡ଼ିଲେ। ଝାମ୍ପୁ ପ୍ରଶାସନିକ ସେବାରେ ଯୋଗ ଦେଉ ବୋଲି ସେ କିୟ। ପ୍ରଣବ କେବେ ବି ଚାହିଁ ନଥିଲେ। ତେବେ ଝାମ୍ପୁ ଏଥିପାଇଁ ପ୍ରସ୍ତୁତ ହେଉଥିଲା କେବଳ ନିଜ ପ୍ରତିଭା ପ୍ରମାଣ କରିବା ସକାଶେ। ତା'ର ଏଇ ସଫଳତା ସୂଚେଇଦେଇଥିଲା ଶୋଭା କିପରି ଜଣେ ସମର୍ଥ ଯୁବକର ମା' ବୋଲି।

– "ଜେଜେ କ'ଣ କହିଲେ ଏ ଖବର ଶୁଣି?" ଲିଲିର ଏଇ ପ୍ରଶ୍ନ ସତେ ଯେପରି ପବନରେ ଆହ୍ଲାଦିତ ହେଉଥିବା ଗଛର ଡାଳ-ପତ୍ରମାନଙ୍କୁ ସ୍ଥିର ଓ ନିର୍ବାକ୍ କରିଦେଲା। ଶୁଖିଗଲା ଜଳପ୍ରପାତର ସୁଖ। ସୂର୍ଯ୍ୟ ଉପରକୁ ଉଠିଆସିଲା, ବହଳ ବାଦଲର ପଲସ୍ତରା।

ଝାମ୍ପୁ ଚାହିଁଲା ଶୋଭାଙ୍କ ଆଡ଼େ। ପୁଣି ଚାହିଁଲା ଲିଲି ଆଡ଼େ ଅପ୍ରତିଭ ମୁହଁ ନେଇ। କହିଲା – "ତାଙ୍କୁ ଏ ଖବର ଦେବାପାଇଁ ଯାଇଥିଲି। ସେ ଶୋଇଥିଲେ। ତାଙ୍କୁ ନିଦରୁ ଉଠେଇବା ଉଚିତ୍ ହୋଇ ନଥାନ୍ତା।" କହିସାରିବା ପରେ ସେ ପାଣିଗ୍ଲାସ ଟେକିନେଲା। ଭାବୁଥିଲା, ତଣ୍ଟି ପାଖରେ ଅଟକି ରହିଥିବା ନାମହୀନ କଠିନ ଜିନିଷଟା ଭାସିଯିବ ସେଇ ସ୍ରୋତରେ।

ସ୍ଥଗିତ ରହିଥିବା ଆନନ୍ଦ ଓ ପ୍ରାପ୍ତି ପୁଣି ଫେରିଆସିବା ଉଚିତ୍। ତାଳପତ୍ରମାନେ ପୁଣି ଶିହରିତ ହେବେ, ସ୍ଥଗିତ ଫେରିଆସିବ ଜଳପ୍ରପାତର ସୁଖକୁ। ସୂର୍ଯ୍ୟ ପୁଣି ଉତୁରି ଆସିବ ପଲସ୍ତରାକୁ ଅଭିଭୂତ କରି। ଏସବୁ ପୁଣି ହୋଇଥାଆନ୍ତା କି ନା କେଜାଣି? ମାତ୍ର ସେଇ ମୁହୂର୍ତ୍ତରେ ଭାସିଆସିଲା ଗୋଟେ ଆର୍ତ୍ତନାଦ ଡାଇନିଙ୍ ଟେବୁଲ କୂଳକୁ। ସଂପୂର୍ଣ୍ଣ ଅଲଗା ଶୁଭିଲା ଏ ସ୍ୱର। ପୁଞ୍ଜୀଭୂତ ଯନ୍ତ୍ରଣା ଓ ରିକ୍ତତା ପ୍ରକାଶିତ ହୋଇଯାଉଥିଲା ଏଥିରେ। ବିରକ୍ତି ନୁହେଁ; ଗୋଟେ ଭୟ ବ୍ୟାପିଗଲା ସେ ଘରର ବାତାବରଣରେ। ଏ ସ୍ୱର ଏତେ ବଳିଷ୍ଠ ଓ ପ୍ରତିଜ୍ଞାବଦ୍ଧ ଥିଲା ଯେ, ଅନ୍ୟ ଯେକୌଣସି ଭାଷା ଏବଂ

ସଂଗୀତ ନୀରବ ହୋଇଯାଇଥାନ୍ତ। ଡାଇନିଙ୍ ଟେବୁଲ୍ ଚାରିପାଖରେ ଥିବା ତିନୋଟି ମୁହଁ ଅସହାୟ ଓ ଛୋଟ ହୋଇଗଲା। କିଛ ସମୟ ପୂର୍ବର ଉଲ୍ଲବମୁଖର ମୁହୂର୍ତ୍ତ ହଜିଗଲା ଗୋଟେ ବିଷାଦ ଭିତରେ।

ଶୋଭା ଚାହିଁଲେ ପାଖରେ ଠିଆ ହୋଇଥିବା ରଘୁ ଆଡ଼େ। କୁଣ୍ଠିତ ଓ ବିରକ୍ତ ହୋଇ କହିଲେ – "ଯା ଦେଖ୍ ଆସିବୁ, କ'ଣ ତେଣେ ହେଲାଣି।"

ରଘୁ ଏଇ ଅନୁମତିକୁ ଅପେକ୍ଷା କରିଥିଲା। ଆଖ୍ ବୁଜି ଦୀର୍ଘଶ୍ୱାସ ତ୍ୟାଗକଲା ଝାମ୍ପୁ। ଗମ୍ଭୀର ହୋଇଯାଇଥିଲା। କହିଲା – "ବାବା, ଏମିତି ମର୍ମନ୍ତୁଦ ସ୍ୱର ମୁଁ ଆଗରୁ କେବେ ଶୁଣି ନଥିଲି। ନୋ, ନେଭର୍!"

ନିରୁପାୟ ଦେଖା ଯାଉଥିଲେ ଶୋଭା – "କିଛି କାରଣ ନଥିବ, ଏଇଭଳି ସ୍ୱର। ସେଇଟା ହେଉଚି ଅସଲ ସମସ୍ୟା। ପଚାରିଲେ କହିବେ, ମୁଁ ଜାଣିପାରୁ ନାଁ ଏମିତି କାହିଁକି ହେଉଚି।" ସେ ଚାହିଁଲେ ଲିଲି ଓ ଝାମ୍ପୁ ଆଡ଼େ ଏବଂ କହି ଚାଲିଲେ – "ଜାଣି ହେବ ନାଁ କିମିତି? ହଁ, ନିଦବାଉଲାରେ ଯଦି ଏମିତି ହେଉଥାନ୍ତ, ତେବେ କାହାର କିଛି କହିବାର ନାଁ। ଦେଖ୍ଲା ବେଲକୁ ହୋସ୍ ଥିବା ଅବସ୍ଥାରେ, ଜାଗ୍ରତ ଅବସ୍ଥାରେ ଏଭଳି ମର୍ମନ୍ତୁଦ ଭୟଙ୍କର ସ୍ୱର!" କାନ୍ଦ କାନ୍ଦ ହୋଇଗଲା ତାଙ୍କ ସ୍ୱର।

ଝାମ୍ପୁ ଉଠିଗଲା ବେସିନ୍ ପାଖକୁ। ହାତ ଧୋଇସାରି ପୋଛି ହେବାବେଲେ କହିଲା – "ହରି ପଲେଇଗଲା ଏଇଥିପାଇଁ। ହରକତ ହେବାର ବି ସୀମା ଥାଏ।"

– "ହଁ ପରା!" ଖୁବ୍ ଆଗ୍ରହର ସହିତ ଶୋଭା ସମର୍ଥନ କଲେ। ଗୋଟେ କ୍ଷୋଭ ସ୍ପଷ୍ଟ ହୋଇ ପଡ଼ୁଥିଲା ତାଙ୍କ ସ୍ୱରରେ– "ରଘୁ ଏକୁଟିଆ। ସେ ରୋଷେଇ କରିବ, ନା ଧାଉଁଥିବ ସେଇ ରୁମ୍କୁ ସବୁବେଲେ? ମୋତେ ଭାରି ଦିକ୍ଦାର ଲାଗିଲାଣି।" ଟିକିଏ ପାଣି ପିଇଲେ ଓ ଯୋଗକଲେ – "ବାବୁ ତାଙ୍କର କାରଖାନାରେ। ଫୋନ୍ କରି ଜଣେଇଦେବେ ଯେ ଖାଇବା ପାଇଁ ଆସିପାରିବେ ନାଁ। ଫେରୁ ଫେରୁ ରାତି ଏଗାରଟା। ଘର ପାଇଁ କିଏ ତେବେ ବ୍ୟବସ୍ଥା କରିବ?"

ଲିଲି ଶୁଣୁଥିଲା ନୀରବରେ ଗମ୍ଭୀର ହୋଇ। କୌଣସି ପ୍ରସ୍ତାବ, ପରାମର୍ଶ ନଥିଲା ତା' ପାଖରେ। ଜେଜେଙ୍କ ହରକତ ସଂପ୍ରସାରିତ ହୋଇଯାଉଚି ଚାରିଆଡ଼େ। ଅବ୍ୟବସ୍ଥା ଆରମ୍ଭ ହୋଇଯାଉଚି। ମାତ୍ର କ'ଣ କରାଯାଇପାରେ ଏଥିପାଇଁ? ସେ ବୁଝିପାରୁ ନଥିଲା କିଛି। ଆଶଙ୍କା କରୁଥିଲା ଯେ, ଗୋଟେ ଝଡ଼ ସମ୍ଭବତଃ ନିଜକୁ ପ୍ରସ୍ତୁତ କରୁଚି ଭୟାବହ ତାଣ୍ଡବଲୀଳା ଦେଖାଇବା ପାଇଁ।

– "ତୁମେ ମୋତେ ଭୁଲ ବୁଝିପାର।" ଝାମ୍ପୁ କହିଲା ଯଥାସମ୍ଭବ ନିମ୍ନ ସ୍ୱରରେ

– "କିନ୍ତୁ ମୋ ମତରେ ଜେଜେ ନର୍ସିଙ୍ ହୋମ୍‌ରୁ ଏଠାକୁ ଆସିବା ଉଚିତ ନଥିଲା।"

ଲିଲି ଗୋଟେ ବଡ଼ ଧରଣର ଶକ୍ ପାଇଲା ଏ କଥାରେ। ଏହା ଲକ୍ଷ୍ୟ କଲେ ଉଭୟେ ଝାମ୍ପୁ ଓ ଶୋଭା। ମାତ୍ର ଖୁବ୍ ଶୀଘ୍ର ଦୃଢ଼ ଦେଖାଗଲା ତା' ମୁହଁ। ଲିଲି କହିଲା

– "ଜେଜେ ଏଠାକୁ ଆସିଲେ ନା ଆମେ ତାଙ୍କୁ ଆଣି ଆସିଲେ ?"

ଈଷତ୍ ହସିଲା ଝାମ୍ପୁ। କହିଲା – "ତୁ ଏକଥା କହିବୁ ବୋଲି ମୁଁ ଆଶା କରୁଥିଲି। ତେବେ ମୋ କଥାର ଦୁଇଟି ତାତ୍ପର୍ଯ୍ୟ ଅଛି। ଜେଜେଙ୍କୁ ଆମେ ଏଠାକୁ ଆଣି ମସ୍ତବଡ଼ ଭୁଲଟେ କରିଚନ୍ତି। ଯଦିବା ଏଠାକୁ ଆସିବା ପାଇଁ ଆମେ ଆଗ୍ରହୀ ହେଲେ, ଜେଜେ ନିଜ ତରଫରୁ ମନା କରିଥିଲେ ଭଲ ହୋଇଥାଆନ୍ତା।"

– "ଏମିତି କ'ଣ କେବେ ହୁଏ ?" ଲିଲି ମୁକାବିଲା ମନୋଭାବ ଦେଖାଇଲା। "ମୁଁ ପଚାରୁଚି କେଉଁଠି, କିଏ ଏମିତି କରିଚି ? ଦିଅ, ଗୋଟେ ଉଦାହରଣ ଦିଅ। ପେସେଣ୍ଟ ଆସିବ ତା' ଘରକୁ। ଏଇଟା କ'ଣ ଗୋଟେ ଆପତିଜନକ କଥା ?"

କୌଣସି ଉଦାହରଣ ନଥିଲା ଝାମ୍ପୁ ପାଖରେ। କଥାଟା ଅପ୍ରୀତିକର ହୋଇପଡ଼ୁଥିଲା। ସେଥିପାଇଁ ଶୋଭା କହିଲେ – "ସେ ସବୁ କଥାରୁ କ'ଣ ମିଳିବ ? କ'ଣ କରିଥିଲେ ଭଲ ହୋଇଥାଆନ୍ତା, କ'ଣ ହେବା ଉଚିତ ଥିଲା। କିଛି ମାନେ ଅଛି ଏସବୁ ଆଲୋଚନା କରି ? ଅବିକା ବାସ୍ତବ କଥା ହେଉଚି, ପେସେଣ୍ଟ ଆମ ପାଖରେ। ଆମେ ତାଙ୍କୁ ଏଠାକୁ ଆଣିଚନ୍ତି।"

ତେବେ ଝାମ୍ପୁ ଏତେ ସହଜରେ ନିରସ୍ତ ହେବାପାଇଁ ପ୍ରସ୍ତୁତ ନଥିଲା। କହିଲା – "ଜେଜେ ଅନେକ ଭଲ କାମର ଉଦାହରଣ ଆମପାଇଁ ସୃଷ୍ଟି କରିଚନ୍ତି। ସେ ପ୍ରକୃତରେ ମହାନ। ତାଙ୍କ ଭଳି ଭଲ ମଣିଷ ବେଶୀ ସଂଖ୍ୟାରେ ଜନ୍ମ ହୁଅନ୍ତି ନାହିଁ। ନର୍ସିଙ୍‌ହୋମରୁ ଏଠାକୁ ଆସିବା ପାଇଁ ସେ ଯଦି ମୋତେ ରାଜି ହୋଇନଥାନ୍ତେ, ତେବେ ସେଇଟା ହୋଇଥାନ୍ତା ତାଙ୍କର ସବୁଠାରୁ ମହାନ ଆଦର୍ଶ। ହଁ, ତା'ଠାରୁ ଭଲ ଉଦାହରଣଟିଏ ଆଉ କ'ଣ ହୋଇପାରିଥାନ୍ତା ? କିନ୍ତୁ ଜଣେ ସାଧାରଣ ଲୋକଭଳି ସେ ମଧ୍ୟ ସ୍ୱାର୍ଥପର। ଘର ଲୋକଙ୍କ ପାଖରେ ରହିବାକୁ ଆଗ୍ରହୀ ହେଲେ। ସେ ଏଠାରେ ରହିଲେ ସମସ୍ତଙ୍କର ଅସୁବିଧା ହେବ। ଏ କଥା ଆଦୌ ଭାବିଲେ ନାହିଁ।"

ସେ ନିଜ ରୁମ୍‌ଆଡ଼େ ଯିବାକୁ ବାହାରିଥିଲା। ଲିଲିର ପ୍ରଶ୍ନ ଅଟକାଇ ରଖିଲା ତାକୁ – "ନର୍ସିଙ୍‌ହୋମରେ ତାଙ୍କର ଯତ୍ନ ନେଇଥାନ୍ତା କିଏ ?"

ଝାମ୍ପୁ ଆପାତତଃ ବିସ୍ମିତ ହୋଇପଡ଼ିଥିଲା ଏଇ ନିର୍ବୋଧ ପ୍ରଶ୍ନ ଶୁଣି। କହିଲା – "ସେଠାରେ ଆଟେଣ୍ଡାଣ୍ଟ ଇତ୍ୟାଦି ଅଛନ୍ତି। ସେମାନେ ପାରିଶ୍ରମିକ ନେଇଥାନ୍ତେ, କାମ କରିଥାନ୍ତେ।" ସମ୍ଭବତଃ ସେ ଜାଣିପାରିଲା ଯେ, ଲିଲି ପ୍ରତିବାଦ କରିବାକୁ

ଯାଉଚି; କିନ୍ତୁ ତାଙ୍କୁ କୌଣସି ସୁଯୋଗ ନଦେଇ ସେ କହିଲା - "ଗୋଟେ କଥା ତୁ ଚିନ୍ତା କର, ଲିଲି। ଜେଜେ ସେଇଠି ଥାଆନ୍ତେ। ଆମେ ଦିନରେ ଥରେ-ଦୁଇଥର ତାଙ୍କୁ ଦେଖା କରିବାପାଇଁ ଯାଆନ୍ତେ। ଏଥିରେ ଥାଆନ୍ତା ଆମର ଆବେଗ। ଜେଜେଙ୍କ ପ୍ରତି ବ୍ୟାକୁଳତା। ଏବେ କିନ୍ତୁ କ'ଣ ହେଉଚି, ଏ ଘରେ ? ତୁ ଲକ୍ଷ୍ୟ କରୁଚୁ ନା ନାଇଁ ?"

– "ଲକ୍ଷ୍ୟ କରିବାରେ କ'ଣ ଅଛି ?" ଲିଲି ଆଗଭଳି ଗମ୍ଭୀର ହୋଇ କହିଲା – "ସବୁ କଥା ଖୁବ୍ ସ୍ପଷ୍ଟ ହୋଇପଡୁଚି।"

– "ରାଇଟ୍ !" ଝାଣ୍ଟୁ ନିଜ ପ୍ରଶ୍ନର ସନ୍ତୋଷଜନକ ଉତ୍ତର ପାଇପାରିଲା ଭଳି କହିଲା – "ଆହୁରି ସ୍ପଷ୍ଟ ହୋଇଯିବ। ନିତାନ୍ତ ସ୍ୱାଭାବିକ ସେ କଥା। ଜଣେ ଲୋକର ଆବେଗ ସବୁଦିନ ପାଇଁ, ଦୀର୍ଘ ସମୟ ପାଇଁ ଅତୁଟ ରହିପାରିବ ବୋଲି ତୁ ଭାବୁଚୁ କାହିଁକି ?"

– "ମୁଁ କ'ଣ ଭାବୁଚି ନ ଭାବୁଚି ସେଇଟା ଅଲଗା କଥା।" ଲିଲି ସ୍ୱରରେ କିଞ୍ଚିତ ଉତ୍ତେଜନା ମିଶି ରହିଥିଲା – "ମୁଁ ତୁମର ଆଟେଣ୍ଡାଣ୍ଟ କଥା ପାଖକୁ ଫେରିଯାଉଚି। ନର୍ସିଙ୍ଗ୍ ହୋମ୍‌ରେ ଆଟେଣ୍ଡାଣ୍ଟ ଯଦି ସବୁ କାମ କରିପାରିବ, ତେବେ ଏଠାରେ ସେମିତି ଲୋକ ନିଯୁକ୍ତ କରାଗଲେ ତ ସବୁ ସମସ୍ୟାର ସମାଧାନ ହୋଇପାରିବ।"

– "ହ୍ୱାଏ ନଟ୍ !" ଝାଣ୍ଟୁ ସମର୍ଥନ କଲା ତା' କଥା। ମାତ୍ର ସେ ହଠାତ୍ ସଚେତନ ହେଲା ଯେ, ସମସ୍ୟାର ସମାଧାନ ପାଇଁ ସେଇଟା ବାସ୍ତବିକ ବାଟ ନୁହେଁ। ଆଟେଣ୍ଡାଟ୍ ରହିଲେ ମଧ୍ୟ ତୁହାକୁ ତୁହା ଶୁଭିଯିବ ଜେଜେଙ୍କର ଏଇଭଳି ଆର୍ତ୍ତନାଦ। ଜଡ଼ସଡ଼ ହୋଇଯିବ ତମାମ୍ ଘର। ତା'ଛଡା, ହରି ଭଳି ଲୋକ ଜଣେ ଏତେ ଚଞ୍ଚଳ ଯଦି ଖସି ପଳେଇ ଯାଇପାରିଲା, ତେବେ କେଉଁ ଆଟେଣ୍ଡାଣ୍ଟ ଉପରେ ଭରସା କରାଯିବ ? ସେ ନିରସ୍ତ ଦେଖାଗଲା।

ଶୋଭା ଚେଷ୍ଟା କରୁଥିଲେ ଏମାନଙ୍କର ଯୁକ୍ତି ସେଇଠି ସ୍ଥଗିତ ରଖିବା ପାଇଁ; କିନ୍ତୁ ତାଙ୍କ ଆଡ଼େ ନ ଚାହିଁ ଲିଲି କହି ଚାଲିଲା- "ଆମେ ଦରମା ଦେବାକୁ ପ୍ରସ୍ତୁତ। ନେଇଆସ ସେମିତି ଜଣେ ଆଟେଣ୍ଡାଣ୍ଟ। ସେ ଏମିତି ଯତ୍ନ ନେବ ଯେ, ଜେଜେଙ୍କର ଡାକ କେହି ଯେମିତି ଶୁଣିପାରିବେ ନାଇଁ।" ଟିକିଏ ରହି ସେ ଯୋଗକଲା - "ଆବେଗ ଦୀର୍ଘସ୍ଥାୟୀ ହୋଇ ରହିବା ସମ୍ଭବ ନୁହେଁ। ତେବେ, ମଣିଷର କର୍ତ୍ତବ୍ୟବୋଧ ବୋଲି ଜିନିଷଟେ ଅଛି ନା ନାଇଁ ?"

ସହସା କୌଣସି ଉତ୍ତର ପାଇଲା ନାଇଁ ଝାଣ୍ଟୁ। ଲିଲିର ସ୍ୱର ନରମ ହୋଇଗଲା

– "ପାରାଲିସିସ୍ ହୋଇଚି ବୋଲି ଜେଜେଙ୍କୁ ଜଣେ ଅପରାଧୀ ବୋଲି ଭାବିବା ଠିକ୍ ନୁହେଁ।"

ଆକ୍ଷେପ ଲକ୍ଷ୍ୟସ୍ଥଳକୁ ଭେଦ କରିପାରିଲା। ଶୋଭା ଓ ଝାମ୍ପୁ ଚାହିଁଲେ ପରସ୍ପରକୁ। ବାସନ ଉଠାଇବା ଆରମ୍ଭ କଲେ ଶୋଭା। ଲିଲି କହିଲା – "ଏ ସବୁ ଥାଉ। ମୁଁ ଉଠେଇ ନେବି।" ଝାମ୍ପୁ ଆଡ଼ୁ ଆଖି ଫେରେଇ କହିଲା – "ଜଣେ ରୋଗୀ ଯଦି ଡାକ୍ତରଖାନାରେ ମରିଯାଏ, ତେବେ ତା'ର ମୃତଦେହକୁ ସଂସ୍କାର କରିବା ପାଇଁ ଆମ୍ୀୟସ୍ୱଜନମାନେ ଇଚ୍ଛା କରିବେ କାହିଁକି ? ସେଠାକାର ଲୋକଙ୍କୁ ଟଙ୍କା ଦେଇଦିଆଯିବ। ସେମାନେ ତେଣିକି ମୃତଦେହ ସଂସ୍କାର କରନ୍ତୁ ବା ଆଉ ଯାହା କରନ୍ତୁ।"

ବାସନ ଉଠେଇସାରି ଡ୍ୱାସ୍ ବେସିନ୍ ପାଖରେ ରଖିଲା। ରୋଷେଇ ଘର ଧୋଇବା ପାଇଁ ପଡ଼ିବ। ସ୍ତ୍ରୀ ଲୋକଟେ ଆସି ଏସବୁ କାମ କରେ। ଝାମ୍ପୁ ପଳେଇଯାଇଥିଲା ତା' ରୁମ୍କୁ। ଲିଲି କହିଲା – "ମୁଁ ଦେଖିଆସୁଚି, ରଘୁ ଏତେ ସମୟ ତେଣେ ଅଟକିଗଲା କାହିଁକି। ସେ ଆସି ଖାଇନେବ। ବାପା ଖାଇବା ପାଇଁ ଆସିବେ ନାଇଁ ପରା ?"

– "ତାଙ୍କର ମିଟିଙ୍ଗ୍ ଅଛି।" ଶୋଭା କହିଲେ ଏବଂ ପାଦ ବଢ଼ାଇଲେ ନିଜ ରୁମ୍ ଆଡ଼େ।

ଆଗେଇ ଯିବାବେଳେ ଲିଲି ଦେଖିଲା, ଝାମ୍ପୁ ଫୋନ୍ କରୁଚି। ପ୍ରସନ୍ନ ଦେଖାଯାଉଚି ଏବଂ କଥା କହୁଚି ନିମ୍ନ ସ୍ୱରରେ। ଲିଲି ଅନୁମାନ କଲା, ନିଶ୍ଚୟ ସାନୁ ସହିତ ଏଇ କଥୋପକଥନ। ସେ ରିସିଭରଟା ରଖିବାବେଳେ ଲିଲି ଦୁଷ୍ଟାମି କଲା – "କ'ଣ, ଏତେ ଚଞ୍ଚଳ କଥାବାର୍ତା ସରିଗଲା ?"

– "କ'ଣ ସରିଗଲା ?" ଝାମ୍ପୁ କିଛି ଜାଣି ନଥିବାର ଛଲନା କଲା। କିଛି ସମୟ ପୂର୍ବେ ଲିଲି ଯେମିତି ଗମ୍ଭୀର ଓ ଯୁକ୍ତିପ୍ରବଣ ଦେଖାଯାଉଥିଲା, ତାହାର ଅବଶ୍ୟ କୌଣସି ଚିହ୍ନବର୍ଣ୍ଣ ନଥିଲା ବର୍ତମାନ। ଟିକିଏ ଚିଡେଇବାର ମାନସିକତା ଥିଲା।

– "ଆର ପାଖରେ କିଏ ଥିଲା ? ସାନୁ। ରାଇଟ୍ ?" ଲିଲି ପୁନର୍ବାର ଗେହ୍ଲା ଭଉଣୀ ହୋଇଯାଇଥିଲା। କାହାକୁ ଦୋଷୀ ସାବ୍ୟସ୍ତ କରି ନିଜର ନୈତିକତା ଦେଖାଇବା ଭଳି ବ୍ୟଗ୍ରତା ନ ଥିଲା ତା' ପାଖରେ। ସେ ବର୍ତମାନ ସହଜ ଓ ସ୍ୱଚ୍ଛ ହୋଇପଡ଼ିଚି। ଏହା ଲିଲିକୁ ଏତେ ଅନ୍ତରଙ୍ଗ, ଛଲନାହୀନ କରିଦିଏ। ଉଚ୍ଛ୍ୱାସର ପ୍ରତୀକ କରିଦିଏ। ଝାମ୍ପୁ କହିଲା ନାଇଁ କିଛି। ଗୋଟେ ମୁଗ୍ଧଭାବ ବିଚ୍ଛୁରିତ ହେଉଥିଲା ତା' ମୁହଁରେ।

– "ସ୍ଵିଟ୍ ଜେଜେ !" ଚିରାଚରିତ ଅଭିବାଦନ ଲିଲିର। ଏଇ ବାଗରେ ସେ

ତାଙ୍କୁ ଉଶ୍ୱାସ ଓ ସ୍ୱାଭାବିକ କରିବାପାଇଁ ଚେଷ୍ଟା କରେ। କଥାବାର୍ତ୍ତା ଜରିଆରେ ସୃଚେଇଦିଏ ଯେ, ଜେଜେଙ୍କୁ ଯାହା ହୋଇଚି, ତାହା ବାସ୍ତବିକ ମାମୁଲି। ଏଥିପ୍ରତି ସେ ସଚେତନ ନ ହେଲେ ହିଁ ଭଲ। ତା'ଛଡ଼ା ଘରର ଲୋକେ ଜେଜେଙ୍କୁ ଆଗଭଳି ଗ୍ରହଣ କରୁଚନ୍ତି ସମସ୍ତ ଶ୍ରଦ୍ଧା ଓ ସମ୍ମାନ ସହିତ। ଏଭଳି ଧାରଣା ସୃଷ୍ଟି କରିବାକୁ ଚେଷ୍ଟା କରେ।

ଜେଜେ ଚାହିଁଲେ ତା' ହସହସ ମୁହଁକୁ ଏବଂ ନିଜେ ହସିବାକୁ ଚେଷ୍ଟା କଲେ। ମାତ୍ର କେତୋଟି ଘଣ୍ଟା ମଧରେ ଯେମିତି ସଂଘଟିତ ହୋଇଯାଇଚି ଏତେ ବଡ଼ ପରିବର୍ତ୍ତନ। ଜେଜେଙ୍କ ମୁହଁ ସଙ୍କୁଚିତ ହୋଇଯାଇଚି। ଚିପୁଡ଼ି ହୋଇଯାଇଚନ୍ତି। ମୁହଁର ମାଂସପେଶୀ ହଜିଯାଉଚି ଶୁଷ୍ଖଳା ଦେଖାଯାଉଥିବା ଚମଡ଼ା ତଳେ। ଲିଲି ଲକ୍ଷ୍ୟ କଲା ଏଇ କଥା; କିନ୍ତୁ ଏମିତି ଆଚରଣ ଦେଖାଇଲା, ସତେ ଯେପରି ସବୁ ଠିକ୍ ଅଛି। ବ୍ୟସ୍ତ ହେବାର କୌଣସି କାରଣ ନାହିଁ।

– "ରଘୁ, ତୁ ଯାଇ ଖିଆପିଆ କର। ମୁଁ ଅଛି ଜେଜେଙ୍କ ପାଖରେ।" ଲିଲି କହିଲା। ସେ ରୁମ୍‌ରୁ ଯିବା ପରେ ଲିଲି ଦୁଃଖିତ ହୋଇ ଘୋଷଣା କଲା – "ଜେଜେ, ଆଜି ଝାମ୍ବୁଭାଇର ମନ ଭାରି ଖରାପ।"

– "କାହିଁକି ?" ଜେଜେ ପଚାରିଲେ; କିନ୍ତୁ ତାଙ୍କ ସ୍ୱର ଗୋଟେ ତଡ଼ିତ୍ ସୃଷ୍ଟି କଲା ଲିଲି ମନରେ। ସେ ପ୍ରାୟ ଆତଙ୍କିତ ହୋଇ ଚାହିଁଲା ଜେଜେଙ୍କୁ। ଜାଣିବାକୁ ଚାହିଁଲା, ତାଙ୍କ ସ୍ୱର ଏତେ ଅସ୍ୱସ୍ଥ ଜଣାପଡ଼ୁଚି କାହିଁକି, ଧୂଳି ଆଚ୍ଛାଦିତ ଦର୍ପଣରେ ଝାପ୍ସା ପ୍ରତିଫଳନ ଭଳି। ତାଙ୍କର ସ୍ୱର ସତେଯେପରି ଅନେକ ପ୍ରତିବନ୍ଧକର ସମ୍ମୁଖୀନ ହେଉଚି। ପ୍ରକାଶିତ ହୋଇପାରୁ ନାହିଁ ସ୍ୱାଭାବିକ ଢଙ୍ଗରେ।

– "କିରେ, ମନ ଖରାପ କରିଚି କାହିଁକି ?" ପୁଣି ସେଇ ସ୍ୱର। ଲିଲି ସ୍ୱାଭାବିକ ହୋଇପାରୁ ନଥିଲା ଏତେ ସହଜରେ। ତା'ର ଧାରଣା ନଥିଲା, ପାରାଲିସିସ୍ ସ୍ୱରକୁ ମଧ ପଙ୍ଗୁ କରିଦିଏ। ଜେଜେଙ୍କର ଦେହ, ଚେହେରା ଓ ସ୍ୱର– ସବୁ ଅନିବାର୍ଯ୍ୟ ଭାବରେ ହଜିଯାଉଚି ପକ୍ଷାଘାତ ଭିତରେ।

ଲିଲି ଭାବିଲା, ଜେଜେଙ୍କ ପାଖରେ ଏତେ ଛଳନା କରିବା, ଅନେକ ସମୟରେ ମିଛ କହିବା, ଅସମ୍ଭବ ହୋଇପଡ଼ୁଚି ଆସ୍ତେ ଆସ୍ତେ। ତାଙ୍କ ପ୍ରତି ପରିବାରର ସମସ୍ତଙ୍କର ଶ୍ରଦ୍ଧା ଓ ଆବେଗ ଅଟୁଟ ଅଛି, ଆଗଭଳି। ଏବେ ମଧ ସମସ୍ତେ ନିଜର କୃତିତ୍ୱପାଇଁ ଜେଜେଙ୍କ ଭୂମିକା ସ୍ୱୀକାର କରନ୍ତି। ନା, ଏମିତି କହିବା ସମ୍ଭବ ହେଉ ନାହିଁ ବାସ୍ତବିକ। ଲିଲି କ୍ଲାନ୍ତ, ଅବସନ୍ନ ଅନୁଭବ କଲା। କହିଲା – "ଝାମ୍ବୁଭାଇର ଭାରି ଆତ୍ମବିଶ୍ୱାସ ଥିଲା, ସେ ଭାରତୀୟ ପ୍ରଶାସନିକ ସେବାପାଇଁ ମନୋନୀତ ହେବ।"

– "ତା' ଆମ୍‌ବିଶ୍ୱାସ ଯଥାର୍ଥ। କାହିଁକି, ତା'ର ରେଜଲ୍ଟ ବାହାରିଗଲାଣି କି ?" ସେ ଟିକିଏ ଚଞ୍ଚଳ ହୋଇପଡ଼ିଲେ।

– "ହଁ।" ଲିଲି କହିଲା ଏବଂ ନିଜର ଅଭିନୀତ ଦୁଃଖ ପ୍ରକାଶ କଲା ଗୋଟେ ଦୀର୍ଘଶ୍ୱାସ ଜରିଆରେ।

– "କ'ଣ ହେଇଚି ?" ସେ ବ୍ୟଗ୍ର ହୋଇପଡ଼ିଲେ।

ଲିଲି ମୁଣ୍ଡ ହଲାଇଲା। ତଳକୁ ମୁହଁ ପୋତିଲା। ଜେଜେ ଏହାର ତାପ୍ର୍ୟ୍ୟ ବୁଝିପାରିଲେ। କହିଲେ – "ତୁ କହୁଚୁ ଯେ, ସେ ପାଇ ନାହିଁ ? ମିଛ କହୁଚୁ ତୁ। ଝାମ୍ପୁକୁ ମୁଁ ପିଲାଦିନୁ ଜାଣେ। ତାକୁ ମୁଁ ଗଢ଼ିଚି। ଏ ଚାକିରି ପାଇଁ ସେ ମନୋନୀତ ନ ହେବାର କୌଣସି କାରଣ ନାହିଁ।"

ଲିଲି ଜେଜେଙ୍କ ମୁହଁକୁ ଚାହିଁ ହସିଲା। ଜେଜେ ପଚାରିଲେ– "ପାଇଚି, ନା ? ମୁଁ କହୁଚି ପରା ସେ ନିଶ୍ଚୟ ପାଇବ ! କାହିଁ ? କୁଆଡ଼େ ଗଲା ?"

– "ସେ ଆସିଥିଲା ତୁମ ପାଖକୁ ପ୍ରଥମେ।" ଲିଲି ଆଦୌ ବିସ୍ମିତ ହେଲା ନାହିଁ ଯେ, ଏମିତି ମିଛ କଥା ଖୁବ୍ ସହଜରେ ଆସିଯାଇପାରୁଚି ତା' ଓଠ ପାଖକୁ – "ହଁ ପରା ! ସେ ଆସି ଦେଖ୍ଲା, ତୁମେ ଶୋଇଯାଇଚ। ଆମ ପାଖରେ କହିଲା, ଏ ଖବରଟା। ସବୁ ପ୍ରଥମେ ଜେଜେ ପାଇବା କଥା। ତା'ପରେ ମନ ଦୁଃଖ କରି ଯୋଗକଲା, ତାଙ୍କୁ ଡିଷ୍ଟର୍ବ କଲି ନାହିଁ। ପରେ ଜାଣିବେ।"

ଜେଜେ ଆଦୌ କ୍ଷୁବ୍ଧ ହେବାଭଳି ଦେଖାଗଲେ ନାହିଁ। ବରଂ ତାଙ୍କ କ୍ଷୟିଷ୍ଣୁ ମୁହଁ ଉପରେ ରହିଥିଲା ଗୋଟେ ସାର୍ଥକତା ଓ ତୃପ୍ତି। କହିଲେ – "ନାହିଁ ନାହିଁ, ସେ ମନକଷ୍ଟ କରିବ କାହିଁକି ? ଏ ଘରେ ପ୍ରତ୍ୟେକ ଜିନିଷର ପ୍ରଥମ ଅଂଶ ତ ମୋତେ ମିଳୁଥିଲା। ଶୋଇପଡ଼ିଥିଲି ବୋଲି ପ୍ରଥମେ ଏ ଖବର ପାଇଲି ନାହିଁ। ଯାଏ ଆସେ ନାହିଁ କିଛି।"

"ଘରର ସବୁ ଜିନିଷ ଜେଜେଙ୍କୁ ଅର୍ଥାତ୍ ଠାକୁରଙ୍କୁ ଆଗ ଅର୍ପଣ କରାଯାଏ। ତା'ପରେ ସବୁ ଭୋଗ, ମହାପ୍ରସାଦ ହୁଏ।" ଲିଲି କହିଲା।

ଜେଜେ ଚାହିଁଲେ ଚାରିଆଡ଼କୁ ଗମ୍ଭୀର ହୋଇ। ଘରର କୌଣସି ସ୍ଥାନରେ ଲେଖାଯାଇଥବ, ନାଟକ ଭିତରେ ତାଙ୍କର ଭୂମିକାଟି କ'ଣ। ଏ ଘରର ମଞ୍ଚରୁ ସେ ଖସିଯାଉଚନ୍ତି। ନା, ଆଉ କେମିତି ସମ୍ଭବ ଏହାର କେନ୍ଦ୍ରରେ ଠିଆ ହେବା ? ଅନ୍ୟମାନଙ୍କୁ, ଘଟଣାମାନଙ୍କୁ ପ୍ରଭାବିତ କରିବା ? କହିଲେ – "ଝାମ୍ପୁ ପ୍ରତି ମୋର ଆଗରୁ କ୍ଷୋଭ ନଥିଲା। ପିଲାଲୋକ। ବୁଲୁଚି। ଫୁର୍ତ୍ତି କରୁଚି। ହେଲେ ଏଇ ଖବରଟା ଆଗ ସେ ମୋତେ ଦେଇଥିଲେ ଭଲ ହୋଇଥାଆନ୍ତା। ନିଦରୁ ଉଠେଇପାରିଥାନ୍ତା। ହଉ, ତା' ଇଚ୍ଛା।" ବିମର୍ଷ ଦେଖାଗଲେ ଜେଜେ।

- "କହିଲି ନା, ସେ ଆସିଥିଲା ।" ପ୍ରତିବାଦ କଲା ଲିଲି- "ତୁମେ ଶୋଇଥିଲ ବୋଲି ଡିଷ୍ଟର୍ବ କଲା ନାହିଁ ।"

ଜେଜେ ହସିବାକୁ ଚେଷ୍ଟା କଲେ । କହିଲେ - "ମା'ରେ, ତୁ ଆଉ କେତେ ମିଛ କହିବୁ ?"

ଲିଲି କେବଳ ସ୍ତମ୍ଭୀଭୂତ ନୁହେଁ; ଡରିଗଲା ଏଇକଥା ଶୁଣି । ସେ କିଛି କହିବା ଆଗରୁ ଜେଜେ କହିଲେ - "ଯାହା ହେବାର କଥା, ତାହା ହୋଇଯାଉ । ନା କ'ଣ କହୁଚୁ ? ତୁ ଅଯଥାରେ ତାହା ଉପରେ ମୁଖାଟେ ଲଗାଉଚୁ କାହିଁକି ? ତୁ ଭାବୁଚୁ, ତୁ ଏଥିରେ ଜିତିଯିବୁ ? ମୋତେ ନୁହେଁ । କେତେ ସମୟ ଲାଗିବ, ଗୋଟେ ମୁଖା ତଳକୁ ଖସିପଡିବା ପାଇଁ ? ମୁଁ ସବୁ ଦେଖୁଚି, ଜାଣୁଚି । କାଳେ ମୋ ମନରେ କଷ୍ଟ ହେବ ବୋଲି ତୁ ଏମିତି କଥା କହୁଚୁ । ନୁହେଁ କି ? କାହିଁକି ମୁଁ ମନକଷ୍ଟ କରିବି ? ହଁ, ଏକୁଟିଆ ଲାଗେ ବେଲେବେଲେ । ପାଟି କରେ । କେହି ଜଣେ ମୋ ପାଖରେ ଥିଲେ ଟିକେ ଆଶ୍ୱସ୍ତ ଲାଗେ । ମୁଁ ଜାଣେ, କୌଣସି ଲୋକ କିମ୍ବା ଜିନିଷ ଉପରେ ଦାବି କରିବା, ମୋର ବୋଲି ଭାବିବା ଆଉ ସମ୍ଭବ ନୁହେଁ ।"

ଲିଲି ଛୋଟ ହୋଇଗଲା ଏତିକି କଥାରେ । ଜେଜେଙ୍କ ସ୍ୱରରେ ରହିଥିଲା ଗୋଟେ ଅଭିମାନ, କ୍ଷୋଭ; ଯଦିଓ ଏସବୁ ସ୍ୱାଭାବିକ ବୋଲି ଗ୍ରହଣ କରୁଥିବା କଥା ସେ କହୁଚନ୍ତି । ଜେଜେ ଦେଖିପାରିଲେ ଲିଲି ମନର ନକ୍ସା । ସେ ଭାବୁଥିଲେ, ନା, ଏସବୁ କଥା ନ କହିଥିଲେ ଭଲ ହୋଇଥାଆନ୍ତା । କିନ୍ତୁ କହିହୋଇଗଲା । ନିଜ ଉପରେ ନିୟନ୍ତ୍ରଣ ନ ରହିଲେ ଏମିତି ଭୁଲ୍ ହୋଇଯାଏ ।

- "କିରେ, କ'ଣ ସବୁ ଭାବୁଚୁ ?" ଜେଜେ ପଚାରିଲେ - "ମନ କଷ୍ଟ କଲୁକିରେ, ବାୟାଣୀ ?"

ଲିଲି କହିପାରିଲା ନାହିଁ କିଛି । ତା' ଅଜାଣତରେ ଦୁଇଟୋପା ଲୁହ ଝରି ଆସିଲା ଗାଲ ଉପର ଦେଇ ।

ରାତି ଆଠଟା ବେଲକୁ ଘରକୁ ଫେରିଆସିଥିଲେ ଶୋଭା, ପ୍ରାୟ ତିନି-ଚାରି ଘଣ୍ଟା ପରେ । ଲୁଗା ବଦଲାଇବା ବେଲେ ଶୁଭିଲା- ରଘୁ, ଆରେ ଏ ରଘୁ । ଟିକିଏ ଶୁଣିଯିବୁ । ଶୋଭାଙ୍କର ସମଗ୍ର ଶରୀର ସ୍ଥିର ହୋଇଗଲା । ଶୁଭିଲା ଗୋଟେ ଫଁ ଫଁ ଶବ୍ଦ, ତାଙ୍କର କ୍ରୋଧ ଓ ବିରକ୍ତିର ସୂଚନା ଦେଇ । ଦାନ୍ତ କଡ଼ମଡ଼ କରି କହିଉଠିଲେ - ଏଇଟା ମରୁନାହିଁ କାହିଁକି ? କାହିଁକି ନିଜେ ଛଟପଟ ହେଉଚି ଆଉ ବଂଶଟାୟାକ ଲୋକଙ୍କୁ ଦହଗଞ୍ଜ କରୁଚି ?

ଏତକ କହିସାରିବା ପରେ ପୁଣି ଦୃଢ଼ତାର ସହିତ ଘୋଷଣା କଲେ - ମାଇଁ

ଫୁଟ୍! ହଁ, ହଁ, କ'ଣ ହେଲା ସେଇଠୁ? ଥରେ ନୁହେଁ, ହଜାରେ ଥର କହୁଚି ଯେ ବୁଢ଼ାଟା ମରିଯିବା ଉଚିତ! ମୁଁ ଖାତିର କରେ ନାଇଁ, ମଣିଷପଣିଆ, ବିବେକ ବୋଲି ଫାଲତୁ ଜିନିଷକୁ। ଏ ସବୁକୁ ନେଇ ଭାଷଣ ଦିଆଯାଇପାରେ। ଏହା ଚାଲିମାଡ଼ ରୋଜଗାର କରିପାରେ। ଆସ, ମୁଁ କହୁଚି ଆସ ଏ ଘରକୁ। ଦିନେ ଦୁଇଦିନ ରହିଯାଅ ଏଠାରେ। ତା'ପରେ ଜାଣିବ, ସେ ବୁଢ଼ାଟା ମରିଯିବା ଭଲ କି ଏମିତି ଘଣ୍ଟା ଘଣ୍ଟା ଧରି ଆମକୁ ନରକ ଯନ୍ତ୍ରଣା ଦେବା ଭଲ।

ସେ ଉତ୍ତେଜିତ ହୋଇପଡ଼ିଥିଲେ। ସେ ଜାଣନ୍ତି, ଏଇ ଡାକ ଶୁଣିବାମାତ୍ରେ ସବୁ କାମ ଛାଡ଼ିଦେଇ ସେ ଘରକୁ ଧାଇଁବ ରାସ୍କେଲ୍ ରଘୁ। ଜେଜେ, ୩୪, ସତେ ଯେମିତି ନିଜ ଜେଜେ! ଏଣେ କାମ କରିବାକୁ ପଡ଼ୁଚି ତ! ସେଇଥିପାଇଁ କାନ ପାତିଥିବ, ସେ ବୁଢ଼ା କେତେବେଳେ ଡାକିବ ୟାକୁ। ସେଠାକୁ ଥରେ ଗଲେ ଫେରିବା ପାଇଁ ଜମା ମନ କରିବ ନାଇଁ। ବସିଥିବ ଯେ ବସିଥିବ। ଖାଲିଟାରେ। ରୋଷେଇ କାମ ସରିଲେ ବାହାରି ଆସିବ ତେଣୁ। ମୋର ରାଗ ଯଦି ବଢ଼ିବ, ଗୁଲି କରିଦେବି ଏ ସ୍କାଉଣ୍ଟେଲକୁ!

ଶୋଭା ଅସମ୍ଭାଳ ହୋଇପଡ଼ିଥିଲେ। ତାଙ୍କର କାନମୁଣ୍ଡା ଓ ମୁହଁ ଗରମ ହୋଇଯାଇଥିଲା। ଧତ୍ ଧତ୍ ହେଉଥିଲା ଛାତି ଉତ୍ତେଜନା ଯୋଗୁଁ। ସେ ଗଲେ ଟଏଲେଟ୍କୁ। ଅନେକ ସମୟ ନେଲେ କୌଣସିମତେ ନିଜକୁ ଅକ୍ତିଆର କରିବାପାଇଁ। ସେଠାରୁ ବାହାରିଆସି ଗଲେ ରୋଷେଇଘରର ଅବସ୍ଥା ଦେଖିବା ସକାଶେ। ଲିଲି ରୋଷେଇ କାମରେ ବ୍ୟସ୍ତ ଥିଲା ସେଠାରେ।

ସବୁ ରକ୍ତ ଉତୁରିପଡ଼ିଲା ପ୍ରଚଣ୍ଡ ଉଭାପରେ। ଠୁଲ ହେଲା ମୁଣ୍ଡ ଭିତରେ ତାଙ୍କର ହିତାହିତ ଜ୍ଞାନ ଜଖମ କରିବାକୁ। ସେ କହିପାରିଲେ ନାଇଁ କିଛି ଅନେକ ସମୟ ପର୍ଯ୍ୟନ୍ତ। ଲିଲି କେବଳ ଥରେ ତାଙ୍କୁ ଦେଖିନେଲା ଏବଂ ପୁଣି କାମରେ ମନଦେଲା।

– "ରଘୁ କେତେବେଲୁ ଗଲାଣି?" ନା, ଜମା ହେଲା ନାଇଁ। ସ୍ୱର ଭିତରେ କ୍ରୋଧ ଓ ଉତ୍ତେଜନା ସ୍ପଷ୍ଟ ପ୍ରକାଶିତ ହୋଇଗଲା।

ଲିଲି ଚାହିଁଲା ତାଙ୍କ ଆଡ଼େ ମୁହୂର୍ତକ ପାଇଁ। ତା'ର ହାତ କମ୍ପିଉଠିଲା ଆଶଙ୍କାରେ। ମା' ଏମିତି କେବେ ହୋଇଥିବାର ମନେପଡିଲା ନାଇଁ। ହଁ, ଅସନ୍ତୋଷ କିମ୍ୱା ବିରକ୍ତି ସୃଷ୍ଟି ହେଲେ ତା' ସ୍ୱର ଥରିଉଠେ। କାନ୍ଦି ପକାଏ। କିନ୍ତୁ ଏମିତି ଉଗ୍ର ଓ ହିଂସ୍ର ଆଗରୁ କେବେ ହୋଇନଥିଲା। ସେ ଆଶ୍ଚର୍ଯ୍ୟ ହେଉଥିଲା, ଏତେବର୍ଷ ଧରି ମା' ଭିତରେ ଥିବା ଏଇ ଦିଗଟି କିପରି ଉଦ୍ଘାଟିତ ହୋଇପାରି ନଥିଲା।

– “ଅବିକା ଯାଇଟି।” ଖୁବ୍ ସହଜ ହେବାକୁ ଚେଷ୍ଟା କଲା ଲିଲି। ଟିକିଏ ପରେ ପୁଣି କହିଲା – “ଜେଜେ ଡାକିଲେ। ସେ ଯିବାକୁ ମୋଟେ ରାଜି ହେଉ ନଥିଲା। ତାକୁ ଜୋର୍ କରି ପଠାଇଦେଲି। କାଲେ ଜେଜେଙ୍କର କିଛି ଜରୁରୀ କାମ ଥିବ।”

ଏହା ଶାନ୍ତ କରିପାରିଲା ନାହିଁ ଶୋଭାଙ୍କୁ। ଏ ବର୍ଷ ଫାଇନାଲ୍ ପରୀକ୍ଷା ଦେବ ଲିଲି। ମାତ୍ର ଜେଜେ ଏ ଘରକୁ ଆସିବା ପରଠାରୁ ପଢ଼ାପଢ଼ି ଠିକ୍‌ଭାବରେ କରିପାରୁ ନାହିଁ ସେ। ଜେଜେଙ୍କର ଏଇଟା ଲିଲି ପ୍ରତି ମଧ ଗୋଟେ ଅତ୍ୟାଚାର ନୁହେଁ ତ ଆଉ କ’ଣ? ରୋଷେଇଘର ଭିତରକୁ ଆସିପାରିଲେ ନାହିଁ ଶୋଭା। ଭାଙ୍ଗିଯାଉଥିବା, ଭାସି ଯାଉଥିବା, ଦୁଃଖୀ ହୋଇଯାଉଥିବା ଏ ପରିବାରକୁ ସେ ଆଉ କେବେ ସଜାଡ଼ିପାରିବେ ନାହିଁ। ଏତକ ଭାବିବାମାତ୍ରେ ତାଙ୍କ ଭିତରୁ ଉଠିଆସିଲା ଗୋଟେ କରୁଣ ମୂର୍ଚ୍ଛନା। କେବଳ ଜଣକ ପାଇଁ ସମସ୍ତେ ବିଚ୍ଛିନ୍ନ ହୋଇ ଯାଉଚନ୍ତି ପରସ୍ପରଠାରୁ! ଶୋଭା ଦୁର୍ବଳ ହୋଇ ପଡ଼ୁଥିଲେ ନିଜ ଭିତରେ। ଅତୀତର ସୁଖ ଓ ଆନନ୍ଦ ଜଣାପଡ଼ିଲା ପ୍ରତାରଣାପୂର୍ଣ୍ଣ। ଗୋଟେ ଶଠତା, ଭେଲିକି। ସେ ଆଉ କିଛି ସହିବା ଅବସ୍ଥାରେ ନଥିଲେ।

ପହଞ୍ଚିଗଲା ରଘୁ। ଜଡ଼ସଡ଼ ହୋଇଗଲା ଭୟରେ ଶୋଭାଙ୍କୁ ଦେଖି। ସେ ତରତର ହୋଇ ରୋଷେଇଘରେ ପଶିବା ବେଲେ ଶୁଭିଲା – “ଶୁଣ।”

ରଘୁ ଅନୁଭବ କଲା, ତା’ର ଦୁଇଗୋଡ଼ ପକ୍ଷାଘାତ ଦ୍ୱାରା ଆକ୍ରାନ୍ତ ହୋଇଯିବ। ଭୁଶୁଡ଼ି ପଡ଼ିବ ସେ ତଲକୁ। ବ୍ୟାକୁଲତାର ସହିତ ସେ ଲିଲି ଆଡ଼େ ଚାହିଁଲା। ଗୋଟେ ବିପର୍ଯ୍ୟୟରୁ ତାକୁ ଉଦ୍ଧାର କରାଯାଉ। ତା’ ଆଡ଼କୁ ଲକ୍ଷ୍ୟ କରାଯାଇଥିବା ଧନୁଶରକୁ ଲିଲିର ଅଲୌକିକ ଶକ୍ତି ନିଷ୍କ୍ରିୟ କରିଦେଉ। ଏଇ ନୀରବ ନିବେଦନ ପହଞ୍ଚିଯାଇଥିଲା ଲିଲି ପାଖରେ।

– “କୁଆଡ଼େ ଯାଇଥିଲୁ ଏତେ ବେଲଯାଏ?” ରଘୁ ବିଶ୍ୱାସ କରିବାପାଇଁ ପ୍ରସ୍ତୁତ ନଥିଲା, ଏ ସ୍ୱର ଶୋଭାଙ୍କର; ଯାହାଙ୍କୁ ସେ ଏତେବର୍ଷ ହେଲା ମା’ ବୋଲି ସମ୍ବୋଧନ କରିଆସୁଚି; ଯାହାଙ୍କ ପାଖରୁ ସେ ଅକୃତ୍ରିମ ସ୍ନେହ ପାଇଆସିଚି। ତାକୁ ଜଣାଗଲା, ଶୋଭାଙ୍କ ଛଦ୍ମବେଶରେ ଗୋଟେ ନିର୍ମମ ମଣିଷର ସାମ୍‌ନା-ସାମ୍‌ନି ହୋଇଯାଇଚି ସେ। ପରିତ୍ରାଣର କୌଣସି ସମ୍ଭାବନା ନଥିଲା।

– “ଜେଜେ ଡାକିଲେ। ତାଙ୍କର ଟ୍ଏଲେଟ୍ ଯିବା ଦରକାର ପଡ଼ିଲା।” ରଘୁ ଯେମିତି ତ୍ରସ୍ତ ଓ ଆତଙ୍କିତ ଦେଖାଯାଉଥିଲା, ତାହା ଯେକୌଣସି ଧନୁଶରକୁ ପରିଣତ କରିଦେଇଥାନ୍ତା ସହାନୁଭୂତିରେ। ତାହା ହେଲା ନାହିଁ। ପ୍ରଥମଥର ପାଇଁ ରଘୁର ଗାଲ

ଉପରେ ବସିଗଲା ଚଟକଣାତେ। ଲିଲିର ହାତ ଓ ମସ୍ତିଷ୍କ ପକ୍ଷାଘାତ ଦ୍ୱାରା ଆକ୍ରାନ୍ତ ହୋଇଗଲା। ସେ ଘରେ ଚଟକଣା ବୋଲି ଜିନିଷଟେ ନଥିଲା କେବେ। ସେମାନଙ୍କର ପାପୁଲି ସୃଷ୍ଟି ହୋଇଥିଲା ଶ୍ରଦ୍ଧା ଓ ସହାନୁଭୂତିରେ ଅନ୍ୟର ପିଠି ଆଉଁଶିବା ପାଇଁ। ପୁଷ୍ପାଞ୍ଜଳି ଦେବାପାଇଁ। ଏ ଘଟଣାର ପ୍ରତିବାଦ କରିବାପାଇଁ ସମସ୍ତ ଶକ୍ତି ହରାଇ ବସିଥିଲା ଲିଲି।

ଶୋଭାଙ୍କର ନିଷ୍ଠୁରତା ସରି ନଥିଲା ସେତିକିରେ। ଚେତାବନୀ ଶୁଣାଇଲେ – "ଏ ଲୁହ ଅନ୍ୟ କାହା ପାଖରେ ଦେଖାଇବୁ।" ରଘୁ ଆଖିରୁ ଝରି ଆସୁଥିଲା ଲୁହ। ଓଠ ଏବଂ ନାକପୁଡ଼ା କମ୍ପୁଥିଲା। ପୁଣି ଶୁଭିଲା – "କାମ କରିବାକୁ ପଡ଼ିବ। ନ ହେଲେ ଖାଇବାକୁ ମିଳିବ ନାଇଁ। ତୁ ସେଠାରେ ଆରାମରେ ବସିବୁ। ଖାଇବା ବେଳ ହେଲେ ଏଠାକୁ ଧାଇଁ ଆସିବୁ। ସେସବୁ ଆଉ ଚଳିବ ନାଇଁ।" ଶୋଭା ଚାଲିଗଲେ ସେଠାରୁ।

ଲିଲି କ୍ଷମା କରିପାରିଲା ନାଇଁ ନିଜକୁ। ରଘୁକୁ ପ୍ରତିରକ୍ଷା କରିବା ଉଚିତ ଥିଲା ତା'ର। ନିଃସହାୟ ହୋଇ ଏ ଅନ୍ୟାୟ ଶାସ୍ତିବିଧାନ ନୀରବରେ ଦେଖିବା ଉଚିତ ହେଲା ନାଇଁ। ମାତ୍ର ଅସଲ କଥା ହେଉଚି, ଏସବୁ ଏ ଘରେ ଘଟିଗଲା କିପରି? ମା'ଙ୍କୁ ସେ ଚିହ୍ନିବ କିପରି? ସବୁ ଜଟିଳ, ରହସ୍ୟମୟ ହୋଇ ପଡ଼ୁଥିଲା ତା'ପାଇଁ। ମଣିଷକୁ ଚିହ୍ନିବା ପାଇଁ ଏପର୍ଯ୍ୟନ୍ତ ସେ ଯେଉଁ ସୂତ୍ର ଜାଣିଥିଲା, ତାହା ବାସ୍ତବିକ ଯଥେଷ୍ଟ କିମ୍ବା ନିର୍ଭରଯୋଗ୍ୟ ନୁହେଁ।

ରଘୁ ରୋଷେଇଘର ଭିତରେ ପଶି କହିଲା – "ତୁମେ ଯାଅ, ପଢ଼ାପଢ଼ି କରିବ। ବାକି କାମ ମୁଁ କରୁଚି।"

ଅନ୍ୟ କାହାକୁ ଏତେ ସହାନୁଭୂତିର ସହିତ ଲିଲି ଚାହିଁଥିଲା ବୋଲି ତା'ର ମନେପଡ଼ୁ ନଥିଲା। ଘନିଷ୍ଟ ଆବେଗରେ ସେ ପ୍ରାୟ କାନ୍ଦି ପକାଇଲା। ଡାକିଲା – "ରଘୁ।" ଅଧିକ କହିବା ସମ୍ଭବ ନଥିଲା। କୋହର ମସ୍ତବଡ଼ ବନ୍ଧଟିଏ ତିଆରି ହୋଇଗଲା ତା' ବକ୍ତବ୍ୟ ସାମ୍ନାରେ।

ରଘୁ ନିଶ୍ଚୟ ବୁଝିପାରିଲା ଲିଲିର ଅନୁକମ୍ପା। କହିଲା – "ଏ କିଛି ନୁହେଁ। ଅନେକ ଦିନ ପୂର୍ବେ କହିଥିଲି। ଜେଜେଙ୍କ ପାଇଁ ଏ ଗୋଡ଼ ଦୁଇଟା କାହିଁକି, ମୋର ଏ କଲିଜା ଦେଇପାରେ। ନା, ମୋ ସକାଶେ ତୁମେ ମନକଷ୍ଟ କରୁଚ କାହିଁକି? ଏ ମାଡ଼ କିଛି ନୁହେଁ। ମୋତେ ଟିକିଏ ହେଲେ ବାଧ୍ୟ ନାଇଁ।"

ସେ'ଦିନ ରାତି ଦଶଟାବେଳେ ପ୍ରଣବ ଘରକୁ ଫେରିବା ପରେ ଝଡ଼ର ଅସଲ ବୀଭତ୍ସ ରୂପ ଦେଖାଗଲା। ସେ ପୋଷାକ ବଦଲାଇବା ବେଳେ ଶୋଭା ପଚାରିଲେ – "ଘର ପାଇଁ କ'ଣ ଗୋଟେ ବ୍ୟବସ୍ଥା କଲ ନା ନାଇଁ?"

ପ୍ରଣବ ଜାଣିପାରିଲେ ନାଇଁ, କେଉଁ ବ୍ୟବସ୍ଥା କଥା ଶୋଭା ପଚାରୁଚନ୍ତି। କହିଲେ - "କେଉଁ ବ୍ୟବସ୍ଥା କଥା କହୁଚ, ମୁଁ ଜାଣିପାରୁନାଇଁ।"

- "ଜାଣିବା ଦରକାର କ'ଣ?" ଉତ୍ତେଜନା ଯୋଗୁଁ ଶୋଭାଙ୍କର ସ୍ୱର ବାଷ୍ପାକୁଳ ଥିଲେ ମଧ୍ୟ ତାଙ୍କର ବିଦ୍ରୂପ ସ୍ପଷ୍ଟ ଥିଲା। "ହରି ପଳେଇଲାଣି କେତେଦିନ ହେଲା। ଏ ଘର କେମିତି ଚଳୁଚି, ସେଥିପାଇଁ ଟିକିଏ ବି ଚିନ୍ତା ଅଛି ତୁମର?"

ଶୋଭାଙ୍କର ଆକ୍ଷେପ ନୁହେଁ, ତାଙ୍କ ସ୍ୱର ଆହତ କଲା ପ୍ରଣବଙ୍କୁ। ତେବେ ନିଜ ଉପରେ ପୂର୍ଣ୍ଣ ନିୟନ୍ତ୍ରଣ ସବୁବେଳେ ଥାଏ ବୋଲି ତାଙ୍କର ଗୋଟେ ଗର୍ବ ଥିଲା। କହିଲେ ହସି ହସି - "ଘର ଚଳିବା ବାବଦରେ ତୁମେ କେବେ ମୋତେ ଚିନ୍ତାରେ ପକାଇଚ କି? ଆଜି ପର୍ଯ୍ୟନ୍ତ ଘର ଦାୟିତ୍ୱ ତୁମେ ବୁଝିଆସିଚ। ସେତକ ନ ହୋଇଥିଲେ କାରଖାନା ବ୍ୟାପାରରେ ମୋର ଏତେ ଏକାଗ୍ରତା ରହିଥାନ୍ତା କିପରି? ପ୍ରତ୍ୟେକ ପୁରୁଷର ସଫଳତା ଜଣେ ନାରୀର ଊର୍ଦ୍ଧ୍ୱଗାମୀକୃତ ପ୍ରେରଣା ଉପରେ ନିର୍ଭର କରେ ବୋଲି ତୁମକୁ କହିବା ଦରକାର ନାଇଁ, ଶୋଭା।"

ଶୋଭା କିନ୍ତୁ ମୋତେ ଆମୋଦିତ ହେଲେ ନାଇଁ ଏଇ ପ୍ରଶଂସା ଶୁଣି। ନିଜର କ୍ରୋଧ କମିଯାଉ ବୋଲି ସେ ଚାହୁଁ ନଥିଲେ ଜମା। କହିଲେ - "ଦିନେ-ଦୁଇଦିନ ଭିତରେ ଆଟେଣ୍ଡାଣ୍ଟ ଯୋଗାଡ଼ କର। ବାପାଙ୍କ ପାଖରେ ରଘୁ ଯଦି ସବୁବେଳେ ବସିରହେ, ତେବେ ଏଣେ ରୋଷେଇ ହେବ କିପରି?"

- "ସହସା ଏଇ ମାମୁଲି କଥାଟା ଗୋଟେ ସମସ୍ୟା ହୋଇଗଲା କିପରି?" ପ୍ରଣବ କହୁଥିଲେ ହସି ହସି। "ଲନ୍‌ରେ କେଉଁଠି କି ପ୍ରକାର ଗଛ ଲଗାଯିବ, ଫ୍ଲାୱାରବେଡ଼ କିପରି ସଜା ହେବ। ପୁଣି ଘର ପାଇଁ କେଉଁ ସରଞ୍ଜାମ କିଣାହେବ, କେଉଁ ରଙ୍ଗ ଦିଆଯିବ।" ପ୍ରଣବ ରହିଗଲେ ଟିକିଏ। ନିଜ ହସକୁ ଆହୁରି ସଂପ୍ରସାରଣ କରିବା ପାଇଁ - "ଏସବୁ କ'ଣ ମୁଁ ବୁଝାବୁଝି କରେ? ରୋଷେଇ ସରଞ୍ଜାମ କିଣାଯିବ କିୟା କେଉଁଦିନ କ'ଣ ରନ୍ଧାଯିବ। ଅଧିକ ହୋଇଯାଇଥିବା ଗାଈ ବିକ୍ରି କରାଯିବ କିୟା ପାଣିପଣ୍ଟ ସଜଡ଼ାଯିବ।" ପୁଣି ରହିଗଲେ ସେ - "କିଏ ଏ ସବୁ ବୁଝାବୁଝି କରେ? ପୁଣି ଏତେ ଚମତ୍କାର ଭାବରେ ସମାଧାନ କରେ? ତୁମର ଆଟେଣ୍ଡାଣ୍ଟ ଦରକାର। ତୁମେ ନିଜେ ଯୋଗାଡ଼ କରିପାରିବ ନାଇଁ? ଏଥିପାଇଁ ମୋ ଅନୁମତି କିୟା ସାହାଯ୍ୟ ଦରକାର?"

ଶୋଭା ମୋତେ ସନ୍ତୁଷ୍ଟ ହେବା ଅବସ୍ଥାରେ ନଥିଲେ। ସେ ଏତେଦିନ ହେଲା ଗୋଟେ ଅସନ୍ତୋଷ ଓ ଯନ୍ତ୍ରଣାକୁ ସାଙ୍ଗରେ ଧରି ରହିଚନ୍ତି; କିନ୍ତୁ ପ୍ରଣବ ବେଶ୍‌ ଫୁର୍ତ୍ତି ଓ

ଆରାମଦାୟକ ଜୀବନ ବିତଉଚନ୍ତି । ତାହା ବରଦାସ୍ତ କରିବା ସମ୍ଭବ ନ ଥିଲା । କହିଲେ – "ହଁ, ସବୁ ଜିନିଷ ଆଭଏଡ୍ କଲେ ଜଣେ ଆନନ୍ଦରେ ରହି ନପାରିବ କାହିଁକି ?"

ଗୋଟେ ଯନ୍ତ୍ରଣା ବ୍ୟାପିଗଲା ଗୋଡ଼ରୁ ମଣ୍ଡ ପର୍ଯ୍ୟନ୍ତ । ଗରମ ହୋଇଗଲା କାନମୁଣ୍ଡ । ପ୍ରଣବ ଯେପରି ଶୁଣୁଚନ୍ତି ଅଗଣିତ ବିସ୍ଫୋରଣ । କିଛି ସମୟ ଲାଗିଲା ନିଜକୁ ସଂଯତ କରିବାପାଇଁ – "ମୁଁ ଆଭଏଡ୍ କରୁଚି ? କାହାକୁ ? କେଉଁ ଜିନିଷକୁ ?"

ଶୋଭା ପ୍ରଥମେ ଭାବିଥିଲେ ସେ ଜବାବ ଦେବେ ନାଇଁ ଏ ଚାଲେଞ୍ଜର । ମାତ୍ର ଗୋଟେ କଠୋରତା ଆସି ଯାଇଥିଲା ତାଙ୍କ ପାଖକୁ – "ବାପାଙ୍କୁ ।"

ପ୍ରଣବଙ୍କର ଦୁଇ ପାପୁଲି ଉଠି ଆସିଲା ଛାତି ଉପରକୁ । ସେ ହୃତ୍‌ପିଣ୍ଡକୁ ପ୍ରତିରକ୍ଷା କରିବାକୁ ଚାହୁଁଥିଲା । ଆଘାତର ଯନ୍ତ୍ରଣା ସେଇଠି କେନ୍ଦ୍ରୀଭୂତ ହୋଇଥିଲା । ପ୍ରଥମେ ଝାସ୍ସା ଦେଖାଗଲା ସବୁ । ତାଙ୍କ ଚାରିପାଖର ପୃଥିବୀ କକ୍ଷଚ୍ୟୁତ ହୋଇପଡ଼ିଥିଲା । ବିଶୃଙ୍ଖଳ ହୋଇଯାଇଥିଲା ସାବଲୀଳ ଜଣାପଡ଼ୁଥିବା ଏ ସୃଷ୍ଟି ।

– "କ'ଣ କହିଲ ? ବାପାଙ୍କୁ ମୁଁ ଆଭଏଡ୍ କରୁଚି ? ଶୋଭା, ତୁମେ ହୋସ୍‌ରେ ଅଛ ?" ପ୍ରଣବ ମୁକାବିଲା ମନୋଭାବ ଦେଖାଇଲେ ନାଇଁ; ବରଂ ଦୟନୀୟ ଜଣାପଡ଼ିଲେ ।

– "ତୁମେ ଭାବୁଚ ମୁଁ କିଛି ଜାଣିପାରୁନି ବୋଲି ।" ଶୋଭା ଅଭିନନ୍ଦନ ଜଣାଇଲେ ପ୍ରଣବଙ୍କୁ ଆହତ କରିପାରିଥିବାରୁ – "କେତେଥର ଯାଉଚ ବାପାଙ୍କ ପାଖକୁ ଟିକିଏ ଦେଖା କରିବାପାଇଁ ? ଆରମ୍ଭରେ ତାଙ୍କର ଭଲମନ୍ଦ କଥା ଜାଣିବାପାଇଁ ବେଶ୍ ବ୍ୟାକୁଳ ଥିଲ । ଏବେ କ'ଣ ହେଉଚି ? ଅଫିସ୍ ଗଲାବେଳେ ଅନ୍ତତଃ ଥରେ ତାଙ୍କୁ ଦେଖିବା ପାଇଁ ତୁମ ଗୋଡ଼ ସେ ଦିଗକୁ ଯାଏନା ।"

ପ୍ରଣବ ନିରସ୍ତ ହୋଇଗଲେ ଏଇ କଥାରେ । ତାଙ୍କର ଦୁର୍ବଳତମ ଅଂଶ ଉପରକୁ ଏଇ ଯେଉଁ ଆକ୍ରମଣ ହେଉଥିଲା, ସେଥିପାଇଁ କୌଣସି ଜବାବ ନଥିଲା ତାଙ୍କଠାରେ । ତାଙ୍କ ଭିତରେ ମଧ ଯେଉଁ କ୍ରୋଧ ପ୍ରକାଶିତ ହେବାପାଇଁ ବାଟ ଖୋଜୁଥିଲା, ତାହା ସୃଷ୍ଟି ହୋଇଗଲା ଶୋଭା ଏକାନ୍ତଭାବେ ସତ କଥାଟି କହିପାରିଥିବାରୁ । ତାଙ୍କର ଦୁଇ ହାତ ଅସ୍ଥିର ହୋଇପଡ଼ିଲା । କେହି ଜଣେ କହୁଥିଲା ତାଙ୍କ ଭିତରେ- କ୍ଷମା କରନା, ଏଇ ଜଘନ୍ୟ ମାରାତ୍ମକ ସ୍ତ୍ରୀଲୋକକୁ । ଦୁଇ ହାତରେ ପେଷି ଦେ ତା'ର ବେକକୁ । ତା' ଦେହର ଅଙ୍ଗ-ପ୍ରତ୍ୟଙ୍ଗକୁ ଚିରିପକା । ଜଷ୍ଟ ଫିନିଷ୍ ହର !

ପ୍ରଣବଙ୍କର ମୁଠା ହୋଇଥିବା ହାତ କୋହଳ ହେଉଥିଲା ଆସ୍ତେ ଆସ୍ତେ । ପ୍ରଚଣ୍ଡ ଉତ୍ତେଜନା ଯୋଗୁଁ ସଙ୍କୁଚିତ ହେଉଥିବା ମାଂସପେଶୀ ସାବଲୀଳ ହେଉଥିଲା । ଧକ୍‌ ଧକ୍‌ ହେଉଥିବା ହୃତ୍‌ପିଣ୍ଡ ସ୍ୱାଭାବିକ ହେଉଥିଲା । ଗରମ ହୋଇଯାଇଥିବା,

ଝାଲେଇ ଯାଇଥିବା ଦେହ ଫେରିପାଉଥିଲା ସାଧାରଣ ଅବସ୍ଥା। ପ୍ରଣବ ଚାହିଁଲେ ଚାରିଆଡ଼କୁ। ନିର୍ଜନ କୋଠରି ଭିତରେ ସେ ଏକୁଟିଆ। ସେ ଗୋଟେ ଦୀର୍ଘଶ୍ୱାସ ତ୍ୟାଗ କଲେ। ଜାଣିପାରିଲେ ନାହିଁ, ଯା'ପରେ କ'ଣ ସେ କରିବେ। ଦୈନନ୍ଦିନ କାମ କେଉଁଠି ଅଟକି ଯାଇଥିଲା, ତାହା ତାଙ୍କର ମନେପଡ଼ୁ ନଥିଲା।

ସେ ପୁଣି ଅନ୍ୟମନସ୍କ ଦୃଷ୍ଟି ଫେରାଇ ଆଣିଲେ ଚାରିଆଡ଼ୁ। ଆମୋଦିତ ହେବାକୁ ଚେଷ୍ଟା କଲେ – ଆରେ, ନା। କିଛି ନୁହେଁ ଏଇଟା। ଏମିତି କେବେ ଘଟି ନଥିଲା ଏ ଘରେ। ସେଥିପାଇଁ ଏତେ ଅସ୍ୱାଭାବିକ ଜଣାପଡ଼ୁଚି। ଚିନ୍ତା କରିବାର କୌଣସି କାରଣ ନାହିଁ। ଏମିତି ଘଟେ ସବୁ ଘରେ।

ହଠାତ୍ ଗୋଟେ ସ୍ୱର– "ରଘୁ, କୁଆଡ଼େ ଗଲୁରେ, ରଘୁ।"

ପ୍ରଣବଙ୍କୁ ଜଣାଗଲା, ସମୁଦାୟ ଘର ଯେମିତି ଶିହରି ଉଠୁଚି, ଛଟପଟ ହୋଇଯାଉଚି ଏ ସ୍ୱରରେ। ଏହାର ପ୍ରତ୍ୟେକ ଇଟା, ସିମେଣ୍ଟ, ଧୂଳିକଣାର ମଞ୍ଚ ଆତୁର ହୋଇପଡ଼ୁଚି। ଏ ସ୍ୱର ପାଖରୁ ଖସି ପଳେଇବା ପାଇଁ ସମଗ୍ର ଧରଣୀ ବ୍ୟାକୁଳ ହୋଇପଡ଼ୁଚି। ସେ ବ୍ୟସ୍ତ ହୋଇ ପଳେଇଯାଉଥିଲେ ଟଏଲେଟ୍ ଭିତରକୁ ଧୁଆଧୋଇ ହେବାର ବାହାନା ନେଇ। ଭାବୁଥିଲେ, ଟଏଲେଟ୍ ଭିତରକୁ ଏ ସ୍ୱର ଅନୁପ୍ରବେଶ କରିପାରିବ ନାହିଁ। ତା' ଭିତରେ ସେ ବ୍ୟସ୍ତ ଅଛନ୍ତି ବୋଲି ଅନ୍ୟମାନେ ଜାଣିବେ। ପାରାଲିସିସ୍ ପାଖକୁ ଯିବା ଦରକାର ପଡ଼ିବ ନାହିଁ।

କିନ୍ତୁ ତାଙ୍କର ଗତିଶୀଳତା ବନ୍ଦୀ ହୋଇ ରହିଗଲା କୁହୁକ ବଳରେ। କାହିଁକି ସେ ଆଭଏଡ୍ କରିବାକୁ ଚାହୁଁଚନ୍ତି; ଅଥଚ ଆଭଏଡ୍ କରୁଚନ୍ତି ବୋଲି ପତ୍ନୀଙ୍କଠାରୁ କଥାଟି ଶୁଣିବା ପାଇଁ ପ୍ରସ୍ତୁତ ନୁହନ୍ତି? ସେ ଏତେ ଦୁର୍ବଳ ଏବଂ ପଳାୟନବାଦୀ? ଏଇ ତାଙ୍କର ଚାରିତ୍ରିକ ଦୃଢ଼ତା? ଗୋଟେ ସଂକଳ୍ପ ନେଇ ସେ ବାହାରିଆସିଲେ। ଖୁବ୍ ଖୁସି ହେଲେ ଯେ ବାରନ୍ଦାରେ ଠିଆ ହୋଇ ଶୋଭା ତାଙ୍କୁ ଲକ୍ଷ୍ୟ କରୁଚନ୍ତି। ଶୋଭା ଦେଖନ୍ତୁ, ସେ ବାପାଙ୍କଠୁ ଖସି ପଳେଇବା ଲୋକ ନୁହନ୍ତି। ସେ ଜେଜେଙ୍କ ରୁମ୍‌ରେ ପହଞ୍ଚିବା ବେଳକୁ ରଘୁ ଜେଜେଙ୍କ ଦେହ ଉପରେ ଚଦର ଘୋଡ଼ାଇ ଦେଉଥିଲା ଏବଂ ପଚାରୁଥିଲା – "ଆଉ ଶୀତ ଲାଗୁଚି, ଜେଜେ?"

– "ନା। ଏତିକି ହୋଇଯିବ। ତୁ ପାଖରେ ଶୋଇବୁ ପରା?" ସେ ପଚାରିଲେ ଅସ୍ପଷ୍ଟ ସ୍ୱରରେ।

– "ହଁ।" ରଘୁ ଏମିତି ଜବାବ ଦେଲା, ସତେ ଯେପରି ପ୍ରଶ୍ନଟା ଥିଲା ଅନାବଶ୍ୟକ।

ସବୁ ଅସ୍ପଷ୍ଟ ଜଣାପଡ଼ୁଥିଲା ପ୍ରଣବଙ୍କୁ। ଘରର ଆଲୁଅ। ବାପାଙ୍କର ସ୍ୱର। ଖଟରେ

ଥିବା ତାଙ୍କ ଧୂସର ଦେହ। କିନ୍ତୁ ଏଇ ଅସ୍ୱସ୍ତିର ଅନ୍ତରାଳରେ ଥିବା ଗୋଟେ ଗନ୍ଧ ଥିଲା ନିର୍ଭୁଲ ଓ ସନ୍ଦେହମୁକ୍ତ। ଫିନାଇଲ ଇତ୍ୟାଦିର ଗନ୍ଧ। ଏଇ ଗୋଟିଏ ରୁମ୍‌ର ଦୃଶ୍ୟ ଓ ଗନ୍ଧ ଯଥେଷ୍ଟ, ଜୀବନ ସଂପର୍କରେ ସମସ୍ତ ଆଶା ଓ ସମ୍ଭାବନାକୁ ଧୂଳିସାତ୍‌ କରିଦେବା ପାଇଁ।

— "କିଏ?" ଜେଜେ ପଚାରିଲେ।

— "ମୁଁ।" ପ୍ରଣବ ଜବାବ ଦେଲେ।

— "ଓ।" ଜେଜେ ଯେପରି ଅପ୍ରତିଭ ଓ ବ୍ୟସ୍ତ ହୋଇପଡିଲେ — "ଏତେ ରାତିରେ ତୁ ଏଠାରେ କାହିଁକି? ଖାଇ ସାରିଲୁଣି?"

— "ନା।"

— "ତେବେ ଯାଉନୁ ଖାଇବୁ?" ପରାମର୍ଶ ଦେଲେ ସେ।

ପ୍ରଣବ ଆହୁରି ପାଖକୁ ଚାଲିଆସିଲେ। ଠିଆ ହେଲେ ଖଟକୁ ସ୍ପର୍ଶକରି। ବାପା, ଛଟପଟ ହେଉଥିବା ଏଇ ଲୋକଜଣକ ମୋ ବାପା! ଗୋଟିଏ ମୁହୂର୍ତ୍ତ ମଧ୍ୟରେ ସମଗ୍ର ଅତୀତ ପହଞ୍ଚିଗଲା ପ୍ରଣବଙ୍କ ପାଖରେ। ତାଙ୍କ ଦୁଇ ହାତ ଖୁଜୁବୁଜୁ ହେଲା। ଆଉଣି ଦେବି କି ବାପାଙ୍କୁ? ମୁଣ୍ଡରୁ ଗୋଡ଼ ପର୍ଯ୍ୟନ୍ତ? ଥରେ ନୁହେଁ; ଅନନ୍ତକାଳ ପର୍ଯ୍ୟନ୍ତ? କହିବି– ଏହା ଜରିଆରେ ମୁଁ ଆପଣଙ୍କର ରଣ ପରିଶୋଧ କରୁ ନାହିଁ। ମୁଁ ଏମିତି କରୁଚି, ଆପଣ ମୋର ବାପା ବୋଲି। ଆପଣ ଅନନ୍ୟ, ଅସାଧାରଣ ହୋଇନଥିଲେ ବି ମୁଁ ଏମିତି କରନ୍ତି। ସେଇଥି ପାଇଁ ମୁଁ ଅଛି ଆପଣଙ୍କ ପାଖରେ। ଥିବି ସବୁଦିନ।

ତାଙ୍କର ଦେହ ଝଙ୍କୃତ ହୋଇଗଲା ବିଚିତ୍ର ସ୍ପନ୍ଦନରେ। ତାହା ଏତେ ଅଲୌକିକ ଥିଲା ଯେ, ତାଙ୍କର ସମଗ୍ର ସତ୍ତା ଯେମିତି ସଂପ୍ରସାରିତ ହୋଇଗଲା। ଛାତି ବ୍ୟାପ୍ତ ହୋଇଗଲା ଆକାଶକୁ ପରିହାସ କରି। ସମୁଦ୍ରର ଗଭୀରତାକୁ ବିଦ୍ରୂପ କରି। ଆହା, ଏ ଅପୂର୍ବ ଅନୁଭବ ଥିଲା କେଉଁଠି ତାଙ୍କ ଭିତରେ ଆଜି ଯାଏଁ?

ଗୋଟେ ପ୍ରଶାନ୍ତି ଭାବ ନେଇ ପ୍ରଣବ ଫେରିଲେ ସେଇ କୋଠରିରୁ। ପବନ ଭଳି ହାଲୁକା ଲାଗୁଥିଲା ତାଙ୍କୁ। ସେ ଡ୍ରଇଂରୁମ୍‌ର କବାଟ ବନ୍ଦ କରିବା ପାଇଁ ଯିବାବେଳେ ଭିତରକୁ ପଶିଆସିଲା ଝାମ୍ପୁ। ତା'ର ଅବିନ୍ୟସ୍ତ ଗତିରୁ ଓ ନିଃଶ୍ୱାସର ଗନ୍ଧରୁ ଜାଣିପାରିଲେ, କେଉଁଠି ପ୍ରଚୁର ଡ୍ରିଙ୍କ୍‌ କରି ସେ ଫେରିଚି।

ସେ ଘରେ ଏ ପ୍ରକାର ଦୃଶ୍ୟ ଥିଲା ପ୍ରଥମ। ପ୍ରଣବ ଯେ ଡ୍ରିଙ୍କ୍‌ ନ କରନ୍ତି କେବେ କିପରି, ତା'ନୁହେଁ; କିନ୍ତୁ ଏ ଘର ଭିତରକୁ କେବେହେଲେ ବୋତଲ ଆସି ନାହିଁ। ଏଠାକୁ ଆସିଚନ୍ତି ଅନେକ ଲୋକ ଅତିଥ ହୋଇ। ବଡ଼ ଶିଳ୍ପପତି, ଇଞ୍ଜିନିୟର, ବ୍ୟାଙ୍କ୍‌ର ଉଚ୍ଚପଦସ୍ଥ କର୍ମଚାରୀ, ବଡ଼ ଅଫିସର। ସେମାନେ ଲଞ୍ଚ-ଡିନର ଖାଇଚନ୍ତି।

ଆପ୍ୟାୟିତ ହୋଇଚନ୍ତି ଚମତ୍କାର ଖାଦ୍ୟ ଦ୍ୱାରା ଓ ଆନ୍ତରିକ ଆତିଥ୍ୟ ଦ୍ୱାରା। ମାତ୍ର ପାନୀୟ ପରୀକ୍ଷାୟାଇ ନାଁ ଏ ଘରେ। ଫ୍ୟାକ୍ଟ୍ରି କମ୍ପ୍ଲେକ୍ସରେ ଚମତ୍କାର ଗେଷ୍ଟହାଉସ୍ ଅଛି। ଆଡ୍‌ମିନିଷ୍ଟ୍ରେଟିଭ୍ ବିଲ୍‌ଡିଙ୍‌ରେ ମଧ୍ୟ ଅଛି ଅତ୍ୟାଧୁନିକ ରିସେପ୍‌ସନ୍ ହଲ୍। ସେଠାରେ ଲଞ୍ଚ-ଡିନର୍ ସହିତ ଡ୍ରିଙ୍କ୍ ସର୍ଭ କରାଯାଏ।

ଏହାକୁ କ'ଣ ବୋଲି ବର୍ଣ୍ଣନା କରାଯାଇପାରେ ? ଘର ଭିତରେ କେବେହେଲେ ଡ୍ରିଙ୍କ୍‌ର ଗନ୍ଧ ମଧ୍ୟ ନଥାଏ କାହିଁକି ? ଗୋଟେ ଅର୍ଥହୀନ, ପୁରୁଣାକାଳିଆ ରକ୍ଷଣଶୀଳତା, ନା ଜେଜେଙ୍କର ଉପସ୍ଥିତି ? ପ୍ରଣବ ମଧ୍ୟ ଜାଣନ୍ତି ନାଁ। ଜେଜେ କେବେ ଏ ସଂକ୍ରାନ୍ତରେ କୌଣସି ମନ୍ତବ୍ୟ ପ୍ରକାଶ କରି ନାହାନ୍ତି। ମାତ୍ର ପ୍ରଣବ ସଚେତନ ଯେ ଜୀବନରେ ଏତେ ସଫଳତା ସତ୍ତ୍ୱେ ତାଙ୍କଠାରେ ମଧ୍ୟବିତ୍ତ ପରିବାରର ସଂସ୍କୃତି, ମୂଲ୍ୟବୋଧ ଇତ୍ୟାଦି ରହିଚି। ଏହାଠାରୁ ସେ ନିଜକୁ ମୁକ୍ତ କରିବାପାଇଁ ଚେଷ୍ଟା କରିବା ତ ଦୂରର କଥା, କେବେ ବି ଆଗ୍ରହୀ ହୋଇନାହାନ୍ତି। ପିଲାଦିନୁ ସେ ଯେଉଁ ଆଦର୍ଶ ଓ ନୀତିକୁ ନେଇ ବଢ଼ିଥିଲେ ଏବଂ ଜେଜେଙ୍କଠାରେ ଦେଖିଥିଲେ, ତାହା ସେ ପ୍ରାୟ ରକ୍ଷା କରିପାରିଚନ୍ତି। ଜେଜେ ତ ସବୁବେଳେ ଜଣେ ନିମ୍ନ ମଧ୍ୟବିତ୍ତ ପରିବାରର ମଣିଷ ହୋଇ ରହିଚନ୍ତି। ଚେତନାରେ, ବ୍ୟବହାରରେ ଏବଂ କାର୍ଯ୍ୟକଳାପରେ। ଏଥିପାଇଁ ତାଙ୍କ ଠାରେ କୃତ୍ରିମତା ନଥିଲା। ସେ ଯାହା, ତାହାହିଁ ପ୍ରକାଶିତ ହେଉଥିଲା ତାଙ୍କର ଦୈନନ୍ଦିନ ଜୀବନରେ ଓ ଅନ୍ୟମାନଙ୍କ ସହିତ ତାଙ୍କର ସଂପର୍କରେ। ପ୍ରଣବ ଅବଶ୍ୟ ସଂପୂର୍ଣ୍ଣ ନିଶ୍ଚିତ ନୁହନ୍ତି, ସେ ଜେଜେଙ୍କ ପରି ଜଣେ ସ୍ୱଚ୍ଛ ମଣିଷ କି ନା।

ଧାମ୍ପୁ ଆସିଥିଲା ମାତାଲ ଅବସ୍ଥାରେ। ପ୍ରଣବ, ଶୋଭା ଓ ଲିଲି ତାକୁ ଦେଖିଲେ ଗଭୀର ଉଦ୍‌ବେଗର ସହିତ। ସେ ଘର ପ୍ରତି ଏଇଟା ଥିଲା ବୋଧହୁଏ ଖୋଲାଖୋଲି ବିପ୍ଲବ। ସେ ଘର ପ୍ରତି ଧାମ୍ପୁର ଏଇ ଆଚରଣ ଥିଲା ଘୃଣାପୂର୍ଣ୍ଣ ପ୍ରତିବାଦ ଓ ଚାଲେଞ୍ଜ।

– "କ'ଣ ହେଉଚି ଏସବୁ ?" ଶୋଭା ଆଗେଇ ଆସିଲେ ତା'ଆଡ଼କୁ- "ଶୁଣ, ତୋର ଏମିତି ଅବସ୍ଥାରେ ଘରକୁ ଆସିବା ଉଚିତ୍ ନଥିଲା। ତୁ ଶୋଇପଡିଥାନ୍ତୁ କୌଣସି ହୋଟେଲରେ। ତାହା ନକରି ତୁ ଏଠି ଫାର୍ସ କରିବାକୁ ଆସିଲୁ କାହିଁକି ? ତୁ ନିଜକୁ କ'ଣ ବୋଲି ଭାବୁଚୁ ? କ'ଣ ବୋଲି ଭାବୁଚୁ ଏ ଘରକୁ ? ଗୋଟେ ବାର୍, ନା ବ୍ରଥେଲ ?"

– "ଭାବିଥିଲି, ତୁମେ ସବୁ ଶୋଇପଡ଼ିଥିବ ବୋଲି।" ଧାମ୍ପୁ ବସିଥିଲା ତା' ଖଟରେ। ଚେଷ୍ଟା କରୁଥିଲା ସଂଯତ ହେବାପାଇଁ।" କହିଲା – "ଆଇ ଆମ୍ ସରି। ଏମିତି ଆଉ କେବେ ହେବ ନାଁ। ଏକ୍‌କିଉଜ୍ ମି।"

କେହି କିଛି କହିପାରିଲେ ନାଇଁ ଯ।'ପରେ। ସେ ବାସ୍ତବିକ ଅନୁତପ୍ତ ଦେଖାଯାଉଥିଲା। ସମସ୍ତଙ୍କ ଆଡ଼ୁ ଦୃଷ୍ଟି ବୁଲେଇଆଣି କହିଲା– "ଗତ କିଛିଦିନ ହେଲା ରାତିରେ ଭଲ ନିଦ ହେଉନାଇଁ। ଗୁଡ଼ାଏ ବାଜେ ସ୍ୱପ୍ନ ମୋତେ ଦହଗଣ୍ଢ କରୁଚି। ମୋତେ ଜଣାପଡୁଚି ଯେ, ମୁଁ ଜଣେ ପାରାଲିଟିକ୍ ପେସେଣ୍ଟ ହୋଇଯାଇଚି।"

ସେ ମୁହଁ ପୋଛିଲା ଦୁଇ ପାପୁଲିରେ। ଅଣ୍ଟାରେ ବନ୍ଧାହୋଇଥିବା ବେଲ୍ଟ ଖୋଲିଲା। କମିଜ୍ ବୋତାମ ଖୋଲିବା ପାଇଁ ହାତ ଉଠେଇଲା। ମାତ୍ର ପରକ୍ଷଣରେ ତା'ର ଦୁଇ ହାତ ଖସିପଡ଼ିଲା ତା' ଜଙ୍ଘ ଉପରକୁ। ସେ ଦୀର୍ଘଶ୍ୱାସ ତ୍ୟାଗକରି ଚାହିଁଲା ଏଣେତେଣେ। ତା'ର ଖ୍ୟାଲ ରହିଲା ନାଇଁ ଯେ, ତା' ସାମ୍ନାରେ ତିନିଜଣ ଲୋକ ଠିଆ ହୋଇ ତାକୁ ଦେଖୁଚନ୍ତି ଆତଙ୍କିତ ଓ ଚିନ୍ତିତ ହୋଇ। ସେମାନେ ଚାହିଁଲେ ପରସ୍ପରକୁ।

ଆପାତତଃ ମନକୁମନ କହିଲା ସେ – ଭାବିଥିଲି ଗୋଟେ ଦୁଇଟା ଟ୍ରାଙ୍କୁଲାଇଜର୍ ଗିଳିବି। ଶୋଇପଡ଼ିବି ଚମତ୍କାର ନିଦରେ। ହେଲା ନାଇଁ। ଗୋଟେ ଔଷଧଦୋକାନୀ ପଚାରିଲା – ପ୍ରେସକ୍ରିପ୍ସନ୍ ଅଛି ? ନଥିଲେ ଟ୍ରାଙ୍କୁଲାଇଜର୍ ମିଳିବ ନାଇଁ। ଆଉ ଜଣେ କହିଲା – ତୁମେ ଯଦି ଝାମ୍ପୁ ନ ହୋଇଥାନ୍ତ କିମ୍ବ ପ୍ରଣବବାବୁଙ୍କ ପୁଅ ନ ହୋଇନଥାଆନ୍ତ, ତେବେ ବିନା ପ୍ରେସକ୍ରିପ୍ସନ୍‌ରେ ମୁଁ ତୁମକୁ ସ୍ଲିପିଙ୍ଗ୍ ପିଲ୍ ଦେଇଥାନ୍ତି। ଆଉଜଣକୁ କହିଲି– ମୋତେ ଭଲକରି ଦେଖ। ମୁଁ ଏବେ ମସୌରୀ ଯିବି ଟ୍ରେନିଙ୍ଗ୍ ପାଇଁ। ତା'ଛଡ଼ା ଏତେ ବଡ଼ ଶିଳ୍ପପତିଙ୍କର ପୁଅ ମୁଁ। ତୁମେ କ'ଣ ଭାବୁଚ ଏସବୁ ପିଲ୍ ନେଇ ମୁଁ ଆତ୍ମହତ୍ୟା କରିବି ? ସୁଇସାଇଡ୍ କଲାଭଳି ମୁଁ କ'ଣ ନୈରାଶ୍ୟ –ଜର୍ଜରିତ କିମ୍ବ ଫ୍ରଷ୍ଟ୍ରେଟେଡ୍ ଦେଖାଯାଉଚି ? ତା'ଛଡ଼ା ମୋର ଖୁବ୍ ଆକର୍ଷଣୀୟ ଅତ୍ୟାଧୁନିକ ଗାର୍ଲ୍‌ଫ୍ରେଣ୍ଡ ବି ଅଛି। ଆଶ, ଗୋଟେ ଦି'ଟା ଟ୍ରାଙ୍କୁଲାଇଜର୍ ଦିଅ। ମୋ କଥା ଶୁଣି ସେ ଦୋକାନୀ କ'ଣ ଭାବିଲା କେଜାଣି, କହିଲା– ସରିଯାଇଚି। ଯ।'ପରେ ସେଇ ବଟିକା ପାଇଁ ଆଉ କୌଣସି ଦୋକାନକୁ ଗଲି ନାଇଁ। ଚେଷ୍ଟା କରିଥିଲେ ମିଳିଯାଇଥାଆନ୍ତା ହୁଏତ।

ଝାମ୍ପୁ ଏଥର କମିଜଟା ଟାଣିଲା ପେଣ୍ଟ ଭିତରୁ। ବୋତାମ ଖୋଲିଲାବେଲେ କହିଲା – "ବାଧହୋଇ ଗଲି ଗୋଟେ ବାର‌କୁ। ଆଉଜଣେ ସାଙ୍ଗ ସହିତ ପିଇଲି। ଖାଇଲି।"

ଝାମ୍ପୁର ଏ ସଚ୍ଚୋଟ ସ୍ୱୀକାରୋକ୍ତି ପରେ କାହାର କିଛି କହିବାର ନଥିଲା। ମାତ୍ର ଗୋଟେ କଥା ସେମାନଙ୍କୁ ଆନ୍ଦୋଳିତ କଲା ଭୟଙ୍କର ଭାବରେ। ପାରାଲିସିସ୍ ହୋଇଯାଉଚି ବୋଲି ସେ ଭାବୁଚି। ନିଦ ହେଉ ନାଇଁ ତାକୁ ଏଇ କାରଣରୁ। ଏମିତି କାହିଁକି ହେଉଚି ତା'ର ?

– "ତୁ ଅବିକା ସ୍ୱପ୍ନ କଥା କହୁଥିଲୁ।" ପ୍ରଣବ ପଚାରିଲେ ଗଭୀର ସହାନୁଭୂତିର ସହିତ।

– "ହଁ, କହୁଥିଲି।" ଝାମ୍ପୁ ଜୋତାର ଲେସ୍ ଖୋଲୁଥିଲା – "ସେଇଟା ସତକଥା। ବିଶ୍ୱାସ କର, ଗୁଡ଼ାଏ ମଦ ପିଇଚି ବୋଲି ମୁଁ ମିଛ କହୁନାହିଁ। ଗତ କିଛିଦିନ ହେଲା ଏମିତି ହେଉଚି। ପାରାଲିସିସ୍ ଯୋଗୁଁ ମୁଁ ବିଛଣାରେ ପଡ଼ିଚି। ଆତୁର ହୋଇ ଘରଲୋକଙ୍କୁ ଡାକୁଚି। କେହି ମୋ ପାଖକୁ ଆସୁନାହାନ୍ତି।" ସେ ନୀରବ ହେଲା କିଛି ସମୟ ପାଇଁ। ସମସ୍ତଙ୍କୁ ଥରେ ଚାହିଁବା ପରେ କହିଚାଲିଲା – "ମୁଁ ପଡ଼ିରହିଚି ଖଟରେ। ସେ ଘରେ ଝାମ୍ପୁ ବୋଲି ବଡ଼ ପିଲାଟେ ଅଛି। ମୁଁ ତାକୁ ହଁ ଡାକୁଚି। ସେ ନ ଶୁଣିବାର ଛଲନା କରୁଚି। ରାତିରେ ଭଲ ଭାବରେ ଶୋଇବ ବୋଲି ମଦ ପିଇ ଘରକୁ ଫେରୁଚି। ଏଇ ମୁଁ ଯେମିତି ଫେରିଚି। ସବୁଠୁ ଭୟଙ୍କର କଥାଟା ହେଉଚି, ମୋ ସ୍ୱର ଠିକ୍ ଜେଜେଙ୍କ ସ୍ୱର ଭଲି ଶୁଭୁଚି। ମୁଁ ଦେଖାଯାଉଚି ଜେଜେଙ୍କ ଭଲି।"

ୟା'ପରେ ସେ ଦୁଇ ପାପୁଲିରେ ମୁହଁ ଘଷିଲା। ମୁହଁ ଘୋଡ଼େଇଲା। ଅନ୍ୟମାନଙ୍କର ଅକଲ ବରଫ ପାଲଟିଗଲା ଗୋଟେ ଭୟରେ। ବାସ୍ତବିକ ସେମାନଙ୍କର ଭାବନାଶକ୍ତି ପାରାଲିସିସ୍ ଦ୍ୱାରା ଆକ୍ରାନ୍ତ ହୋଇଗଲା।

ଝାମ୍ପୁ କହିଚାଲିଥିଲା – "ତୁମେ ସମସ୍ତେ ଭାବୁଥିବ, ଜେଜେଙ୍କ ପ୍ରତି ମୋ ମନରେ ଗୋଟେ ବିକାର ବା ଘୃଣା ଆସିଯାଇଚି ବୋଲି। ଓଃ, କେମିତି ତୁମକୁ ବୁଝେଇବି ସବୁକଥା? କେତେଦିନ ହେଲା ମୁଁ ତାଙ୍କ ରୁମ୍କୁ ଯାଇନାହିଁ। କ'ଣ ତାଙ୍କ ପ୍ରତି ଘୃଣା ଯୋଗୁଁ? ନା, ସେଇଟା ଜମା କାରଣ ନୁହେଁ। ଅସଲ କଥା ହେଉଚି, ମୋତେ ଡର ଲାଗୁଚି। ତାଙ୍କ ସ୍ୱର ମୋର ନିଃଶ୍ୱାସ, ରକ୍ତ ସଞ୍ଚାଳନକୁ ବାତିଲ୍ କରିଦେଉଚି। ମୋର ଦରକାର ସମର୍ଥ, ପ୍ରାତଃଭ୍ରମଣ କରୁଥିବା, ହୋ ହୋ ହୋଇ ହସୁଥିବା ଜେଜେଟିଏ। ବର୍ତ୍ତମାନର ଜେଜେଙ୍କୁ ମୁଁ ଗ୍ରହଣ କରିପାରୁ ନାହିଁ ଜମା। ମୁଁ ବର୍ତ୍ତମାନର ଜେଜେଙ୍କ ପାଖରୁ ଖସିଯିବା ପାଇଁ ସବୁବେଲେ ଧାଉଁଚି। ମୋତେ ପହଞ୍ଚ ପାରୁନାହିଁ ମୋ ମନର ଜେଜେଙ୍କ ପାଖରେ। ମୋ ପାଇଁ ଏଇ ହେଉଚି କରୁଣ ଜିନିଷ। ମୁଁ ମାତାଲ ହେବା ଅବସ୍ଥାରେ ବର୍ତ୍ତମାନର ଜେଜେଙ୍କ ପାଖରୁ, ତାଙ୍କ ସ୍ୱର ପାଖରୁ ଖସିଯିବା ପାଇଁ ଚାହୁଁଚି। ଅସଲ କଥା ହେଉଚି, ମୁଁ ଦୟନୀୟ ଭାରୁଟେ। ମୋ'ଠ ସାହସ ନାହିଁ। ଏମିତି ପରିସ୍ଥିତିର ସମ୍ମୁଖୀନ ହୋଇ ତାହାର ମୁକାବିଲା କରିବାପାଇଁ ମୋର ଗଟ୍ସ ନାହିଁ, ଦୃଢ଼ତା ନାହିଁ। ମୁଁ ଏମିତି ଦୁର୍ବଲ ମଣିଷଟେ ବୋଲି ଏଇ ପରିସ୍ଥିତି ପ୍ରମାଣ କରିଦେଲା। ନିଜକୁ କ୍ଷମା କରିବା ପାଇଁ ମୋ ପାଖରେ କୌଣସି ବାଟ ନାହିଁ।"

ଗମ୍ଭୀର ହୋଇ ସେଠାରୁ ପଳେଇଲେ ପ୍ରଣବ ଓ ଶୋଭା। ଲିଲି ଆଗେଇଆସିଲା। ଖଟ ଉପରେ ପଡ଼ିଥିବା ଝାମ୍ପୁର କମିଜ୍-ପେଣ୍ଟ ଧରିଲା। ୱାର୍ଡରୋବ୍ ଖୋଲି ଆଣିଲା ଦୁଇଟି ହାଙ୍ଗର। ସେଥିରେ କମିଜ୍-ପେଣ୍ଟ ସଜାଡ଼ି ଧରିବା ବେଳେ ଦେଖିଲା, ସେ ଦୁଇଟି ଅପରିଷ୍କାର ହୋଇଯାଇଛି। କମିଜ୍ରେ ରହିଚି ତିନି-ଚାରିଟା ଦାଗ। ମଇଲା ଜାଗାରେ ଘଷି ହୋଇଥିବାରୁ ଏଇ ଦାଗ ହୋଇଯାଇଛି। ତରକାରି ଝୋଳ ଦୁଇ-ତିନିଟୋପା ପଡ଼ିଚି ପେଣ୍ଟରେ। କହିଲା- "ତୁମର ଏ ପେଣ୍ଟ-କମିଜ୍ ୱାର୍ଡରୋବ୍ରେ ରଖନାହିଁ। ଧୋବା ପାଖକୁ ଯିବ।"

– "କର ଯାହା କରୁଚୁ।" ନିର୍ବିକାର ଭାବେ କହିଲା ଝାମ୍ପୁ- "ଏୟାର କଣ୍ଡିସନର ବନ୍ଦ ହେଇଚି ନା କ'ଣ? ଏତେ ଝାଳ ବାହାରୁଚି କାହିଁକି?"

ଲିଲି ଏ.ସି.କୁ ସକ୍ରିୟ କଲା। ପେଣ୍ଟ-କମିଜ୍ ଧରି ବାହାରକୁ ଯିବାବେଳେ ଝାମ୍ପୁ ଡାକିଲା - "ଟିକିଏ ଶୁଣି ଯା।"

ଅଟକିଗଲା ଲିଲି। ଝାମ୍ପୁ ଠିଆହେଲା ତା' ସାମ୍ନାରେ। ପଚାରିଲା - "ମୋତେ ଭୁଲ ବୁଝିଲୁ କି?"

– "ନା।" ଲିଲିର ସ୍ୱର ନିଃସନ୍ଦେହ କଲା ଝାମ୍ପୁକୁ।

– "ବାପା-ମା କ'ଣ ଭାବିଥିବେ କେଜାଣି!" ତା'ର ସନ୍ଦିଗ୍ଧ ସ୍ୱର।

– "କିଛି ଖରାପ ଭାବି ନଥିବେ।" ଲିଲି କହିଲା ଏବଂ ସୁଟେଇଦେଲା ଅନେକ ବର୍ଷ ପରେ ସେ ଝାମ୍ପୁଭାଇକୁ ଫେରିପାଇଚି। ଆଉ କୌଣସି ବ୍ୟବଧାନ ନାହିଁ ସେମାନଙ୍କ ମଧ୍ୟରେ। ଏଇ କିଛିଦିନ ହେଲା ଅନ୍ୟପ୍ରକାର ଲୋକ ଜଣେ ହୋଇଯାଇଥିଲା ଝାମ୍ପୁ ଭାଇ।

– "କ'ଣ ସବୁ ସେତେବେଳେ କହିପକାଇଲି ମୋର ମନେ ନାହିଁ।" ଝାମ୍ପୁ କହିଲା। "ଏବେ ନିଶା କମିଗଲାଣି। ଭଲ ନିଦ ନ ହେଲେ ଭାରି ଅସୁବିଧା। ବାଜେ ସ୍ୱପ୍ନ ପୁଣି ହଇରାଣ କରିବ।" ଚିନ୍ତାଗ୍ରସ୍ତ ହୋଇପଡ଼ିଲା ସେ।

ୟା'ପରେ ଗୋଟେ ମେଲୋଡ୍ରାମାର ଦୃଶ୍ୟ ସୃଷ୍ଟି ହେଲା ସେଠାରେ। ସମ୍ମୋହିତ ହୋଇପଡ଼ିଥିଲା ଝାମ୍ପୁ। ଲିଲିର ଦୁଇ ହାତ ଧରି କହିଲା - "ୟା' ସତ୍ତ୍ୱେ ଜେଜେ ଭାଗ୍ୟବାନ। ତୋ ଭଳି ଦରଦୀ ନାତୁଣୀଟି ଅଛି ତାଙ୍କ ପାଖରେ।"

ଲିଲି କିଛି କହିବାପୂର୍ବରୁ ଝାମ୍ପୁ ଚୁମ୍ବନ ଦେଲା ଲିଲି କପାଳ ଉପରେ ଭାବପ୍ରବଣ ହୋଇ। କହିଲା - "ତୁ କେତେ ଭଲ, କେତେ ବିଶାଲ! ତୋ ଭଳି ମଣିଷପାଇଁ ରୋଗୀ ଜଣେ ବଞ୍ଚିବାକୁ ପ୍ରୋଚନା ପାଇପାରେ। ସେ ସହି ଯାଇପାରେ ଯେକୌଣସି ଯନ୍ତ୍ରଣା। ଅତିକ୍ରମ କରିପାରେ ସମସ୍ତ ହତାଶା। ହଁ ଲିଲି, ଏଇ କାରଣରୁ ମୁଁ ଆଜି ସାନୁ

ସହିତ ସଂପର୍କ ତୁଲାଇଦେଲି। ମଦ ପିଇବାର ଏହା ଅନ୍ୟ ଏକ କାରଣ ହୋଇପାରେ। ମୁଁ ନିଜକୁ ଭୁଲିଯିବାକୁ ଚାହୁଁଥିଲି।"

ସ୍ୱୟଂଭୂତ ହୋଇଯିବାର ଯଥେଷ୍ଟ ଯଥାର୍ଥତା ଥିଲା ଲିଲି ପାଇଁ। ବର୍ଷେ, ଦୁଇ ବର୍ଷର ନୁହଁ; ପ୍ରାୟ ସାତ-ଆଠ ବର୍ଷର ଜଣାଶୁଣା ରୋମାନ୍ସ ସରିଯାଇ ପାରିଲା ଏତେ ସହଜରେ, ଆକସ୍ମିକ ଭାବରେ? ସାନୁର ବାପା ସହରର ଅନ୍ୟତମ ବଡ କଣ୍ଟ୍ରାକ୍ଟର କେବଳ ନଥିଲେ, ରାଜ୍ୟ କ୍ଷମତାର ଥିଲେ ଖୁବ୍ ସମୀପବର୍ତ୍ତୀ। ବାସ୍ତବିକ ଅନେକ ବିଭାଗର ନୀତି ନିର୍ଦ୍ଧାରଣ ଅନ୍ତରାଳରେ ଥିଲେ ସେ। ନିର୍ବାଚନ ପାଣ୍ଠିକୁ ସେ ଉଦାର ଭାବରେ ଚାଦା ଦେଉଥିଲେ। ତା'ଠାରୁ ଅଧିକ ଫାଇଦା ଉଠଉଥିଲେ ମନ୍ତ୍ରୀମଣ୍ଡଳ ଗଠନ ପରେ। ସେ କୌଣସି ଦଳର ନଥିଲେ; ବରଂ ସମସ୍ତ ଦଳ ଥିଲେ ତାଙ୍କର। ସାନୁ ଘୋଡ଼ାଚଢ଼ା ଏବଂ କାର ଡ୍ରାଇଭିଙ୍ଗ୍ କରିବାରେ ଯେମିତି ଧୁରନ୍ଧର ଥିଲା, ଜାଜ୍ କିମ୍ବା ପପ୍ ସଙ୍ଗୀତ ପ୍ରତି ସେତିକି ଆସକ୍ତ ଥିଲା। ଏ ସହରକୁ ଭାବୁଥିଲା ଗୋଟେ ବଡ ଗାଁ ବୋଲି। ଝାମ୍ପୁକୁ ବେଳେବେଳେ ଶ୍ରଦ୍ଧାରେ ବିଦ୍ରୁପରେ ମିଷ୍ଟର ଭିଲେଜର, ଶ୍ରୀମାନ୍ ଗାଉଁଲି ଲୋକ ବୋଲି ଡାକୁଥିଲା। ତେବେ ସେ ଦୁହିଁଙ୍କର ଯେକୌଣସି ସମୟରେ ବିବାହ ହୋଇଯାଇପାରେ ବୋଲି ପରିଚିତ ଲୋକମାନେ ନିଃସନ୍ଦେହ ଥିଲେ।

– "ତୁ କ'ଣ ଭାବୁଚୁ?" ଝାମ୍ପୁ ପଚାରିଲା – "ବିସ୍ମିତ ହେଉଚୁ ନା ମନେ ମନେ ଖୁସି ହେଉଚୁ?"

ଲିଲି କୌଣସି ମନ୍ତବ୍ୟ ପ୍ରକାଶ କଲା ନାହିଁ। ସେ ଯଥେଷ୍ଟ ଆଶ୍ୱସ୍ତ ହେଲା। ଭାବିଲା ଯେ, ଝାମ୍ପୁଭାଇର ବୋଧହୁଏ ପୁନର୍ଜନ୍ମ ଘଟିଲା। ଝାମ୍ପୁ ଯା'ପରେ କହିଲା – "ମୁଁ ଦିନେ-ଦୁଇଦିନ ପରେ ପଲେଇବି।"

– "କୁଆଡ଼େ?" ଲିଲି ବୁଝିପାରିଲା ନାହିଁ।

– "ପଲେଇବି।" ପୁନରାବୃତ୍ତି କଲା ଝାମ୍ପୁ– 'ବୁଲିବି ଏତେତେଣେ। ତା'ପରେ ଟ୍ରେନିଙ୍ଗ୍‌ରେ ଯୋଗଦେବି।"

– "ତୁମକୁ ଏ ଘର ଭଲ ଲାଗୁ ନାହିଁ?" ଲିଲି ପଚାରିଲା କ୍ଷୋଭର ସହିତ ନୁହେଁ, ଝାମ୍ପୁର ମାନସିକ ସ୍ଥିତିକୁ ବୁଝିପାରି ଥିବାରୁ।

– "ମୋତେ ଏ ଘରେ ଡର ମାଡୁଚି, ଲିଲି। ମୁଁ ସହିପାରୁ ନାହିଁ।" ସ୍ୱୀକାର କଲା ଝାମ୍ପୁ।

ଲିଲି କୌଣସି ଟିପ୍ପଣୀ ଦେଲା ନାହିଁ ଏଇ କଥାରେ। ଝାମ୍ପୁ କହିଚାଲିଲା– "ଜେଜେ ଯେତେବେଳେ କାହାକୁ ଡାକନ୍ତି, ତାଙ୍କ ସ୍ୱର ଏମିତି ଗୋଟେ ଆଉଁନାଦରେ

ପରିଣତ ହୋଇଯାଏ କାହିଁକି ? ପାରାଲିସିସ୍ ଭୋଗୁଥିବା ସମସ୍ତ ଲୋକଙ୍କ ସ୍ୱର କ'ଣ ଏଇ ଭଳି ଭୟଙ୍କର ହୋଇଯାଏ ?"

ଝାମ୍ପୁ ଲିଲି ଆଡ଼େ ଚାହିଁଲା ଜବାବ ପାଇବ ବୋଲି। ମାତ୍ର ଟିକିଏ ପରେ କହିଲା। – "ମୋତେ ତ ସ୍ୱାର୍ଥପର ବୋଲି ଭାବୁଥିବୁ।"

– "ବାଜେ କଥା। କାହିଁକି ସେମିତି ଭାବିବି ?" ଲିଲି ହସିବାକୁ ଚେଷ୍ଟା କଲା।

– "ଭାବୁଥିବୁ, ଜେଜେ ଭଳି ପ୍ରିୟ ମଣିଷର ଏ ଅବସ୍ଥା ପ୍ରତି ମୋର ଜମା ଦରଦ ନାହିଁ, କର୍ତ୍ତବ୍ୟ ନାହିଁ।" ସେ ପୁଣି ଅପେକ୍ଷା କଲା ଲିଲିର ମତାମତ ଜାଣିବାପାଇଁ।

– "ହଁ, ଏ କଥା ମୁଁ କହୁଥିଲି।" ଲିଲି ମାନିନେଲା – "ତେବେ ତୁମେ ସେତେବେଳେ ମୋ କଥା ଉପରେ ଗୁରୁତ୍ୱ ଦେଇ ନଥିଲ।"

ଝାମ୍ପୁ ଦୀର୍ଘଶ୍ୱାସ ତ୍ୟାଗକଲା – "ବିଚରା ଜେଜେ ! ଭଲ ମଣିଷଟେ ହେବା ବିପର୍ଯ୍ୟୟ ପ୍ରତି ଗୋଟେ ଗ୍ୟାରେଣ୍ଟି ନୁହେଁ। କେତେବେଳେ କାହାକୁ କିପରି ଦୁର୍ଦ୍ଦଶାର ସମ୍ମୁଖୀନ ହେବାକୁ ହେବ, ତା'ର କୌଣସି ହିସାବ ନାହିଁ। ବାଥ୍‌ରୁମ୍‌ରେ ପଡ଼ିଗଲ ଯଦି ସରିଗଲା କଥା। ଅନିର୍ଦ୍ଦିଷ୍ଟ କାଳ ପାଇଁ ଖାଲି ଭୋଗିବାକୁ ପଡ଼ିବ। ଘରର ଲୋକେ ହୁଏତ କରଚଡ଼ା ଦେଉଥିବେ। ପ୍ରଥମେ ଆବେଗ ଦେଖାଇବେ। ପରେ ବିରକ୍ତ ହେବେ। ତା'ପରେ ହୁଏତ ଅଦରକାରୀ ବୋଝଟେ ବୋଲି ଭାବିବେ। ଚଞ୍ଚଳ କାହିଁକି ମରିଯାଉ ନାହିଁ ବୋଲି ବ୍ୟସ୍ତ ହେବେ। ମୋର ମୋଟେ ଧାରଣା ନଥିଲା ଜୀବନଟା ଏତେ କରୁଣ, ଅର୍ଥହୀନ ବୋଲି। ମୁଁ ଆଉ କୌଣସି ଜିନିଷ ଭିତରେ ମୂଲ୍ୟ ଦେଖିବାକୁ ପାଉ ନାହିଁ। ସବୁଠି ଦେଖୁଚି ପାରାଲିସିସ୍ ସମ୍ଭାବନା।

– "ଧେତ୍, ସବୁଠି କାହିଁକି ?" ପ୍ରତିବାଦ କଲା ଲିଲି। "ତୁମ ଆଶଙ୍କାଟା ବହୁତ ଲମ୍ବା ହୋଇଯାଉଚି।" ଲିଲି କିନ୍ତୁ ବୁଝିପାରିଲା ଯେ ଝାମ୍ପୁ ପ୍ରତି ତା'ର ଏଇ ପ୍ରୋତ୍ସାହନ ଖୁବ୍ ମାମୁଲି ଓ ପ୍ରାଣହୀନ ହୋଇପଡ଼ିଥିଲା।

ସେ'ଦିନ ରାତିରେ କାହାରିକୁ ଭଲ ନିଦ ହେଲା ନାହିଁ। ପ୍ରଣବ ଓ ଶୋଭା ଭାବୁଥିଲେ, ଝାମ୍ପୁ କେବଳ ତା' ନିଜ କଥା କହି ନାହିଁ। ସେମାନଙ୍କର ମନର ନକ୍‌ସାକୁ ବି ଉପସ୍ଥାପନ କରିଚି। ପାରାଲିସିସ୍ ଏବଂ କରୁଣ ସ୍ୱରଟା କେବଳ ଝାମ୍ପୁକୁ ଦହଗଞ୍ଜ କରୁନାହିଁ; ସେମାନଙ୍କୁ ମଧ୍ୟ ଆକ୍ରାନ୍ତ କରୁଚି।

ଝାମ୍ପୁ ମନ ଭିତରେ ଥିଲା ଆହୁରି ଅନେକ ଟେନ୍‌ସନ୍। ବେଳେବେଳେ ଭାବୁଥିଲା ସାନୁକୁ ପ୍ରତ୍ୟାଖ୍ୟାନ କରିବାରେ ସେ ହୁଏତ ମାନସିକ ପରିପକ୍ୱତା ଦେଖାଇ ପାରିଚି। ସାନୁର ଜୀବନ ଶୈଳୀ ଓ ଚିନ୍ତାଧାରା ସହିତ ସେ ଖାପ୍ ଖାଇବ ନାହିଁ। ଏତେ ଦୀର୍ଘଦିନର ସମ୍ପର୍କଟା କେମିତି ପରିଣତ ହୋଇଗଲା ଗୋଟେ ଛିନ୍ନା, ବର୍ଜନୀୟ

ପୋଷାକରେ ? ସାନ୍ତୁଠାରୁ, ଏ ଘରଠାରୁ ମୁକ୍ତ ହୋଇ ନୂଆ ଜୀବନଟେ ଆରମ୍ଭ କରିବାପାଇଁ ସେ ସ୍ଥିର କରିଚି ।

ତେବେ ନୂଆ ଜୀବନର ସଂଜ୍ଞା କ'ଣ ? ଜେଜେଙ୍କ ଉପସ୍ଥିତିରୁ ଖସି ପଳେଇଗଲେ ତାହା କ'ଣ ଆସିଯିବ, ତା' ହାତପାଆନ୍ତାକୁ ? ସବୁ ଜଣାପଡୁଥିଲା ବିଭ୍ରାନ୍ତିକର, ଗଣ୍ଡଗୋଳିଆ । ଗୋଟେ ଆହତ ବିବେକ ନେଇ ସେ ଯିବ କେଉଁଠିକି ? ଯେଉଁ ସ୍ୱର ତାକୁ ଜଡ଼ସଡ଼ କରିପକାଏ, ସେ ସ୍ୱର ଖାଲି ଏ ଘରେ ନୁହେଁ । ତାହା ଅଛି ସବୁଠାରେ । ସାରା ବ୍ରହ୍ମାଣ୍ଡରେ । ଝାମ୍ପୁ ଉଠୁଥିଲା ବିଛଣାରୁ । ପାଣି ପିଉଥିଲା । ବସୁଥିଲା । ଇତସ୍ତତଃ ହେଉଥିଲା । ସେ ଅପେକ୍ଷା କରୁଥିଲା ସକାଳକୁ । କାଲେ ସ୍ପଷ୍ଟ ଆଲୋକରେ ସବୁ ଆର୍ତ୍ତନାଦ, ସଂଗୀତରେ ପରିଣତ ହୋଇଯିବ । ସବୁ ଅକ୍ଷମ ଦେହ ଉଠିପଡ଼ିବ ବିଛଣାରୁ ପ୍ରାତଃଭ୍ରମଣ ପାଇଁ !

ଲିଲି ଆଖି ଆଗରେ ଜୀବନ ଓ ବଞ୍ଚ ରହିବାର ନୂଆ ଦିଗ୍‍ବଳୟ ପ୍ରସାରିତ ହୋଇଯାଉଥିଲା । ଏତେଦିନ ଧରି ଏ ସଂପର୍କରେ ଥିବା ତା'ର ଦୃଷ୍ଟିଭଙ୍ଗୀ ଓ ମନୋଭାବ ଆହୁରି ଓସାରିଆ ହୋଇଯାଉଥିଲା । ସେ ବୁଝୁଥିଲା ଯେ ତା' ପାଖରେ କୌଣସି ଶକ୍ତି କିମ୍ବା ସୂତ୍ର ନାଇଁ ସମୁଦାୟ ଜିନିଷ ଜାଣିବା ପାଇଁ ।

ସବୁ ଜିନିଷ ସଜଡ଼ା-ସଜଡ଼ି ହୋଇ ରହିଥିଲା । ଝାମ୍ପୁ ଯିବ ଷ୍ଟେସନ୍‌କୁ; ଏୟାର୍‌ପୋର୍ଟ ନୁହେଁ । ସେ କହିଥିଲା ଯେ, ଟ୍ରେନିଙ୍ଗରେ ଯୋଗଦେବା ଆଗରୁ ସେ କେଉଁଠି କିଭଳି ସମୟ କଟେଇବ, ତାହା ସେ ସ୍ଥିର କରି ନାଇଁ ।

– "ମୋ ସୁଟ୍‌କେସ୍‌ରେ ଜଗନ୍ନାଥ ଫଟୋ ଆଉ ଗୀତା ରଖିଚୁ?" ଝାମ୍ପୁ ପଚାରିଲା । ସେ ଜାଣିବାପାଇଁ ଚାହୁଁଥିଲା, ଲୁନାପାଇଁ ଲିଲି ଯାହା କରିଥିଲା, ତା' ପାଇଁ ମଧ କରିଚି କି ନାଇଁ ।

– " ହଁ"। ଲିଲି ଉତ୍ତର ଦେଇଥିଲା । "ତୁମେ କେଉଁଠିକି ଯାଉଚ, ସେଠାରେ କିପରି ଲାଗୁଚି, ସେ ସଂକ୍ରାନ୍ତରେ ଫୋନ୍‌ କରିବ । କିଛି ଇନ୍‌ଲାଣ୍ଡ ଆଉ ବଲ୍‍ ପଏଣ୍ଟ ପେନ୍‌ ରଖିଦେଇଚି ସେଠାରେ । ତୁମେ ଜାଣ, ଆମ ସମସ୍ତଙ୍କୁ ଚିନ୍ତିତ କରି ତୁମେ ଯାଉଚ । ଆଉ ଗୋଟେ କଥା । ବେଶୀ ଡ୍ରିଙ୍କ୍‌ କରିବ ନାଇଁ।"

ସେ ବାହାରିବା ବେଳେ ପ୍ରସ୍ତାବ ଦେଇଥିଲା ଲିଲି – "ଶେଷଥର ପାଇଁ ଟିକିଏ ଜେଜେକୁ ଦେଖା କରି ଯାଅ । ତୁମକୁ ସବୁଠୁ ଆଦରରେ ବଢ଼େଇଥିଲେ । ମୁଁ ଜାଣେ, ସେ ଏ ଘରୁ ଯିବା ପୂର୍ବରୁ ତୁମେ କେବେ ଆସିବ ନାଇଁ।"

ଦୁର୍ବଲ ହୋଇପଡ଼ିଲା ଝାମ୍ପୁ । କହିଲା – "କେଜାଣି, ସେ ଶୋଇଥିବେ । ଏଇଟା ତାଙ୍କର ଶୋଇବା ଟାଇମ୍।"

ଲିଲିର ହସ ପାଣ୍ଡୁର ଦେଖାଗଲା । କହିଲା – "ତୁମେ ଜାଣିନ, କୌଣସି କାମ ପାଇଁ ତାଙ୍କଠାରେ ସମୟର ନିର୍ଦ୍ଧିଷ୍ଟତା ନାଇଁ । ଏମିତି ହେଉଚି ଗତ କିଛିଦିନ ହେଲା । ତାଙ୍କ ପାଇଁ ଖାଇବା, ଶୋଇବା, ଚେଇଁ ରହିବା ବୋଲି କିଛି ଧାର୍ଯ୍ୟ ସମୟ ନାଇଁ ।"

– "ଜେଜେ ଶୋଇ ନଥିବେ ।" ରଘୁ କହିଲା ଆଗ୍ରହର ସହିତ । "ଏଇ କିଛି ସମୟ ପୂର୍ବେ ତୁମେ କେତେବେଲେ ଯିବ ବୋଲି ପଚାରୁଥିଲେ ।"

– "ମୋ କଥା କିଛି କହୁଥିଲେ ?" ଝାମ୍ପୁ ଏ ପ୍ରଶ୍ନ ପଚାରିଲା ଭୟ ଯୋଗୁଁ । ଲୁନା ଏ ଘରୁ ଗଲାବେଲେ ଜେଜେ ଯେମିତି ଆବେଗ ଦେଖାଇଥିଲେ, ସେଭଲି ବିଦାୟ ପାଇବା ଏବେ ସମ୍ଭବ ନ ଥିଲା । ତେବେ ଝାମ୍ପୁ ଆଶା କରୁଥିଲା, ଅନ୍ତତଃ ବିଛଣାରେ ଥାଇ ସେଇଭଲି ଆନ୍ତରିକ ଆବେଗ ପ୍ରକାଶ କରନ୍ତେ, ରଘୁ ଉପସ୍ଥିତିରେ ।

– " ନା, ଆଉ କିଛି ତ କହିଲେ ନାଇଁ ।" ରଘୁ ଜବାବ ଦେଲା । ଝାମ୍ପୁ କେବଲ ଚାହିଁଲା ଲିଲି ଆଡ଼େ କ୍ଷଣକପାଇଁ । ଲିଲିର ପରାମର୍ଶ ଦରକାର ଥିଲା ତା'ର ।

ଫିନାଇଲ ବ୍ଲିଚିଙ୍ଗ ପାଉଡର ଗନ୍ଧର ବଲୟ ଭିତରେ ଜେଜେ । ଝାମ୍ପୁର ପାଦ ଅନିଚ୍ଛୁକ ହୋଇପଡୁଥିଲା ଆଗକୁ ଯିବାପାଇଁ । ସେ ଆଶ୍ୱସ୍ତ ହେଲା ଯେ ଜେଜେ ଶୋଇପଡିଚନ୍ତି । ତା'ର ଦୁଇହାତ ଯନ୍ତ ଭଲି ଉଠିଆସିଲା କପାଲ ପାଖକୁ ନମସ୍କାର ଭଙ୍ଗୀରେ । ମୁହଁ ଫେରେଇଲା । ପ୍ରଣବ ଓ ଶୋଭା ସେତେବେଲେ ଠିଆ ହୋଇଥିଲେ କାର ପାଖରେ । ଝାମ୍ପୁ ଆଗେଇଲା ସେଇ ଆଡକୁ ଲିଲି ସହିତ ।

କାର ଗେଟ୍ ଚିପିବା ପରେ ଜେଜେ ଆଖି ଖୋଲିଲେ । ଦୀର୍ଘଶ୍ୱାସ ତ୍ୟାଗ କଲେ । ଗୋଟେ କରୁଣ, କାନ୍ଦ କାନ୍ଦ ହସ ଦେଖାଦେଲା ତାଙ୍କ ଚିପୁଡ଼ା ମୁହଁ ଉପରେ । ରଘୁ ନିଶ୍ଚିତ ହୋଇଗଲା ଯେ, ଜେଜେ ଜମା ହୋଇ ନଥିଲେ ଝାମ୍ପୁ ଯିବାବେଲେ ।

– "ଜେଜେ, ଆପଣ ଶୋଇ ନ ଥିଲେ ?" ସେ ପଚାରିଲା ବିସ୍ମିତ ହୋଇ ।

– "ନା ।" ସଂକ୍ଷିପ୍ତ ଉତ୍ତରଟେ ।

– "ଝାମ୍ପୁବାବୁ ଗଲାବେଲେ ଆଖି ବୁଜି ଶୋଇବା ଭଲି ଚୁପଚାପ ରହିଥିଲେ କାହିଁକି ?" ରଘୁ ବାସ୍ତବିକ ବୁଝିପାରି ନଥିଲା ଏ ଅଭିନୟର ତାତ୍ପର୍ଯ୍ୟ ।

ଜେଜେ ଓଠ ଚାଟିଲେ । ପ୍ରଥମେ ଭାବିଲେ କିଛି କହିବେ ନାଇଁ; କିନ୍ତୁ ତାଙ୍କୁ ଅଭିଭୂତ କରି ତାଙ୍କ ଭିତରୁ ଉଠିଆସିଲା ଗୋଟେ କୋହର ଲହଡ଼ି । ଏହା ଏତେ ଶକ୍ତିଶାଲୀ ଥିଲା ଯେ, ତାଙ୍କ ଆଖି, ଓଠ ଓ ନାକପୁଡାର କୃଲ ଅଥୟ ହୋଇପଡିଲା । ଦୀର୍ଘ ସମୟ ପର୍ଯ୍ୟନ୍ତ ତାଙ୍କୁ ରୀତିମତ କସରତ କରିବାକୁ ପଡିଲା ନିଜକୁ ନିୟନ୍ତ୍ରଣ କରିବା ପାଇଁ । ରଘୁ ଡରିଗଲା, ବୁଝିପାରିଲା ନାଇଁ ଏ ଦୁଃଖର ହେତୁ ।

– "ଝାମ୍ପୁ ବାବୁ ପଲେଇଗଲେ । ଏଥିପାଇଁ ଆପଣ ଏତେ ଅଧୈର୍ଯ୍ୟ ହେଲେ

ଚଲିବ କିପରି, ଜେଜେ ?" ରଘୁ ଦରଦୀ ହୋଇପଡ଼ିଥିଲା– "ମୁଁ ମୂର୍ଖ ଲୋକଟେ ଆପଣଙ୍କୁ କ'ଣ କହି ବୁଝେଇବି ?"

– "ହଁ, ଫଳେଇଗଲା।" ଅନ୍ୟଆଡ଼େ ଚାହିଁ ସେ ପୁଣି ଦୀର୍ଘଶ୍ୱାସ ତ୍ୟାଗ କଲେ। ଆଉ କିଛି କହିବେ କି ନାହିଁ ବୋଲି ଠିକ୍ କଲାବେଳେ କହିପକାଇଲେ – "ମୁଁ ଆଖି ବୁଜି ପଡ଼ିଥିଲି। ଭାବିଥିଲି, ଗଲାବେଳେ ସେ ମୋ'ଠୁ ବିଦାୟ ନେବ। ଶୋଇପଡ଼ିଥିଲେ ବି ଉଠେଇବ ନିଦରୁ। ଅନ୍ୟମାନେ ନ ଉଠେଇବାପାଇଁ ବାରଣ କରିଥାନ୍ତେ। କାହାରି କଥା ସେ ମାନି ନ ଥାନ୍ତା। କହିଥାନ୍ତା, ଜେଜେଙ୍କଠୁ ବିଦାୟ ନ ନେଇ ଏ ଘରୁ ଗୋଡ଼ କାଢ଼ିବ କିପରି ? ଏତକ ଶୁଣିବା ପାଇଁ ଅପେକ୍ଷା କରିଥିଲି।" ଜେଜେ ଚୁପ୍ ହୋଇଗଲେ। ଅନ୍ୟମନସ୍କ ହୋଇଗଲେ। ଦୀର୍ଘ ସମୟ ପରେ କହିଲେ – "ସେତକ ଶୁଣିଥାନ୍ତି। ବହୁତ ଭଲ ଲାଗିଥାନ୍ତା।"

ପ୍ରାୟ ନିଦରୁ ଉଠିବା ଭଳି କହିଲେ – "କାଲି ପରି ଲାଗୁଚି ସବୁ। ମୁଁ ନିଶ୍ଚୟ ଘୋଡ଼ା ହେବି। ସେ ମୋ ପିଠି ଉପରେ ନ ବସିଲେ ଘର ଉଚ୍ଛନ୍ନ କରିପକାଏ। ସାଇକେଲ୍‌ରେ ତାକୁ ନେଇ ବଜାର ଯାଉଥିଲି। ବଡ଼ ହେଲା। ତାକୁ ପଢ଼େଇଲି। କ୍ୟାରମ୍, ବ୍ୟାଡ଼୍‌ମିଣ୍ଟନ୍ ଖେଲିଲି ତା' ସହିତ। ସବୁ ଲାଗୁଚି କାଲି ଭଳି।" ଜେଜେଙ୍କ ଦୁଇ ଆଖି କୋଣରୁ ପୁଣି ଝରି ଆସିଲା ଲୁହ, କାନ ପର୍ଯ୍ୟନ୍ତ।

– "ଆପଣ ଭାରି ମନ କଷ୍ଟ କରିଚନ୍ତିନା ?" ରଘୁ ପଚାରିଲା ଆଗ ଭଳି।

– "ନାହିଁ, ମନକଷ୍ଟ ଆଉ କ'ଣ ? ମୋ ମନକଷ୍ଟର ଆଉ କିଛି ମୂଲ୍ୟ ଅଛି ବୋଲି ତୁ କାହିଁକି ଭାବୁଚୁ ?" ସେ ପଚାରିଲେ।

ଜେଜେଙ୍କର ଦାୟିତ୍ୱ ନେବାପାଇଁ ଜଣେ ନୁହେଁ, ଦୁଇଜଣ ଆଟେଣ୍ଡାଣ୍ଟ ଆସିଯାଇଥିଲେ। ରଘୁ ସଂପୂର୍ଣ୍ଣଭାବେ ଜେଜେଙ୍କ ଝାମେଲାରୁ ମୁକ୍ତ ହେବ। କେବଲ ରୋଷେଇ କାମରେ ମନଯୋଗୀ ହେବ। ଶୋଭା ଏ ଦୁହିଁଙ୍କୁ ନିରୀକ୍ଷଣ କଲେ। ଏମାନଙ୍କ ଉପରେ କେତେ ଭରସା କରାଯାଇପାରେ, ତାହା କଳନା କଲେ। ଜିତୁର ବୟସ କୋଡ଼ିଏ-ବାଇଶରୁ କମ୍ ହେବ ନାହିଁ। ନୁଖୁରା , ବାବୁରି କେଶ, ଫିଲ୍ମ୍‌ଷ୍ଟାରଙ୍କ ଭଳି। ଲମ୍ବା କଲି। ମୋଟା ନିଶ। ତା'ର ପୋଷାକ ଓ ଚେହେରା ଦେଖି ଜଣେ ନିଃସନ୍ଦେହ ହୋଇପାରେ ଯେ, ଅଭାବଗ୍ରସ୍ତ ପରିବାରର ଲୋକ ଜଣେ ସେ। ବାହା ହୋଇ ନାହିଁ।

ରାଧେଶ୍ୟାମର ବୟସ ପ୍ରାୟ ପଇଁତ୍ରିଶ୍। କେଶ ଉପୁଡ଼ିଯାଉଚି। ପିନ୍ଧିଚି ଧୋତି ଓ କମିଜ। ଚାରି-ପାଞ୍ଚ ଦିନ ହେଲା ଦାଢ଼ି କଟାଯାଇ ନାହିଁ। ତା' ସ୍ଲିପରର ଟେପ୍ ଦୁଇଟି ଭିନ୍ନ ରଙ୍ଗର। ନିର୍ବୋଧ ଭଳି ଦେଖାଯାଉଥିଲା। ଘରେ ତା'ର ସ୍ତ୍ରୀ, ତିନୋଟି

ପିଲା। କୌଣସି କାମଧନ୍ଦା ପାଉ ନଥିବାରୁ ବଡ଼ ଦହଗଞ୍ଜ ହେଉଥିଲା ତା' ପରିବାର। ପ୍ରାୟ ତିରିଶ୍ କିଲୋମିଟର ଦୂର ଗୋଟିଏ ଗାଁର ଲୋକ ସେ ଦୁହେଁ।

– "ଏଠାରେ କେଉଁ କାମ କରିବାକୁ ହେବ, ତାହା ତୁମେ ଜାଣିଚ ?" ଶୋଭା ପୋର୍ଟିକୋ ପାଖରେ ଯଥେଷ୍ଟ ଦୂରରେ ଠିଆ ହୋଇଥିଲେ; ଯେମିତି ଜେଜେ କିଛି କଥା ଶୁଣି ନ ପାରନ୍ତି।

– "ଆଜ୍ଞା ହଁ।" ଦୁଇ ହାତ ଯୋଡ଼ି କହିଲା ରାଧେଶ୍ୟାମ – "ବୁଢ଼ାବାବୁଙ୍କର ଦେଖାଚାହାଁ କରିବା କଥା ତ !"

– "ତୁମେ ପାରିବ ସେ କାମକରି ?" ସେମାନଙ୍କୁ ଏଇ ବାଗରେ ଜେରା କରିବା ନିତାନ୍ତ ଦରକାର ଥିଲା – "ତୁମକୁ ଯଦି ବିକାର ଲାଗେ, ତେବେ ଚଳିବ ନାଇଁ।"

ରାଧେଶ୍ୟାମ ଚାହିଁଲା ଜିତୁ ଆଡ଼େ ଆଶ୍ଚର୍ଯ୍ୟ ହେବାଭଳି। ପଚାରିଲା – "ଆଜ୍ଞା, ବିକାର ଲାଗିବ କାହିଁକି ? ଆମେ ତାଙ୍କ ପାଇଁ କାମ କରିବୁ। ସେଇଟା ଆମପାଇଁ ଗୌରବର କଥା ହେବ।"

ଶୋଭା କହିଲେ – "ଗ୍ୟାରେଜ୍ ପଛରେ ସର୍ଭେଣ୍ଟସ୍ କ୍ୱାର୍ଟର୍ସ ଅଛି। ରହିବା ପାଇଁ ସବୁ ସୁବିଧା ସେଇଠି ଅଛି।"

– "ଆଜ୍ଞା, ହଁ।" ରାଧେଶ୍ୟାମର ଯୋଡ଼ହସ୍ତ ରହିଥିଲା ସେମିତି– "ଆମକୁ ଜଣେ ମାଳୀ ସେସବୁ ଦେଖାଇ ଦେଇଚନ୍ତି। ଆମର କିଛି ଅସୁବିଧା ହେବ ନାଇଁ।"

– "ୟା ପୂର୍ବରୁ କ'ଣ ସବୁ କାମ କରୁଥିଲ ?"

– "କିଛି ଠିକ୍ ନାଇଁ। ଏଇ ଜିତୁ ଅଳ୍ପ ବଡ଼େଇ କାମ ଶିଖିଚି। ହେଲେ ସେମିତି କିଛି କାମ ପହଞ୍ଚେ ନାଇଁ। ଏଇ ସହରରେ ସେ ଥିଲା ଦିନକେତେ। ଏଠୁ ପଳେଇଲା ଗାଁକୁ।" ରାଧେଶ୍ୟାମ କହିଲା ଜିତୁ ଆଡ଼େ ଥରେ ଚାହିଁ।

– "କିରେ, ପଳେଇଲୁ କାହିଁକି ?"

ଜିତୁ ପ୍ରଥମେ ଓଠ ଚାଟିଲା। ଶୋଭାଙ୍କ ଆଡ଼ୁ ଦୃଷ୍ଟି ଫେରାଇ ଚାହିଁଲା ତଳକୁ। କହିଲା – "ପେଟ ପୋଷି ହେଲା ନାଇଁ। ଭଲ ମଜୁରି ନାଇଁ। ତା' ସାଙ୍ଗକୁ ମିସ୍ତ୍ରୀମାନେ ଖରାପ ବ୍ୟବହାର କରୁଥିଲେ। ମଣିଷ କେତେ ସହିବ ?"

– "ତୁମେ କ'ଣ କରୁଥିଲ ?"

– "ଆଜ୍ଞା, ଯାହା ହାତକୁ ଆସିଲା।" ରାଧେଶ୍ୟାମ ସାମାନ୍ୟ ଉତ୍ସାହର ସହିତ ଜବାବ ଦେଲା – "ଚାଲ ଛପର, ବାଡ଼ ବୁଜା, ଧାନ ରୁଆ। ଏମିତି ସବୁ କାମ।"

ଶୋଭା ନିଜ ରୁମ୍‌କୁ ଚାଲିଆସିଲେ। ରୁମରେ ବସିବା ମାତ୍ରେ ଗୋଟେ ଖାଁ ଖାଁ

ଉଦାସ ଭାବ ସଞ୍ଚରିଯିବ ଚେତନାରେ। ସବୁ ଜଣାପଡ଼ିବ ନିରାନନ୍ଦ, ଉସ୍ଚାହ-ରହିତ। କୌଣସି କାମ କରିବାପାଇଁ ମନ ହେବ ନାହିଁ। ଯାହା କରାଯାଉଥିବ, ସେଥିରେ ଏକାଗ୍ରତା କିମ୍ବା ଆଗ୍ରହ ନ ଥିବ। ଲିଲି ପଲେଇଯାଇଚି କଲେଜ। ସେ ଘରେ ଥିଲେ ବେଶ୍ ଅଚିନ୍ତା ଲାଗେ। ମନେହୁଏ, ପାଖରେ ଦୃଢ଼ ଅବଲମ୍ବନଟେ ଅଛି। ଗୋଟେ ଫୁର୍ତ୍ତି ଭାବ ଥାଏ ତା'ର କଥାରେ, କାମରେ।

ପ୍ରଣବ ଯାଇଚନ୍ତି ଅଫିସ୍। କାରଖାନା ସିନା ଏଠାକୁ କିଛି ଦୂରରେ; କିନ୍ତୁ ପ୍ରଶାସନିକ ଅଫିସ୍ ପ୍ରାୟ ଅଧଘଣ୍ଟେର ଡ୍ରାଇଭିଙ୍ଗ୍ ବ୍ୟବଧାନରେ। କେମିତି ତାଙ୍କର ରୁଟିନ୍ ବଦଳିଯାଉଚି, ତାହା ଦେଖିବାର କଥା। ନିତାନ୍ତ ଅସୁବିଧା ନହେଲେ ସେ ଲଞ୍ଚ ପାଇଁ ଆସୁଥିଲେ। ଘଣ୍ଟେ-ଦେଢ଼ଘଣ୍ଟା ବିଶ୍ରାମ ପରେ ପୁଣି ଯାଉଥିଲେ। ସେ ଏଠାରେ ରହିବା ଭିତରେ ସଞ୍ଚରିଯାଉଥିଲା ଉସ୍ଚାହ-ଭରପୂର ଜୀବନଟେ। ତାହା ଆଉ ହେଉ ନାହିଁ। ଘରକୁ ଲଞ୍ଚ ପାଇଁ ଆସିବା, କାରଣ ଅକାରଣରେ ଟେଲିଫୋନ୍ କରିବା ଭଳି ଅଭ୍ୟାସଗତ କାମ ମଧ ଅନ୍ୟମନସ୍କ ହୋଇପଡ଼ୁଚି। ଝିଅ ଯିବା ପରେ ଘରଟା ଜଣାପଡ଼ୁଚି ଆହୁରି ଫମ୍ପା।

ଦିନ କେଇଟା ଭିତରେ ଏଇ ଯେଉଁ ପରିବର୍ତ୍ତନ ଘଟିଲା, ଘରର, ପରିପାଟୀର, ତାହା ଆଦୌ ଗ୍ରହଣଯୋଗ୍ୟ ହୋଇପାରୁ ନାହିଁ ତାଙ୍କ ପାଇଁ। ଗୋଟେ ଆତୁର, ଅସ୍ଥିର ମନ ନେଇ କେହି କେବେ ସୁଖୀ, ସନ୍ତୁଷ୍ଟ ହୋଇପାରେ ? ସବୁଆଡ଼େ ଯେମିତି ରହିଚି ଅନାବଶ୍ୟକ, ଓଜନିଆ ଜିନିଷଟେ। ତାହା ଚାପିରଖିଚି ସମସ୍ତ ସୁଖ ଓ ଆନନ୍ଦକୁ।

ଶୋଭା କିଛିଦିନ ତଳର ନିଜ ଆଚରଣ ମନେପକାଉଥିଲେ। ବିସ୍ମିତ ଓ ଅପ୍ରତିଭ ହେଉଥିଲେ। ସେ ଆଦୌ ସ୍ୱୀକାର କରିବାକୁ ପ୍ରସ୍ତୁତ ନ ଥିଲେ ଯେ, ରଘୁ ଗାଲରେ ସେ ଚଟକଣା ବସାଇଥିଲେ କିମ୍ବା ପ୍ରଣବଙ୍କୁ ଗଭୀର ଭାବେ ଆହତ କରିଥିଲେ। ଏମିତି କେବେ ଘଟି ନଥିଲା; ଘଟିବାର କୌଣସି କାରଣ ମଧ ନଥିଲା। ସେ ହତ୍ତସନ୍ତ ହେଉଚନ୍ତି ବୋଲି, ଅସହାୟ ଓ ଭୟଭୀତ ହୋଇପଡ଼ିଚନ୍ତି ବୋଲି ଏମିତି ଗୋଟେ କ୍ରୋଧକୁ ନିଜ ଭିତରେ ଅଟକାଇ ରଖିପାରି ନଥିଲେ।

ସେ ଆବିଷ୍କାର କଲେ, ଟେଲିଫୋନ୍ ଡାଏଲ୍ କରୁଚନ୍ତି। କିଛି ସମୟ ପରେ ଅନ୍ୟ ଦିଗକୁ ଶୁଭିଲା ପ୍ରଣବଙ୍କ ଦ୍ୱାରା। ଶୋଭା ପଚାରିଲେ ଏକ ରକମ ପ୍ରବର୍ତ୍ତାଇବା ସ୍ୱରରେ – "ତୁମର ଆଜି କାମ ଅଛି ବୋଲି ତ କହି ଯାଇନ। ଖରାବେଳେ ଖାଇବାପାଇଁ ଆସିବ ?" ଟିକିଏ ପରେ ଯୋଗକଲେ – "ଆସ ଆଜି। ମୁଁ ଅପେକ୍ଷା କରିଥିବି।"

ପ୍ରଣବ ଲଞ୍ଚ ପାଇଁ ଆସିଲେ ସେ ଖୁସି ହେବେ। ତାହା ଥିଲା ତାଙ୍କ ସ୍ୱରର

ନିବେଦନ । ଶୋଭା ଅନୁଭବ କଲେ, ବହୁବର୍ଷ ତଳର କାହିଁ କେଉଁଠି ପୋତିହୋଇ ପଡ଼ିଥିବା ଏ ସ୍ୱର ନିଜକୁ ପ୍ରକାଶ କରୁଚି । ଏତେ ଦିନର ଆବେଗ ପୁଣି କେମିତି ସବୁଜ ହୋଇପଡ଼ିଚି । ପ୍ରଣବଙ୍କୁ ଅପେକ୍ଷା କରୁଚନ୍ତି ବୋଲି ଦେହ ଭିତରେ କେଉଁଠି ସ୍ପନ୍ଦନ ସୃଷ୍ଟି ହୋଇପଡ଼ୁଚି । ଶୋଭା ଟେଲିଫୋନ୍ କରିସାରି ବସି ରହିଥିଲେ ଅନ୍ୟମନସ୍କ ହୋଇ । ଅପେକ୍ଷା କରୁଥିଲେ କେତେବେଳେ କାର୍ ଆସି ରହିବ ପୋର୍ଟିକୋ ପାଖରେ ।

ବେଶ୍ କିଛି ଦିନର ବ୍ୟବଧାନ ପରେ ସ୍ୱାଭାବିକ ଡାଇନିଙ୍ଗ୍ ଟେବୁଲ୍ । ଦୁହେଁ ପୁଣି ଯେପରି ପରସ୍ପରକୁ ପାଇପାରିଚନ୍ତି । ଶୋଭା ଲକ୍ଷ୍ୟ କଲେ, ପ୍ରଣବଙ୍କ ମୁହଁରେ କୌଣସି ଟେନ୍‌ସନ୍ କିମ୍ବା ସତର୍କତା ନାହିଁ । ଦେଖାଯାଉଚନ୍ତି, ସହଜ; ଯେମିତି ସେ ଦେଖାଯାଆନ୍ତି ଏବଂ ଯେଉଁଥିପାଇଁ ତାଙ୍କୁ ଭଲପାଇ ହୁଏ । ମନରେ ସାହସ, ନିରାପଦ ଭାବଟେ ରହିଥାଏ ।

ପ୍ରଣବ ଭୁଲିଯାଉଥିଲେ କିଛିଦିନ ତଳର ଉତ୍ତେଜନାପୂର୍ଣ୍ଣ ମୁହୂର୍ତ୍ତକୁ । ଶୋଭା କଥାରେ ତାଙ୍କ ଭିତରେ ଯେଉଁ ପୈଶାଚିକ କ୍ରୋଧ ସୃଷ୍ଟି ହୋଇଥିଲା, ତାହା ଗୋଟେ ଦୁଃସ୍ୱପ୍ନ ଭଳି ଅବାସ୍ତବ ଜଣାପଡ଼ୁଚି ଆଜି । ପ୍ରାୟ ପଚିଶ୍ ବର୍ଷର ଏତେ ପରିପୂର୍ଣ୍ଣ, ଆବେଗମୟ ଘରସଂସାରର ଭିତ୍ତି ଏମିତି ଦୁର୍ବଲ ନୁହେଁ ଯେ, ତାହା ଦୋହଲିଯିବ କେତୋଟି ମୁହୂର୍ତ୍ତର କ୍ରୋଧ ଯୋଗୁଁ । ଏହା ସଂପୂର୍ଣ୍ଣ ବୁଝାମଣା, ଅନ୍ୟ ପାଇଁ ନିଜକୁ ତ୍ୟାଗ କରିବା ସକାଶେ ଆଗ୍ରହ ଉପରେ ପ୍ରତିଷ୍ଠିତ ଥିଲା ।

ବିବାହର ପ୍ରଥମ କେତେବର୍ଷର ସ୍ମୃତି ଏ ପର୍ଯ୍ୟନ୍ତ ରହିଚି ଗୋଟେ ଅତୁଳନୀୟ ଲଭ୍‌-ଲେଟର୍ ଭଳି ଯାହାକୁ ବାରମ୍ବାର, ନିକାଞ୍ଚନ ମୁହୂର୍ତ୍ତରେ ପଢ଼ାଯାଇପାରେ । ପ୍ରତ୍ୟେକ ବାକ୍ୟ ମୁଖସ୍ତ ହେବା ସତ୍ତ୍ୱେ ମଧ ଯାହାର ଆବେଗତ ଆବେଦନ କମେ ନାହିଁ । ପ୍ରଣବ ବାହାହେବା ପୂର୍ବରୁ ପ୍ରେମ କରି ନଥିଲେ କାହାକୁ । ସମ୍ଭବତଃ କ୍ୟାରିଅର ଗଢ଼ିବା ଦିଗରେ ତାଙ୍କର ଏକାନ୍ତିକତା ତାଙ୍କୁ ଏକାନ୍ତଭାବେ ଆଚ୍ଛନ୍ନ କରି ରଖିଥିଲା । ମାତ୍ର ବିବାହ ପରେ ସେ କେବଲ ଜଣେ ଦାୟିତ୍ୱସଂପନ୍ନ ସ୍ୱାମୀ ହୋଇ ନଥିଲେ । ନିଜକୁ ପରିଣତ କରିଥିଲେ ଜଣେ ଆବେଗ-ଭରପୂର ରୋମାଣ୍ଟିକ୍ ପ୍ରେମିକରେ । ଶୋଭା ତାଙ୍କ ପାଇଁ ଥିଲେ ଏକ ରଙ୍ଗିନ୍ ସ୍ୱପ୍ନର ବାସ୍ତବ ଆକାର । ତାଙ୍କୁ ନେଇ ସେ ସ୍ୱପ୍ନରେ ବିଭୋର ହେଉଥିଲେ । ତାଙ୍କୁ ନିଜ ହାତର ଆଲିଙ୍ଗନ ଭିତରେ ପାଇ ମୁଗ୍ଧ ହେଉଥିଲେ ଏଇଥିପାଇଁ ଯେ, ତାଙ୍କଠାରୁ ସ୍ୱପ୍ନର ଦୂରତା ଖୁବ୍ ବେଶୀ ନାହିଁ । ଦୁଇ ହାତ ବଢ଼େଇଦେଲେ ହେଲା । ଏହି ଆଲିଙ୍ଗନ ମଧ୍ୟରେ ସ୍ୱପ୍ନ ଭଳି ଜିନିଷ ମଧ ବାସ୍ତବ ଆକାର ପାଇପାରେ । ସେହି ଆକାରର ନାମ ହେଉଚି ଶୋଭା ।

ପଚିଶ୍ ବର୍ଷ ହେଲା ସେ ସଂସାର ଚଳେଇ ଆସିଚନ୍ତି । ପରିବାରପାଇଁ ଯାହା

ଭଲ, ତାହା କରିଚନ୍ତି । ପ୍ରଣବଙ୍କ ପରାମର୍ଶ ଲୋଡ଼ିଚନ୍ତି; ତାଙ୍କୁ ପରାମର୍ଶ ଦେଇଆସିଚନ୍ତି । ଏ ଘର ଚାରିପାଖରେ ନିଜକୁ ପରିଣତ କରିଚନ୍ତି ଗୋଟେ ସବୁଜ ବାଡ଼ରେ । ପ୍ରତିରକ୍ଷା ଯୋଗାଇଚନ୍ତି ତା' ଭିତରେ ଥିବା ସମସ୍ତଙ୍କୁ । ଅବାଞ୍ଛିତ ଅନୁପ୍ରବେଶକୁ ଅଟକାଇ ରଖିଚନ୍ତି ବାହାରେ । ଏତେ ଉତ୍ସର୍ଗ ଓ ତ୍ୟାଗ ଅନ୍ତରାଳରେ କେତୋଟି ମୁହୂର୍ତ୍ତ ପାଇଁ ପ୍ରକାଶିତ ହୋଇଥିବା ଅପ୍ରୀତିକର ପ୍ରବୃତ୍ତିଟି ଗୋଟେ ଦୁଃସ୍ୱପ୍ନ ଛଡ଼ା ଆଉ କ'ଣ ହୋଇପାରେ ?

ଶୋଭା ମୁଗ୍ଧ ହୋଇ ଚାହିଁଲେ ପ୍ରଣବଙ୍କ ଆଡ଼େ କିଛି ସମୟ ପାଇଁ । କହିଲେ – "ବହୁଦିନ ପରେ ଆଜି ଭଲ ଲାଗୁଚି । ତୁମେ ଶାନ୍ତିରେ ଏଠି କିଛି ସମୟ କଟେଇଲ । ଆମେ ଦୁହେଁ ବୋଧହୁଏ ଅଯଥାରେ ଛଟପଟ ହେଉଚନ୍ତି । ସମସ୍ୟାଟା ସ୍ୱାଭାବିକ ଭାବରେ ଗ୍ରହଣ କରିପାରୁ ନାହାନ୍ତି ।"

ପ୍ରଣବ ବୁଝିପାରିଲେ, ଏଇ ଯେଉଁ ପ୍ରସଙ୍ଗଟି ଶୋଭା ଉଠାଇଚନ୍ତି, ତାହା ଜେଜେଙ୍କର ପାରାଲିସିସ୍, ଶଯ୍ୟାଶାୟୀ ହୋଇ ଆର୍ତ୍ତନାଦ କରିବା ଯୋଗୁ ସୃଷ୍ଟି ହୋଇଥିବା ଆତଙ୍କ ସଂପର୍କିତ । ସେ ପତ୍ନୀଙ୍କୁ ଚାହିଁଲେ କିଛି ସମୟ ପାଇଁ । କହିଲେ – "ଆମେ ସତରେ କାହିଁକି ଏମିତି ହେଉଥିଲେ ? କାହା ପାଖରୁ ଖସି ପଳେଇବା ପାଇଁ ଚେଷ୍ଟା କରୁଥିଲେ ?" ସେ ଟିକିଏ ରହି କହିଲେ – "ଝିମ୍ପୁ ପିଲାଲୋକ । ତରତର ହୋଇ ଘରୁ ପଳେଇଲା । ତେବେ ତା' ମାନସିକତାର ସ୍ୱରୂପ ବର୍ଣ୍ଣନା କରିଥିଲା ସେ'ଦିନ । ମୋତେ ଆଶ୍ଚର୍ଯ୍ୟ ଲାଗୁଚି ଏଇଥିପାଇଁ ଯେ, ମୁଁ ମଧ ତା'ଭଳି ଭାବୁଥିଲି । ଅସ୍ଥିର କ୍ରୋଧାନ୍ୱିତ ହୋଇଥିଲି ।"

– "ମୁଁ ବି ।" ସ୍ୱୀକାର କଲେ ଶୋଭା । "ଆମ ଭିତରେ ମଧ ଝିମ୍ପୁ ଭଳି ପିଲାଳିଆ ମନୋଭାବ ଥିଲା । ଆମେ ବାସ୍ତବତାକୁ ଡରୁଥିଲେ କାହିଁକି ?"

– "ସତରେ ଡରୁଥିଲେ କାହିଁକି ?" ପ୍ରଣବ ପୁନରାବୃତ୍ତି କଲେ ଏବଂ ଦେଖାଗଲେ ଆତ୍ମବିଶ୍ୱାସୀ ଓ ସଂକଳ୍ପବଦ୍ଧ । କିଛି ସମୟ ପରେ କହିଲେ – "ମୁଁ ଗୋଟେ କଥା ଭାବୁଥିଲି ।"

– "କ'ଣ ?" ଶୋଭା ଆଗ୍ରହୀ ହୁଅନ୍ତୁ ବୋଲି ଆଶା କରୁଥିଲେ ପ୍ରଣବ ।

– "ମୁଁ ଭାବୁଥିଲି ।" ସେ ପତ୍ନୀଙ୍କ ଆଡ଼େ ମୁହଁ ବୁଲାଇ ଆରମ୍ଭ କଲେ – "ମୁଁ ଭାବୁଥିଲି, ଆମେ ପୁଣି ଥରେ ବାପାଙ୍କ ପାଖକୁ ଫେରିଯାଆନ୍ତେ ।"

ସେ ଟିକିଏ ରହିଗଲେ ଶୋଭାଙ୍କର ପ୍ରତିକ୍ରିୟା ଜାଣିବାପାଇଁ । କହିଚାଲିଲେ – "ଆମେ ବାପାଙ୍କ ପାଖରୁ ବହୁତ ବାଟ ପଳେଇ ଆସିଚନ୍ତି । ଆମେ ଅନିଃଶ୍ୱାସୀ ହୋଇ ଧାଇଁଚନ୍ତି ଗୋଟେ ରୁମ୍‌ରୁ ଅନେକ ବାଟ ପଳେଇଯିବା ପାଇଁ । ଆମକୁ ଗୋଟେ

ଆର୍ତନାଦ ଶୁଭନ୍ତା ନାଇଁ। ବିଚ୍ଛଣାରେ ଦରମଲା ହୋଇ ପଡ଼ିଥିବା ଭୟଙ୍କର ବାସ୍ତବତା ମିଛ ହୋଇଯାଆନ୍ତା ଆମ ପାଇଁ। ଏଥିପାଇଁ ବ୍ୟାକୁଳ ହୋଇ ଧାଉଁଥିଲେ।"

ପ୍ରଣବଙ୍କ ସ୍ୱର ଓଦା ହୋଇଆସୁଥିଲା କ୍ରମଶଃ। କହିଲେ - "ଏମିତି ବି ହୋଇପାରେ। ବାପାଙ୍କର ଏଇ ଅବସ୍ଥା ଗୋଟେ ଅପ୍ରତ୍ୟାଶିତ ବିସ୍ଫୋରଣ ବି ହୋଇପାରେ। ଆମେ ନିଜ ନିଜ ପାଖରୁ ଛିଟିକି ପଡ଼ିଚନ୍ତି। ଆମେ ତାଙ୍କ ପାଖକୁ ଫେରିଯିବା, ଶୋଭା। ସେ ଆମଠାରୁ ବର୍ତମାନ ବେଶୀ ଆବେଗ ଚାହୁଁଚନ୍ତି। ସେ ନିଜ ରିକ୍ତତାକୁ ଗ୍ରହଣ କରିପାରୁ ନାହାନ୍ତି।"

ଶୋଭା ଶୁଣିପାରୁଥିଲେ ନିଜ ଭିତରେ ଗୋଟେ ଦରଦୀ ସ୍ୱର ଝଙ୍କୃତ ହେଉଥିବାର। ତେବେ ଏଇ ଯେଉଁ ଫେରିଯିବା କଥାଟା କୁହାଗଲା, ତାହା କିପରି କରାଯାଇପାରେ, ତାହା ବୁଝିପାରୁ ନଥିଲେ ସେ।

- "କଥାଟା ଖୁବ୍ ସହଜ।" ଉସ୍ଵାହର ସହିତ କହିଲେ ପ୍ରଣବ। "ବାପା ନର୍ସିଙ୍ଗହୋମ୍‌ରୁ ଫେରିବା ପରେ ଆମେ ଯେମିତି ତାଙ୍କ ପାଖରେ ବସାଉଠା କରୁଥିଲେ, ପରିବାରର ବ୍ୟାପାର ଆଲୋଚନା କରୁଥିଲେ, ଠିକ୍ ସେମିତି କରିବା। ତାଙ୍କ ମନରେ ଧାରଣା ଦେବା ଯେ, ଆମେ ଅଛୁ ତାଙ୍କ ପାଖରେ। ଯେମିତି ଥିଲୁ। ଶାରୀରିକ ସ୍ତରରେ ନୁହେଁ; ମାନସିକ ସ୍ତରରେ ମଧ। ସେ ଆମ ପରିବାରର ମୁରବି। ଆମେ ତଥାପି ତାଙ୍କ ପରାମର୍ଶ ଓ ଜ୍ଞାନ ଦରକାର କରୁ। ସେ ମୋଟେ ଏକୁଟିଆ, ନିଃସଙ୍ଗ ନୁହନ୍ତି। ସେ ଅଛନ୍ତି ଗୋଟେ ସ୍ନେହ-ଆବେଗ-ଭରପୂର, ସୁରକ୍ଷିତ ଘରେ। ବାପାଙ୍କ ମନରେ ଏଇ ଧାରଣା ସୃଷ୍ଟି କରିବା ଖୁବ୍ ଜରୁରୀ।"

ପ୍ରଣବ ଚାହିଁଲେ ଶୋଭାଙ୍କ ମୁହଁକୁ। କ'ଣ ବୁଝିଲେ କେଜାଣି, କହିଲେ - "ତାଙ୍କ ପାଇଁ ତୁମେ କେତେ କ'ଣ କରିଚ। ତାଙ୍କର ଶେଷ ସମୟ ଆସିଗଲାଣି। ଏତିକି ବେଳେ ଆମେ କାହିଁକି ତାଙ୍କୁ ତାଙ୍କ ନିଃସଙ୍ଗତା ଓ ପଙ୍ଗୁତା ଭିତରେ ଛାଡ଼ି ପଳେଇବା ? କମ୍ ଅନ୍! ଆମେ ଦୁହେଁ ଏ ପରୀକ୍ଷାରେ କୃତକାର୍ଯ୍ୟ ହେବା। ବାପାଙ୍କୁ ଗ୍ରହଣ କରିନେବା ଆନ୍ତରିକତାର ସହିତ। ସେ ଯେମିତି ଅଛନ୍ତି।"

ଶୋଭା ଉଦ୍‌ବୁଦ୍ଧ ହୋଇଗଲେ। ଏତେ କଥା କହିବା ଭିତରେ ପ୍ରଣବ ନିଜେ ମଧ ଏକ ବିଚିତ୍ର ଶିହରଣରେ ଉନ୍ମାଦିତ ହୋଇ ପଡ଼ିଥିଲେ। କ'ଣ ମିଳିବ ଏ ଧାଁଦଉଡ଼ରୁ ? କାରଖାନା ଆଧୁନିକ ହେବ। ସଂପ୍ରସାରିତ ହେବ। ଆହୁରି ଧନସଂପଦ ଆସିବ ତାଙ୍କ ପାଖକୁ। କ'ଣ ହେବ ଏ ସବୁ ? ତାଙ୍କ ପାଖରେ ଏବେ ମଧ ପ୍ରଚୁର ସଂପଦ ଅଛି। କିଛି ନ କରି ଘରେ ବସିରହିଲେ ମଧ ସେ ଆରାମଦାୟକ ଜୀବନ ବିତାଇପାରିବେ। କ'ଣ ମିଳିବ ଏୟାରକଣ୍ଡିସନ୍ଡ ଅଫିସରୁ, ଅନ୍ୟମାନଙ୍କୁ ଆଦେଶ

ଦେବା ଆନନ୍ଦରୁ? ସେ କାହିଁକି ବସିରହିବେ ନାଇଁ ଫିନାଇଲ୍, ବ୍ଲିଚିଙ୍ଗ୍ ପାଉଡର ଗନ୍ଧର ଦୁର୍ଗ ଭିତରେ? ତା' ଭିତରେ ହଜିଯାଉଛି, ହାତଛଡ଼ା ହୋଇଯାଉଛି ପ୍ରିୟ ମାଣିଷଜଣକ। କାହିଁକି ସେ ବସିରହିବେ ନାଇଁ ତାଙ୍କ ପାଖରେ?

ଝାମ୍ପୁ ଯିବା ପରଠାରୁ ଜେଜେ ଅନୁଭବ କରୁଥିଲେ, ତାଙ୍କ ଚାରିପାଖ ପୃଥିବୀର ପତନ ଘଟିଚି। ଆଉ କେହି ନାହାନ୍ତି ତା' ଭିତରେ ନିଜର ହୋଇ। କିଛି ହେଲେ ଗ୍ରହଣ କରିବାପାଇଁ ତାଙ୍କର ଇଚ୍ଛା ନଥିଲା। ସେ କେବଳ ଭାବୁଥିଲେ, ବିଛଣାରେ ପଡ଼ିଥିବା ଅବସ୍ଥାରେ ସେ ଆଖି ବୁଜିଦିଅନ୍ତେ। ଅଣ୍ଟାରୁ ଗୋଡ଼ ପର୍ଯ୍ୟନ୍ତ ରହିଥିବା ପକ୍ଷାଘାତ ବ୍ୟାପିଯାଆନ୍ତା ତାଙ୍କର ତମାମ ଶରୀର ଉପରେ। ହୃତ୍‌ପିଣ୍ଡ, ଫୁସ୍‌ଫୁସ୍ ରହିଯାଆନ୍ତେ ସ୍ଥିର ହୋଇ, ସହସା ବିଜୁଳି ବନ୍ଦ ହୋଇଗଲେ କାରଖାନାର ସକ୍ରିୟତା ଆପଣାଛାଏଁ ସ୍ଥିର ହୋଇଗଲା ଭଳି।

କିନ୍ତୁ କିଛି ବି ଘଟୁ ନାଇଁ। ବଞ୍ଚ ରହିବାର ସୁଅ ତଥାପି ଅବ୍ୟାହତ ରହିଚି ଅଧା ଦେହରେ। ବେଳେବେଳେ ଲାଗେ, ରକ୍ତ ଯେପରି ଉଠିଆସୁଚି ମୁଣ୍ଡ ଉପରକୁ। ଛାତି ଧକ୍‌ଧକ୍ ହୁଏ। ପ୍ରଖର ହୋଇଯାଏ ନିଃଶ୍ୱାସ-ପ୍ରଶ୍ୱାସ। ଇଚ୍ଛା ହୁଏ, ସବୁ ଜିନିଷକୁ ଭାଙ୍ଗି ଗୋଟେ ଧ୍ୱଂସସ୍ତୂପରେ ପରିଣତ କରିଦିଅନ୍ତେ। ପୃଥିବୀକୁ ଉଠେଇ ଆଣନ୍ତେ ଗୋଟେ ପାପୁଲି ଉପରକୁ। ଆର ପାପୁଲିରେ ପେଷିଦିଅନ୍ତେ ମାମୁଲି ଢେଲାଟିଏ ଭଳି। ଖଣ୍ଡେ ଖବରକାଗଜ ଭଳି ଉଠାଇଆଣନ୍ତେ ଆକାଶକୁ। ଚିରିଦିଅନ୍ତେ ଖଣ୍ଡ ଖଣ୍ଡ କରି। ଏମିତି ଭାବନା ମନଭିତରକୁ ଆସୁଚି ବାରମ୍ବାର। ଅଥଚ ଲାଗୁଚି ସେତେବେଳେ। ଅଥର୍ବ ଦେହର ଅକ୍ଷମତା ଅସହ୍ୟ ହୋଇପଡୁଚି। କିଛି ଗୋଟେ ମାରାତ୍ମକ କାଣ୍ଡ କରିବା ପ୍ରବୃତ୍ତି ରହିଯାଉଚି ବନ୍ଦୀ ହୋଇ, ତାଙ୍କୁ ଆହୁରି ହସ୍ତସନ୍ତ କରିବା ସକାଶେ।

ନୂଆଲୋକ ଦୁଇଜଣଙ୍କୁ ସେ ଦେଖିଲେ। ଭାବିଲେ ସେ ପାଗଳ ହୋଇଯିବେ ଚରମ କ୍ରୋଧରେ। କହିଲେ – "ଗେଟ୍ ଆଉଟ୍। ଏଠୁ ପଲାଅ। ଚାହିଁଚ କ'ଣ ବୋକାଙ୍କ ଭଳି? କାହାର ସାହାଯ୍ୟ ମୋର ଦରକାର ନାଇଁ। ମୁଁ ନିଜର ଯତ୍ନ ନେଇପାରିବି। ଏମାନେ ମୋତେ କ'ଣ ବୋଲି ଭାବିଚନ୍ତି? ଗୋଟେ ନିର୍ଜୀବ ବସ୍ତୁ? ଦିନେ ଏମାନେ ଦେଖିବେ, ମୁଁ ବିଛଣାରେ ପଡ଼ି ରହିନାଇଁ। ସକାଳ ଭ୍ରମଣ କରୁଚି। ସାଇକେଲରେ ବୁଲୁଚି। ମୋର ଆପଣାର ଲୋକମାନଙ୍କ ସଙ୍ଗେ କଥାବାର୍ତ୍ତା କରୁଚି। ତାଙ୍କ ଘରେ ପଖାଳ ଖାଉଚି। ଏ ଘରର ଲୋକମାନେ ମୋ ପଛରେ ଧାଉଁବେ ସେତେବେଳେ। ମୋଠୁ ସ୍ନେହ-ଆଦର ପାଇବା ପାଇଁ ଠିଆହୋଇ ରହିବେ। ଦେଖାଯିବେ ଭିକାରି ଭଳି। ମୁଁ ପ୍ରତିଜ୍ଞା କରୁଚି, ଏମାନଙ୍କ ମୁହଁ ଚାହିଁବି ନାଇଁ ସେତେବେଳେ। କେଉଁଠୁ ଆସିଚ ତୁମେ ଦୁହେଁ? ଆଁ? ଯାଅ, ଏ ଘରେ ତୁମପାଇଁ କିଛି କାମ ନାଇଁ?"

ଜିତୁ ଓ ରାଧେଶ୍ୟାମ ପଳେଇଲେ ସେ ରୁମ୍‌ରୁ। ଜେଜେଙ୍କ ଅପମାନ ଯୋଗୁଁ ନୁହେଁ। ଗୋଟେ ଭୟ ଯୋଗୁଁ। ପ୍ରଣବ, ଶୋଭା ଏବଂ ଲିଲି ଉପାୟହୀନ ଦେଖାଗଲେ। ଶୋଭା କହିଲେ ବିରକ୍ତିର ସହିତ – "କ'ଣ ତେବେ ସେ ଚାହୁଁଚନ୍ତି ? ତାଙ୍କ ମନକୁ ପାଇବା ଭଳି ଲୋକ ଆମେ ଆଣିବୁ କେଉଁଠୁ ? ମୁଁ ଏ ବିଚିତ୍ର ଧର୍ମଘଟ ବିଲ୍‌କୁଲ୍‌ ପସନ୍ଦ କରେ ନାହିଁ।"

– "ଆସ୍ତେ କହ।" ନର୍ଭସ୍‌ ହୋଇଯାଇଥିଲା ଲିଲି – "ଜେଜେ ସବୁ ଶୁଣିପାରୁଥିବେ।"

ମୁଁ ଗୋଟେ କେୟାର କରେନା। କ'ଣ ହୋଇଗଲା, ସେ ସବୁ କଥା ଶୁଣିଲେ ବି ? ସେ ଖୋଲାଖୋଲି କହିଦେଉ ନାହାନ୍ତି କାହିଁକି, କିଏ କେତେବେଳେ ବସିରହିବ ତାଙ୍କ ପାଖରେ ? ଶୋଭା କିନ୍ତୁ ଏ ସବୁ କହିପାରିଲେ ନାହିଁ। ବଡ଼ କଷ୍ଟକର ସେ ଚାପିରଖିଲେ ନିଜର ରାଗ। ଗତକାଲି ପ୍ରଣବଙ୍କ ସହିତ ଆଲୋଚନା ବେଳେ ଯେଉଁ ଆବେଗ ତାଙ୍କ ଠାରେ ସୃଷ୍ଟି ହୋଇଥିଲା, ତାହା ହଜିଗଲା କ୍ଷଣକ ମଧ୍ୟରେ। ଗୋଟେ ଅଦରକାରୀ ବୋଝକୁ କିପରି ଶ୍ରଦ୍ଧା କରାଯାଇପାରିବ, ତାହା ସେ ଭାବିପାରୁ ନଥିଲେ ଜମା।

– "ଆସ।" ପ୍ରଣବ ଠିଆ ହୋଇ ପ୍ରସ୍ତାବ ବାଢ଼ିଲେ।

– "କେଉଁଠିକି ?" ପଚାରିଲେ ଶୋଭା। ଲିଲି ମଧ୍ୟ ଜିଜ୍ଞାସୁ ହୋଇ ଚାହିଁଲା ବାପାଙ୍କ ଆଡ଼େ।

– "ଯିବା ବାପାଙ୍କ ପାଖକୁ।" ପ୍ରକାଶ କଲେ ପ୍ରଣବ। "ଗୋଟେ ଅଭିମାନ କାବୁ କରିଚି ତାଙ୍କୁ। ତାଙ୍କୁ ବୁଝେଇଦେବା ଦରକାର। ସେ ନିଶ୍ଚୟ ବୁଝିଯିବେ। ତାଙ୍କ ପାଖରେ ଆମ ଉପସ୍ଥିତି ତାଙ୍କୁ ଭଲ ଲାଗିବ। ଆସ।" ସେ ଯିବାକୁ ବାହାରିଲେ।

– "ତୁମେ ଯାଅ।" ଗୋଟେ ବାରୁଦ ଗଦା ଭଳି ଦେଖାଯାଉଥିଲେ ଶୋଭା – "ତୁମେ ଦୁହେଁ ଯଥେଷ୍ଟ ହେବ। ଗେହ୍ଲାପୁଅ ସାଙ୍କୁ ପ୍ରାଣଠୁ ଅଧିକ ନାତୁଣୀ ! ମୋର ଯିବା ଦରକାର କ'ଣ ? ହୁଁ ! କ'ଣ ନା ବୁଢ଼ାର ମାନଭଞ୍ଜନ କରିବାପାଇଁ ଯିବି ! ମାଈଁ ଫୁଟ୍‌ !"

ପ୍ରଣବ ଓ ଲିଲି କଥାଟା ଅଧିକ ବଢ଼ାଇଲେ ନାହିଁ। ଗଲେ ଜେଜେଙ୍କ ରୁମ୍‌କୁ। ଲିଲି ଆରମ୍ଭ କଲା – "ଜେଜେ, ବାହାରେ ଶ୍ରୀଧର ଅପେକ୍ଷା କରିଚି। ସକାଳର କାମ ସରିଲେ ତୁମେ ଲନ୍‌କୁ ଯିବ। କିରେ ଜିତୁ ! ଠିଆ ହେଲୁ କ'ଣ ? ଜେଜେଙ୍କୁ ଧର। ବିଲ୍‌କୁଲ୍‌ ସୁନା ପିଲା। ବାପା, ରାଧେଶ୍ୟାମକୁ କୁହ, ଜେଜେଙ୍କର ଲୁଗାପଟା ଆଣିବ।"

ପ୍ରଣବଙ୍କୁ ମଧୁର ଶୁଭିଲା ଝିଅର ଏ ଆଦେଶ। ଲିଲି ସେ ଦୁହିଁଙ୍କୁ ନିର୍ଦ୍ଦେଶ

ଦେଲା, କିଭଳି ସବୁ କାମ କରିବାକୁ ହେବ। କୌଣସି ଝାମେଲା ନାଇଁ, ଜେଜେଙ୍କ ଆଡୁ ପ୍ରତିବାଦ ବି ନାଇଁ। ସେ ଗ୍ରହଣ କରିନେଲେ ନୂଆ ଲୋକ ଦୁଇଜଣଙ୍କର ସାହାଯ୍ୟ।

ବହୁଦିନ ପରେ ଲନ୍ ଉପରେ ଜେଜେ। ଟି-ପୟ ଓ ଚେୟାର ଥୁଆ ହୋଇଚି। ପ୍ରଣବ ଚା'ପିଉଥିବା ଅବସ୍ଥାରେ ଖବରକାଗଜ ଉପରେ ଆଖ୍ ବୁଲାଉଥିଲେ। ଶ୍ରୀଧର ବ୍ୟସ୍ତ ଥିଲା ଜେଜେଙ୍କ ମୁହଁରେ କ୍ରିମ୍ ଲଗାଇ ଫେଣ ସୃଷ୍ଟି କରିବାପାଇଁ। ଜେଜେଙ୍କୁ ଦେଖୁଥିବାବେଳେ ଭାବୁଥିଲା, ଗୋଟେ ଢିଲା ଚମଡ଼ା ଯାହା ଘୋଡେଇ ରଖିଚି ଖପୁରିକୁ। ମୁଣ୍ଡରୁ ଚୁଲ ହଜିଯାଉଚି କେଡେ଼ ଚଞ୍ଚଳ। ଖୁର ଚଲେଇବା କଷ୍ଟ ହୋଇପଡୁଚି। ଏଇ ଦେଖୁନ, ଭଲକରି ବସିପାରୁ ନାହାନ୍ତି ଚେୟାର ଉପରେ। କେହି ଜଣେ ନ ଧରିଲେ ଢଳିପଡୁଚି ମୁଣ୍ଡ ଭଙ୍ଗା। ଗଛଟେ ଭଳି। ଆଉ ବେଶିଦିନ ନୁହେଁ। ଏତେ ଭଲ ମଣିଷଟେ ଚାଲିଯିବ। ଢେର ଦିନ ହେଲା ପଚିବା ଆରମ୍ଭ କଲେଣି ବିଛଣା ଉପରେ।

ଦିନ ପ୍ରାୟ ଏଗାରଟା ବେଳେ ରୁଦ୍ଧଶ୍ୱାସ ଓ ହିଂସ୍ର ହୋଇଯିବା ଅବସ୍ଥା। ଶୋଭା ପ୍ରଥମେ ଭାବିଲେ କେହି ହୁଏତ ଜେଜେଙ୍କର ତଣ୍ଟି ଚିପିଧରିଚି। ସେଥିପାଇଁ ଭଲ ଭାବରେ ଶୁଭୁନାଇଁ ତାଙ୍କର ଯନ୍ତ୍ରଣା-ଜର୍ଜରିତ ଚିତ୍କାର। ତଥାପି ଜଣା ପଡ଼ିଯାଉଚି ତାଙ୍କ ଡାକ- ରଘୁ, ଆରେ ଏ ରଘୁ! କୁଆଡେ଼ ରହିଗଲୁରେ, ରଘୁ!

ଶୋଭା ବୁଝିପାରିଲେ ନାଇଁ, ଏମିତି ମର୍ମନ୍ତୁଦ ଡାକ ଜରିଆରେ ଏ ଘରର ଅଣୁ ପରମାଣୁକୁ ଶିହରିତ କରିବା ଦରକାର କ'ଣ? କାହିଁକି ତାଙ୍କ ରକ୍ତକୁ ବରଫରେ ପରିଣତ କରିବାର ଏଇ ନିର୍ମମ ଷଡ଼ଯନ୍ତ୍ର? ଦୁଇଜଣ ଲୋକ ଅଛନ୍ତି ପାଖରେ। ତାଙ୍କ ମଧ୍ୟରୁ ଜଣକୁ ସେ ପଠେଇ ପାରନ୍ତେ ରଘୁକୁ ଡାକିଆଣିବା ପାଇଁ। ତାହା ନ କରି ଏଇ ମାରାତ୍ମକ ଆର୍ତ୍ତନାଦ। ସତେ ଯେପରି ରଘୁ ସହିତ ତାଙ୍କର କଥାବାର୍ତ୍ତା ଉପରେ ଏ ପୃଥିବୀର ଭବିଷ୍ୟତ ନିର୍ଭର କରୁଚି। ଶୋଭା ଉଠିଆସିଲେ ତରତର ହୋଇ ତାଙ୍କ ରୁମରୁ। ରଘୁକୁ ନ ଅଟକାଇଲେ ସେ ନିଶ୍ଚୟ ପଳେଇଯିବ ଜେଜେଙ୍କ ପାଖକୁ। ଏଣେ ସ୍ଥଗିତ ରହିଯିବ ରୋଷେଇ କାମ। ତିକ୍ତତା ସୃଷ୍ଟି ହେଲା ଶୋଭାଙ୍କର ସମଗ୍ର ସତ୍ତାରେ।

ଠିକ୍ ଏତିକିବେଳେ ଟେଲିଫୋନ୍ ରିଙ୍ କରିବାର ଥିଲା। ଆରପଟୁ ପ୍ରଣବଙ୍କର ସ୍ୱର। କେତେକ ଜରୁରୀ କାମ ଯୋଗୁଁ ଲଞ୍ଚ ପାଇଁ ଆସିପାରିବେ ନାଇଁ। ଝିମ୍ ଝିମ୍ କରି ଉଠିଲା ଶୋଭାଙ୍କର ଦେହ। ଦେହର ହାତ ରହିଲେ ନାଇଁ ନିର୍ଦ୍ଦିଷ୍ଟ ସ୍ଥାନରେ। ଚରମ ବିଶୃଙ୍ଖଳା ଯୋଗୁଁ ସେମାନେ ବାଡେଇହେଲେ ପରସ୍ପର ମଧ୍ୟରେ। ରକ୍ତ ଏଇ ଯେମିତି ଉତୁରିପଡ଼ିବ ଭୟଙ୍କର ଉତ୍ତାପ ଯୋଗୁଁ। ମନରେ ଆଘାତ ପାଇଚନ୍ତି ବୋଲି

ପ୍ରଣବଙ୍କର ଏଇ ପେଖଣା। ଲିଲି ମଧ୍ୟ ଥମଥମ ମୁହଁ ନେଇ ଯାଇଚି କଲେଜ। ଶୋଭା କହିଲେ - "ନ ଆସ ଲଞ୍ଚ ପାଇଁ। କେବେ ବି ନ ଆସ। ହୁ ବଦର୍ସ?"

ରୋଷେଇଘର ଆଡ଼କୁ ଯିବାବେଳେ ରଘୁ ବାହାରି ଆସୁଥିଲା ତରତର ହୋଇ ପିନ୍ଧିଥିବା ପେଣ୍ଟରେ ଓଦା ହାତ ପୋଛୁଥିବା ଅବସ୍ଥାରେ। ଶୋଭା ପଚାରିଲେ - "ଯାଉଚୁ କୁଆଡ଼େ ?"

ଅଟକିବା ଅବସ୍ଥାରେ ନ ଥିଲା ରଘୁ। କହିଲା - "ମୁଁ ଶୁଣିଆସେ। ଜେଜେ ତେଣେ ଡାକୁଚନ୍ତି।"

ସେ ପୁଣି ଚାଲିବା ଆରମ୍ଭ କଲାବେଳେ ଶୁଣିଲା ଦୃଢ଼ ଆଦେଶ - "ଠିଆ ହ। ତେଣେ ଯାଇପାରିବୁ ନାଇଁ। ଦୁଇଜଣ ଲୋକ ଅଛନ୍ତି ତାଙ୍କର ହେପାଜତ ପାଇଁ। ତୁ ଯା, ରୋଷେଇଘରକୁ।"

ଏଥର ରଘୁ ଯେମିତି ଦୃଷ୍ଟିରେ ଶୋଭାଙ୍କୁ ଚାହିଁଲା, ସେଥିରେ ଆଜ୍ଞାବହତା କିମ୍ବା ଭୟର ଚିହ୍ନବର୍ଷ ନଥିଲା। ଗୋଟେ ମୁକାବିଲା ମନୋଭାବ ଥିଲା ସେଥିରେ। ଶୋଭାଙ୍କର ଏଇ ଆଦେଶ କିମ୍ବା ଶାସନକୁ ସେ ମୋଟେ ଖାତିର କରେ ନାଇଁ। ଏହାର ପରିଣତିକୁ ହଜମ କରିବା ପାଇଁ ତା'ର ତାକତ ଅଛି ବୋଲି ସୁଚେଇଦେଲା ସେ। ତାହାର ଗମ୍ଭୀର ଏବଂ ପ୍ରତିଜ୍ଞାବଦ୍ଧ ସ୍ୱର ଶୁଣାଗଲା - "ମୁଁ ଯିବି ଜେଜେଙ୍କ ପାଖକୁ। ଫେରିଆସିବି ଚଞ୍ଚଳ।"

ଅବାକ୍ ହୋଇଗଲେ ଶୋଭା କିଛିକ୍ଷଣ ପର୍ଯ୍ୟନ୍ତ। ମାତ୍ର ପରେ ପରେ ତାଙ୍କ ପାଖକୁ ଫେରିଆସିଲା କ୍ରୋଧ। ଯାଉଥିବା ରଘୁ ଉଦ୍ଦେଶ୍ୟରେ ଚେତାବନୀ ଶୁଣାଇଲେ - "ଫେରିଆସିବା ଦରକାର ନାଇଁ। ତୁ ସେଇଆଡ଼େ ନିଜ ବ୍ୟବସ୍ଥା କରିବୁ।" ତାଙ୍କର ସର୍ବାଙ୍ଗ କମ୍ପିଉଠିଲା, ଯେତେବେଳେ ସେ ଦେଖିଲେ ଯେ ରଘୁ ଆତଙ୍କିତ ହେବା ତ ଦୂରର କଥା, ତାଙ୍କ ଆଡ଼େ ଫେରି ଚାହିଁଲା ନାଇଁ।

- "କିରେ, ରୋଷେଇ ତ ସରି ନଥିବ।" ରଘୁକୁ ପଚାରିଲେ ଜେଜେ। ତାହାର ଉପସ୍ଥିତି ଜେଜେଙ୍କୁ ଯଥେଷ୍ଟ ଆନନ୍ଦ ଦେଇ ପାରିଥିବା କଥା ରଘୁ ସହଜରେ ଅନୁମାନ କରିପାରିଲା।

- "ନା।" ରଘୁ ଚେଷ୍ଟାକଲା ପ୍ରସନ୍ନ ଦେଖାଯିବାକୁ।

- "ଶୋଭା କିଛି କହୁଥିଲା କି ?" ଜେଜେ ଏହା ଚିନ୍ତିତ ହୋଇ ପଚାରି ନଥିଲେ।

- "କହିଲେ, ଯା ଶୁଣିଆସିବୁ କାହିଁକି ଡାକୁଚନ୍ତି।" ରଘୁ ଉତ୍ତର ଦେଲା। ଜେଜେ ହସିଲେ ଟିକିଏ, ମୁଣ୍ଡ ହଲାଇଲେ। ବେଶ୍ କିଛି ସମୟ ପରେ

କହିଲେ – "ଭାରି ଏକୁଟିଆ ଲାଗୁଚି ବୋଲି ତୋତେ ଡାକୁଚି। ଏ ଲୋକ ଦୁଇଜଣ ନୂଆ। ସେମାନଙ୍କ ସହିତ ବେଶୀ ଗପସପ କରିହେଉନାହିଁ। ବସୁ ନୁ? ବସ୍, ସେଇ ଚେୟାରରେ, ନ ହେଲେ ମୋ ପାଖରେ, ଏଇ ଖଟରେ।"

ରଘୁ ପ୍ରଥମେ ଜାଣିପାରିଲା ନାହିଁ ସେ କରିବ କ'ଣ। ରୋଷେଇ କାମ ତେଣେ ଅଧା ହୋଇଚି। ତା' ସାଙ୍ଗକୁ ଶୋଭା ବିଗିଡ଼ି ଯାଇଚନ୍ତି। ଡେରି ହେଲେ କ'ଣ ନାହିଁ କ'ଣ ହୋଇଯିବ। ଏଣେ ଜେଜେ ଯଦି ଗପିବା ଆରମ୍ଭ କରିବେ, ତେବେ ତାହା ଚଞ୍ଚଳ ସରିବ ନାହିଁ। ପିଲାଦିନର, ଚାକିରି ସମୟର ବିଭିନ୍ନ କଥା କହିବେ। କେତେବେଲେ ହସି ହସି, ଗମ୍ଭୀର ହୋଇ, ଆଖି ଛଳଛଳ କରି। ବର୍ତ୍ତମାନର ପାରାଲିସିସ୍ ଅବସ୍ଥା କଥା ଆରମ୍ଭ କଲେ ଗୁଡ଼ାଏ କାନ୍ଦିବେ ଏବଂ ଚୁପଚୁପ୍ କହିବେ – କେହି ତାଙ୍କୁ ପଚାରୁନାହାନ୍ତି। ଖାଲି ଲିଲି ଓ ରଘୁ ଅଛନ୍ତି ବୋଲି ବଞ୍ଚରହିଚନ୍ତି କୌଣସିମତେ। ଏଇ ସମୟ ତକ ସବୁଠୁ ବେଶୀ କରୁଣ ହୋଇପଡେ। ରଘୁ ଦେଇପାରେ ନାହିଁ ସନ୍ତୋଷଜନକ ଆଶ୍ୱାସନା। କେବଳ କହେ ଯେ, ସେ ପାଖରେ ଅଛି। ସେ ଥିବା ପର୍ଯ୍ୟନ୍ତ ତାଙ୍କର ଚିନ୍ତା କରିବାର କୌଣସି କାରଣ ନାହିଁ।

କିନ୍ତୁ ସେ'ଦିନ ରଘୁକୁ ବିସ୍ମିତ କରି ଜେଜେ ପ୍ରସ୍ତାବ ଦେଲେ – "ମୁଁ ଭାବୁଚି, ତୁ କିଛିଦିନ ଗାଁ ଆଡୁ ବୁଲିଆସନ୍ତୁ।"

ରଘୁ ବୁଝିପାରିଲା ନାହିଁ। ଚାହିଁଲା ତାଙ୍କ ଆଡ଼େ ନିର୍ବୋଧଙ୍କ ଭଳି। ଜେଜେ କହିଲେ – "ଏକଥା ପରେ ଆଲୋଚନା କରିବା। ତୋ' ପାଇଁ ଫାଷ୍ଟକ୍ଲାସ ଯୋଜନା ମୁଁ କରି ରଖିଚି।"

ପ୍ରାୟ ଘଣ୍ଟାକ ପରେ ରଘୁ ଫେରିଲା ସେ ରୁମ୍‌ରୁ। ତା'ର ଦୁଇଗୋଡ ଓ ମସ୍ତିଷ୍କ ସ୍ତାଣୁ ହୋଇଗଲା। ରୋଷେଇଘରେ ତାଲା ପଡ଼ିଚି। ବିଚଳିତ ଓ ଆତୁର ହୋଇପଡିଲା ସେ। ଶୋଭାଙ୍କ ରୁମ୍ ଆଡ଼େ ଗଲାବେଲେ ଦେଖିଲା, ସେ ବାହାରି ଯାଉଚନ୍ତି। ରଘୁ ଧାଇଁଯାଉଥିଲା ତାଙ୍କ ଗୋଡ଼ତଲେ ପଡ଼ିଯିବାକୁ, ତାଙ୍କର ସମସ୍ତ ଶାସ୍ତି ଗ୍ରହଣ କରିନେବାକୁ। ଅନେକ ଶାନ୍ତି ମିଳିଥାନ୍ତା ତାହା ହୋଇଥିଲେ। ସେ ନିରୁପାୟ ହୋଇ ଦେଖିଲା, ଶୋଭା ଆଗେଇ ଯାଉଚନ୍ତି ବାହାରକୁ। କିଛି ସମୟ ପରେ ଗ୍ୟାରେଜରୁ ବାହାରିଗଲା ତାଙ୍କ କାର୍। ସେ ନିଜେ ଡ୍ରାଇଭିଙ୍ଗ୍ କରୁଥିଲେ।

ଦିନ ତିନିଟାବେଲେ ଲିଲି ଫେରିଲା କଲେଜରୁ। ଶୁଣିଲା ସବୁକଥା। ବେଶ୍ କିଛି ସମୟ ପାଇଁ ସେ ବସିରହିଲା ବ୍ଲାଙ୍କ୍ ମୁଣ୍ଡ ନେଇ। ଏପରି ସଙ୍କଟର ମୁକାବିଲା କିପରି କରାଯାଇପାରେ, ତାହା ଜାଣିପାରୁ ନଥିଲା ସେ। ଏହାର ପରବର୍ତ୍ତୀ ମାନସିକ ଅବସ୍ଥା ଥିଲା ଭିନ୍ନ ଧରଣର। ତା'ର ମର୍ମସ୍ଥଲକୁ କମ୍ପିତ କରି ସମଗ୍ର ଦେହ ଭିତରେ

ବ୍ୟାପିଗଲା ଗୋଟେ କରୁଣ ମୂର୍ଚ୍ଛନା । ସେ ନିୟନ୍ତ୍ରଣ କରିପାରୁ ନଥିଲା ନିଜକୁ । ଜେଜେ, ବିଚରା ଜେଜେ! ଆହା, ନିରୀହ ଅସହାୟ ରଘୁ! ଅଭିଶପ୍ତ ସୁନନ୍ଦା ଭବନ!

– "ତୁ ତ ଖିଆପିଆ କରି ନଥିବୁ ।" ଲିଲି ଅନେକ ସମବେଦନା ନେଇ ପଚାରିଲା ।

ଖିଆପିଆ! ରଘୁକୁ ଏ କଥା ଗୋଟେ ପିଲାଳିଆମି ଓ ନିର୍ବୋଧତା ଭଳି ଜଣାପଡ଼ିଲା । ତା' ପାଇଁ ସମସ୍ୟାଟା ଥିଲା ବିଶାଳ ଓ ଯଥେଷ୍ଟ ନିଷ୍ଠୁର । ତା' ତୁଳନାରେ ଖିଆପିଆ କଥାର ମୂଲ୍ୟ କ'ଣ? ସେ ସ୍ୱୀକା କଲା – "ମୋତେ ଭାରି ଡରମାଡୁଚି । ଜେଜେଙ୍କ ଉପରେ କିଛି ଗୋଟେ ହୋଇଗଲେ, ଏ ଜୀବନ ବାହାରିଯିବ ।" ତା'ର ନିରୁପାୟ ମୁହଁ ଉପର ଦେଇ ଝରିଆସୁଥିବା ଲୁହକୁ ସେ ପୋଛିଲା ପାପୁଲିରେ ।

– "ତୁ ଥୟଧର ।" ଲିଲି ସ୍ୱରରେ ଥିଲା ତା' ପ୍ରତି ସାନ୍ତ୍ୱନା ଓ ସମ୍ଭାବ୍ୟ ଝଡ଼କୁ ମୁକାବିଲା କରିବାପାଇଁ କଠୋରତ । – "ତୋର କିମ୍ବା ଜେଜେଙ୍କର କିଛି ହେବ ନାଇଁ । ମୁଁ ଅଛି ସେଥିପାଇଁ ।"

– "ଜେଜେ ମୋତେ ଗାଁକୁ ଯିବାପାଇଁ କହୁଥିଲେ କାହିଁକି, ମୁଁ ବୁଝିପାରୁ ନାଇଁ ।" ଯଥାସମ୍ଭବ ଧୀର ସ୍ୱରରେ କହିଲା ରଘୁ ।

– "କ'ଣ କହିଲୁ? ତୋତେ ଗାଁକୁ ଯିବାପାଇଁ କହୁଥିଲେ?" ସ୍ତମ୍ଭୀଭୂତ ହୋଇଗଲା ଲିଲି । ସବୁ ଜଣାପଡ଼ିଲା ରହସ୍ୟମୟ । ଏ ରହସ୍ୟ ସତେଯେପରି ସୃଷ୍ଟି କରୁଥିଲେ ଜେଜେ । ଏଇ ବାଗରେ ସେ କିଛି ଗୋଟେ ପରୀକ୍ଷା କରୁଥିଲେ । ପରିବାରର ସମସ୍ତେ ହୋଇପଡ଼ିଲେ ତାଙ୍କ ଲାବୋରେଟୋରୀର ସାମଗ୍ରୀ ।

ମା' ଗଲା କୁଆଡ଼େ? ଲିଲି ପ୍ରଥମେ ଭାବିଲା, ହୁଏତ ବାପାଙ୍କ ପାଖକୁ ଯାଇଥାଇପାରେ । ମା ବାସ୍ତବିକ କେଉଁଠି ଏବଂ କାହିଁକି? ତାହା ଜାଣିବାର ଉପାୟ କ'ଣ? ଲିଲି ଆଦୌ ଚାହୁଁ ନଥିଲା, ଘରେ ସୃଷ୍ଟି ହୋଇଥିବା ଏ ସମସ୍ୟା କଥା ବାପା ଜାଣନ୍ତୁ କାରଖାନାରେ ଥାଇ । ସେଠାରୁ ଫେରିଆସିଲେ ଜାଣିବେ ।

– "ହାଲୋ ।" ଟେଲିଫୋନ୍ ଆରପାଖରେ ପ୍ରଣବ ।

– "କିଛି ନାଇଁ ବାପା ।" କହିଲା ଲିଲି – "ମା' ଏଇଠି ବସିଚି ପାଖରେ । ତୁମେ ଆଜି ଲଞ୍ଚ ପାଇଁ ଆସିବ ନାଇଁ ବୋଲି ମନକଷ୍ଟ କରୁଚି ।" ମିଛ କହିବାକୁ ପଡ଼ିଲା ।

ସେଠାରୁ ଉତ୍ତର ଶୁଣିବା ପରେ ଲିଲି ରଖିଦେଲା ଫୋନ୍ ଚିନ୍ତିତ ହୋଇ – ନା, ମା' ସେଠାକୁ ଯାଇ ନାଇଁ । ବାପାଙ୍କ କଥାରୁ ତାହା ସହଜରେ ଅନୁମାନ କରିହେଉଚି ।

ରାତି ଆଠଟା ବେଳକୁ କାର୍ ଅଟକିଲା। ପ୍ରଣବ ଓହ୍ଲାଇଆସିଲେ ତା' ଭିତରୁ। ଡ୍ରଇଂରୁମ୍ ଅତିକ୍ରମ କଲାବେଳେ ଶୁଭିଲା ଜେଜେଙ୍କର ସ୍ୱର– "ପ୍ରଣବ, ଟିକେ ଶୁଣିଯିବୁ।"

ଜେଜେ ଚାହିଁଲେ ପ୍ରଣବକୁ କିଛି ସମୟ ପାଇଁ। ତାଙ୍କ ମୁହଁ ଉପରେ ଥିଲା ଗୋଟେ ଉତ୍ତେଜନା – "ଶୋଭା କୁଆଡ଼େ ଯାଇଟି, କିଛି ସନ୍ଧାନ ମିଳିଲା ?"

ପ୍ରଣବ ଚାହିଁରହିଲେ ଜେଜେଙ୍କ ଆଡ଼େ କିଛି ସମୟ ପାଇଁ ବୋକାଙ୍କ ଭଳି – "ଶୋଭା କୁଆଡ଼େ ଯାଇଟି ? ଘରେ ଥିବା। ନାହିଁ କି ?"

"ଶୁଣ୍।" ଜେଜେ କହିଲେ କମ୍ପିତ ସ୍ୱରରେ ସମ୍ଭବତଃ ଉତ୍ତେଜନା ଯୋଗୁ – "ଶୁଣ। କଥାଟା ଏତେ ବଢ଼େଇବା ଠିକ୍ ନୁହେଁ। ସୁନନ୍ଦା ଭବନ ଭିତରେ ଏସବୁ କୁତ୍ସିତ ଜଣାପଡ଼ୁଚି। ପରିବାରର ସମସ୍ତେ ରୁଗ୍ଣ ହୋଇପଡ଼ୁଚନ୍ତି। ଏ ସଂକ୍ରମଣର ପ୍ରତିଶୋଧ କର। ମୋତେ ଏକୁଟିଆ ଲାଗେ। ରଘୁକୁ ଡାକେ। ମୋ ସ୍ୱରକୁ ଏତେ ଡରିବାର କି ଘୃଣା କରିବାର କିଛି ନାହିଁ। ଡାକିବା ଦରକାର ପଡ଼ନ୍ତା ନାହିଁ। କିନ୍ତୁ କଲିଙ୍ଗ୍ ବେଲ୍ର ସୁଇଚ୍ ମୋ ପାଖରେ ରହିବ ବୋଲି ପ୍ରସ୍ତାବ ଦିଆଯାଇଥିଲା। ତାହାକୁ ନାକଚ କଲେ ସମସ୍ତେ। କ'ଣ ନା, ମୋ ପାଖରେ ସବୁବେଳେ ଘରମାଣିଷ ଥିବେ।" ଭାରି ପରିହାସପୂର୍ଣ୍ଣ ଥିଲା ଶେଷ ପଦକ। ପୁଣି କହିଲେ – "ଏଥିପାଇଁ ରଘୁକୁ ଡାକିବାକୁ ପଡ଼େ। ମୋର ନିୟନ୍ତ୍ରଣ ରହେ ନାହିଁ ମୋ ସ୍ୱର ଉପରେ ସେତେବେଳେ।"

ଏଇଟା ଥିଲା ଗୋଟେ ଅତର୍କିତ ଆକ୍ରମଣ। ପ୍ରଣବ ପ୍ରସ୍ତୁତ ନଥିଲେ ଏହାର ମୁକାବିଲା କରିବାପାଇଁ। ଜେଜେଙ୍କ ବକ୍ତବ୍ୟ ଶେଷ ହୋଇ ନ ଥିଲା – "ରଘୁକୁ ମୁଁ ବାରମ୍ବାର ଡାକିବି। ସେ ମାଡ଼ ଖାଉ ବା ଧମକ ଶୁଣୁ। ମୋ ପାଖରେ ରହିବା ଦରକାର ଚିହ୍ନ। ମୁହଁଟେ।" ସେ ଧଇଁସଇଁ ହୋଇପଡ଼ୁଥିଲେ ମଧ୍ୟ କହିଚାଲିଲେ – "ନର୍ସିଙ୍ ହୋମରୁ ଏଠାକୁ ଆସିଲି ବୋଲି ଝାମ୍ପୁ ମୋତେ ସ୍ୱାର୍ଥପର ବୋଲି କହିଲା। କହୁ। ମୋର ଦୁଃଖ ନାହିଁ। ମୁଁ ବି ଅନେକ ଦିନୁ ନର୍ସିଙ୍ଗହୋମକୁ ଫେରିଯିବାକୁ ମନ କରୁଚି। ଯାଇପାରୁନାହିଁ ଏ ଘରର ଇଜ୍ଜତ ଚାଲିଯିବ ବୋଲି। ମୋର ଆଉ ବେଶୀ ଦିନ ନାହିଁ। ମରିବା ପୂର୍ବରୁ ଘରେ ସମସ୍ତେ ଯେମିତି ଦହଗଞ୍ଜ ହେଉଚନ୍ତି, ସେଇକଥା ମୋ ପାରାଲିସିସ୍‌କୁ ବେଶୀ ଶୋଚନୀୟ କରିପକାଉଚି।"

ଘର ଭିତରର ଏସବୁ କଥା ଜେଜେ ଜାଣିଲେ କିପରି ? ପ୍ରଣବ ଜମା ଭାବୁ ନଥିଲେ ଶୋଭା କଥା। ସେ ଭୟଭୀତ ହୋଇପଡ଼ିଥିଲେ ଏଇ କାରଣରୁ ଯେ ଘର ଲୋକଙ୍କର ତାଙ୍କ ପ୍ରତି ଥିବା ସମସ୍ତ ମନୋଭାବ ଓ ଅନୁଭବ ସେ ଜାଣିପାରୁଚନ୍ତି। ବିଛଣା ଉପରେ ବନ୍ଦୀ ହୋଇ ରହିଥିଲେ ବି।

ରାତି ଦଶଟା ବେଳକୁ କାର୍‌ ଗଲା ଗ୍ୟାରେଜ୍‌ ଆଡ଼କୁ । ଜେଜେ ବ୍ୟସ୍ତତାର ସହିତ କହିଲେ – "କିରେ, ଜିତୁ, ରଘୁ ! ଶୋଇ ପଡ଼ିଲ କିରେ ? ଆଲୁଅଟା ଜଳା ।" ପରକ୍ଷଣରେ ଆଲୋକିତ ହେଲା ତାଙ୍କ ରୁମ୍‌ । ତାଙ୍କ ରୁମ୍‌ ସାମ୍ନା ରାସ୍ତାରେ ଆଗେଇ ଆସୁଥିଲା ପାଦଶବ୍ଦ । ତାହା ଡ୍ରଇଂରୁମ୍‌ ଭିତରେ ପ୍ରବେଶ କରିବା ପରେ ଜେଜେ ଡାକିଲେ – "ଶୋଭା, କିରେ ? ଟିକିଏ ଶୁଣିଯିବୁରେ, ମା ।"

ଶୋଭାଙ୍କର ପାଦ ପୋତି ହୋଇଗଲା ସ୍ଥିରତା ଭିତରେ । ପ୍ରଥମେ ବିରକ୍ତି । ପରେ ପରେ ଆଶଙ୍କା । ପୁଣି ଅମାନ୍ୟ କରିବାର ଇଚ୍ଛା । ସେ ଇତସ୍ତତଃ ହୋଇପଡ଼ିଲେ । ନୀରବ ଘର ଭିତରେ ସ୍ପଷ୍ଟ ଶୁଣିପାରିଲେ ନିଜର ହୃତ୍‌କମ୍ପନ । ମନ୍ତ୍ରମୁଗ୍ଧ ହେବା ଭଳି ଆଗେଇଗଲେ ଜେଜେଙ୍କ ରୁମ୍‌ ଆଡ଼କୁ ।

– "ମା'ରେ, ତୋତେ ଗୋଟେ କଥା ମାଗିବି । ସାମାନ୍ୟ କଥାଟେ । ତୁ ମନା କଲେ ମୋ ମନରେ ଆଘାତ ଲାଗିବ ।" ଜେଜେଙ୍କର ଅନୁନୟ ସ୍ୱର ଦରଜା ପାଖରେ ଠିଆ ହୋଇଥିବା ଶୋଭାଙ୍କୁ ବିଚଳିତ କଲା । ସେ କେବଳ ପ୍ରଶ୍ନବାଚୀ ଆଖିରେ ଚାହିଁ ରହିଲେ ଜେଜେଙ୍କୁ ।

– "ରଘୁକୁ ମୁଁ ମଝିରେ ମଝିରେ ଡାକିବି ।" ଜେଜେ ରହିଗଲେ ଟିକିଏ – "ମୁଁ ଜାଣେ, ରୋଷେଇ କାମରେ ବିଭ୍ରାଟ ଘଟିବ । ତୁମକୁ ଜାଣିଶୁଣି ସଉକରେ ହଇରାଣ କରୁନାହିଁ । ଏକୁଟିଆ ଲାଗୁଚି । ମନ ହେଉଚି ଗୁଡ଼ାଏ ଗପିବାକୁ । ଖାଲି ସେଇଥିପାଇଁ ତୋତେ ଏଇ ନିବେଦନ । ମୋ ପାଖକୁ ଆସିବା ପାଇଁ ରଘୁକୁ ଅନୁମତି ଦେବୁ ।"

ଶୋଭା ସେଇ ମୁହୂର୍ତ୍ତରେ ରଘୁକୁ ଯଦି ସାମ୍ନାରେ ପାଇଥାନ୍ତେ, ତେବେ ବୋଧହୁଏ ନାରକୀୟ ଘଟଣାଟେ ଘଟାଇଥାନ୍ତେ । ତାଙ୍କର ସନ୍ଦେହ ରହିଲା ନାହିଁ ଯେ, ସେ ନିଶ୍ଚୟ ସବୁ କଥା କହିଚି ଜେଜେଙ୍କ ପାଖରେ । ତାଙ୍କ ମନକଥା ବୁଝିବା ଭଳି ଜେଜେ କହିଲେ – "ତୁ ଭାବୁଥିବୁ, ରଘୁ ଘରର ଯାବତୀୟ ଘଟଣା ମୋ ପାଖରେ କହୁଚି । ଏକଥା ଠିକ୍‌ ନୁହେଁ । ଏ ଘରେ କ'ଣ ସବୁ ଘଟୁଚି, କିଏ କ'ଣ ଭାବୁଚି, କ'ଣ କରୁଚି ତାହା ଜାଣିବାପାଇଁ ଖୁବ୍‌ ବେଶୀ ଚତୁରତା ଦରକାର ନାହିଁ । ମୁଁ ଜାଣିପାରୁଚି ସବୁ କଥା । ରଘୁ ମୋ ପାଖରେ କିଛି ସମୟ କଟାଇବ । ସବୁବେଳେ ନୁହେଁ, ମୁଁ ଦରକାର କଲାବେଳେ ।"

– "ଏଥରେ ମୁଁ ଆପତ୍ତି କରିବି କାହିଁକି ?" ସମସ୍ତ ଚେଷ୍ଟା ସତ୍ତ୍ୱେ ନିଜ ସ୍ୱରକୁ ସ୍ୱାଭାବିକ କରିପାରିଲେ ନାହିଁ ଶୋଭା – "ସେ ଆପଣଙ୍କ ପିଲା । ଆପଣ ତାକୁ ପିଲାଦିନୁ ଷ୍ଟେସନରୁ ଆଣି ବଢ଼େଇଚନ୍ତି । ତେବେ ରୋଷେଇ କାମ ପାଇଁ

ଲୋକଟେ ଯୋଗାଡ଼ କରିବାକୁ ହେବ। ସେଇ କାମ କରିବାପାଇଁ ମୋର ଆଉ କ'ଣ ବୟସ ଅଛି।"

ଜେଜେ ପ୍ରତିବାଦ କରୁଥିଲେ – "ତାକୁ ମୁଁ ଏକୁଟିଆ ଷ୍ଟେସନରୁ ଆଣି ପାଳି ନ ଥିଲି। ତୁ ବି ପାଳିଲୁ। ସେମିତି କହିବାକୁ ଗଲେ, ବହୁତ ଖୋଜା ଖୋଜି ପରେ ତୋତେ ତ ପୁଣି ବୋହୂକରି ଆଣିଥିଲି!"

– "ହଁ।" ଶୋଭା ଗୋଟେ ଗରମ ଢେଉ ଅନୁଭବ କଲେ ନିଜ ଦେହ ଭିତରେ, ମୁହଁରେ। କହିଲେ – "ତାହା ବି ମୁଁ ମନା କରୁନାଇଁ। ତେବେ ଆପଣ ଖୋଜି ମୋତେ ଏଠାକୁ ଆଣି ନଥିଲେ ଆଉ କେହି ଖୋଜି ଥାଆନ୍ତେ। ଅନ୍ୟ କେଉଁଠିକି ବୋହୂ ହୋଇ ଯାଇଥାନ୍ତି।"

ଶୋଭା ଅପେକ୍ଷା କଲେ ନାଇଁ ଜେଜେଙ୍କର ଆଉ କିଛି କଥା ଶୁଣିବାପାଇଁ। ଘରଟା ଆତଙ୍କିତ ହୋଇ ଅପେକ୍ଷା କରୁଥିଲା ବଡ଼ ଧରଣର ଗୋଟେ ଭୟାବହତା ଦେଖିବାପାଇଁ। କିନ୍ତୁ କିଛି ଘଟିଲା ନାଇଁ। ଲିଲି ପଚାରିବାରୁ ଶୋଭା କହିଲେ ଯେ, ସେ ଖାଇକରି ଆସିଚନ୍ତି। କେଉଁଠି ଖାଇଲେ, ଅନ୍ୟମାନେ ଖାଇଲେଣି କି ନା ବୋଲି ପଚାରିଲେ ନାଇଁ।

ଲିଲି ଯଥାସମ୍ଭବ ହସି ହସି କହିଲା – "ମା, ରୋଷେଇଘର ଚାବିକାଠିଟା ଦେ। ରଘୁ ଆମ ପାଇଁ ଖାଇବା ବ୍ୟବସ୍ଥା କରିବ।"

ବ୍ୟାଗ୍ ଭିତରୁ ବାହାରି ଆସିଲା ଚାବିକାଠି। ଲିଲି ହାତକୁ ଦେବାବେଳେ କହିଲେ – "ରଘୁର ଆଜିଠୁ ଛୁଟି ରୋଷେଇଘରୁ। ତା' ଜେଜେ ତାକୁ ପାଖରେ ରଖିବେ। ସେ କାହିଁକି ତୁମ ଖାଇବା ବ୍ୟବସ୍ଥା କରିବ?" ଲିଲି କୌଣସି ମନ୍ତବ୍ୟ ଦେଲା ନାଇଁ। ବାହାରି ଆସିଲା ସେ ରୁମରୁ।

ପରଦିନ ଜେଜେ ପଚାରୁଥିଲେ ପ୍ରସନ୍ନ ସ୍ୱରରେ – "ତୋର ଏ ଘରେ କେତେ ବର୍ଷ ହୋଇଗଲାଣି, ତୋର ମନେ ଅଛି, ରଘୁ?"

ଏଭଳି ପ୍ରଶ୍ନ ଆଗରୁ କେହି ପଚାରି ନଥିଲେ ରଘୁକୁ। ପୁଣି ଗାଁ ଆଡ଼ୁ ବୁଲିଆସିବା ପାଇଁ ଜେଜେଙ୍କର ହସହସ ମୁହଁ ପ୍ରତ୍ୟୟ ସୃଷ୍ଟି କଲା ତା' ମନରେ – "କେଜାଣି ଜେଜେ! ସେ ସବୁର ହିସାବ ମୁଁ କ'ଣ ରଖିପାରିବି? ହିସାବ ରଖି ଲାଭ କ'ଣ?"

ଜେଜେ ତାକୁ ନିରୀକ୍ଷଣ କରୁଥିଲେ ବେଶ୍ ସନ୍ତୁଷ୍ଟ ହୋଇ। ବହିପତ୍ର, ପୋଷାକ, ଲୁଗାପତା ସେ ସଜାଉଥିଲା। ଧୂଳି ଝାଡ଼ୁଥିଲା। ଚୁପଚାପ୍ ବେଶୀ ସମୟ ବସିପାରେ ନାଇଁ ଏ ପିଲାଟା। ହାତଗୋଡ଼ ଖୁଜୁବୁଜୁ ହେଉଥିବ କିଛି ଗୋଟେ କାମ କରିବାପାଇଁ।

ଜେଜେ କହିଲେ– "ପ୍ରାୟ ଦଶବର୍ଷ ହୋଇଗଲାଣି ତୋର ଏ ଘରେ। ତୋ' ସହିତ ଷ୍ଟେସନରେ ଦେଖା ହେବାବେଳେ ତୋତେ ହୁଏତ ଆଠବର୍ଷ ହୋଇଥିଲା।"

– "ମୁଁ ମୂର୍ଖଲୋକ।" କହିଲା ରଘୁ – "ସେସବୁ ହିସାବ ମୋର କୌଣସି କାମରେ ଆସିବ ନାହିଁ।"

– "ତୁ ଚାହିଁଥିଲେ ପାଠ ପଢ଼ିଥାନ୍ତୁ।" ଜେଜେ ମନେପକାଉଥିଲେ ରଘୁର ଅତୀତ– "ସ୍କୁଲ କଥା କହିଲେ ଡରିଲୁ। ମାଷ୍ଟ୍ରକଥା କହିଲେ କାନ୍ଦିଲୁ। ବହିକଥା କହିଲେ ଭୁଲେଇଲୁ। ମନେଅଛି ନା ନାହିଁ?" ବହୁଦିନ ପରେ ଜେଜେ ହସିଲେ ରଘୁ ସହିତ।

– "ରଘୁ।" ଆଦେଶ ଦେଲେ ଜେଜେ – "ଏଇ ଷ୍ଟିଲ୍ ଆଲମାରିଟା ଖୋଲ। ସବା ତଳେ ଗୋଟେ ଡ୍ରୟାର ଅଛି। ହଁ, ଖୋଲ ତାକୁ। ଦେଖିଲୁ, କଳାରଙ୍ଗର ପ୍ଲାଷ୍ଟିକ୍ ଜ୍ୟାକେଟ୍ ଥିବା ଛୋଟ ବହିଟେ ଥିବ। ପାଇଲୁ? ଆଣ ମୋ ପାଖକୁ।'

ବ୍ୟାଙ୍କ୍ ପାସ୍ ବହିଟେ। ଜେଜେ ପୃଷ୍ଠା ଓଲଟାଇଲେ। ସନ୍ତୁଷ୍ଟ ହେବାଭଳି ଦେଖାଗଲେ। କହିଲେ – "ରଘୁ, ଏ ଘରେ ରହିବା ପରଠାରୁ ତୁ ଦରମା ପାଇଆସୁଚୁ।"

ଜେଜେ ଚାହିଁଲେ ତା' ଆଡ଼େ। ଠିକ୍ ଭାବରେ ଜାଣିପାରିଲେ ନାହିଁ, ରଘୁ ମୁହଁରେ ପ୍ରକାଶିତ ହୋଇଥିବା ପ୍ରତିକ୍ରିୟାର ନିର୍ଦ୍ଦିଷ୍ଟ ଭାଷାଟା କ'ଣ। ହୁଏତ ମଧୁର ବିସ୍ମୟଟେ ଥିଲା। ହୁଏତ ଏମିତି କରିବା କ'ଣ ଦରକାର ଥିଲା ବୋଲି କୃତଜ୍ଞତା ସୂଚକ ପ୍ରତିବାଦ ବି ଥିଲା।

– "ଦରମା?" ରଘୁ ପଚାରିଲା – "ଦରମା କାହିଁକି ଜେଜେ?"

ଆମୋଦିତ ହେବାଭଳି ଜେଜେ କହିଲେ – "ତୁ ଏ ଘରେ କାମ କରିଆସୁଚୁ। ତୋ ପରିଶ୍ରମର ବି ମୂଲ୍ୟ ଅଛି ନା ନାହିଁ? ତୁ କ'ଣ ଭାବୁଚୁ ଯେ, ଆମେ ତୋତେ ଦୟା ଦେଖାଇ ଏଠାରେ ରଖ଼ବୁ।"

ଆଭିଭୂତ ହୋଇପଡ଼ିଲା ରଘୁ – "ଜେଜେ, ଆପଣ ଆଜି ଏ ସବୁ କ'ଣ କହୁଚନ୍ତି, ଜେଜେ? ଏ ଘର ଦୟା ନ ଦେଖାଇଥିଲେ ମୋ ଅବସ୍ଥା କ'ଣ ହୋଇଥାନ୍ତା ଷ୍ଟେସନ୍‌ରେ? ମୋତେ ଶହେଥର ଜନ୍ମ ନେବାକୁ ପଡ଼ିବ ଏ ଘରର ରଣ ପରିଶୋଧ କରିବାପାଇଁ। ମୁଁ ତାହା କହୁଚି। ଦରମା କଥା ଆପଣ ଉଠଉଚନ୍ତି କାହିଁକି?"

ଜେଜେ ହସିଲେ ତା'ଆଡ଼େ ଚାହିଁ – "ମୁଁ ଯଦି ତୋତେ ଷ୍ଟେସନରୁ ଆଣି ନ ଥାନ୍ତି, ତେବେ ତୁ ଅନ୍ୟ କେଉଁଠି ରହିଥାନ୍ତୁ। ମୋତେ ମରିଯାଇ ନ ଥାନ୍ତୁ। ଜୀବନର କେତେ ଶକ୍ତି ଅଛି, ତାହା ତୁ ବୁଝିପାରିବୁ ନାହିଁ। ଏହା ଉପରେ ମୁଁ ଭାଷଣ ଦେଉନାହିଁ। ମୋର କହିବା କଥା ହେଉଚି, ଏ ଘରେ ରହିବା ପରେ ପ୍ରତ୍ୟେକ ମାସ ତୋ

ଏକାଉଣ୍ଟରେ ତୋର ଦରମା ଜମା କରୁଥିଲି। ଅନ୍ୟମାନେ ଏ କଥା ଜାଣନ୍ତି କି ନାଁ ମୁଁ ଜାଣେନା। ତୋତେ କିନ୍ତୁ କହି ନଥିଲି।"

ରଘୁ ଚୁପ୍ ଚାପ୍ ବସିଥିଲା, ନିଜ ଭିତରେ ଏକ ଶିହରଣ, ଏକ ସ୍ୱର ଅନୁଭବ କରି, ଶୁଣି। ଜେଜେ କହୁଥିଲେ – "ଭାରି ଚଗଲା ଥିଲୁ ତୁ। ବେଳେବେଳେ ମୋର ଆଶଙ୍କା ହେଉଥିଲା, କେବେ ଯଦି ଆମ ଅଜାଣତରେ ତୁ ଏ ଘର ଛାଡ଼ି ପଳେଇବୁ, ତେବେ ମୁଁ କ'ଣ କରିବି? ତୋ ଦରମା ଟଙ୍କା ଧରି ଏତେ ବଡ଼ ପୃଥିବୀରେ ମୁଁ ତୋତେ କେଉଁଠି ଖୋଜି ପାଇବି?"

– "ଆପଣ ଏଭଳି ଭାବୁଥିଲେ ମୋ ସଂପର୍କରେ?" ରଘୁ ବାସ୍ତବିକ ଆହତ ହୋଇପଡ଼ିଲା – "ଏୟା ମୁଁ କରିଥାନ୍ତି? ପଳେଇଥାନ୍ତି ଆପଣଙ୍କୁ ଛାଡ଼ି? ଏ ଘର ଛାଡ଼ି?"

– "ଶୁଣ।"କେଜେ ବ୍ୟସ୍ତ ହୋଇପଡ଼ିଲେ – "ଏତିକି କଥାରେ ଏମିତି ଗୋଟେ କାନ୍ଦି ପକଉଚୁ କାହିଁକି?" ଯ଼ା'ପରେ ତାଙ୍କ ମୁହଁର ଭାଷା ବଦଳିଗଲା – "ସବୁ ମଣିଷ ଉପରେ ଭରସା କରାଯାଇ ପାରେନା। କାହା ଭିତରେ କ'ଣ ସବୁ ରହିଚି, ତାହା ସହଜରେ ଜାଣିବାର ଉପାୟ ନାଇଁ। ଏବେ ବୁଝୁଚି, ଅନେକେ, ବୋଧହୁଏ ଅଧିକାଂଶ ମଣିଷ ସୁବିଧାବାଦୀ। ଜଣେ ସୁଖରେ ଅଛି, ମନକୁ ପାଇଲାଭଳି ସବୁ ଚାଲିଚି, ତେବେ କେତେ ଭଲ ଆଚରଣ ସେ ନ ଦେଖାଏ! କେଉଁଠି ଟିକିଏ ଅସୁବିଧା ହୋଇଗଲେ ସରିଯାଏ ସବୁ। ଏ ଘରେ କ'ଣ ସବୁ ହେଉଚି, ତୁ କ'ଣ ନିଜେ ଦେଖୁନୁ?" ଗୋଟେ ଶେଷହୀନ ଦୁଃଖର ଆକାର ରହିଥିଲା ତାଙ୍କ କଥାରେ। କେତେ ଅଭିମାନ, ପୁଣି କେତେ ତିକ୍ତତା ବି ଥିଲା ସେଇ ସ୍ୱରରେ। ରଘୁ କହିଲା ନାଇଁ କିଛି।

ଜେଜେ ଦମ୍ ନେଲେ। କହିଚାଲିଲେ – "ତୋ ଅଜାଣତରେ ବ୍ୟାଙ୍କରେ ଠୁଳ ହେଉଥିଲା ତୋ' ଟଙ୍କା।"

ପ୍ରଥମ ଥର ପାଇଁ ଶୁଣୁଥିଲା ଏ କଥା ରଘୁ। ଗୋପନରେ ତା' ପାଇଁ ସୃଷ୍ଟି କରାଯାଉଥିଲା ଅବଲମ୍ବନଟେ। ଜେଜେ କହିଲେ – "ତୁ ବୋଧହୁଏ ଜାଣି ନଥିବୁ, ରେକରିଙ୍ଗ୍ ଡିପୋଜିଟ୍‌ରେ ଅର୍ଥ କ'ଣ। ସେସବୁ ଅବିକା ବୁଝେଇ ଲାଭ ନାଇଁ। ପାଞ୍ଚବର୍ଷ ଧରି ଏଇ ଟଙ୍କା ରହୁଥିଲା ତୋ ନାଁରେ, ତାହା ମାଚ୍ୟୁରିଟି ପାଇବାକ୍ଷଣି କ୍ୟାସ୍ ସାର୍ଟିଫିକେଟ୍ କିଣି ଦେଉଥିଲି। ତା'ପର ପାଞ୍ଚବର୍ଷ ଠାରୁ ଏୟାଏଁ ତୋର ଦରମା ବଢ଼ାଇଥିଲି। ତାହା ମଧ ରେକରିଙ୍ଗ୍ ଡିପୋଜିଟ୍ ଭାବରେ ରହିଆସିଚି।"

ବର୍ତ୍ତମାନ ରହସ୍ୟର ସମାଧାନ କରିପାରିଲା ରଘୁ। ଜେଜେ କେତେଥର ତା'ଠାରୁ

ଦସ୍ତଖତ ନେଇଥିଲେ କେତେକ ଫର୍ମ ଉପରେ। ସେ'ସବୁ ବ୍ୟାଙ୍କ୍ କାଗଜପତ୍ର ବୋଲି ତା'ର ଆଉ ସନ୍ଦେହ ନଥିଲା। ଜେଜେଙ୍କୁ ସେ ଚାହିଁପାରୁ ନଥିଲା ଭଲକରି। ତା' ଆଖି ସାମ୍ନାରେ ସେ କେତେ ସଙ୍କୁଚିତ ହୋଇପଡୁଚନ୍ତି। ବର୍ତ୍ତମାନ ଦେଖାଯାଉଚନ୍ତି ହାଡ଼ର ଛାଞ୍ଚଟିଏ ଭଳି। ଅଥଚ ତାଙ୍କର ପରିଚୟ ଏଇ ସୀମିତ ଛାଞ୍ଚରେ ନ ଥିଲା। ବିଛଣାରେ ପଙ୍ଗୁ ହୋଇ ପଡ଼ିଥିବା ଏଇ ମଣିଷଟି ହିଁ ଜେଜେ– ଏମିତି ଭାବିବା ସମ୍ଭବ ନ ଥିଲା ରଘୁ ପକ୍ଷରେ। ଏଇ ଛାଞ୍ଚ ଚାରିପାଖରେ କିଛି ଖାଦ୍ୟ, ସ୍ୱର୍ଗୀୟ ଜିନିଷର ବିକିରଣ ହେଉଥିଲା। ତାହାହିଁ ଜେଜେ। ରଘୁ ସେଇ ବିକିରଣ ସଂପର୍କରେ ଝାପ୍ସା ଧାରଣାଟେ ପାଇଲା। ତାହାକୁ କିନ୍ତୁ ଠିକ୍ ଭାବରେ ଜାଣିପାରିଲା ନାହିଁ।

– "ସେଇ ଡ୍ରୟାର୍‌ରେ ଅଛି କ୍ୟାସ୍ ସାର୍ଟିଫିକେଟ୍। ନେ, ଧର ଏସବୁ।" ଜେଜେ ଏଥର କହିଲେ ଦୃଢ଼ ସ୍ୱରରେ।

– "ଏବେ ଏସବୁ ନେଇ ମୁଁ କ'ଣ କରିବି ?" ରଘୁ ବିଚଳିତ ହୋଇପଡ଼ିଲା।

– "ତୁ ଏ ଘର ଛାଡ଼ିବୁ।" ଜେଜେଙ୍କର ଏଇ ରାୟ ସତେ ଯେପରି ଆସୁଥିଲା ଏକ ଅଚିହ୍ନା ପୃଥିବୀରୁ। ବହୁ ଦୂରରୁ। ତାଙ୍କର ସ୍ୱର ଓ ମୁହଁ ମଧ ଅଚିହ୍ନା ହୋଇପଡ଼ିଲା।

– "କାହିଁକି ଛାଡ଼ିବି ଏ ଘର ?" ବିକଳ ହୋଇପଡ଼ିଲା ରଘୁ।

– "କାରଣ ମୁଁ ତୋତେ ଭଲପାଏ।" ଜେଜେ ଆସ୍ତେ ଆସ୍ତେ ରହସ୍ୟମୟ ହୋଇପଡୁଥିଲେ। ତାଙ୍କ ମୁହଁର ଭଗ୍ନାବଶେଷକୁ ଓହ୍ଲାଇ ଆସୁଥିଲା ଗୋଟେ କଠୋରତା।

– "କାରଣ ମୁଁ ତୋତେ ଭଲପାଏ।" ଏଇ ପୁନରାବୃତ୍ତିର ସ୍ୱର ଥିଲା ଆହୁରି ଦୃଢ଼। "ତୁ ଏ ଘରୁ ପଳା, ରଘୁ। ନ ହେଲେ ତୁ ଖରାପ ହୋଇଯିବୁ। ତୋ' ଭିତରର ସ୍ୱଚ୍ଛତା ନଷ୍ଟ ହୋଇଯିବ। ମନେରଖ, ଏଇଟା ମୋତେ ଭଲ ଘର ନୁହେଁ।"

– "ଏଇଟା ସବୁଠୁ ଭଲ ଘର, ଜେଜେ।" ରଘୁ ମୁଣ୍ଡ ହଲାଇଲା ଖୁବ୍ ଜୋର୍‌ରେ ପ୍ରତିବାଦର ଭଙ୍ଗୀ ନେଇ – "ଏ ଘର ମୋ ପାଇଁ ସ୍ୱର୍ଗ। ଆପଣ ମୋର ଭଗବାନ। ମୋତେ ଏଠାରୁ ତଡ଼ିଦେଉଚନ୍ତି କାହିଁକି ? କ'ଣ ମୋର ଦୋଷ ?"

ବିରକ୍ତ ହୋଇପଡ଼ିଲେ ଜେଜେ। ପ୍ରସଙ୍ଗ ବଦଳାଇଲେ – "ସବୁ ମିଶି ତୋର ଭଲ ପରିମାଣର ଟଙ୍କା ହେବ। ମୁଁ ଆଉ କିଛି ଅଧିକ ଟଙ୍କା ଦେବି। ତୁ ସମସ୍ତ ଟଙ୍କା ନେଇ ଏଠାରୁ ଯିବୁ। ନିଜେ ଆରମ୍ଭ କରିବୁ ଗୋଟେ ବ୍ୟବସାୟ।"

ରଘୁକୁ କିଛି କହିବାପାଇଁ ସୁଯୋଗ ମିଳିଲା ନାହିଁ। ଜେଜେ ମନ୍ତ୍ରମୁଗ୍ଧ ହେବାଭଳି କହୁଥିଲେ – "ମୁଁ ଜାଣେ, ତୁ ଚାଲାକ ପିଲା। ମୁଁ ଆହୁରି ଜାଣେ, ତୁ ସଂଘର୍ଷ କରିପାରିବୁ। ଯା, ଛୋଟ ହେଉ ପଛେ, ଯାହା ହେଲେ ଗୋଟେ ଆରମ୍ଭ କର। ପ୍ରଥମେ ତୋର ବାହାନ ହେବ ସାଇକେଲ। ତା'ପରେ ମୋଟର ସାଇକେଲ। ଯଦି

ଏକାଗ୍ରତା ରହିଲା ତେବେ କାର୍‌। ପ୍ରଥମେ ଗୋଟିଏ ଜାଗାରୁ ଆଉ ଗୋଟିଏକୁ ଯିବାପାଇଁ ବସ୍‌ ଧରିବୁ। ତା’ପରେ ଟ୍ରେନ୍‌। ପୁଣି ଉଡ଼ାଜାହାଜ। ତୁ ଭାବୁଚୁ, ମୁଁ ମିଚ୍ଛ ପ୍ରଲୋଭନ ଦେଖାଇ ତୋତେ ନଷ୍ଟ କରିବାକୁ ଚାହୁଁଚି ? ମୋତେ ନୁହେଁ। ତୁ ଏତକ ପାରିବୁ। ସେଇ ଭରସା ଅଛି ବୋଲି କହୁଚି। ଯା, ପ୍ରସ୍ତୁତ ହୋଇପଡ଼। ଅନ୍ଧାଭିତି ଏ ଘରର ପାଚେରି ନ ଡେଇଁବା ଯାଏ ତୁ କିଛି କରିପାରିବୁ ନାଇଁ। ଅନ୍ୟମାନଙ୍କର ଦୟା ମନୋଭାବରୁ ନିଜକୁ ଆଗ ମୁକ୍ତ କର। କୃତଜ୍ଞତା ବୋଲି ଗୋଟେ ପ୍ରତାରଣାପୂର୍ଣ୍ଣ ବନ୍ଧନକୁ କାଟିପକା। କେହି ତୋତେ ଦୟା ଦେଖାଇବା ଦରକାର ନାଇଁ। କୃତଜ୍ଞ ରହି କେଉଁଠାରେ ବନ୍ଦୀ ହୋଇଯିବାଠାରୁ ଚରମ ମୂର୍ଖତା ଆଉ କିଛି ନାଇଁ। ମନେରଖ, ତୁ ଏଠି କାମ କରି ରୋଜଗାର କରୁଚୁ। କାହାର ଦୟା ତୋର ଦରକାର ନାଇଁ। ଗୋଟେ ଫାଲତୁ ମମତାରେ ଛନ୍ଦି ହେବା ଠିକ୍‌ ନୁହେଁ। ଯା, ବାହାରି ଯା, ଏ ଛୋଟ ପାଚେରିର ସୀମାରୁ। ଉଡ଼ି ଯା। ତାହା ହେଉଚି ତୋର ଧର୍ମ। ତୋର ଜୀବନର ଶକ୍ତି।”

ଜେଜେ ମନ୍ତ୍ର ପଢୁଥିଲେ କି ? ସେ ପ୍ରତିଜ୍ଞାବଦ୍ଧ ଥିଲେ ଗୋଟିଏ ନିଷ୍କ୍ରିୟ, ଜଡ଼ ପଦାର୍ଥକୁ ଜୀବନ୍ୟାସ ଦେବାପାଇଁ, ପ୍ରଖର ତରଙ୍ଗ ଦେବାପାଇଁ। ତାହା ନ ହୋଇଥିଲେ ତାଙ୍କ ମୁହଁରେ ଏଭଳି ଅଭୁତ ଶକ୍ତି ସମ୍ଭବ ହୋଇଥାଆନ୍ତା କିପରି ? କେବଳ ରଘୁ ନୁହେଁ; ସେ ନିଜ ମନ୍ତ୍ର ବଳରେ ସମ୍ମୋହିତ ହୋଇପଡୁଥିଲେ। ଚାଲିଯାଇଥିଲେ ଅନ୍ୟ ଏକ ଇଲାକା ଭିତରକୁ। ଝିମ୍‌ ଝିମ୍‌ କରିଉଠିଲା ରଘୁର ମୁଣ୍ଡ। ଏହା ସତ୍ତ୍ୱେ ଗୋଟେ ବଡ଼ ଧରଣର ଶିହରଣ ପ୍ରବାହିତ ହେଲା ତା’ର ସତ୍ତାରେ। ସେଇ ଶିହରଣ ତା’ ମନ ଭିତରେ ସୃଷ୍ଟି କଲା ଏକ ପ୍ରତ୍ୟୟ। ତା’ର ହୃଦ୍‌ବୋଧ ହେଲା ଯେ ବିଶାଳତା ବୋଲି ତା’ର ଧାରଣାତେ ନ ଥିଲା। ଏଇ ବିଶାଳତା ସହିତ ରଘୁକୁ ସଂଯୋଜିତ କରିବା ପାଇଁ ଜେଜେ ଚେଷ୍ଟା କରୁଚନ୍ତି।

ଜେଜେଙ୍କ କୋଠରିରୁ ବାହାରିବା ବେଳେ କାହିଁକି କେଜାଣି ସବୁ ନୂଆ ଭଳି ଦେଖାଗଲା। ଘର, ଲନ୍‌, ଗଛ-ପତ୍ର, ପାଚେରି। ଭିତରେ ଡ୍ରଇଂରୁମ୍‌, କାର୍ପେଟ୍‌, ସୋଫା। କୋଠରି ପରେ କୋଠରି। ଲିଲି, ପ୍ରଣବ, ଶୋଭା। ମାଳୀ, ଡ୍ରାଇଭର, ଜିତୁ, ରାଧେଶ୍ୟାମ। ମାଟି, ଆକାଶ।

ରଘୁ ଚାଲିଲା। ସେ ହୁଏତ ଜାଣିପାରୁ ନଥିଲା ଯେ ତା’ ଚାଲିବାରେ ରହିଚି ଗୋଟେ ଆତ୍ମବିଶ୍ୱାସ; ଏପରିକି ଗୋଟେ ଅହଂଭାବ। ସେ ଗଲା ରୋଷେଇଘର ଭିତରକୁ। ସକାଳ ନ’ଟା। ଲିଲି କିମ୍ୱା ଶୋଭା କିଛି କହିଲେ ନାଇଁ, ପ୍ରତିରୋଧ କଲେ ନାଇଁ କାମ କରିବାପାଇଁ ଆସିଥିବା ରଘୁକୁ। ସେ କାମ ଆରମ୍ଭ କଲା; ବାଧ୍ୟ ହୋଇ ନୁହଁ। କାମ କରିବାପାଇଁ ଅଛି ତା’ର ଆଗ୍ରହ, ଏପରିକି ଉଦାରତା ଯୋଗୁଁ।

ଉଲ୍ଲେଖଯୋଗ୍ୟ ଘଟଣା କିଛି ଘଟି ନଥିଲା କେତେଦିନ ମଧ୍ୟରେ। ତେବେ ଘର ଭିତରେ କେହି ସହଜ, ସ୍ୱାଭାବିକ ହୋଇପାରୁ ନଥିଲେ। ସମସ୍ତେ ଦେଖୁଥିଲେ ପରସ୍ପରକୁ, କଥାବାର୍ତ୍ତା ହେଉଥିଲେ। ମାତ୍ର ସତର୍କ ରହୁଥିଲେ ସମସ୍ତେ। ଅନୁଭବ କରୁଥିଲେ ଯେ, କିଛି ଗୋଟେ ରୁଦ୍ଧିହେବା ଭଳି ଭାବନାଟେ ସେମାନଙ୍କୁ ପ୍ରଥକ୍ କରିଦେଉଚି। ସେମାନେ ଆଗଭଳି ପରସ୍ପର ସହିତ ସାମିଲ ହୋଇପାରୁନଥିଲେ। ତେବେ ପୂଜାରୀଟେ ଯୋଗାଡ଼ ହେବା ପରେ, ଶୋଭା ବେଶୀ ସମୟ କଟାଉଥିଲେ ବାହାରେ। କେଜାଣି କେଉଁଠି। ପ୍ରଣବ ଅଫିସ୍ ଯିବା ପରେ ଶୋଭା ନିଜ ଗାଡ଼ି ନେଇ ବାହାରି ଯାଉଥିଲେ। ଆସୁଥିଲେ ମଧ୍ୟାହ୍ନଭୋଜନ ପାଇଁ। ଅପରାହ୍ଣ ତିନିଟା-ଚାରିଟା ପରେ ପୁଣି ପଳେଇଯାଉଥିଲେ। ଫେରୁଥିଲେ ରାତି ଆଠଟା-ନ'ଟା ଆଡ଼କୁ। ଘରଟା ପରିଣତ ହୋଇଯାଉଥିଲା ଗୋଟେ ପାନ୍ଥନିବାସରେ।

– "ତୋତେ ଗୋଟେ କଥା ପଚାରିବି।" ଜେଜେ କହିଲେ ରଘୁକୁ– "ତୋ ମା' କଥା ମନେଅଛି ?"

– "ହଁ।" ରଘୁ ଅନୁଭବ କଲା, ଗୋଟେ କଠିନତା ସଞ୍ଚରି ଯାଉଚି ତା' ଭିତରେ।

ଜେଜେ ଲକ୍ଷ୍ୟ କଲେ ତା' ମୁହଁକୁ ଅଳ୍ପ ସମୟ ପାଇଁ। କହିଲେ – "ତୁ ଚିହ୍ନିଚୁ କେଉଁମାନେ ତୋ' ପରିବାରକୁ ଏମିତି ବିକଳାଙ୍ଗ କଲେ ?"

ରଘୁ ଦୁର୍ବଲ ହୋଇପଡୁଥିଲା। ଜାଣିପାରୁନଥିଲା ଏତେ ବର୍ଷ ପରେ ଜେଜେ କାହିଁକି ତାକୁ ଫେରାଇ ନେଉଚନ୍ତି ସେଇ ଯନ୍ତ୍ରଣାଦାୟକ ସ୍ମୃତି ପାଖକୁ। ତାହା ରଘୁ ଭୁଲିଯିବାକୁ ଚେଷ୍ଟା କରି ଆସିଚି ଏ ପର୍ଯ୍ୟନ୍ତ।

– "ମୁଁ ଜାଣେ, ତୁ ସେଇ ଭୟଙ୍କର, ଅପମାନଜନକ କଥା ଭୁଲିଯିବାକୁ ଇଚ୍ଛା କରୁ।" ଜେଜେ ଗମ୍ଭୀର ହୋଇଯାଇଥିଲେ – "ମୁଁ କିନ୍ତୁ ଚାହେଁ, ତାହା ତୁ ମନେରଖିବା ଉଚିତ୍।"

ରଘୁ ଚାହିଁଲା ଜେଜେଙ୍କ ଆଡ଼େ। କିଛି ଭାବିପାରୁ ନଥିଲା। ସେ କହି ଚାଲିଲେ – "ଅନ୍ୟ ସମୟ ହୋଇଥିଲେ, ମୁଁ କହିଥାନ୍ତି, ଭୁଲିଯା ସେସବୁ। କ'ଣ ମିଳିବ, ଏଇ ଅପମାନଜନକ ଘଟଣାକୁ ମନେରଖି ? ଏବେ ମୁଁ ବୁଝୁଚି, ଏସବୁ ଭୁଲିଯିବା ପାଇଁ ଚେଷ୍ଟା କରିବା ଅର୍ଥ କାପୁରୁଷ ହୋଇଯିବା, ଦୁର୍ବଲ, ଭୀରୁ ହୋଇଯିବା। ମୁଁ କହୁଚି, ଏ ଘଟଣାର ପ୍ରତିଶୋଧ ନେବା ଦରକାର।"

– "ପ୍ରତିଶୋଧ ନେବି ? କିପରି ?" ସଙ୍କୁଚିତ ହୋଇପଡୁଥିଲା ରଘୁ।

– "ସିନେମା ଷ୍ଟାଇଲ୍‌ରେ ନୁହେଁ।" ଜେଜେ ବୁଝଉଥିଲେ – "ଛୁରି ଭୁସି,

ଗୁଳିକରି ନୁହେଁ। ଯେଉଁମାନେ ତୋ ପରିବାରକୁ, ତୋ' ମା'ଙ୍କୁ ଧ୍ୱଂସ କଲେ, ସେମାନଙ୍କୁ ହରାଇ। ଜଣକୁ ପରାସ୍ତ କରିବାକୁ ହେଲେ, ତା'ଠାରୁ ଅଧିକ ଶକ୍ତିଶାଳୀ ହେବା ଦରକାର। ଏ ଘରେ ରହି ତୁ ପରାସ୍ତ କରିବୁ କାହାକୁ? କିପରି? ମନେରଖ, ଯେପର୍ଯ୍ୟନ୍ତ ତୁ ସେମାନଙ୍କୁ ତୋ' ପାଦ ପାଖରେ ପକାଇ ନପାରିବୁ, ସେତେଦିନ ପର୍ଯ୍ୟନ୍ତ ତୋ' ଭିତର କ୍ଷତ ରକ୍ତାକ୍ତ ହୋଇ ରହିଥିବ। ଗୋଟେ ପରାଜିତର ଜୀବନ ନେଇ ତୁ ବଞ୍ଚିଥିବୁ।"

ଦୀର୍ଘ ନୀରବତା ପରେ – "କ୍ଷମା କରନା ଅପରାଧୀ ମଣିଷକୁ। ଲଢ଼େଇ କର। ସେମାନଙ୍କର ଆତ୍ମସମର୍ପଣ ଉପରେ ରଖ ତୋର ଦାମ୍ଭିକ ପାଦ। ତୋ' ଜୀବନ ବିତିଚି ଦୁଇଟି ଘଟଣା ମଧ୍ୟରେ। ଗୋଟିଏ ହେଉଚି ତୋ' ମା'ର ଆଶ୍ରୟ। ଅନ୍ତତଃ କିଛିଦିନ ପୂର୍ବ ପର୍ଯ୍ୟନ୍ତ ତୋ' ପ୍ରତି ଆମର ସ୍ନେହ। ଏ ଘର ତୋତେ ବଡ଼ କରିଚି, ନିଜ ଗୋଡ଼ରେ ଠିଆ ହେବାପାଇଁ ଆହ୍ୱାନ କରୁଚି। ଏଥର ଯା। ପୂର୍ବ ଘଟଣାର ଅସମାପ୍ତ କାହାଣୀକୁ ସମାପ୍ତ କର।"

ଏଭଳି ଯୋଜନା କେବେହେଲେ ନ ଥିଲା ରଘୁ ମନରେ। ସେ ସମୟର ସୁଖରେ ଭାସି ଆସିଥିଲା ଅନେକ ବାଟ। ପ୍ରାୟ ମନେ ନଥିଲା ଏତେ ବର୍ଷ ତଳର ଘଟଣା। ବର୍ତ୍ତମାନ କିନ୍ତୁ ସେ ଅନୁଭବ କରୁଥିଲା, ଗୋଟେ ଉତ୍ତପ୍ତ ସ୍ରୋତ ଯେମିତି ଅଟକି ରହିଥିଲା ତା' ଭିତରେ। ତାହା ପ୍ରବାହିତ ହେବା ଆରମ୍ଭ କରିଚି।

– "ଶୁଣ, ଏଥିପାଇଁ ତୁ ଯଦି ଅଧୈର୍ଯ୍ୟ, ଅସ୍ଥିର ହୋଇପଡ଼ିବୁ, ମେଜାଜ୍ ଗରମ ରଖିବୁ, ତେବେ ଭୁଲ୍ କରି ବସିବୁ। ଥଣ୍ଡା ରଖିବୁ ନିଜକୁ। ଆଗେଇବୁ ଦୃଢ଼ତା ଓ ପ୍ରତିଜ୍ଞା ନେଇ। ଏ ବାବଦରେ ଜମା ଆବେଗ କିମ୍ବା ମମତା ଦେଖାଇବୁ ନାଇଁ। ବାସ୍, ଖତମ୍ କରିବୁ ତୋର ଶତ୍ରୁମାନଙ୍କୁ। ମୁଁ ମଧ୍ୟ ତାହା କରିବାକୁ ଯାଉଚି।" ଜେଜେ ଅଭୂତପୂର୍ବ ଘୋଷଣା କଲେ।

ରାତିମତ ଭୟଭୀତ ହୋଇପଡ଼ିଲା ରଘୁ। ଜେଜେ କାହା ବିରୋଧରେ କ'ଣ କରିବାକୁ ଯାଉଚନ୍ତି ତାହା ବୁଝିପାରିଲା ନାଇଁ। ପୁଣି ଗଣ୍ଡଗୋଳିଆ ହେଲା ତା'ର ଭାବନା।

– "ତୁ ପିଲା ମାନେ। ଏତେ ସବୁ ଜାଣିବା ଦରକାର ନାଇଁ ତୋ'ପକ୍ଷେ।" ସେ କହିଲେ, ନିଜକୁ ସଂଯତ କରି– "ତେବେ ତୁ ଭାବୁଥିଲୁ, ପ୍ରଣବର କାରଖାନାରେ ତୁ ଭର୍ତ୍ତି ହୋଇଯିବୁ। ତେଣୁ ଦରକାର ପଡ଼ିବ ନାଇଁ କାମ ଖୋଜିବା। ସେମିତି ମାରାତ୍ମକ ଭୁଲ୍ କରିବୁ ନାଇଁ କେବେ। ଏଠାରେ ତୁ ରହିଲେ ସମସ୍ତେ ଭାବିବେ ତୋତେ ଦୟା କରାଗଲା। ନା, ବଞ୍ଚିରହ, ଆତ୍ମମର୍ଯ୍ୟାଦା ନେଇ। ମୁଁ ବଞ୍ଚିଥିବାବେଳେ ତୁ ଏ ଘରୁ

ପଳେଇବୁ । ଯଦି ତାହା ନ କର, ତେବେ ମୋ ମୃତ୍ୟୁ ପରେ, ଏ ଘରେ ତୁ ଅପମାନ ପାଇବୁ । ବାଧ୍ୟ ହେବୁ ଏ ଘର ଛାଡ଼ିବାକୁ । ଏ ଦୁଇ ପ୍ରକାର ଯିବାରେ ବହୁତ ତଫାତ୍ ଅଛି, ରଘୁ । ଏଥର ବାହାରିପଡ଼ । ଯା, ଏ ଘରୁ । କାହାରିକୁ କହିବା, କାହାଠାରୁ ଅନୁମତି ନେବା ଦରକାର ନାହିଁ । ଚୁପ୍‌ଚାପ୍ ପଳେଇଯିବୁ । ଆରମ୍ଭ କରିବୁ ନୂଆ କରି ବଞ୍ଚିରହିବା । ମୋ ପାଇଁ ତୁ ଚିନ୍ତିତ ହେବା ଦରକାର ନାହିଁ । ମୁଁ ଆଉ କେତେଟା ଦିନ ନିଜକୁ ଚଳେଇ ନେବି ।”

ଜେଜେ ଘନ ଘନ ନିଃଶ୍ୱାସ ତ୍ୟାଗ କରୁଥିଲେ । ଉତ୍ତେଜିତ ହୋଇପଡ଼ିଥିଲେ ଏବଂ ଏହାକୁ ତାଙ୍କର ଦରମଲା ଦେହ ସହିପାରୁ ନଥିଲା । ରଘୁ ଉଠିଆସିଲା ଚୁପ୍‌ଚାପ୍ ସେଠାରୁ । ତା’ର ସନ୍ଦେହ ରହିଲା ନାହିଁ ଯେ, ଏତେ ଦିନ ପର୍ଯ୍ୟନ୍ତ ଜେଜେଙ୍କୁ ସେ ଯେମିତି ଭାବରେ ବୁଝିଥିଲା, ଜାଣିଥିଲା, ସେ ଏତେ ସରଳ ନୁହଁନ୍ତି ବାସ୍ତବରେ । ତାଙ୍କ ଭିତରେ ଏଇ ଯେଉଁ ସଭାଟି ଲୁଚି ରହିଥିଲା, ରଘୁକୁ କଠୋର କରିବା ସହିତ ବିଚଳିତ ମଧ୍ୟ କରୁଥିଲା, ତାହା ସହିତ ରଘୁର ପରିଚୟ ନଥିଲା । ବୋଧହୁଏ ଏ ପରିଚୟ ହୋଇ ନଥାନ୍ତା, ଜେଜେ ଯଦି ଅଥର୍ବ ହୋଇ ଏମିତି ଅବହେଳିତ ହୋଇ ନ ଥାନ୍ତେ । ସଂସାର ଓ ମଣିଷ ତାଙ୍କର ଏମିତି ତିକ୍ତତା ଓ ଅନାଦର ଆସି ନ ଥାନ୍ତା ।

ରଘୁ ସବୁ ଜିନିଷ ଦେଖୁଥିଲା ନୂଆକରି । ସବୁ ଜିନିଷର ଅର୍ଥ ଓ ତାପ୍ପର୍ଯ୍ୟ ଯେମିତି ବଦଳିଯାଇଛି । ସେ ଶୁଣିପାରୁ ନଥିଲା କିଛି । ଗୋଟେ ନାମହୀନ ଶବ୍ଦ କେବଳ ପ୍ରତିଧ୍ୱନିତ ହେଉଥିଲା ଚାରିଆଡ଼େ । ସେ ଶବ୍ଦ ଭିତରେ ଆକାରହୀନ ହୋଇ ରହିଥିଲା ସଂଖ୍ୟାହୀନ ଶବ୍ଦ– ଜେଜେଙ୍କ ଆର୍ତ୍ତନାଦ ଓ ହୋ ହୋ ହସ । ଶୋଭାଙ୍କର ଚଟକଣା । ଅନେକ ବର୍ଷ ପୂର୍ବେ ମରିଥିବା ମା’ର ଚିତ୍କାର । କାରଖାନାର ସାଇରନ୍ । ବାସନ ମାଜିବାର ଶବ୍ଦ । ଠାକୁରଘରର ଆଲତି ।

ରଘୁ ନିଜକୁ ମୁକ୍ତ କରିବାପାଇଁ ଚେଷ୍ଟା କରୁଥିଲା ଏଇ ପାଗଳ ସ୍ୱରରୁ । ଆପାତତଃ ଅଜାଣତରେ ସେ ଖୋଜି ବୁଲୁଥିଲା ଗୋଟେ ବ୍ୟାଗ୍ ଓ ନିଜର ଜିନିଷପତ୍ର । ତାକୁ ଏବେ ଶୁଭିଯାଉଥିଲା ଟ୍ରେନ୍‌ର ଗର୍ଜନ ।

– “କ’ଣ ହେଲା ? ରଘୁ ନାହିଁ ? ପଳେଇଗଲା ?” ପ୍ରଣବ ବିଶ୍ୱାସ କରିପାରୁ ନଥିଲେ ଏଇ ଆବିଷ୍କାର । ପରାମର୍ଶ ଦେଲେ– “ଧୈର୍ଯ୍ୟ ଧର । କୁଆଡ଼େ ଯାଇଥିବ । ଫେରିଆସିବ । ଏ ଘର ଛାଡ଼ି ସେ ଯିବ କୁଆଡ଼େ ?”

ଶୋଭା ଅସମ୍ଭବ କ୍ରୋଧ ଓ ଘୃଣାକୁ ଅକ୍ତିଆର କରିପାରୁ ନଥିଲେ । ତାଙ୍କର ହୃଦ୍‌ବୋଧ ହେଲା ଯେ, ରଘୁ ପ୍ରତି ତାଙ୍କର ଦୁର୍ବ୍ୟବହାରର ଏଇ ହେଉଟି ପରିଣତି– ନିମକହାରାମ, ସଇତାନ ! କେହି ଜଣେ କହିଉଠିଲା ତାଙ୍କ ଭିତରେ । ଏତେବର୍ଷ ଧରି

ଅସହାୟ ପିଲାଟେ ବୋଲି ଦୟା ଦେଖାଇବାର ଏଇ ହେଉଚି ପ୍ରତିଦାନ। ଆସୁ ସେ ଏ ଘରକୁ। ଖାଇବା ପାଇଁ ଦିଆଯିବ ନାଇଁ। ରଖାଯିବ ଗୋଟେ ବନ୍ଦ ଘରେ। ମରିବା ପର୍ଯ୍ୟନ୍ତ ରହିବ ସେମିତି ବନ୍ଦୀ ହୋଇ।

ଲିଲି କେବଳ ମ୍ରିୟମାଣ ହେଉଥିଲା। ଜେଜେ କହିଲେ ବୋଲି ସତକୁ ସତ ରଘୁ ପଳେଇଲା ? ଜେଜେ କାହିଁକି ତାକୁ ଏଠାରୁ ଯିବାପାଇଁ କହିଲେ ? କିଛି ବୁଝାପଡୁ ନାଇଁ ତାଙ୍କ ମତଲବ। ଏ ଘରର ଲୋକଙ୍କୁ ନେଇ କି ପ୍ରକାରର ପରୀକ୍ଷା କରୁଚନ୍ତି ସେ କେଜାଣି ?

– "ତାକୁ ସବଳ, କଠୋର କରିବା ହେଉଚି ମୋର ଉଦ୍ଦେଶ୍ୟ।" ଜେଜେ କହିଲେ। "ତାକୁ ଏ ଘରୁ ଯିବାପାଇଁ କହି, ମୁଁ ତା'ର ଉପକାର କରିଚି।"

ଲିଲି ବସିଥିଲା ତାଙ୍କ ପାଖରେ। ବୁଝିପାରୁ ନଥିଲା କିଛି। ଜେଜେ ପୁଣି କହିଲେ – "ତୁ ଅପେକ୍ଷା କର। ଆଉ ଦିନେ ଦୁଇଦିନ ପରେ ଏ ଘରୁ ଆଉ ଜଣେ ଲୋକ ଯିବ। ତାହା ମଧ ତା'ପାଇଁ ହେବ ମୁକ୍ତି। ସେ ଯିବାପାଇଁ ଛଟପଟ ହେଲାଣି ବହୁଦିନ ହେବ। କହିପାରୁ ନାଇଁ କିଛି। ତାକୁ ମୁଁ ସାହାଯ୍ୟ କରିବି।" ଜେଜେ ରହସ୍ୟମୟ କଥା କହୁଥିଲେ; କିନ୍ତୁ ତାଙ୍କ ମୁହଁ ଦେଖା ଯାଉଥିଲା ସଙ୍କଳ୍ପବଦ୍ଧ।

– "କାହା କଥା କହୁଚ ଜେଜେ ?" ଲିଲି ପଚାରିଲା।

– "ତୁ ଟିକିଏ ଡରିଯାଇଚୁ କିରେ, ମା ?" ଜେଜେ ପଚାରିଲେ ପରିଚିତ ସ୍ନେହଭିଜା ସ୍ୱରରେ – "ଡରି ନାହୁଁ ତ ! ବେଶ, ମୁଁ ତୋତେ ଜାଣେ ଭଲକରି। ତୋ ଭଲି ମଣିଷ ଜଣେ କେବେହେଲେ ଡରିପାରେନା।" ସେ ପୁଣି ଦୁର୍ବୋଧ ଜଣାଗଲେ।

ସେଇଦିନ ରାତିରେ ଲିଲି କହିଲା ଶୋଭାଙ୍କୁ – "ମା, ତୋ' ପାଖରେ ଗୋଟେ ଜରୁରୀ କଥା ଅଛି ବୋଲି ଜେଜେ କହୁଥିଲେ।"

– "ଜରୁରୀ କଥା ?" ଶୋଭା ଡରିଗଲେ, ନର୍ଭସ୍ ହୋଇଗଲେ। ଅସହାୟ ହୋଇ ଚାହିଁଲେ ଲିଲି ଆଡ଼େ – "ତୁ ଜାଣିରୁ, କି କଥା କହିବେ ?"

ମୁଣ୍ଡ ହଲାଇଲା ଲିଲି– "ସତ କହୁଚି, ଜାଣି ନାଇଁ। କହିଲେ, ତା' ସହିତ ଏହା ଶେଷ ସାକ୍ଷାତ୍କାର ହେବ। ତୋ' ମା'କୁ କହିବୁ, ସେ ଆସିବ, ମୋ ପାଖକୁ।"

ଶୋଭା ପ୍ରାୟ କହିବାକୁ ବସିଥିଲେ – ମୁଁ ଯାଇପାରିବି ନାଇଁ ତାଙ୍କ ପାଖକୁ। ମାତ୍ର ସେ ପଣତ କାନିରେ ଝାଳୁଆ ମୁହଁ ପୋଛିଲେ। ଅନୁନୟ ହେଲେ – "ତୁ ଟିକିଏ ଆସିବୁ ମୋ ସହିତ ?"

ପର ମୁହୂର୍ତ୍ତରେ ଶୋଭା ପହଞ୍ଚ ଯାଇଥିଲେ ନିର୍ଦିଷ୍ଟ କୋଠରି ସାମ୍ନାରେ ଲିଲିର ହାତ ଧରି। ଏହାର ଫିନାଇଲ, ବ୍ଲିଚିଙ୍ ପାଉଡରର ଗନ୍ଧ ସବୁବେଳେ ଅସହ୍ୟ

ହୋଇପଡ଼ିଥିଲା ତାଙ୍କ ପାଇଁ। ବିଛଣାରେ ପଙ୍ଗୁ ହୋଇ ପଡ଼ିଥିବା ମଣିଷର ଚେହେରା ଓ ଆର୍ତ୍ତନାଦ ସବୁବେଳେ ଆତଙ୍କର କାରଣ ହୋଇଥିଲା ତାଙ୍କ ଚେତନାରେ। କ'ଣ ହେଲା କେଜାଣି, ସେ ସେଇ ମୁହୂର୍ତ୍ତରେ ବାରିପାରିଲେ ନାହିଁ କୌଣସି ଗନ୍ଧ, ଦେଖିପାରିଲେ ନାହିଁ କୌଣସି ଚେହେରା। ସବୁ ଆର୍ତ୍ତନାଦ ନୀରବ ହୋଇଯାଇଥିଲା ତାଙ୍କ ପାଇଁ।

– "ଆସିଲୁ, କିରେ, ମା?" ଗୋଟେ ମଧୁର ପ୍ରଶ୍ନ ପହଞ୍ଚିଗଲା ଶୋଭାଙ୍କ ପାଖରେ। "ଆ, ନାହିଁ ଠିଆ ହ, ସେଠି। ଲିଲି, ଗୋଟେ ଚେୟାର ପକେଇଦେ, ତୋ' ମା' ପାଇଁ।"

ଜେଜେ ନିଶ୍ଚିତ ଥିଲେ ଶୋଭା ଚେୟାରରେ ବସିବାକୁ ପ୍ରତିବାଦ କରିବେ ନାହିଁ। କାରଣ କେବେହେଲେ ସେ ଧାଇଁ ଆସିବେ ନାହିଁ ଜେଜେଙ୍କ ପାଖକୁ ବ୍ୟାକୁଳ ଗତିରେ। କଦାପି ପଚାରିବେ ନାହିଁ– କାହିଁକି ମୋତେ ଡାକୁଥିଲେ, ବାପା? ମୋ ପାଇଁ କେଉଁ ଆଦେଶ ଅଛି? କ'ଣ କଲେ ଆପଣଙ୍କର କଷ୍ଟ ଟିକିଏ କମିବ? ମୁଁ ଆପଣଙ୍କ କଷ୍ଟରୁ ଗୋଟିଏ ଭାଗ ପାଇବି?

ଜେଜେଙ୍କର ହସହସ ମୁହଁ ଉପରକୁ ଉଠିଆସିଲା କଠୋରତା। ସେ ତାହା ଲୁଚେଇବା ପାଇଁ ଚେଷ୍ଟା ମଧ କଲେ ନାହିଁ। ଜାଣିଲେ, ଦ୍ୱାର ପାଖରେ ଶୋଭା ବସିଲେ, ଲିଲି ପକେଇଥିବା ଚେୟାର ଉପରେ।

– "ମା'ରେ! ଭାବୁଥିଲି, ତୁ ଅସୁସ୍ଥ ଅଛୁ। କେଉଁଠୁ ଟିକିଏ ବୁଲି ଆସିଥାନ୍ତୁ!" ଜେଜେ କହିଲେ ଏବଂ ଶୋଭାଙ୍କର ପ୍ରତିକ୍ରିୟା ଜାଣିବାପାଇଁ ଅପେକ୍ଷା କଲେ।

ଗୋଟେ ବ୍ଲାଙ୍କ୍ ମୁହଁ ନେଇ ଶୋଭା ଚାହିଁଲେ ଲିଲିକୁ। ପରେ ଜେଜେଙ୍କୁ କହିଲେ – "କିଏ କହିଲା, ମୁଁ ଅସୁସ୍ଥ ବୋଲି? ନା, ମୋର କିଛି ହୋଇ ନାହିଁ। ଲିଲି, ତୁ କହୁନୁ? ମୁଁ ଅସୁସ୍ଥ?"

ଲିଲି କିଛି କହିବା ଆଗରୁ ଜେଜେ ଆଦେଶ ଦେଲେ – "ଲିଲି, ତୁ ମା' ଏଠୁ ଟିକିଏ ଯା। ପାଞ୍ଚ ମିନିଟ୍‌ରେ ତୋ' ମା' ସହିତ କଥା ସରିଯିବ।"

ଲିଲି ବାହାରିଗଲା ନୀରବରେ ଶୋଭାଙ୍କର ନିଃସହାୟ ମୁହଁ ଉପରେ ଦୃଷ୍ଟି ବୁଲାଇଆଣି। ଜେଜେ କହିଲେ – "ତୋତେ ହୁଏତ ଜଣାପଡୁ ନାହିଁ। ମୁଁ କିନ୍ତୁ ଢେର ଦିନ ହେଲା ଲକ୍ଷ୍ୟ କରୁଚି, ତୋର ଶ୍ୱାସରୁଦ୍ଧ ଅବସ୍ଥା ଆସିଯାଇଚି। ତୁ ଛଟପଟ ହେଉଚୁ। ମୁଁ ତୋତେ ସାହାଯ୍ୟ କରିବାକୁ ଚାହେଁ।" ଟିକିଏ ରହି ସେ ଯୋଗ କଲେ – "ମୁଁ ତୋତେ ଏଠୁ ମୁକ୍ତ କରିଦେବାକୁ ଚାହେଁ।"

ଶୋଭା ବୁଝିପାରିଲେ ନାହିଁ ବୋଲି ଡରିଗଲେ ବେଶୀ। ସବୁ ଝାପ୍ସା, ରହସ୍ୟମୟ

ଜଣାପଡ଼ିଲା ତାଙ୍କୁ। ଜେଜେ କହିଲେ – "ତୁ ଗୋଟେ ଆହତ ବିବେକ, ଜଖମ କର୍ତ୍ତବ୍ୟବୋଧ ନେଇ ଆଉ କେତେଦିନ ହନ୍ତସନ୍ତ ହେବୁ?"

– "ବାପା, ମୁଁ ସତରେ କିଛି ବୁଝିପାରୁ ନାହିଁ।" ଶୋଭାଙ୍କର ତୃଷ୍ଣ ମରୁଭୂମିରେ ପରିଣତ ହୋଇଯାଇଥିଲା।

– "ବୁଝେଇ ଦେଉଚି।" କହିଲେ ଜେଜେ – "ମୋ ପାଖକୁ ଆସିପାରୁନୁ, ମୋ ଖବର ବୁଝିପାରୁନୁ ବୋଲି ତୁ ବ୍ୟସ୍ତ ହେଉଚୁ। ସତ ନା ନାହିଁ?"

ପ୍ରଶ୍ନଟା ଅପ୍ରତ୍ୟାଶିତ ଓ ଶାଣିତ ଥିଲା। ଶୋଭା ସଙ୍କୁଚିତ ହୋଇପଡ଼ୁଥିଲେ। ପୁଣି ଶୁଭିଲା ଜେଜେଙ୍କ ସ୍ୱର – "ତୁ ଭାବୁଚୁ ମୁଁ ତୋତେ ଦୋଷ ଦେଉଚି ବୋଲି? ଜମା ନୁହେଁ। ମୋ ପାଖକୁ ଆସିବାବେଳେ ତୋତେ ହୁଏତ କିଛି ଗୋଟେ ଅଟକାଇଦିଏ। ଏ ଘରର ଗନ୍ଧ, ମୋର ସ୍ୱର, ଚେହେରା। ଏ ବି ଗୋଟେ ପ୍ରକାରର ପାରାଲିସିସ୍‌ରେ ମା। ହଁ, ମୁଁ ଯେମିତି ଅଥର୍ବ ହୋଇପଡ଼ିଚି, ତୋର ମାନସିକତା ବି ସେମିତି ପଙ୍ଗୁ ହୋଇଯାଇଚି। ସେଇଥିପାଇଁ ଟିକିଏ ପୂର୍ବରୁ କହୁଥିଲି, ତୋର ବିବେକ, କର୍ତ୍ତବ୍ୟବୋଧ ତୋତେ ହୁଏତ କହୁଥିବ– ଯା, ଦେଖ଼ିଆ ବୁଢ଼ାକୁ ଟିକିଏ। ତୋତେ ସେ ଝିଅ ବୋଲି ଭାବୁଥିଲା ବରାବର। ହେଲେ ତୁ ଆସିପାରୁ ନ ଥିଲୁ।"

ଶୋଭା ଆଉ ପ୍ରତିବାଦ କଲେ ନାହିଁ। ଜେଜେଙ୍କ ପ୍ରତି ବିରକ୍ତି କିମ୍ବ ତିକ୍ତତା ସୃଷ୍ଟି ହେଲା ନାହିଁ ତାଙ୍କଠାରେ। ସେ କେବଳ ସଙ୍କୁଚିତ ହୋଇପଡ଼ିଲେ ନିଜ ଭିତରେ। ଜେଜେ କହିଲେ – "ନିରୁପାୟ ମଣିଷଟେ ହୋଇଯାଉଥିଲୁ ତୁ। ନୁହେଁରେ, ମା? ଏଇଥିପାଇଁ ଏଣେ ତେଣେ ଧାଁ ବୁଲୁଥିଲୁ। ଶାନ୍ତି ପାଉ ନଥିଲୁ। କାହା ପାଖରୁ ଧାଁ ବୁଲୁଥିଲୁ ତୁ? କିଏ ନିଜ ପାଖରୁ ଧାଁ ପଳାଇପାରେ କେଉଁଠିକି? ଭାବୁଥିଲୁ, ଏ ବ୍ରହ୍ମାଣ୍ଡରେ ମୋର ଆକୁଳ ଚିତ୍କାର ବ୍ୟତୀତ ଆଉ କିଛି ସ୍ୱର ନାହିଁ। ବେଳେବେଳେ ଡରୁଥିଲୁ, କାଲେ ତୋତେ କେବେ କିଛି ହୋଇଯିବ କି? ତୁ ଏମିତି ଆର୍ତ୍ତନାଦ କରୁଥିବୁ: କିନ୍ତୁ ଅନ୍ୟମାନେ ଶୁଣି ନ ଶୁଣିଲା ଭଲି ତୋତେ ଆଭଏଡ୍‌ କରିବେ କି? ଏମିତି ଆଶଙ୍କା କେବଳ ତୋତେ ନୁହେଁ, ଅନ୍ୟ କେତେଜଣଙ୍କୁ ବି ଆଚ୍ଛନ୍ନ କରି ରଖ଼ିଚି।"

ଜେଜେ ନୀରବ ରହିଲେ; କାରଣ ଶୋଭାଙ୍କର କୋହ ପ୍ରଗାଢ଼ ହୋଇଯାଉଥିଲା। ତାଙ୍କ ଦେହକୁ ପ୍ରକମ୍ପିତ କରି ଅଶାୟଉ ଲୁହ ଝରିଯାଉଥିଲା। ଦୀର୍ଘ ସମୟ ଲାଗିଲା ନିଜକୁ ନିୟନ୍ତ୍ରଣ କରିବାପାଇଁ।

ଜେଜେ ଆଦୌ ପ୍ରଭାବିତ ହେଲେ ନାହିଁ ଶୋଭାଙ୍କର ଏଇ କାନ୍ଦଣା ଦ୍ୱାରା। କହିଲେ – "ଏଇଥିପାଇଁ କହୁଥିଲି, ତୁ ଅସୁସ୍ଥ ଅଛୁ। ମୋ ପ୍ରସ୍ତାବ ମାନିବୁ?"

– "କହନ୍ତୁ।" ଶୋଭା ସ୍ବରରେ ଅବଶ୍ୟ ଆଗ୍ରହ ନଥିଲା।

– "ତୁ ଯା। ତୋ ଦୁଇ ଭାଇଙ୍କ ଆଡ଼ୁ ବୁଲି ଆସିବୁ।" ଜେଜେଙ୍କ ସ୍ବର ଗୋଟାଏ ରାୟ ଭଳି ଶୁଭିଲା ଗମ୍ଭୀର ଓ ନିରାସକ୍ତ।

– "ନାଇଁ, ନାଇଁ।" କାନ୍ଦି ପକାଇଲେ ଶୋଭା – "ସେମିତି କହନ୍ତୁ ନାଇଁ ମୋତେ। ଆପଣଙ୍କର ଏ ଶାସ୍ତି ମୁଁ ଗ୍ରହଣ କରିପାରିବି ନାଇଁ।"

– "ଏହାକୁ ତୁ ଶାସ୍ତି ବୋଲି ଭାବୁଚୁ?" ବିସ୍ମିତ ହେଲେ ସେ। ଏଥର ତାଙ୍କର ଆବେଗଭିଜା ସ୍ବର ଶୁଣାଗଲା – "ମୁଁ ତୁମକୁ ଶାସ୍ତି ଦେଇପାରେ? ଆରେ, ତୁମେ ସମସ୍ତେ ମୋର ରକ୍ତ ସଞ୍ଚାଳନ, ନିଃଶ୍ବାସ-ପ୍ରଶ୍ବାସ। ତୁମକୁ ନେଇ ମୋର ସଂସାର। ତୁମ ପ୍ରତି ମୁଁ ନିଷ୍ଠୁର ହୋଇପାରେ? ତୁ ମୋତେ ଏଇଭଳି ଚିହ୍ନିଲୁ?"

ପୁଣି ଦୀର୍ଘ ନୀରବତା ପରେ – "ତୁ କିଛିଦିନ ପାଇଁ ଯା। ତୋତେ ଭଲ ଲାଗିବ। ମୁଁ ଜାଣେ, ତୁ ବେଶିଦିନ ରହିପାରିବୁ ନାଇଁ। ମୁଁ ଏଣେ ଅଛି ପରା! ମୁଁ ତୋ' ଫେରିବା ପର୍ଯ୍ୟନ୍ତ ଥିବି।"

– "ନାଇଁ, ମୁଁ ଯିବି ନାଇଁ କୁଆଡ଼େ।" ଶୋଭା ପ୍ରତିଜ୍ଞାବଦ୍ଧ ଥିଲେ – "ମୁଁ ସେମିତି କରିପାରିବି ନାଇଁ। ଆପଣ ଦେଖିବେ, କାଲିଠାରୁ ମୁଁ କେମିତି ରହିବି ଆପଣଙ୍କ ପାଖେ ପାଖେ।"

– "ତୋଠୁ ଏତକ ଶୁଣିବି ବୋଲି ମୁଁ ତୋତେ ଏଇ ପ୍ରସ୍ତାବ ଦେଇ ନଥିଲି।" ଜେଜେଙ୍କ ସ୍ବରରେ ପୁଣି ଥିଲା କଠୋରତା– "ପୁଣି କହୁଚି, ତୋତେ ମୁଁ ସାହାଯ୍ୟ କରୁଚି। ତୋ' ଛଟପଟ ମୁଁ ସହିପାରୁନି। ତୁ ଆଗ ସୁସ୍ଥ ହେବା ଦରକାର। ମୋ ପ୍ରସ୍ତାବ ଭଲକରି ଭାବ। ସ୍ଥିର ମନରେ। ଗୋଟେ ସେଣ୍ଟିମେଣ୍ଟରେ ଭାସି ଯା'ନା। ପୁଣି ଛଦିହୋଇଯିବୁ। ଆହୁରି ଛାତିପିଟି ହେବୁ। କ୍ରୋଧ, ଯନ୍ତ୍ରଣା ବଢ଼ିବ। ତୁ ଯା ଏଥର।"

ଶୋଭା ଉଠିଆସିଲେ ସେଠାରୁ। ନିର୍ବାକ୍ ହୋଇ ଠିଆହେଲେ ନିଜ କୋଠରିରେ। ଅନୁଭବ କରୁଥିଲେ ନିଜ ଭିତରେ ଗୋଟେ ସଂଘର୍ଷ। ପଚିଶ୍ ବର୍ଷର ସଂସାର ସଙ୍କୁଚିତ ହୋଇଗଲା ଗୋଟିଏ ମୁହୂର୍ତ୍ତରେ। ସେଇ ସାକ୍ଷାତ୍କାର। ସଲିତା ତିଆରି। ବାହାଘର। ଏଠାକାର ତିନି ବଖରା ଭିତରେ ସଂସାର। ପିଲାମାନଙ୍କର ଜନ୍ମ। କାରଖାନା। ସବୁଠି ରହିଥିଲା ଜେଜେଙ୍କର ଗୁରୁତ୍ୱପୂର୍ଣ୍ଣ ଭୂମିକା। ତାଙ୍କୁ ବାଦ୍ ଦେଲେ ସବୁ ଯେମିତି ଭୁଶୁଡ଼ି ପଡ଼ୁଥିଲା। ଭିତ୍ତିହୀନ ହୋଇଯାଉଥିଲା। ତାଙ୍କର ଅପୂର୍ବ ନିର୍ମଳ ସ୍ନେହ। ପ୍ରାଣଖୋଲା ହସ। ତାଙ୍କ ସକାଶେ ସଞ୍ଚରିଯାଉଥିଲା ସବୁଜିମା, ଜୀବନର ମହୋସବ।

କ'ଣ ହୋଇଗଲା ଏସବୁ? ଇଏ କି ପ୍ରକାରର ଅବତାର? ତାଙ୍କୁ ଅହରହ

ଆହ୍ୱାନ କରୁଥିବା, ସେ କିନ୍ତୁ ପଛଘୁଞ୍ଚା ଦେଉଥିବା ଏ ପରିସ୍ଥିତି କ'ଣ ? ଜେଜେଙ୍କର ଅସହାୟ ହାତ ତାଙ୍କ ଆଡ଼େ ଆସୁଥିବାବେଳେ ସେ ଧାଇଁ ପଳାଇ ଯାଉଚନ୍ତି କାହିଁକି ? କାହାରି ବୋଧହୁଏ ମନେ ନାଇଁ ଯେ, କେଉଁଠି ରକ୍ତ ଦେଖିଲେ ସେ ପ୍ରାୟ ବେହୋସ୍ ହୋଇପଡ଼ନ୍ତି । କେଉଁଠି କ୍ଷତଚିହ୍ନ, ବ୍ୟାଣ୍ଡେଜ୍ ସହିପାରନ୍ତି ନାଇଁ ସେ । ନିଜ ଦେହରେ ସେମିତି ହୋଇଥିଲେ ମଧ ସେ ଚାହିଁପାରନ୍ତି ନାଇଁ । କେହି କ'ଣ ମନେରଖିଚି ତାଙ୍କର ଏ ଭୀରୁତା ? ଜେଜେଙ୍କ ପାଖକୁ ସେ ଆସିପାରନ୍ତି ନାଇଁ, ତାଙ୍କ ପ୍ରତି ମମତା ଏବଂ ସ୍ନେହର ଅଭାବ ଯୋଗୁଁ ନୁହେଁ; ସାହସ ଓ ମାନସିକ ଦୃଢ଼ତାର ଅଭାବ ଯୋଗୁ । ଏଥିପାଇଁ ସେ ଇତସ୍ତତଃ ହେଉଚନ୍ତି । ଅହେତୁକ କ୍ରୋଧ ସୃଷ୍ଟି ହେଉଚି ତାଙ୍କ ଭିତରେ ।

ଅବିକା କହିଦେଇ ଆସିଲେ, ଏବେ ସେ ରହିବେ ଜେଜେଙ୍କ ପାଖରେ । ନା, ସେ ପାରିବେ ନାଇଁ । ତାଙ୍କ କଥା ଭାବିବା ମାତ୍ରେ ସତରେ ପକ୍ଷାଘାତ ସଞ୍ଚରିଯାଏ ତାଙ୍କ ଭିତରେ । ଜେଜେଙ୍କ ଆର୍ତନାଦ ବ୍ୟତୀତ ଆଉ କିଛି ସ୍ୱର ଶୁଭେ ନାଇଁ । ମନେହୁଏ, ସେହି ସ୍ୱର ତାଙ୍କର ମଧ । ଖଟରେ ଥିବା ଲୋକ ଜଣକ ସେ ନିଜେ । ଶୋଭା ବିସ୍ମିତ ହେଉଥିଲେ, ଜେଜେ ଏ ସବୁ ଅପ୍ରକାଶିତ ଭାବନା ଜାଣିଲେ କିପରି ? ଆହୁରି ଆଶ୍ଚର୍ଯ୍ୟର କଥା ହେଉଚି, ଝାମ୍ପୁ ସହିତ ତାଙ୍କ ଭାବନା ଏକ ହୋଇଯାଉଚି କିପରି ?

କ'ଣ ତେବେ କରାଯାଇପାରେ ? ଏ ଘରେ ରହି ଛଟପଟ ହେବେ ନା କିଛିଦିନ ପାଇଁ ଯିବେ ଭାଇମାନଙ୍କ ପାଖକୁ ? ହଁ, ବହୁତ ଦିନ ହେଲା ସେମାନଙ୍କୁ ଦେଖି ନାହାନ୍ତି । କ୍ଷତି କ'ଣ ପଲେଇଗଲେ ? ଏଇ ସଂଘର୍ଷ ଜାରି ରହିଥିବାବେଳେ ଶୋଭା ନିଜ ଅଜାଣତରେ, ମନ୍ତ୍ରମୁଗ୍ଧ ହେବା ଅବସ୍ଥାରେ ଚିନ୍ତା କରୁଥିଲେ, କେଉଁ ଜିନିଷ ପ୍ୟାକ୍ କରିବେ ସୁଟ୍‌କେସ୍ ଭିତରେ ଏ ଘରୁ ଯିବା ପାଇଁ ।

ବ୍ରେକ୍‌ଫାଷ୍ଟ ସମୟରେ ପ୍ରଣବ ଲକ୍ଷ୍ୟ କରୁଥିଲେ ପତ୍ନୀଙ୍କର ପ୍ରସ୍ତୁତି । ଦୁହିଁଙ୍କ ମଧରେ ଗୋଟେ ଶୀତଳଯୁଦ୍ଧ ଲାଗିଥିଲା ଏଇ କିଛିଦିନ ହେଲା । ଜଣେ ପ୍ରମାଣ କରିବାକୁ ଚାହୁଁଥିଲେ ଯେ, ଅନ୍ୟ ଜଣକ ତାଙ୍କ ପାଇଁ ଆଦୌ ଅପରିହାର୍ଯ୍ୟ ନୁହନ୍ତି । କେହି ଖାତିର କରିବାକୁ ଚାହୁଁ ନଥିଲେ ଅନ୍ୟଜଣକୁ । ଜଣେ ସୂଚେଇ ଦେଉଥିଲା ଯେ, ବରଂ ଅନ୍ୟ ଜଣଙ୍କର ଅନୁପସ୍ଥିତି ବେଶ୍ ଉପଭୋଗ୍ୟ ହୋଇପାରୁଚି ।

ପ୍ରଣବ ଲକ୍ଷ୍ୟ କରୁଥିଲେ ଶୋଭା କିପରି ବ୍ୟସ୍ତ ରହୁଚନ୍ତି ଆବଶ୍ୟକୀୟ ଜିନିଷ ଏକତ୍ର କରିବାରେ । ତାଙ୍କ ଚାଲି ଓ ମୁହଁରେ ରହିଚି ଗୋଟେ ଅବଜ୍ଞା । ସେ କାହାକୁ ଖାତିର ନ କରି ଯାଉଚନ୍ତି ଏବଂ ଏଭଳି ଯିବା ଫଳରେ ସେ ଯଥେଷ୍ଟ ସନ୍ତୋଷ ପାଇପାରିବେ ବୋଲି ଧାରଣା ସୃଷ୍ଟି କରୁଚନ୍ତି । ପ୍ରକାରାନ୍ତରେ ସେ ଚାଲେଞ୍ଜ କରୁଥିଲେ ପ୍ରଣବଙ୍କୁ, ତାଙ୍କର ସ୍ୱାମୀତ୍ୱକୁ । ଏପରିକି ନିଜ ମାତୃତ୍ୱକୁ । ଏସବୁ ନିତାନ୍ତ ମାମୁଲି

ବୋଲି ଜଣାଇ ଦେଉଥିଲେ ଆପାତତଃ ନିଜ ଉଗ୍ର ଓ ଆକ୍ରମଣାତ୍ମକ ବ୍ୟବହାର ଦ୍ୱାରା। ଜଣାଇଦେଉଥିଲେ ଯେ ପ୍ରଣବ ରହନ୍ତୁ ଏ ଘରେ ଏକୁଟିଆ ନିଜର ଅପାରଗତା ଓ ନିଷ୍କ୍ରିୟତା ନେଇ। ଏ ବାଗରେ ପ୍ରଣବଙ୍କୁ ପରାଜିତ କରିବା ଥିଲା ତାଙ୍କର ଉଦ୍ଦେଶ୍ୟ।

ଚରମ ଉଦ୍‌ବେଗ ଓ ଘୃଣା ଯୋଗୁଁ ଟକ୍‌ମକ୍ ହେଉଥିଲା ପ୍ରଣବଙ୍କର ରକ୍ତ। ଏଇକ୍ଷଣି ତାଙ୍କର ସମଗ୍ର ଦେହ ଯେପରି ମଣ୍ଡି ହୋଇଯିବ। ସେ ସଂହାର କରିବାର ଅବତାର ଗ୍ରହଣ କରିବେ ଏବଂ ସର୍ବ ପ୍ରଥମେ ଫେଣ୍ଡିଦେବେ ଏଇ ଅହଂକାରୀ, ସ୍ୱାର୍ଥପର ସ୍ତ୍ରୀଲୋକକୁ। ବଡ଼ କଷ୍ଟ ହେଉଥିଲା ନିଜକୁ ସଂଯତ କରିବାପାଇଁ। ତେବେ ସେ ନିଶ୍ଚିତ ଥିଲେ ଯେ, ତାଙ୍କ ତରଫରୁ ବିସ୍ଫୋରଣ ଘଟିଲେ, ତାହା ଶୋଭାଙ୍କର ବିଜୟ ଘଟିବ। ଏମିତି ଆନନ୍ଦ ଓ ସନ୍ତୋଷ ଶୋଭାଙ୍କୁ ଦେବାପାଇଁ ପ୍ରସ୍ତୁତ ନ ଥିଲେ ପ୍ରଣବ। ବରଂ ସେ ଏଭଳି ଅଭିନୟ କରୁଥିଲେ, ଯାହା ଫଳରେ ଶୋଭା ଜାଣିବେ ଯେ, ଶୋଭା କୁଆଡ଼େ, କାହିଁକି ଯାଉଚନ୍ତି, ତାହା ଜାଣିବାପାଇଁ ତାଙ୍କଠାରେ କୌଣସି ଜିଜ୍ଞାସା ବା ଆବେଗ ନାହିଁ। ଶୋଭାଙ୍କର ଭଲ-ମନ୍ଦ ପ୍ରତି ସେ ଜମା ଉଦ୍‌ବିଗ୍ନ ନୁହନ୍ତି। ବାଟରେ କିମ୍ବା ଅନ୍ୟ କେଉଁଠି ସେ ଯଦି ମରିଯାଆନ୍ତି କିମ୍ବା ସାଂଘାତିକ ଭାବରେ ଆହତ ହୁଅନ୍ତି, ସେଥିରେ ପ୍ରଣବ ଦୁଃଖିତ କିମ୍ବା ବିଚଳିତ ହେବେ ନାହିଁ। ଏକ ଥଣ୍ଡା ନିରାସକ୍ତ ଭାବ ଦେଖାଇବାକୁ ଚେଷ୍ଟା କରୁଥିଲେ ପ୍ରଣବ।

ଏଇଥିପାଇଁ ପ୍ରଣବ ତରତର ହେଉଥିଲେ ଆଗେ ଘର ଛାଡ଼ିବାପାଇଁ। ସେ ଦେଖିବା ପାଇଁ ଚାହାନ୍ତି ନାହିଁ ଶୋଭା ଏ ଘର ଛାଡ଼ିବାର ଦୃଶ୍ୟ। ଏଇଥିପାଇଁ ଶୋଭା ଜାଣିଶୁଣି ଡେରି କରୁଥିଲେ। ସେ ଚାହୁଁଥିଲେ, ପ୍ରଣବ ଖାଲି ଥରେ ତାଙ୍କୁ ପଚାରନ୍ତୁ ସେ କୁଆଡ଼େ କାହିଁକି ଯାଉଚନ୍ତି। ତା'ପରେ ନାରକୀୟ ଘଟଣା ଘଟାଇବାକୁ ସେ ସଂପୂର୍ଣ୍ଣ ପ୍ରସ୍ତୁତ।

କିନ୍ତୁ ତାହା ହେଲା ନାହିଁ। କୌଣସିମତେ ବ୍ରେକ୍‌ଫାଷ୍ଟ ଶେଷ କରି ପ୍ରଣବ ବାହାରିଗଲେ। ଅନେଇଲେ ନାହିଁ କାହାରି ମୁହଁକୁ। ଏତେ ସମୟ ଧରି ଯେଉଁ ଶକ୍ତି ଶୋଭାଙ୍କୁ ଚଞ୍ଚଳ ଓ ଉତ୍ତେଜିତ କରି ରଖିଥିଲା, ସେଇ ଶକ୍ତିଟା ସତେ ଯେପରି ପୋତିହୋଇ ପଡ଼ିଲା କେଉଁଠି। ସେ ଅବଶ ଅନୁଭବ କଲେ। ବସିପଡ଼ିଲେ ଗୋଟିଏ ଚେୟାରରେ ଏବଂ ଅସ୍ତବ୍ୟସ୍ତ ହୋଇ କାନ୍ଦିପକାଇଲେ। କେହି ପାଖରେ ନ ଥିଲେ ଆଶ୍ୱାସନା ଦେବାପାଇଁ, ଦରଦୀ ହେବାପାଇଁ। ଏଇ ଯନ୍ତ୍ରଣା ଅସହ୍ୟ ହୋଇପଡୁଥିଲା।

ତାଙ୍କୁ ଏଇ ଅବସ୍ଥାରେ ଦେଖିବ ବୋଲି ଆଶା କରି ନ ଥିଲା ଲିଲି। ବିଚଳିତ ଓ ଶଙ୍କିତ ହୋଇପଡ଼ିଲା ସେ। ବୁଝିପାରିଲା ନାହିଁ ଏଭଳି ଅବସ୍ଥାର କାରଣ କ'ଣ।

ସେ କଲେଜ ଯିବ ବୋଲି ତ ବାହାରି ଆସିଥିଲା। ଶୋଭାଙ୍କୁ କହିଦେଇ ଯାଇଥାନ୍ତା ଯେ, ଡ୍ରାଇଭର ତାକୁ କଲେଜରେ ଡ୍ରପ୍ କରି ଫେରି ଆସିବ ଓ ତାଙ୍କୁ ନେଇଯିବ।

– "ମା', ମୁଁ କଲେଜ ଯାଉଚି।" ଲିଲି କହିଲା – "କୋଡିଏ ମିନିଟ୍ ଭିତରେ ଡ୍ରାଇଭର ଫେରିଆସିବ ମୋତେ କଲେଜରେ ଛାଡ଼ି ଦେଇ।"

ଏମିତି ପ୍ରଶ୍ନଟେ ଆଶା କରୁ ନଥିଲେ ଶୋଭା। ସେ ଭାବିଥିଲେ ଲିଲି ତାଙ୍କର ଏଇ ଅବସ୍ଥା ଦେଖ ବ୍ୟସ୍ତ ହୋଇପଡ଼ିବ। କ'ଣ ହେଇଚି ବୋଲି ପଚାରିବ। ପ୍ରଣବଙ୍କ ବିରୋଧରେ ତାଙ୍କର ଅଭିଯୋଗକୁ ସମର୍ଥନ କରିବ। ମାତ୍ର ଲିଲିର ପ୍ରଶ୍ନ ଏମିତି ଥିଲା, ସତେ ଯେପରି ବାପାଙ୍କର ନୀରବରେ ଅଫିସ୍ ଯିବା, ଶୋଭାଙ୍କର ଏଇଭଳି ଅବସ୍ଥାରେ ଘର ଛାଡ଼ିବାରେ କୌଣସି ଅସ୍ୱାଭାବିକତା ନାଇଁ। ଶୋଭା ଆହୁରି କ୍ଷୋଭ ଓ ଯନ୍ତ୍ରଣାରେ ଛଟପଟ ହେଲେ। ଲୁହ ପୋଛି ନାକ ସଫା କଲେ। କହିଲେ – "ଯିଏ ଯୁଆଡ଼େ ଯିବା କଥା ଯାଆ। ମୁଁ ମଲେ କି ଗଲେ ଏ ଘରେ କାହାର କିଛି କ୍ଷତି ହେବ ନାଇଁ।"

ଭାରି ନିଃସଙ୍ଗ ଅନୁଭବ କରୁଥିଲେ ସେ। ଏ ଘରେ ତାଙ୍କ ପ୍ରତି କାହାରି ଆନ୍ତରିକତା କିମ୍ବା ଦରଦ ନାଇଁ ବୋଲି ଭାବନାଟା ସହଜରେ ଗ୍ରହଣ କରିପାରୁ ନଥିଲେ ସେ। ପ୍ରତିବାଦ କଲା ଲିଲି – "ଏମିତି ତୁ କ'ଣ ସବୁ କହୁଚୁ?"

– "ତୁ କଲେଜ ଯା।" ବିରକ୍ତ ହୋଇଗଲେ ଶୋଭା – "ମୋ ସାଙ୍ଗେ ଯୁକ୍ତି କରୁଚୁ କାହିଁକି? ମୁଁ ଏଠାରେ କିଏ?"

ଲିଲି ଠିଆ ହେଲା ଗୋଟିଏ ମୁହୂର୍ତ୍ତ ପାଇଁ। ଅପେକ୍ଷା କରିବା ପାଇଁ କିମ୍ବା ଏଭଳି ଜଣେ ବୟସ୍କ ମହିଳାଙ୍କୁ ବୁଝେଇବା ପାଇଁ କୌଣସି ଆଗ୍ରହ ନ ଥିଲା ତା'ର। ଲିଲି ଯିବା ପରେ ଆହୁରି ମ୍ରିୟମାଣ ଓ ସଙ୍କଳ୍ପବଦ୍ଧ ହୋଇପଡ଼ିଲେ ଶୋଭା – ଆଉ ଫେରିବି ନାଇଁ ଏ ନରକ ଭିତରକୁ। ବଞ୍ଚିହେବ ନାଇଁ ଏମିତି ଅମଣିଷମାନଙ୍କ ଗହଣରେ। ଚଳନ୍ତୁ କେମିତି ଚଳିବେ। କାହାରି ଚିନ୍ତା ନାଇଁ ମୋ ପାଇଁ। ଜେଜେଙ୍କର, ବାପାଙ୍କର, ଝିଅର କିମ୍ବା ଚାକର ବାକରଙ୍କର। ସମସ୍ତେ ଚାହୁଁଚନ୍ତି, ମୁଁ କେମିତି ଚଞ୍ଚଳ ଏ ଘରୁ ଯାଏ।

ବହୁ ଦିନ ପରେ ରଞ୍ଜନ ଆସିଥିଲେ ଜେଜେଙ୍କ ପାଖକୁ ଲିଲିର ଟେଲିଫୋନ୍ ପାଇ। ସେ ଶଯ୍ୟାଶାୟୀ ହେବା ପରେ ବାରମ୍ବାର ଆସୁଥିଲେ ରଞ୍ଜନ ଦରକାର ଥାଉ ବା ନ ଥାଉ। ବସୁଥିଲେ କିଛି ସମୟ। ଗପୁଥିଲେ। ସୃଷ୍ଟି କରୁଥିଲେ ହସ-ଖୁସିର ବାତାବରଣ। ମାତ୍ର ପରେ ପରେ, ଖବର ନ ପଠାଇଲେ ଏଠାକୁ ଆସିବା ଦରକାର ମନେ କରୁ ନଥିଲେ। ଜେଜେଙ୍କୁ ପରୀକ୍ଷା କରନ୍ତି। ବ୍ଲଡ୍‌ପ୍ରେସର ମାପିବାଠୁ ଆରମ୍ଭ କରି ଉଭାପ ମାପିବା ଯାଏ। ଅନ୍ୟମାନଙ୍କୁ ପଚାରନ୍ତି ଲକ୍ଷଣ ସଂପର୍କରେ। ପ୍ରେସକ୍ରିପସନ୍

ଲେଖନ୍ତି, ପଲାନ୍ତି । ସମୁଦାୟ ପ୍ରକ୍ରିୟା ଶେଷ ହୁଏ ପ୍ରାୟ ନୀରବତା ଭିତରେ । ଜେଜେ ଭାବନ୍ତି ଯେ, ତାଙ୍କ ପାଇଁ ଅନେକ ଲୋକଙ୍କର ଭାଷା ହଜିଯାଉଚି ।

ସେ'ଦିନ ଜେଜେଙ୍କୁ ଦେଖିବା ପରେ ସେ ଗମ୍ଭୀର ହୋଇଗଲେ । ଲିଲିକୁ ଡାକିନେଲେ ବାହାରକୁ । କହିଲେ - "ତୁମେ ସବୁ ପ୍ରସ୍ତୁତ ଥାଅ । ଯେକୌଣସି ମୁହୂର୍ତ୍ତରେ ଘଟଣା ଘଟିଯିବ । ଦିନେ ନୁହେଁ; ମାତ୍ର କେତୋଟି ଘଣ୍ଟାର କଥା ।"

ଲିଲି ଝାଲେଇଗଲା । ଅନିବାର୍ଯ୍ୟ ସମୟଟା ଶୀଘ୍ର ଆସୁ । ଜେଜେ ମୁକ୍ତି ପାଆନ୍ତୁ ଏ ନରକରୁ । ଏମିତି ନୀରବ ଆବେଦନ ସୃଷ୍ଟି ହୋଇଚି ତା' ଭିତରେ ଅନେକଥର, କିନ୍ତୁ ଏଇ ଆସିଗଲା ସେହି ମୁହୂର୍ତ୍ତଟି । ଏତକ ଭାବିବା ମାତ୍ରେ ସରିଯାଉଚି ସବୁ କଥା । ମନ କହୁଚି, ଥାଆନ୍ତୁ ଏମିତି । ବଞ୍ଚିଥାଆନ୍ତୁ ସମସ୍ତ ଅବହେଳା ସତ୍ତ୍ବେ । ମରିଗଲେ ତ ହଜିଯିବେ । ଆଉ ମିଳିବେ ନାହିଁ ।

ସେ ଆସିଲା ଜେଜେଙ୍କ ରୁମ୍ ଭିତରକୁ । ଭାରି କଷ୍ଟ ହେଉଥିଲା ଜେଜେଙ୍କୁ ନିଃଶ୍ୱାସ-ପ୍ରଶ୍ୱାସ ପ୍ରକ୍ରିୟା ଯୋଗୁଁ । କେମିତି ଧଇଁସଇଁ ହେଉଚନ୍ତି । ଶୁଭୁଚି ଘଡ ଘଡ ଶବ୍ଦ । ସେଇଭଳି ଆଖିବୁଜି ପଚାରିଲେ- "ରଞ୍ଜନ ଗଲାକିରେ, ବାୟାଣୀ ?"

- "ହଁ ।" ଟିକିଏ ଉଦ୍‌ବିଗ୍ନ ହୋଇପଡିଲା ଲିଲି; ଅଥଚ ଜେଜେଙ୍କ ସ୍ବର ସମ୍ପୂର୍ଣ୍ଣ ସ୍ପଷ୍ଟ ନ ହେଲେ ବି ବେଶ୍ ପ୍ରାଞ୍ଜଲ ଶୁଭୁଚି ।

- "ଔଷଧ ଲେଖି ଦେଇଥିବ !" ଲିଲି ବିସ୍ମିତ ହେଲା ଔଷଧପାଇଁ ଜେଜେଙ୍କ ଲାଳସା ଦେଖି ।

- "ହଁ ।" ଉତ୍ତର ଦେଲା - "ଆଣିବାକୁ ଯାଉଚି ।"

- "ଆଉ ଦିନେ-ଦୁଇଦିନ ମୋର ବଞ୍ଚରହିବା ଦରକାର ।" ସେ କହିଲେ "କେତେଟା କଥା କହିବାର ଅଛି । ମୁଁ ଜଣକୁ ଅପେକ୍ଷା କରୁଚି ।"

- "କାହାକୁ ?" ଲିଲି ଉଦ୍‌ବିଗ୍ନ ହେଲା । ଅଥଚ ଜେଜେ କୌଣସି ଉତ୍ତର ଦେଲେ ନାହିଁ ।"

- "ଘରଟା ଛିନ୍‌ଛତ୍ର ହୋଇଯାଇଚି ।" ଜେଜେ ଆଗଭଳି ଆଖି ବୁଜିଥିଲେ ଓ କହୁଥିଲେ - "ମୁଁ ନ ଯିବା ପର୍ଯ୍ୟନ୍ତ ଏ ଘର ବାଗକୁ ଆସିବ ନାହିଁ ।"

ଲିଲିର କିଛି କହିବାକୁ ନ ଥିଲା ଯା' ଉପରେ । ଜେଜେ ଧଇଁସଇଁକୁ ଚାପି ରଖିଲେ । କହିଲେ - "ପାଚିଯିବାଠାରୁ ପଚିଯିବା ବେଶୀ ବାଟ ନୁହେଁରେ, ମା । ଅନେକ ଦିନ ତଳୁ ମୁଁ ଚାହୁଁଥିଲି ଚାଲିଯିବି ବୋଲି । ସେଇଟା ଥିଲା ପାଚିବା ଅବସ୍ଥା । ସଂସାରପାଇଁ ମୋର ଆଉ କୌଣସି ଭୂମିକା ନ ଥିଲା । କିନ୍ତୁ ପବନ ହେଲା ନାହିଁ । ଡେଣ୍ଠ ଅଟକି ରହିଲା ଗଛରେ । ପଚିଗଲି ।"

ତାଙ୍କର କମ୍ପିତ ସ୍ୱର ଲିଲିକୁ ଉପାୟହୀନ କରିଦେଲା। କହିଲା– "ଚୁପ୍‌ଚାପ୍‌ ବିଶ୍ରାମ ନିଅ, ଜେଜେ। ଏ ବାଜେ କଥାରୁ ମିଳିବ କ'ଣ?"

– "ତେବେ ଏମିତି ପଡ଼ିରହି, ଏତେ ବଡ଼ ନାଟକଟେ ଦେଖିପାରିଲି।" ଜେଜେ କହୁଥିଲେ, ସତେ ଯେପରି ଲିଲିର ଅନୁନୟ ଶୁଣିପାରି ନାହାନ୍ତି ସେ। "ମଣିଷର ଅନ୍ଧକାର ଦିଗ କେତେ ସହଜରେ ଦିଶିଯାଏ!" ଖୁବ୍‌ ଜୋରରେ ଆଖିବୁଜି ସେ ପ୍ରାୟ କହିଲେ ମନକୁ ମନ– "ନାଇଁ, ନାଇଁ ଆଉ ତ ହେଉ ନାଇଁ!"

ବ୍ୟସ୍ତ ହୋଇପଡ଼ିଲା ଲିଲି। ସେଇକ୍ଷଣି ଆସିଯାଇଥିବା ଔଷଧ ଧରିଥିଲା ଜେଜେଙ୍କୁ ଦେବାପାଇଁ; କିନ୍ତୁ କ୍ରମେ ତାଙ୍କର ମୁହଁ ପ୍ରଶାନ୍ତ ହୋଇପଡୁଥିଲା। ସେଥାରେ ରହିଥିବା ଯନ୍ତ୍ରଣା ଓ ଅସ୍ଥିରତା ଅସ୍ତ ହୋଇଯାଉଥିଲା ତାଙ୍କ ଭିତରେ।

– "ଜେଜେ, ତୁମ ପାଇଁ ଔଷଧ ଧରିଚି।" ଲିଲି କହିଲା।

– "ଆଣ। ଦେ।" ଜେଜେ ତାଙ୍କର ତନ୍ଦ୍ରାଚ୍ଛନ୍ନ ଆଖି ଖୋଲି କହିଲେ।

କିନ୍ତୁ ଏ ଅସମୟରେ କାହାର କାର୍‌ ଅଟକିଲା, ପୋର୍ଟିକୋ ପାଖରେ? ଲିଲିକୁ ଆଶ୍ଚର୍ଯ୍ୟ କରି ସେଇ କୋଠରିରେ ପହଞ୍ଚିଗଲେ ପ୍ରଣବ।

– "ବାପା, ଏ ଅସମୟରେ?" ଲିଲି ପଚାରିଲା।

ପ୍ରଣବ ଖଟ ପାଖରେ ଠିଆ ହୋଇ ଆଖି ବୁଲାଇଆଣିଲେ ଜେଜେଙ୍କ ଆଡ଼େ। କହିଲେ – "ଆଉ କିଛି ଘଣ୍ଟା ପରେ ମୁଁ ଯଦି କେନ୍ଦ୍ର ସରକାରଙ୍କ ଅଫିସରମାନଙ୍କ ସହିତ ସାକ୍ଷାତ ନ କରେ, ତେବେ କାରଖାନାର ବଡ଼ କ୍ଷତିଟେ ହୋଇଯିବ। ଜରୁରୀ ବାର୍ତ୍ତା ପହଞ୍ଚିଚି ମୋ ଅଫିସରେ।"

ଜେଜେ କେବଳ ଆଖି ଖୋଲି ଚାହିଁଲେ ପ୍ରଣବଙ୍କ ଆଡ଼େ। ତାଙ୍କ ଦୃଷ୍ଟି ଭାସିଯାଉଥିଲା ଅନିର୍ଦ୍ଦିଷ୍ଟ ଅଞ୍ଚଳ ଉପରେ। ଆପାତତଃ ସ୍ଥିର ରଖିପାରୁ ନ ଥିଲେ କୌଣସି ଜିନିଷ ଉପରେ ନିଜର ଦୃଷ୍ଟି। କୌଣସି ଭାବନା, ଅନୁଭବ ନ ଥିଲା ମୁହଁରେ ତାଙ୍କର।

ପ୍ରଣବ କହିଲେ – "ଏହା ଉପରେ କାରଖାନାର ଭବିଷ୍ୟତ ନିର୍ଭର କରୁଚି। ଏହାର ସଂପ୍ରସାରଣ ଓ ଆଧୁନିକୀକରଣ ସମ୍ଭବ ହେବ ନାଇଁ ମୁଁ ଯଦି ସହସା ଯୋଗସୂତ୍ର ସ୍ଥାପନ ନ କରେ।"

ଲିଲି ବୁଝିପାରିଲା ନାଇଁ ପ୍ରଣବଙ୍କ ସ୍ୱର କାହିଁକି ଚହଲି ଯାଉଚି କମ୍ପନରେ। ଜେଜେଙ୍କୁ ଛାଡ଼ିଯିବା ଜନିତ ଦୁଃଖରେ ସେ ମ୍ରିୟମାଣ ହୋଇପଡୁଥିଲେ ନା ଏ ପର୍ଯ୍ୟନ୍ତ ଘର ଛାଡ଼ି ନାହାନ୍ତି ବୋଲି ଅସ୍ଥିର ହେଉଥିଲେ, ତାହା ଜାଣିପାରୁ ନ ଥିଲା ଲିଲି। ପ୍ରଣବ ଦେଖାଯାଉଥିଲେ ମୁକ୍ତି ଖୋଜୁଥିବା ପିଞ୍ଜିରାବନ୍ଦ ଚଢ଼େଇଟେ ଭଳି। ଜେଜେଙ୍କ ସଂପର୍କରେ ରଞ୍ଜନ ମଉସା କହିଯାଇଥିବା କଥା ପ୍ରଣବଙ୍କୁ ଜଣେଇବା ପାଇଁ ଫୁରସତ

ପାଇ ନ ଥିଲା ଲିଲି। ଧୀର ସ୍ଥିର ହୋଇ କିଛି ଶୁଣିବା କିମ୍ବା ସମସ୍ୟାର ସମାଧାନ ପାଇଁ ଉପାୟ ଚିନ୍ତା କରିବା ଅବସ୍ଥାରେ ନ ଥିଲେ ପ୍ରଣବ।

ଜେଜେଙ୍କ ଆଡୁ ପୁଣି ଦୃଷ୍ଟି ଫେରାଇ ସେ ଲିଲିକୁ କହିଲେ – "ମୁଁ ତିନି–ଚାରି ଦିନ ପରେ ଫେରିଆସିବି। କିନ୍ତୁ ନ ଗଲେ ଚଳିବ ନାଇଁ ଜମା। ଆଉ ଘଣ୍ଟାକ ପରେ ଫ୍ଲାଇଟ୍।"

ପ୍ରାୟ ଧାଇଁ ପଳାଇଗଲେ ସେ ରୁମରୁ। ଘରୁ ଯିବା ପାଇଁ ସେ ଆଗରୁ ପ୍ରସ୍ତୁତ ହୋଇଥିଲେ କି ? କେଜାଣି ? କାରଣ ମାତ୍ର ପନ୍ଦର ମିନିଟ୍ ପରେ ସେ ବସି ସାରିଥିଲେ ପୁଣି କାର୍‌ରେ। ପ୍ରଣବ ପଲେଇଗଲେ।

ସହସା ଖାଁ ଖାଁ ଡାକିଲା ସେ ଘର। ବ୍ୟାପିଗଲା ଗୋଟେ ହାହାକାର ଓ ଶୋକ ତା' ଭିତରେ। ଲିଲି ଦେହ ଭିତରେ ଗୋଟେ ଥଣ୍ଡା ଢେଉ ତାକୁ ମୂର୍ଛାଳିଆ କରୁଥିଲା। ଏମିତି ନିଃସଙ୍ଗ ଓ ସର୍ବହରା ହୋଇ ନଥିଲା ସେ କେବେ। ସମଗ୍ର ପୃଥିବୀ ପରିତ୍ୟକ୍ତ ହୋଇପଡ଼ିଥିଲା। ତା' ଭିତରେ ସେ ଏକୁଟିଆ। ଜାଣିପାରୁ ନଥିଲା କେଉଁ ଦିଗକୁ ଯିବ ଓ କାହାର ସାହାଯ୍ୟ ନେବ।

– "ଲିଲି, ଲୋ ବାୟାଣୀ।" ଆହୁରି ଗୋଟେ ନିଃସଙ୍ଗ ସଡ଼ା ଯେମିତି ବାଟ ପାଉ ନଥିଲା ଆଗକୁ ଯିବାପାଇଁ। ବ୍ୟାକୁଳ ହୋଇପଡୁଥିଲା।

ଲିଲି ଉଠିଗଲା ଖଟ ପାଖକୁ। ଜେଜେ କହିଲେ – "ଏଥର ଘରଟା ଆହୁରି ହାଲୁକା ଲାଗୁଚି। ଅନେକ ଦିନୁ ନିର୍ମଳ ପବନ ଏ ଘରେ ପ୍ରବାହିତ ହୋଇନଥିଲା। ଝରକାର ଏ ପର୍ଦ୍ଦାଗୁଡ଼ାକ ଟେକି ଦେ। ତୁ ନିଜେ ଅନୁଭବ କରିବୁ, ଏଠାରେ ଆଉ ଫିନାଇଲ, ବ୍ଲିଚିଙ୍ଗ୍ ପାଉଡର ଗନ୍ଧ ନାଇଁ। ଅଛି ଗୋଟେ ଧୂପର ବାସ୍ନା। ଆଲତିର ଗନ୍ଧ।"

ଲିଲି ଡରିଗଲା। ଜେଜେ କାହିଁକି କେଜାଣି ଚଞ୍ଚଳ ହୋଇପଡୁଥିଲେ। କହିଲେ – "ଶୁଣୁଚୁ ନା ଲୋ, ବାୟାଣୀ ? ତୁ ବି କୁଆଡେ ପଲେଇଗଲୁ କିରେ, ମା ? ତୁ ତ ସେମିତି କରିବା ଲୋକ ନୋହୁ।"

– "ମୁଁ ପାଖରେ ଅଛି, ଜେଜେ। ଏଇ ତୁମ ହାତ ଆଉଁଶୁଚି।" ଲିଲି ନିଶ୍ଚିତ କରାଇଲା ଜେଜେଙ୍କୁ।

– "ଏଇଟା ଠିକ୍ ସମୟ।" ଜେଜେ କହିଲେ। "ମୁଁ କାହାକୁ ଡାକିଲେ ସମସ୍ତେ ଡରିଯାନ୍ତି। ସମସ୍ତଙ୍କୁ ସେଇଟା ଗୋଟେ ଆର୍ତ୍ତନାଦ ଭଳି ଶୁଭେ।" ଟିକିଏ ପରେ କହିଲେ – "ଏଇ ଶେଲ୍‌ଫରେ ଥିବ। ଆଣ୍"

– "କ'ଣ ଆଣିବି, ଜେଜେ ?" ଲିଲି ପଚାରିଲା।

"ଆଶନ୍ତୁ ଆଉ ଗୋଟେ କ'ଣ? ଭାଗବତ ଆଣ। ପଢ଼। ମୁଁ ଶୁଣେ। ଏ ଘରୁ ଆର୍ତ୍ତନାଦ ଶୁଭିବ ନାହିଁ। ଶୁଭିବ ଅମୃତବାଣୀ।" ଜେଜେ ସମ୍ଭବତଃ ବ୍ୟସ୍ତ ହୋଇପଡ଼ୁଥିଲେ — "ଡେରି ହୋଇ ଯାଉଚିରେ, ମା।"

— "କେଉଁ ଖଣ୍ଡ ନେବି, ଜେଜେ?" ଲିଲି ପଚାରିଲା।

— "ଯେଉଁ ଖଣ୍ଡ ଉପରେ ତୋର ହାତ ପଡ଼ିବ। ଆଣିଲୁ?" ଆହୁରି ଅସ୍ଥିରତା ତାଙ୍କ ସ୍ୱରରେ।

— "ହଁ।"

— "ପଢ଼।"

— "କେଉଁଠୁ ପଢ଼ିବି?"

— "ବହିଟା ଖୋଲ୍। ଖୋଲିଥିବା ଜାଗାରୁ ପଢ଼।"

ଲିଲି ବସିଲା ଚଟାଣ ଉପରେ। ସେ ସଜାଡ଼ି ହୋଇ ପଢ଼ିବା ପାଇଁ ପ୍ରସ୍ତୁତ ହେଉଥିବା ବେଳେ ଚୁପ୍‌ଚାପ୍ ଭିତରେ ପ୍ରବେଶ କଲା ରଘୁ ଅଚାନକ। ବୋଧହୁଏ ଘର ଭିତରର ବାତାବରଣର ଭାଷା ସେ ପଢ଼ିପାରୁ ଥିଲା ନିର୍ଭୁଲ୍ ଭାବରେ। ଲିଲି କହିବା ପାଇଁ ଯାଉଥିଲା ରଘୁର ଆସିବା କଥା। ରଘୁ କିନ୍ତୁ ହାତରେ ଇଙ୍ଗିତ ଦେଲା କିଛି ନ କହିବା ପାଇଁ।

— "ପଢ଼ୁନୁ କାହିଁକିରେ, ମା?"

ଲିଲି ଭାଗବତ ପଢ଼ିବା ଆରମ୍ଭ କଲାବେଳେ ତା'ର ସ୍ୱର କମ୍ପିତ ଥିଲା। ସେ ବାରମ୍ବାର ମୁଣ୍ଡ ଟେକୁଥିଲା। ଦୃଷ୍ଟି ବୁଲାଇ ଆଣୁଥିଲା ଜେଜେଙ୍କ ଆଡ଼ୁ। ପରେ ପରେ ତା' ସ୍ୱରରେ ମିଶିଲା ଗୋଟେ କୋହ। ଆଖି ଓ ସ୍ୱର ଓଦା ହୋଇଯାଉଥିଲା। କିଛି ସମୟ ପରେ ଏ କୋହ ବନ୍ଦୀ କଲା ତା' ସ୍ୱରକୁ। ଲୁହ ଗୋଟେ ବାଢ଼ ସୃଷ୍ଟି କଲା ତା' ଆଖି ଆଗରେ। ସେ ଆଉ ପଢ଼ିପାରିଲା ନାହିଁ। ରଘୁ ମୂଳରୁ ଶୁଣିପାରୁ ନଥିଲା କିଛି। ଅନୁଭବ କେବଳ କରୁଥିଲା ଯେ ଶୂନ୍ୟ ହୋଇଯାଉଚି ବ୍ରହ୍ମାଣ୍ଡ।

ଭାଗବତ ପଢ଼ିବା ଆଉ ଦରକାର ହେଲା ନାହିଁ।

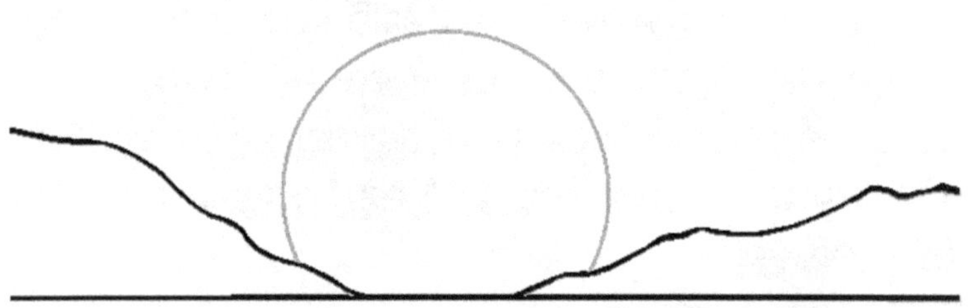

www.ingramcontent.com/pod-product-compliance
Lightning Source LLC
Chambersburg PA
CBHW050151110726
47898CB00008B/2763